The Mystery Collection

IMPULSE

カリブより愛をこめて

キャサリン・コールター／林 啓恵 訳

二見文庫

IMPULSE

by

Catherine Coulter

カリブより愛をこめて

主要登場人物

ラファエラ・ホランド……………………………ボストン・トリビューンの事件記者
マーカス・デヴリン(マーカス・ライアン・オサリヴァン)……ポルト・ビアンコの支配人
ドミニク・ジョバンニ……………………………武器商人。ポルト・ビアンコのオーナー
ココ・ヴィヴリオ…………………………………元ファッションモデル。ドミニクの愛人
デロリオ・ジョバンニ……………………………ドミニクの息子
ポーラ………………………………………………デロリオの妻
エディ・メルケル
エヴェレット・リンク
フランク・レイシー………………………………ドミニクの部下
シルヴィア・カールーチ…………………………ドミニクの妻
ジョン・サヴィジ…………………………………マーカスのいとこ
ロディ・オリヴィエ………………………………ロンドンの武器商人
アル・ホルバイン…………………………………ボストン・トリビューンの編集長
チャールズ・ウィンストン・ラトリッジ三世……ラファエラの義父。富豪の新聞王
マーガレット・ラトリッジ………………………ラファエラの母親でチャールズの妻

プロローグ

マーガレットの日記
マサチューセッツ州ボストン　二十六年前

あの人はとびきりの嘘つきだった。それも最高の。わたしが二十歳そこそこの小娘でなく、三十歳だったとしても、結果が違ったとは思えない。そう、あの人はそれくらい言葉巧みだった。もちろん最初だけ。最後は違った。最後はもう嘘をつく必要がなかったから。ラルフ叔父さんとジョージィ叔母さんはわたしをニューミルフォードに一軒しかないフランス料理店に連れていき、なにごともなかったように祝ってくれようとした。バースデーケーキにシャンパンまで用意して。わたしは笑顔でお礼を言った。叔父さんたちの心遣いを痛いほど感じた。涙は見せなかった。泣いたら、ジョージィ叔母さんまで泣いてしまうから。叔母さんにとって、わたしのお母さんはたったひとりの姉妹だった。そして、それから二日後の六月の暑い金曜の夜、マクギル家のパーティで彼に出会った。

あの人の名はドミニク・ジョバンニ。大金持ちの実業家だと教えてくれたのは、女主人《ホステス》のロンダ・マクギルだった。生粋のイタリア人なのに、あまり黒くないでしょう? きっと北イタリア出身ね。ロンダは誰彼かまわず、そう耳打ちしていたのではないかしら。ロンダの目つきからして、彼は生粋の何人《なんぴと》でもおかしくなかったし、そもそも出身など関係なかったのだろう。彼は男の人には余裕たっぷりの慇懃《いんぎん》な態度で接し、女の人には魅力を振りまいた。誰に対しても愛想がよく、主人《ホスト》のポール・マクギル以上に主人らしかった。そして、そんなドミニクがわたしを見た瞬間、歯車が動きだした。

彼はこれまで会ったどんな男性よりも、官能に訴えかけてくる人だった。

日記というか、日誌《ジャーナル》というか、わたしはいままでそういうのをつけたことがない。そうね、ジャーナルという響きのほうが好き。どことなく思索的だし、深みがあるから。

いまさら深みだなんて、笑ってしまう。わたしの浅はかさは、わたし自身の行動によって証明ずみだというのに。でも、そんなことはもういいの。今日、三月十四日、愛《いと》しいあなたが十一カ月の記念日を迎えた。あなたはわたしといっしょに、ルイスバーグ広場の近くにある、チャールズ通り沿いの褐色砂石《ブラウンストーン》でできた両親の家に住んでいる。いまはわたしのもの。わたしとあなたの家よ。

両親はもういない。即死だったと聞かされた。せめてもの慰めではあるけれど、人が死ぬのに実際どのくらいかかったかなんて、誰にわかるのだろう? 両親はとても裕福だった。お抱えパイロットのアウグストがウイスキーを飲みすぎ、彼らの乗ったセスナはフランス南部のぶどう畑に墜落した。それが五月。ドミニクとの出会いは六月だった。

よかったわ、救いがたいほど愚かな娘が、自分の愚かさを書くのを禁じる法律がなくて。でもこれを書いているのは、あくまで自分のため。あなた、ラファエラのためでないことを肝に銘じておかなきゃね。そう見えたとしても、あなたに語りかけるように書いているだけのことで、読ませるつもりはないの。きっと、このほうが書きやすいのね。こうしていっさいを書き記そうとしているのは、たぎる怒りと、自己嫌悪と、彼への憎悪とで、息が止まりそうだから。こういうのを――胸の内を吐きだして、明るみに出すことを――精神浄化《カタルシス》と呼ぶのだろう。

ひょっとしたら、わたしはそれほど愚かではなかったのかもしれない。でも、彼に対するわたしの憎悪のせいで、わたしとあなたとの関係が損なわれたり、なんであれ、あなたが傷つくようなことは、なんとしても避けなければならない。罪のないあなたをそんな目に遭わせてはいけない。わたしにしたって、あんな目に遭ういわれはなかったのだろう。

でもドミニクは現れ、わたしはひと目で恋に落ちた。

恋に落ちる――ああ、軽薄な響き。恋に落ちた女は、理性を捨て去って、嬉々として正気を失い、じつは男の餌食となりながら、その完璧な男と人格まで一体化してしまう。わたしの愚かさを言い訳させてもらえるのなら、あのときはむしょうに寂しかった。両親を失った悲しみのうちにいた。わたしは両親を愛していた。手放しにというより、娘としての義務感からだった気がするけれど、あんな無惨な事故でふいに誰かを奪われたら、それまでどんなふうに愛していたかなんて、関係なくなってしまう。

とにかく、そういうわけでわたしはしばらく叔父さんたちと暮らすために、ニューミルフォードにやってきた。叔父さんも叔母さんもいい人だったのよ。でも、ふたりにはふたりの関心事があった。執着と言ってもいい。できることならすぐにでもキューバに飛び、ブリッジの大会に出場したかったんじゃないかしら。わたしはひとりぼっちで、悲しみに沈み、ニューミルフォードには友だちひとりいなかった。そんなこと、どれもつまらない言い訳に聞こえるでしょうね。でもしかたがないわ。そうとしか言いようがないんだから。そして六月十四日、わたしはドミニク・ジョバンニと出会い、恋に落ちた。

ウェルズリーで大学生の男の子たちとつきあっていたわたしにとって、彼がどれほど際だった存在だったか、あなたに伝えるのはむずかしい。彼は三十一歳だった。洗練された服を粋に着こなし、とても上品で、とびきりハンサムだった――黙って、その顔を見つめていたくなるほどだったわ。あなたの目は彼譲り――淡いブルーで、雲ひとつない空のように澄んでいる。彼の髪は闇夜のように黒かったから、あなたとは違う。あなたの髪は、おばあさまのルーシィと同じ赤褐色。彼はわたしを褒《ほ》めそやし、わたしに全身全霊を傾けた。わたしを求めたし、わたしも、彼のためならなんでもしてあげたかった。そう、どんなことでも。

彼は結婚を口にした。わたしは二十歳で、彼に処女を捧げた。処女にそれほどの価値があるわけじゃないけれど、はじめてのときのことははっきりと憶えている。彼は、きみを怖がらせたり、傷つけたくないと、とろけそうな声で言い、たっぷり時間をかけてくれた。そして、その言葉どおりにしてくれた。すばらしかったわ。あの日、彼は白いコンバーティブルのサンダーバードをニューミルフォードの北へ走らせた。肩に手をかけて、わたしを抱き寄せた。そしてサンドレスの胸元に指をすべらせた。男の子たちにもそんなふうにされたことはあったけれど、嬉しさよりも気恥ずかしさが先に立ったし、なんの変化も起きなかった。ところがその日、ドミニクに触れられると、乳首が固くなった。彼の指のせい、彼のせい。彼はわたしに微笑みかけ、ハンドルを切って舗装していない道に入り、林の奥へ進んだ。わたしを車に残して外に出ると、トランクを開けて毛布を取りだし、おいでと誘った。彼はヒナギク——白いヒナギクだった——が咲き乱れる野原に毛布を広げ、カエデの木漏れ日が幾条も差しこむなか、わたしは仰向けに横たわった。腰を上げてと言われ、そのとおりにしたら、パンティを脱がされた。彼は膝《ひざ》をついて座り、こちらを見ていた。やがておもむろに立ちあがると、着ていたものをすべて脱ぎ去った。はじめてみる男の人の裸だった。巨大なものがそこにあった。絶対無理だと思ったわ。とんでもない過ちを犯そうとしている、と。

　でも彼は静かにわたしの横に座ると、サンドレスを頭から脱がせた。仰向けになり、わたしを抱き寄せておしゃべりをはじめた。わたしの愛らしさや、どんなに大切に思っているか、そしてこれから教えてくれる新しいことのすばらしさを語った。そしてことにおよんだ。彼が入ってきたとき、それほどの痛みはなかった。ペニスがすべてなかに収まった。もうそれ以上は進めないとわかると、彼はにっこりして、腰を浮かせてごらんと言った。はじめてのそのとき、わたしはオルガズムを感じなかったけれど、べつに気にならなかった。でも、彼は気にした。あの日の午後、彼はわたしにそれまで知らなかった自分をたっぷりと教えてくれた。わたしは彼のことを頭から信じていた。

いいえ、信じていたとは言えない——少なくとも完全には。ほんとうの名前や、莫大な財産があることを、秘密にしていたのだから。ひとりっ子のわたしは、両親の死によって、自分でも把握しきれないほどの遺産を相続した。そして弁護士からは、けっして自分の素性を明かさないこと、ボストンのマーガレット・チェインバリン・ホランドだと名乗らないように、と念を押されていた。それはつまり、わたしにどれだけの値打ちがあるかを明かしてはならないということだ。ラルフ叔父さんとジョージィ叔母さんにしても、わたしを人に紹介するときは、自分たちの姓を使った——ホランドではなく、ペニントンと。わたしの若さを案じてくれていたのだと思う。わたしは真実を隠し、ドミニクにさえ本名を教えなかった。もし教えていたら、違う結果になっていたかしら？そうは思えない。ドミニクにはたくさんの顔があったけれど、財産めあてに結婚するような男ではなかった。

夢のようなその夏の終わり、わたしは身ごもった。ラファエラ、あなたを宿したのよ。不安だったけれど、ドミニクは喜んでくれたようだった。そして彼から、衝撃の事実を告げられた。結婚しているから、きみとは結婚できない――いまはまだ。妻とは何年も前から別居していると彼は言った。わたしがそう何年も待てないわと言うと、彼は笑って、きみはすばらしく聞き分けがいい、妻とはまるで違う、と言った。そして町を去った。仕事のため、そして奥さんと離婚するため。わたしはニューミルフォードに取り残され、ひとりで叔母夫婦からお説教を受けるはめになった。でも、彼は二週間ごとに会いにきてくれた。家に来たことは一度もない。ニューミルフォード近辺にあるホテルやモーテルを転々とした。会うたびにわたしを絶頂に導き、心配や不安を忘れさせた。彼がまた行ってしまうまでのことだったけれど。

ああ、くだらない。うんざりするほどくだらないし、陳腐だけれど、これが事実よ。そしてあなたが生まれ、彼はわたしが入院していたハートフォードの病院に現れた。ベッドの傍らに立ち、わたしに微笑んだ。生きているかぎり、あのとき言われたことはけっして忘れない。それでも書き記しておきたい。いつか、遠い未来にそのときのことを振り返り、万が一にも美化するという愚を犯さないために。

「元気そうだね、マーガレット」彼はわたしの手を取り、指に口づけをした。

わたしは安堵《あんど》で胸がいっぱいになった。肝心なことはなにも聞いていないのにね。

「女の子だったわ、ドミニク」

「聞いたよ」

「まだ顔を見ていないの？」

「いや、その必要はない」

「そうね、いまはまだいいかも。それで、奥さんとは別れられた？　わたしたち結婚できるの？　すてきな父親がいるってこと、早くあの子に教えてやりたくて」

「それはできない、マーガレット」彼はわたしの手を放し、ベッドから二歩下がった。

「まだ離婚できないの？」なぜか――気づかないふりをしてきたのに――わたしには彼の返事がわかった。そう、わかっていた。ひょっとすると、母になったことで、多少は洞察力や知恵が身についたのかもしれない。

彼は微笑んだまま首を振った。「そうだ。妻とは別れていないし、今後もそのつもりはない。たとえ彼女が退屈で、わたしが稼ぐ以上の金を使う女でもだ。きみはとても若い、マーガレット。楽しませてもらったよ。生まれたのが息子なら、きみと結婚したかもしれない。だが、娘だった。妻はいま身ごもっている。不思議なめぐりあわせだろう？　彼女は息子を生んでくれるかもしれない。そうだといいのだが」

「あなたの娘なのよ！」

彼は肩をすくめた。ほかにはなにもせず、ただ肩をすくめた。そして、笑みをたたえたまま言った。「娘にはさほど使い道がないんだよ、マーガレット。王朝を築くには息子がいる。わたしの夢は、王朝を築くことだ。娘でも、関係を固めたり、影響力を強める材料にはなるだろう。だが、時代は変わった。娘を手なずけて、親の言いなりにさせられるとはかぎらない。そうだろう？　あと二十年もしたら、娘たちは父親の命令にことごとく反発するようになるかもしれない。だめだよ、マーガレット。娘など、わたしにはなんの価値もない」

わたしは呆然と彼を見つめた。凍りついていた。「自分がなにを言っているか、わかってるの? あなた、自分をなんだと思ってるの?」

「ひじょうに賢い男だ」彼は五〇〇〇ドルの小切手を無造作に投げた。わたしの目の前で、それが宙を舞い、糊の利いた病院のシーツに落ちた。「さようなら、マーガレット」彼は去った。

わたしは泣かなかった——そのときは。いまでもはっきりと憶えている。わたしは小切手を拾い、じっとながめてから、念入りにちぎった。遺産のことを彼に言わなくてよかったと、心から思った。本名を告げなくてほんとうによかった。ひょっとしたら、彼の本性を見抜いていたのかもしれない。ひょっとしたら、本能的にただひとつの大切な秘密を守っていたのかもしれない。ひょっとしたら……。

1

ボストン・トリビューン編集局
マサチューセッツ州ボストン　二〇〇一年二月

「わかってる？　あの男は自白したのよ。彼、ほら、警察から……どんな扱いを受けたと言ってたっけ？」

「ゴミのように扱われた」

「そうよ、ゴミ。しかも、頭のいかれたゴミ。だから忘れたほうがいいわ、アル」

「いいや、ラフ。この事件には裏がある。この鼻がそう言ってるのさ」アルは小鼻を指で叩いた。「留置場に行って、やつと話せ。才能のあるおまえになら、真相を突きとめられる。おまえはうちの腕利き事件記者だろう？　デラウェア州ウォリンフォード出身、二十五歳の？　それともなにか、都会の新聞社で二年働いただけで、早くもスター気取りか？　いつからそんなにお偉くなった？」

ラファエラは挑発に乗らなかった。「あんな事件、うんざりよ。テレビの連中ときたら、あの事件から絞れるだけ絞って視聴者をあおることしか考えてないんだから」

「実際はサイコパスと連呼しながら、ここ五十年の事件を国じゅうからかき集めてるがな」

「五十年どころか、十九世紀末のリジー・ボーデン事件まで引っぱりだしてきたのよ。いいこと、アル、この事件は低劣で、あの男は聡明さに欠ける。わたしは彼をテレビで観たし、証言も読んだ。哀れではあるけれど、それだけでしかない。ただでさえ報道過多なのに、なんでわたしがかかわらなきゃならないの？」腕を組み、軽く足を開いて、顎を突きだす。威《い》嚇《かく》のポーズだ。かなり効果的ではあるが、アルは動じなかった。それもそのはず、彼女がアルの王国に来て二年、駆け引きの極意を教えたのは、ほかならぬアルなのだ。

「おまえに選択権はないぞ、ラフ。さあ口を閉じて仕事にかかれ。やつは留置場にいる。襲いかかられる心配はない。やっと担当の弁護士——やっとニキビから解放されたばかりって印象の青二才だがな——に会って、この事件の真相を探りだしてこい。おれが思うに、誰もが見逃しているなにかがあるはずだ」

「いいかげんにして、アル。あの男はれっきとした人殺し、自分の父親と母親と叔父を斧《おの》で殺した殺人犯なのよ」

「だが十一になる種違いの弟には手を出さなかった。興味をそそられんか？　妙だろう？」

「その子は運よく家にいなかっただけ。いまだに行方不明なんでしょう？　この事件についてはもうちゃんと報道したわ。あなたがいま求めているのは扇情的な記事で、わたしはそんなものに手を貸したくない。血みどろの記事がお望みなら、ヘラルドのごろつき記者、モーリィ・ベイツにでも頼んだらどうなのよ？」

「いいや、モーリィじゃ、やつを怯《おび》えさせちまう」

ラファエラは切り札を出した。「だいたい、警察がわたしにフレディ・ピトーとの面会を許すと思う？　彼の弁護士や地方検事にしたってそうよ。こういった事件では関係者一同ぴりぴりしてて、自分の不利になることが起きるのを恐れてるから、マスコミの人間を起訴されている頭のおかしな男に接触させるわけがないわ。わたしのやり方は知ってるでしょう？　留置場のドアをバンバン叩いて、みんなにうるさくつきまとい、六回ほど面会を頼む。そうね、それが無理なら二回でもいい。うん、二回でじゅうぶんかも」

アルの勝ち。彼女は墓穴を掘った。だがアルはゆっくりと獲物を釣りあげることにした。楽しみは長引かせるにかぎる。「ごく内密にすれば、問題にはならんさ。ベニー・マスタースンには貸しがあってな。すでに話もつけてある。ごく内密に取材すれば、見て見ぬふりをしてくれる約束だ。おまえの取材は許可される」

「記者をフレディ・ピトーに会わせるなんて、あなた、マスタースン警部補の命でも救ったの？　へたしたら年金をふいにして、ここからフロリダまでの全域でクソミソにけなされるかもしれないのに。フレディを含め、全員が沈黙を守ってくれるのを祈るしかないわね」

ボストン・トリビューンの編集長であるアル・ホルバインは、ラファエラに輪をかけた頑固者。それはラファエラも承知していたし、彼女より二十五年も長くこの業界で生きてきた古強者だ。

アルは葉巻を振り、地方版の記事を取りしきるメトロ・エディターのクライヴ・オリヴァーを指し示した。オリヴァーは騒然とする巨大な編集局の中央で、アシスタントや記者連中に囲まれていた。編集局の片隅ではふたりのスポーツ記者が殴りあい寸前の口論をしているし、警察の番記者が料理担当エディターに投げた缶コーラが宙を飛んでいる。「クライヴにはもう話してある。おまえが文句をつけたら、おれがいいと言うまで、おまえには仕事を割り振るなと指示しておいた」アルはデスクの引き出しに手を入れ、たたんだ紙切れを取りだした。「これがおまえの新しいパスワードだ。この事件について書いたものにアクセスできるのは、おまえとおれだけだ。誰にも見せるんじゃない――」

「わかってるわよ、そんなこと」

「そうだな、今回も頼むぞ。この件は表沙汰にせず、できるだけ内々に進めたい」

「内密にできるのは、わたしが書く記事だけよ。この仕事のことはもう編集局じゅうに知れ渡ってるだろうし、ことによると三行広告になって紙面に載ってるかもよ」ラファエラは紙を広げると、書いてあった文字を見てげらげら笑った。「ラッフル? これがわたしのパスワード? なんでまたこんなパスワードを?」

アルは笑顔を返した。半年前、この笑顔でテレビリポーターのミリー・アーチャーの心を射止めた。「おれの好きなポテトチップスの銘柄さ。いいか、ラフ、この事件で二度めのピュリッツァー賞が狙えるかもしれんぞ。そういうこともないとは言えない」

ラファエラは笑ってしまった。「大手の記者が最後にピュリッツァーを獲ったのはいつ? いいの、答えないで。あなたのことだから、どうせ答えは用意してあるんでしょう?」

「当然だ。シカゴの記者たちが警察に内緒でバーを開き、おとり取材をしたことがあったろう？　あれはみごとだった。それに……」ふと口を閉ざしたアルの目が、もの欲しげに輝く。「いずれにせよ、スクープの可能性はある。そうなったら、おまえは絶頂を味わえるぞ。ウォリンフォード・デイリー・ニューズ時代にネオナチのグループを暴きだしたときどんな気分だったか、よもや忘れちゃいないだろうな？」

たしかに、あれはいい気分だった。「ええ、あのときは嬉しかったわ。自分の命がまだあって、あの馬鹿野郎どもに鉤十字の腕輪で首を絞められてなくてね」ラファエラはついに屈した。「わかったわ、アル、負けました。彼に会って、話をしてみる。そして彼の弁護士を含むすべての人に、わたしのことを口外しないと約束させてみる。ひょっとしたらひょっとして、内緒にできるかもしれないものね。それに、周知の事実として三行広告欄にも載らないように努力する。で、悪名高きあなたの鼻は、手がかりになるような具体的な情報をつかんでるの？」

アルはいつだって平気で嘘をつく。相手が母親だろうと恋人だろうと部下の記者だろうと、おかまいなしだ。だから今度も、邪気のない顔であっさり首を振った。

五分後、ラファエラ・ホランドはいまだぶつぶつ言いながら、特大のキャンバスバッグにノートとシャープペンシルと傘を詰めこみ、同僚のバズ・アダムズに手を振って、二十三歳のフレディ・ピトーという男にインタビューするため、留置場へと向かった。フレディは逆上し――なぜ逆上したかは不明――家族をほぼ皆殺しにした。悲惨なほど経験の足りない彼の弁護士は、一時的な精神錯乱を申し立てようとしている。賢明な方針とは言いがたい。ラファエラですら、殺害事件の起きる二日前に、フレディが斧を買ったのを知っている。れっきとした予謀の証拠であり、フレディが精神に異常をきたしていたという言い訳は成立しない。少なくとも、彼の弁護士が主張する意味では筋が通らない。フレディは家族が顔をそろえるのを待ち、彼らに自分の思いをぶちまけ、斧で殺害した。警察も、地方検事も、メディアもそう見ている。切れ者で将来を有望視されているローガン・マンスフィールド地方検事補にしても、同意見だ。彼は前戯の最中に長舌を振るい、おかげでラファエラは沸騰寸前になった――ただし、欲望をかきたてられたせいではないが。

アルはラファエラが机と記者とアシスタントのあいだを縫い、編集局の広いガラスドアに向かうのを見送った。足取りも荒く、ロンドンフォグ社のレインコートのすそをはためかせている。アルは回転椅子に深くかけなおし、頭を擦り切れた革のクッション――新聞社のオーナーであるミスター・ダンフォースからの交換の申し出を断りつづけて、五年になるクッションだ――にあずけて、目を閉じた。匿名で連絡してきた年配のご婦人からの情報になにがしかの価値があるとしたら、ラファエラが明らかにするだろう。さっきはラファエラのピュリッツァー賞をからかったものの、ネオナチの巣窟《そうくつ》を暴いた彼女の仕事は偉業と呼ぶにふさわしかった。ラファエラのピュリッツァー受賞が発表されるや、ミスター・ダンフォースはアルに電話をよこし、彼女はそれからひと月でトリビューンの記者になった。凶悪な一味がデラウェア州のショッピングモールのキャンディストアを根城にしているなど、誰に想像できただろう。万歳《ハイル》、ラザルス・スミス！　あの事件は数カ月にわたって人びとの口の端にのぼった。アルが知るかぎり、ラファエラは甘党ですらないのに。

そうとも、この一件に隠された一面があるとしたら、ラファエラが暴きだす。粘り強いし、なにより彼女には、どんな状況で、相手がどれほど異質で奇妙だろうと、時と場合に応じて自分のスタイルや、アプローチの方法、あるいは外見までを適応させられるという、独自の能力がある。そんなラファエラにならフレディがなぜ父親の首を切断しかけ、母親の胸を三度も刺し、叔父の両腕を切り離す寸前までいったのか、突きとめられるはずだ。

あとはラファエラ本人の好奇心に火がつくのを待てばいい。そうとう焚《た》きつけておいたから、怒りを鎮め、アルを殴ってやりたいという衝動と闘うのに二時間はかかるだろう。とすると、留置場へ到着するのは午前十一時前後。本来が優秀なラファエラは、アルの薫陶を受けてさらにその優秀さに磨きをかけた。彼女にならすべてを内々に処理できる。記者が容疑者に面会したからといって――今回にかぎっては――誰かが巻き添えになることはあるまい。

鼻で真実を嗅《か》ぎあてるアルに対して、ラファエラには直感という武器がある。今回、アルの鼻には、匿名のたれこみ情報という助っ人がいたが。

ラファエラがなにも見つけられないようなら、そのときは種明かしをしてやろう。しかし、いまはそのときではない。アルがにらむところ、匿名電話をかけてきたのは隣人のひとりだ。ラファエラにならその人物を探しだせるだろうから、大船に乗ったつもりで待てばいい。

アルは葉巻に火をつけ、新聞社の最年少政治アナリスト、ジーン・マロリーが書いた、知事が直面している予算問題に関する記事に視線を落とした。退屈だがそつはなく、きちんとした字で手書きされた情報源のリストまで添付されている。ジーンは石橋を叩いて渡るタイプの、保守的なお坊ちゃん《プレッピー》。そんな男のどこにラファエラが惹かれたものやら、アルには見当もつかない。慎重なジーンと、直情径行のラファエラ。ふたりがいっしょに寝ているところなんぞ、想像がつくわけがない。ラファエラなら、ジーンが前戯テクニックのチェックリストを再点検しているあいだに寝てしまうだろう。ただ彼女には、地方検事局にいる男との噂《うわさ》もある。そいつのほうが、まだ見込みがあるかもしれない。

ラファエラの自宅
マサチューセッツ州ブラマートン　その夜

「ワインのお代わりは、ジーン？」
ジーン・マロリーは軽く微笑んで、首を振った。「いや、遠慮しとくよ。おたがい明日が早い身だからね、ラファエラ」手には半分に折ったスティックパンがある。「ピトーの事件の担当になったそうだね。きみとミスター・ホルバインが激しくやりあっていたと、みんなが言っていたよ。あわてないで、ラファエラ。話の中身まで知っているのは、ぼくだけだ。そう——たまたま聞こえたもんだから。ミスター・ホルバインはあの男の名前を出し、きみに内密にしろと迫っていた。大丈夫、誰にも言わないよ。ただ、ミスター・ホルバインが、バズ・アダムズではなくきみにやらせることにしたのは、意外だったけどね。あの事件は注目を集めているし、犯人はあの男に決まっている。それにきみは――」

「わたしがなに？」

「きみはあんなつまらない連中の相手をするような人間じゃない。なんといっても、きみの義理の父上はチャールズ・ウィンストン・ラトリッジ三世だからね」

ラファエラは反論したい衝動を抑えるため、残っていたワインをあおった。全身がこわばり、ワインも役に立たない。「じゃあ、あなたは？」おっとりと尋ねる。「つまらないやつらを相手にするような人間なの？」

「そうは言ってない。ただ、これはどちらかと言えば男の仕事だ。不潔な留置場に出向いて、看守や狂人と話をするんだからね。ミスター・ホルバインの予算にも入っていない。彼は編集会議の席上でも、この事件の話を出さなかった」

「彼にはアルって名前があるのよ。アルって呼んでくれって、本人も言ってたじゃない。アルがこの事件の経費を予算に計上しないのは、内密にしておきたいからよ。わかるでしょ、それが肝心なの。でも、清掃係のサリーまで知ってるのよね。どこでどう聞きつけたか知らないけど、わたしの机にメモが置いてあったの。〝あいつの貧相な顎をごらん。あいつが犯人に決まってる〟ですって」

「だとしても、ミスター・ホルバインは編集会議でこのことを取りあげるべきだったし、きみに担当させるべきじゃなかった」

ラファエラは自分を抑え、ジーンに食ってかかりたい衝動と闘った。虫の居所が悪いんだかなんだか、今夜の彼はやけに扱いにくい。いままでにないことだ。ジーンに興味をもったのは、とにかくまじめだったからだ。それに、いかにもワスプらしい整った顔だちのハンサムで、毎日極限まで鍛えた引き締まった体をしている。彼がトリビューンで働くようになって、まだ二カ月半だった。

ラファエラは言葉を選んだ。「アルに割り振られた事件くらい、なんだってこなしてみせるわ。性別なんか関係ない。生い立ちもよ。あなたはどう？　取材対象が女より男のほうがやりやすい？」

「いや、それはないね。ただ、相手が女の人格障害者《サイコパス》の場合はわからないが」

ごもっとも。「わたしだって、男の人格障害者の取材に自信があるわけじゃない。でもヘル・ラザルス・スミスを取材した経験ならあるわ。わかるでしょう、とても興味をそそられる事件なのよ――ラザルスじゃなくて、フレディ・ピトーのことだけど」ラファエラはいらだちを忘れ、頬杖《ほおづえ》をついた。

「アルは正しかったわ。アルが殺してやりたいくらい憎らしかったけれど、怒った勢いでフレディについて徹底的に調べあげたの。社の図書室にある関係資料のすべてに目を通してから、ミスター・ピトーに会いにいった。最初はしゃべろうとしなかったわ。黙りこんで、うつろな顔をしていた。たった五つの言葉を言わせるのに、十分もかかったくらい。明日は妹風にアプローチしてみるつもり。もっと反応がいいといいんだけど。面会は二回が限度みたいだから」

「それでもぼくは、きみが人間のクズを相手にしているなんて、気に入らないね」

ラファエラはコーヒーを注いだ。コーヒーは忍耐力のつっかえ棒になってくれる。

「わたしたちは記者なの。あらゆるクズを——編集局のコーヒーも含めて——相手にするのが仕事よ。あなたは政治家たちを相手にしているけれど、それ以上に危険なことがあって？」

「少なくとも彼らには読み書きができる」

「だからなおさら危険なんじゃない」

「あの男はなんと言ってた？」

ああそうか、とラファエラは思った。この人もただの野次馬、偽善者なのだ。「いまは言えない。あなたにも。アルの命令なの」

ジーンが自分に幻滅しているのがわかり、笑いたくなった。さっきラファエラが〝ちくしょう〟と口にしたとき、彼はぎょっとしていた。それで気づいたのだが、ジーンの前だと自然と言葉遣いに気をつけてしまう。いま彼は仏頂面をしている。彼のことを買いかぶっていたらしい。こんな男、インテリじゃなくて、ただの退屈な性差別主義者だ。

ややこしい関係になる前でよかった。もしそうなっていたら、プライドに傷を負った彼から、汚された、と責められていただろう。トリビューンの女子トイレの壁に貼ってあったメッセージを思い出すと、口元に笑みが浮かぶ。〝今月のバージンになって、健康維持〟
ラファエラはにんまりしたまま言った。「あなたの言うとおりよ、ジーン。明日は早いわ」
席を立ち、玄関のクロゼットへ向かった。思ったとおり、ジーンはついてきた。彼が毛皮の縁取りつきのバーバリーのコートを着るのに手を貸し、一歩下がった。ジーンはつかの間ラファエラを見つめ、おやすみ、と言って出ていった。

おやすみのキスもない。ジーン・マロリーとはこれきりになるだろう。よく考えてみれば、たいした損失ではない。どちらにとっても。

ラファエラはいつものとおりドアに鍵をかけ、錠前のデッドボルトを差しこみ、二カ所あるドアチェーンをかけた。マサチューセッツ州ブラマートンでここまで念入りな防犯設備は必要ないのだろうが、なにぶん女のひとり暮らし。居間――さまざまなものが折衷主義で置いてあるので、母にはよくヌーヴォー・グッドウィル様式、つまりガラクタの寄せ集めだとからかわれる――に戻り、大きな出窓の前に立った。外は静かだった。通りに積もった雪が、街灯を照り返している。

つねに静けさに包まれた町ブラマートン。ここはブレイントリーに近い、ボストンから二〇マイルほど南東に位置する小さな町で、以前は住民の大半が労働者だった。八〇年代に製紙工場が閉鎖されてどこかへ移転したあとは、かつての活気を失い、土曜日の夜に大声で歌を歌うような陽気な酔っぱらいはいなくなった。ボストンとも似ていない。ブラマートン内にはいまもこれまでも、大学がひとつもない。ここに住むのは退職者と、生活保護者ばかりだ。

ラファエラはすべての明かりを消してベッドに入った。眠りに落ちるまでの十五分ほど、考えごとをするのが習慣になっている。懸案事項があるときは、寝る前に考えを整理し、目覚めるころには答えが出ていると自分に言い聞かせる。実際、そうやって答えを見つけたことも少なからずあった。

ジーン・マロリーのことはちらりとも考えなかった。

全思考をフレディ・ピトーと、彼が話していないことに傾けた。アルの鼻は今回もやはり正しいのかもしれない。ラファエラ自身、奇妙な胸騒ぎを感じていた。真実が見かけと異なるときに覚える感覚だ。警察の調書と三人の精神分析医の診断書をじっくり読み、気は進まないながら、検死官の報告書と、鑑識が撮影した三人の遺体の写真にも目を通した。それからベッドに横になり、思案をめぐらせた。書類から読み取った情報について。そしてもっと重要な、書かれていない情報について。

何度考えても、同じ疑問にぶちあたる。なぜフレディは家族を斧で殺したのか。怒り？　まさか。誰だって腹ぐらい立てる。アル・ホルバインと仕事していたって腹は立つが、斧で殺そうと思ったことはない。なにか理由があるはずだ。そしてもうひとつ。フレディの弟、ジョーイ・ピトーはどこにいるのだろう？　少年は殺人現場に居あわせ、命からがら逃げだしたと考えられている。じきに見つかるだろうというのが警察の見方だ。かわいそうに。ほんとうに見つかるだろうか？　警察は少年を捜しているが、本腰を入れているとは言いがたい。

サイコパスの殺人鬼はもうつかまっている。少年のことなど、誰が気にするだろう？

ラファエラには気になった。なぜなら、この事件にはフレディが斧を買って家族を殺害したという以上のなにかがある。どうして母親と叔父はあれほどひどく痛めつけられていたのか。父親の首が切断されかけていたのにも、もちろんぞっとしたが、あれは一撃のもとに負わされた傷だ。ほかのふたりのように、めった切りにされていたわけではない。やがてラファエラは眠りに落ちた。なんだか楽しい夢を見たが、くり返し少年が出てきた。途方に暮れて、怯えていた——そしてなにか、漠然としたなにかが感じられた。そのなにかがラファエラの直感に訴えていた。

翌朝ラファエラは留置場へ行った。ハガティ巡査部長——勤続三十年近いベテラン警官——は、苦笑気味に彼女を見ると、あんたがあの狂ったクズ野郎とどれだけ話そうがおれの知ったことじゃない、それにこのことは誰にも言わない、と言った。彼が大いに気にしているのが、この発言でわかった。しかしマスターースン警部補は約束を守ってくれた——ただし、面会はこの日で最後の約束。

ラファエラは面会室の、鉄の網の手前に座った。不潔ではないが、気の滅入る部屋だった。薄緑色のペンキがところどころ剝《は》げ落ち、この手の施設にはつきものの安っぽい椅子が置いてある。電話はなく、留置者と面会者を隔てる鉄の網が張られている。無表情な若い看守が、フレディ・ピトーをそっと部屋に押し入れた。若い看守はあまりにも多くを見すぎて、これ以上なにも見ないことで自分を守ろうとしているようだった。ラファエラは前回同様、フレディをつぶさに観察した。これほど哀れな男には会ったことがない。彼はクズではなく、ひどく怯え、いまの境遇に発狂しかけている若者だった。

十分もすると、フレディがぽつりぽつりと話しだした。

おやじに言われて斧を買った。フレディがそう訴えるのは、これがはじめてではない。

「でも、ミスター・ピトー、警察にはそう言わなかったの？」ラファエラは低く穏やかな声を心がけた。一心に彼の顔を見つめながら。

「言ったよ、マダム。でも、あいつら、おれが頭のいかれた嘘つきだって言うんだ。何度も何度も訴えたのに、聞いちゃくれない。警察にとっちゃおれは、狂ったクソいまいましい嘘つきなのさ」

「なぜ斧がいるのか、お父さんから聞いた？」

フレディは彼女を見つめ返した。顔をしかめているので、黒く濃い眉毛がくっつきそうだ。

「買ってこいと言われただけ、誓ってそれだけだ」そこでフレディは、予期せぬことを口走った。「おれが斧を買ってこなかったら、そのくだらない頭をぶん殴ってやる、っておやじに言われてさ」

ラファエラの背筋が疼《うず》き、直感がびんびんと響いた。ここは慎重に話を進めなくてはならない。「ところで、ミスター・ピトー……フレディって呼んでもいい？　わたしのことはラファエラって呼んで——あなた、お医者さんに診てもらったほうがいいわ。左目が充血して涙っぽいみたいよ。彼は実際にあなたを殴ったの?」

「誰が?」

落ち着いて、ラフ、焦っちゃだめ。「お父さんよ。お父さんに殴られたの?」

フレディはふぬけた顔でうなずいた。「ガキのころからずっとさ。殴られてたのはおれだけじゃない。おふくろも弟もさ。おやじはジョーイを悪魔の子と呼んじゃあ、ぶん殴ってやると脅して、実際、いつも殴ってやがった」

「そのことを警察に言わなきゃ」

フレディは困惑顔になった。「警察がそんなことを知りたがるもんか。殴るなんてよくあることさ。警察が気にするわけないだろ」

「あなたの弁護士はなんと?」

「ミスター・デクスターは、黙ってりゃ問題ないって。おれは頭がおかしくなっていた——十分間くらい狂っていたのだからとかなんとか、そんなふうに言ってたな」

フレディ・ピトー、二十三歳。小さな黒い目と、ぼさぼさの黒い髪。とくに利発そうには見えないものの、狂っているようにも見えない。顔色は不自然なほど青白く、猫背のせいで、実際の一八〇センチよりずっと小柄に見えた。ひげを生やして貧弱な顎を隠そうとしているが、ひげが汚れているので、むさ苦しさだけが目につく。彼が混乱しているのはまちがいない。虐待の被害者なのだ。彼は真実を語っている。あの目は治療の必要がある。

「いままで医者にかかったことはある? ミスター・ピトー」

「フレディでいい」

「ありがとう。お父さんに殴られたあと、医者に行ったことは？」

「あるわけねえだろ、マダム。おやじに言わせりゃ、そんな値打ちはないってさ。前に叔父貴に殴られて、腕が折れたときも、おやじはおれの腕に包帯を巻いて、黙ってろ、と言いやがった。医者に行かなきゃならないほどやられたのは、おふくろだけだ——」

「どの病院だったか憶えてる、フレディ？　いつだったの？」

「ああ、マダム、憶えてるよ。総合病院の救急処置室さ」

マス・ジェネラルだ。やった。どうしていままで表に出てこなかったのだろう？　みんながフレディをいまいましい嘘つきだと信じて疑わなかったから。それが理由だ。

「このことについて、精神分析医たちから訊かれなかった、フレディ？」

「訊かれたさ。でもおやじに殴られていたことは話さなかった」

「どうして？」

「長い紙にずらずら書かれた質問のひとつだったから。連中が知りたがったのは、斧がおやじの首に刺さったとき、どんな気分だったかとか、おふくろがおれに殺さないでくれと言ったかどうかとか、そういうことさ」

ラファエラは吐き気を覚えた。

「どいつもこいつも、いやなやつばっかだった。ひとりはキッパー叔父さんに似ててさ」

もし自分がこの留置場の部屋で嘔吐しても、似合いの環境すぎて誰も気づかないだろう。

ラファエラはぼんやりそんなことを思いながら、フレディをじっと見つめた。かわいそうに。

「お母さんが病院に行ったのはいつ？」

彼は一分間ほどうつろな表情をしていたが、そのあとごく慎重に答えた。「一年とふた月前。おふくろはとても痛がってた。おやじは病院の人に、おふくろの名前をミリー・ムースだと伝えた。そんな語呂合わせをして、ひどくおもしろがってやがった」

「あなたがお父さんを斧で殺したの？」

「ああ、殺した。それにほかのふたりも」

ラファエラは身を乗りだした。「あなたはやっぱりいまいましい嘘つきよ、フレディ」

フレディは彼女を見返し、たじろいだ。「違う！　おれは嘘なんてついてねえ！」

ラファエラは考えて発言したわけではない。とっさに出た言葉だったが、それで彼の目の色が変わった。彼女はさらに語気を強めた。「いいえ、あなたは嘘つきよ。ほんとうのことを話してちょうだい、フレディ。すべてを」

彼は答えようとしなかった。大声で看守を呼び、椅子から転がり落ちるようにして部屋を出ていった。しきりに目をこすっている。まずい。しくじったのだろうか？

「明日、またね、フレディ」彼の背中に呼びかけた。「あなたの目を医者に診せたほうがいいって、ここの人たちに言っておくわ」

自分の発言が、警報を発する直感にもとづくものであったことはまちがいない。彼が斧で家族を殺したのは確か。そうでしょ？　ラファエラはぼんやりと首を振っていた。急いで席を立つ。一刻も早くこの憂鬱《ゆううつ》な部屋から出たかった。直感は直感として、それが正しいかどうかを証明してくれるのは、調査と地道な取材。綿密な裏づけ取材をしなければならない。それにもう一度フレディに会わなくては。どうやったら、マスタースン警部補に追加の面会を認めさせられるだろう？　ここは是が非でも、許可してもらわなければならない。いまのラファエラには、それ以外の選択肢はありえなかった。

留置場を出ると、その足でマス・ジェネラル病院の記録室に向かった。患者の記録に近づくコツは、白衣を着て首から聴診器をさげ、院長のように堂々とふるまうことだ。前にも二回ほどやったことがある。二回ともうまくいった。職員たちは働きすぎで疲れているから、内部の人間になりすませば、疑われずにすむ。ラファエラは、記録室の職員ふたりが少なくとも五件の閲覧要求を抱えるのを見計らって部屋に入り、自分の閲覧要求を出した。ちょろいものだ。

医師による記録は一ページだけだった。添付されていたポラロイド写真のミリー・ムースことミセス・ピトーは、まるで戦争捕虜のようだった。老いと疲労のせいで、実際には感じているだろうひどい痛みを感じさせない。ラファエラは急いで記録を読んだ。ミセス・ムースは治療を受けたが、入院は拒否。AMAで退院。AMAは、医師の診断に逆らって《アゲインスト・メディカル・アドバイス》という意味だ。身体内部の損傷は見られず。肋骨二本と片腕を骨折、多数の打撲傷、打撲による顔の腫脹《しゅちょう》、二十一針の縫合が必要な裂傷。

なぜフレディは母親を殺したのだろうか。しかも、めった刺しにして。母親も息子と同じ、虐待の犠牲者だったのに。

なにかを見落としている。大きななにかを。

思い違いだろうか？　自分の直感に頼りすぎている？　違う。フレディの反応が、彼のあの目が、真実を垣間見させたのだ。

見つけだしてみせる。フレディの弁護士には会うまでもない。あの出来の悪い弁護士はなにも知らない。フレディからまるで話を聞きだせていないという、初歩的なミスのせいで。

それより、隣人から話を聞かなければならない。警察がすでにそれくらいのことはしているはずだが、彼らが見落としているなにかがあるのは確かだった。

そこで別の疑問が浮かんできた。アル・ホルバインがこうした仕事を部下にやらせるのは、なにか理由があるとき。彼自身が疑問を抱くようななにかを聞きつけるなり、ほかの誰も知らないなにかをつかんだときだ。

アルはなにかを知っている。そしてラファエラには手の内を見せなかった。

ラファエラはいったん帰宅し、ノース・エンド地区に合わせて着ていくものを慎重に選んだ。ピトーというちっともイタリア風でない名前を持つ一家が、なぜあそこに住んでいたのか不思議だった。それから一時間後、彼女はポール・リヴィアの家の前を歩いていた。三ブロックにわたってハノーヴァー通りを歩きながら、露店で売っている新鮮な果物や野菜に心惹かれた。二月だというのに、行きつけのスーパーマーケットよりずっとおいしそうなものがならんでいる。お気に入りのイタリア料理レストランのひとつ、カフェ・ポンペイの前を素通りする。そこからひとブロックほど行くと、ネイサン通りだった。ピトーの家はもうひとブロック西にあり、こぎれいな労働者の住宅街ながら、いくらか荒れた雰囲気がある。かつては上等だったシャツの襟が擦り切れているようなものだ。

ラファエラははつらつとした大学生のようだった。ボストン大学の学生風に多少ゆるみのあるジーンズをはき、青いタートルネックの上にウェスタンシャツをはおった。その上にダウンベストを重ね、黒いブーツをはいて完成だ。アルはこのブーツを、わんぱく小僧のブーツだとからかう。小手調べに近所の人たち三人に話を聞き、大学生らしいアプローチを完全にものにした。それから、プロスパー通り三七九番地にある、間口の狭い褐色砂石《ブラウンストーン》造りの家を訪ねた。表の四角形の庭には、汚れた雪が少なくとも三〇センチは積もっていた。裏庭がピトーの家と接していて、両家の裏庭のあいだには、腐った木の柵がある。

そして小柄で皺《しわ》だらけのおばあさん――ミラノ生まれにして、一日の大半を二階の寝室でピトー家に向いた窓をながめながら過ごしてきたミセス・ロゼリ――から、きわめて興味深い話を聞くことができた。

2

カリブ海、ジョバンニの島　二〇〇一年二月

マーカス・デヴリンこと、本名マーカス・ライアン・オサリヴァンは、着ていたTシャツを脱いで白い砂浜に広げ、その上にごろんと寝転んだ。右手を目の上にかざし、正午のまぶしい日差しをさえぎる。気温はかなりあるが、カリブの海風のおかげで、汗をかくほどの蒸し暑さは感じない。

マーカスは昨日、ボストンから戻ったばかりだった。オランダ人が来るからと、ドミニクに呼び戻されたのだ。オランダ人たちが条件に合意し、交渉は成立。そして今日、彼らがこの島にやってくる。友好の証《あかし》にシャンパンで乾杯とでもしゃれこむつもりだろう。

マーカスは腹をかきかき自分に問いかけた。今回のオランダ人との取引や、ようやくけりがつくかもしれないことについて、おまえはどう感じているんだ？　しかし何度となく思い知らされてきたとおり、なにごともそう単純ではない。ひとつだけ確かなことがあるとしたら、ことはひと筋縄ではいかないという点だ。自分は大胆かつ冷徹でなくてはならず、厄介なことに、警戒心をゆるめることは許されない。できることなら、いますぐにでもここを出

たい。この一件が片づいたら、もう二度とカリブ海を見たいとは思わないだろう。しかしそれも先の話。もし将来を手に入れることができたらという、仮定の話でしかない。

いまはのほほんとした風情で砂浜に寝そべりながら、その実、あれこれと思い悩んでいる。ボストンのしけた天気のあとだけに、焼けるような日差しが心地いい。雪と氷と灰色一色の景色のなかにいると、どうしたって気が滅入る。二月のシカゴも同じように陰鬱な天気にはちがいないが、マーカスにとってシカゴはいまだ懐かしい故郷だ。ボストンでは命じられたとおり、ブルックリンの小さなホテルでパールマンと会う手はずを整えたものの、ドミニクに呼び戻されたために、実現しなかった。最初のアンティグア行きに乗り、そこで乗り換えて島まで戻った。パールマンに会ってなにを話したらいいのかは、知らなかった――たぶん、パールマンから、情報提供があることになっていたのだろう。

当然、話題は密輸する軍用機の部品――航行ミサイル用ジャイロスコープかトウ対戦車ミサイルの可能性もある――についてだが、具体的なことは教わっていなかった。F14トムキャットを採用した唯一の国であるイランに、F14の部品を売る話だったのかもしれないし、シリア向けのC130輸送機の部品の話だったのかもしれない。ほかにも可能性のある国はあった。リビアやマレーシア。経由地はシンガポールかボルネオ。

確かなのは、その取引がアメリカの国務省の免許も許可も受けていないことだ。紛れもない違法取引。ドミニクは、世界でも五本の指に入る武器商人のひとりと目されている。多岐にわたる彼の活動の確たる証拠をつかんだものはいない。きわめて頭の切れるドミニクは、厚い防御壁に守られ、仲介役の陰にうまく隠れて、他人を信じない。わがままで尊大なひとり息子のデロリオも、とっくに信用されていいはずのマーカスも、例外ではなかった。

しかし今回の取引相手のオランダ人——仲介者だと聞かされていた——が島までやってきてシャンパンを飲むというなら、なにがどこに密輸されるかくらいはわかるだろう。少なくとも最終使用者証明書に記載されている届け先は確認したい——今回の取引でそんなものがあればの話だが。マーカスは心臓の鼓動が速まり、胃がわしづかみにされるように感じた。そうだ、今度こそ突きとめてやる。突きとめたら行動を起こし、証拠をつかむ。そうすれば自由になれる。そう言い聞かせるはじから、たいした証拠をつかめなかった過去半ダースの取引の記憶がよみがえり、すでにおなじみとなったいらだちが全身を駆けめぐった。ここまで長かった。役割を演じるのには、もう飽きた。情報を得るための小細工や嘘にも、よくよく考えてからじゃなければドミニクにちょっとした意見も述べられないことにも、たったひとつのミスが命取りになることにも、ほとほと疲れた。もう終わらせたい。つくづくそう思った。故郷に戻り、自分の人生を取り戻したい。ボストンでいとこのジョン・サヴィジと交わした電話を思い出す。サヴィジは心配していた。「とうの昔に手を引いておくべきだったんだ、マーカス。おまえは義務を果たした。もう二年は人生を棒に振ってるんだぞ。ジョバンニの逮捕のことも、くだらないオランダ人のことも、みんな忘れて帰ってこい。おまえがいてくれたらって、みんなが思ってる」

はばかりながら、マーカスの意見は違った。ジョン・サヴィジは彼が知るなかでも、もっとも容赦のない、有能な男のひとりだ。ありがたいことにマーカスとはいとこ同士であり、親友でもあった。敵にはまわしたくない。マーカスは込みあげてくる敗北感と、自由に生きられるはずだった月日――いまや年月になってしまった――を失った喪失感を抑えつけて、穏やかに言った。「ジョン、おれたちはクジを引き、おれが当たり――そのときの気分によってははずれだと感じるが――を引いた。ジョバンニを死ぬまで連邦刑務所にぶちこんでおけるだけの証拠が手に入ったら、家に帰るよ。それまではだめだ。わかるだろう？　叔父さんのことがある」

マーカスはサヴィジの沈黙に耳を傾けた。アメリカ税関局によるおとり捜査のことを思い出しているのだろう。その捜査により、叔父のモーティは旧ソ連の美人スパイと取引した罪で逮捕された。そしてマーカスとサヴィジは税関局と取引した。マーカスの協力と引き替えに、モーティは禁固刑を免れる。それが条件だった。それでも、とサヴィジは食いさがった。「叔父さんだって、まさか、おまえにここまでの犠牲を強いるとは思ってなかったはずだぞ、マーカス。誰にだって、そこまでは求められない」

「叔父さんは自分の尻と肘の区別もつかない、世間知らずの大馬鹿野郎だよ。ところで、叔父さんは元気にやってるのか？」

マーカスはため息をつき、砂浜に寝そべったまま伸びをした。日光が骨の髄まで染み入るようだ。連邦政府と取引した以上、最後までやり遂げるしかない。いまさら逃げだせない。モーティの自由と引き替えに、ドミニク・ジョバンニをつかまえる。以上。

マーカスはふいに起きあがった。ヘリコプターの音が近づいていた。ポルト・ビアンコ側ではなくこちら側——つまり、ひとり頭一万ドルをカジノに落としていく金持ちのリゾート客ではなく、あのオランダ人たちだ。ヘリは敷地内にある発着場に着陸した。客人たちが母屋でドミニクとアイスティーを飲むまでに十分はかかり、ビジネスの話に入るには、さらにそれ以上の時間がかかるだろう。そう踏んだマーカスは、カットオフジーンズを脱ぎ捨て、海に駆けこんだ。焦ることはない。泳ぐことで、恐怖やいらだちや期待を洗い流してしまいたい。熱心すぎるとドミニクに思われるのだけは避けなければならない。ドミニクは口を閉ざし、マーカスをリゾートに帰すだろう。

マーカスはそれから十分、泳ぎに没頭した。すっきりしたものの、心の底に巣くっている敗北感だけは消せなかった。

砕け散る波のなかを浜へと引き返してくるマーカスを見ながら、エディ・メルケルは考えていた。危険な男マーカス。冷徹だが馬鹿ではなく、メルケルはそんなマーカスが気に入っていた。二年近くかかったとはいえ、マーカスはついにメルケルの〝信用できる人物〟のリストに加わった。マーカスは策略家で飾り気がなく、独立心旺盛で、冷酷だ。ミスター・ジョバンニの意見を尊重しつつも、断固としたところがある。人によっては、石頭と言うだろう。マーカスのリゾート経営の手腕には舌を巻かざるをえない。もはや彼なしにはたちゆかない。マーカスはカジノを金鉱に変えた。金持ちのメンバーとそのゲストたちを満足させる一方で、リゾートを訪れるビジネスマンたちと個人的に取引して私服を肥やしているのだろう。

ミスター・ジョバンニはまだマーカスを信用していない。少なくとも完全には。しかしメルケルの見るところ、ボスは誰のことも完全には信じていない。マーカスの身元を徹底的に調べあげたときも、あまりに完璧すぎて信じられないと文句をつけた。それはボスの期待にかなう、みごとなほど多彩にして豊かな経歴だった。九〇年代初めには海軍の諜報機関に所属し、その後CIAに入局して、ヨーロッパを中心に活動――それがマーカスのおもな経歴だ。そうした経験がマーカスを強靭《きょうじん》な策略家にしたのはわかるとして、わからないのは、そんな男がなぜこうも優秀なリゾート経営者になったか。メルケルに言わせれば、リゾート経営で大金を稼いでくれているのに文句をつけるなんざ、ミスター・ジョバンニはどうかしている。

メルケルは海から上がってきた裸のマーカスに目をやった。上背があり、筋肉質で、引き締まっている。ボストンに行っていたために、日焼けが少し褪《さ》めたようだ。アイルランド系らしく濃い黒髪に紺色の瞳をしているが、アイルランド系らしからぬことに、けっして酒には溺《おぼ》れない。マーカスという男は、自分自身も周囲の人間も制御しておきたがる。

マーカスが戻ってくると、黙ってジーンズとTシャツを渡してやった。

「ミスター・ジョバンニがお呼びだ」メルケルは体重九五キロの猪首《いくび》の男にはおよそ似つかわしくないやさしい声で言った。

「ああ、ヘリコプターの音が聞こえた」マーカスはわざとうんざりした調子で応じた。「オランダ人か？」

「今回は三人で来ている。ふたりはおれたちも知っている――ケルボッホとファン・ヴェッセルだ。もうひとり、おれたちの知らない女がいる。名前はテュルプ――」

「苗字なんだろうな」マーカスはTシャツに頭を通しているので、声がくぐもっている。

メルケルは苦笑した。「名前は知らないが、食えない女だ。一同、今日が人生最良の日だと言わんばかりのえびす顔だよ。テュルプは口数が少ない。胸はでかかったがな」

マーカスはうなずきながら、カットオフジーンズのファスナーを閉めた。

「死んだ鯨みたいになまっちろくなりやがって」メルケルは言った。

「三日もすればもとどおりさ」

「一時間前にデロリオがマイアミに発ったぞ。リンクとレイシーがお供についていった」

マーカスの頬がゆるむ。「どこかに神がいて、あの傲慢《ごうまん》男を厄介払いしてくれたってわけか。あいつがドミニクの息子だとは、いまだに信じられないよ。血を分けた息子とはね」

「デロリオが言いだしたわけじゃなくて、ミスター・ジョバンニの命令だがな。ポーラも同行したがったが、それは許可されなかった」

「そりゃ残念。そうだな、デロリオのことだから、飛行機の窓を開けて、機外にほうりだされるかもしれないし、飲み物を運んできた女の子に襲いかかって、グラスで喉を突き刺されるかもしれない」

メルケルは素知らぬ顔を通したが、マーカスと同意見だった。デロリオとその妻は、スケールの大きい鼻つまみ者だ。

　メルケルはいつものように、三つぞろいの白いスーツを着ていた。それに空色のボタンダウンのオックスフォードシャツ、青と白の縞《しま》のネクタイ、イタリア製の白いローファー。太い手首にはロレックスが輝いている。同色、同素材のスーツが五組、シャツは十枚あった。

「ポーラは若いもんのひとりに車を出させて、リゾートに向かったよ。ぷりぷりしてたから、結婚指輪まで賭けの対象にしちまうかもな」

「結婚指輪にしろなんにしろ、金品はすべてドミニクのもとに戻るんだから、たいしたことじゃないさ」

　メルケルが顔をしかめた。「あのオランダ女のテュルプだが、どうも気に入らない——」

「胸がでかくてもか?」

「あの女には人をぞっとさせるようななにかがある。わかるだろ、そういう感じ?」

　マーカスがわかると相づちを打ちかけたとき、突然、母屋から叫び声と銃声が聞こえてきた。

　まずは厚い胸板と丸太のような太腿を持つ四十歳のメルケルが、名ラインバッカーのチャーリー・ガーナーよろしく駆けだした。マーカスはそのメルケルを追い越し、顔にあたる植物を掲げた腕で払いのけながら、鬱蒼《うっそう》としたジャングルを走った。

　全速力だった。ドミニクの使用人が毎日刈りこんでいる青々とした草木のなかを駆け抜け、ジャングルの端までくると、ぴたりと止まった。パニックが鎮まり、冷静さが戻ってくる。

メルケルが息をはずませながら、速度を落として近づいてくるのがわかった。

マーカスは目前の光景に意識を集中し、すべてを遮断して脳を働かせた。目の前にあるのは母屋。白く塗られた日干し煉瓦《れんが》の壁、まっ赤な屋根、ハイビスカス、ブーゲンビリア、ラン、インドソケイが壁を伝い、窓を飾っている――ここには誰も隠れていない。屋敷の正面には、腕をつかんで立つドミニク・ジョバンニがいる。白い開襟シャツと白いズボンという格好で、指のあいだからあふれでた血が腕を伝っている。シャツの純白と、ねっとりとした血の赤の対比に、マーカスは胸が悪くなった。

テュルプというオランダ人の女は、九ミリ口径の自動小銃を手に、ドミニクの正面に立っていた。仕立てのいい青いスーツに身を包み、颯爽《さっそう》としている。たしかに胸は大きい。傍らに控えるは、ふたりのオランダ人。ケルボッホ――背の低い禿《は》げ――は、手をかざして空を見あげ、ヘリコプターを探している。ヘリの音からして、あと数分で到着するだろう。

どういうことだ？　なにか手違いがあったのか？　商談は成立し、すべて決着したはずなのに。マーカスにとってこの取引はチャンス、長年待ち望んだ大きなチャンスだった。

しかしなにかが起きた。あの女はドミニクを殺すつもりか？　それとも、いまそうであるように、痛めつけたいだけか？　ドミニクはあわてたふうもなく、曇りのない薄いブルーの目で女を見据えていた。腕に痛みがあるとしても、それをおくびにも出していない。

マーカスは前を向いたまま、小声で言った。「オートマチックを貸してくれ、メルケル」

昔ながらのカラシニコフは頼りになるロシア製の自動小銃で、十秒もかけずに一ダースの人間を撃ち倒せる。カラシニコフのほうが、ドミニクがロシアの仲介者と取引のあるドイツ人から調達して部下に持たせている軽量のRPKマシンガンより、マーカスの好みに合った。

「どうするつもりだ?」背後からメルケルの小声がして、その体から放たれる熱気を感じた。

「待機しててくれ」マーカスは緊張と恐怖を抑えながら待った。いまいましいオランダ人どもめ! もしやつらがすべてを台なしにしたら――いや、そうはさせない。考えるだけで吐き気がする。いったいなにがあった?

いまやヘリコプターは屋敷に迫り、インドソケイの花を散らし、低木を揺らしている。ケルボッホが夢中で手を振り、もうひとりのファン・ヴェッセルは、一六五センチほどの身長では翼にぶつかるはずもないのに、身をかがめている。オランダ女はまだ動こうとせず、ドミニクに話しかけているが、ヘリコプターのローターの音でなにを言っているかわからない。どうやらボスは女で、残るふたりは命令される立場にあるらしい。ふたりの男は怯え顔なのに、女のほうは、感じているはずの恐怖を見せていない。そうだ、あの女がリーダーだ。

マーカスは隠れていたジャングルから出た。低姿勢で走り、ヘリコプターの向こう側にまわった。ヘリコプターの機体は白く、その側面のキャビンのすぐうしろの位置に、明るい緑色で〝バテシバ〟と書いてあった。

激しく回転するローターが、周囲の低木や草花を巻きあげている。マーカスはそれが煙幕代わりになってくれるのを祈りつつ、パイロットの視線を避けてキャビンのすぐうしろで待った。テュルプは男たちにうなずきかけ、ゆっくりとドミニクに振り返り、九ミリ口径の自動小銃を構えた。「薄汚れた、腐れ野郎」と、声を張りあげてドミニクを罵倒する。彼女が銃を発射しようとしたそのとき、マーカスはヘリコプターの陰から飛びだし、銃を構えて引き金を引いた。銃弾が彼女の右手首をかすめる。ローターのすさまじい轟音《ごうおん》のなかでは、本物の銃声もおもちゃの銃を撃ったようにしか聞こえない。振り向いた女は手首から血を流しつつ、なお銃口をマーカスに向けている。マーカスは歯を食いしばり、立てつづけに二発の銃弾を放った。胸を撃ち抜かれた女が、口をあんぐりと開け、驚きに目をみはる。やがてその体が傾き、ゆっくりと崩れるように、膝を折って地面に倒れた。

ふたりの男たちは悲鳴をあげて逃げだした。だが、マーカスは撃とうとはせず、メルケルがふたりを倒すのを見物していた。ケルボッホは顎を、ファン・ヴェッセルは腹を殴られた。ヘリコプターのパイロットも馬鹿ではない。当然、機体を上昇させた。マーカスは自動小銃を持ちあげ、慎重に狙いを定めて静止した。

ドミニクの声が飛ぶ。「撃ち落とせ、マーカス」

だが、マーカスはかぶりを振った。ゆっくりと銃を下ろした。できない。ヘリコプターを撃って、パイロットを殺すことはできない。そこまでする理由がないからだ。自分は冷酷で血も涙もない殺し屋ではない。そう、ドミニク・ジョバンニとは違う。

マーカスはドミニクに駆け寄った。彼は上腕の傷を片手で押さえたまま、微笑みを浮かべていた。さっきの命令は空耳だったのか、とマーカスは思った。

「ありがとう、マーカス」超然とした声で丁寧に礼を述べた。「さほど心配はしていなかったんだが、そう、土壇場までは。あの女に殺されるところだった」そしていまはじめて気がついたようにつけ足した。「理由さえわからない。女がなにか言ったと思うだろう？」

「なにがあったんです？」マーカスは、ドミニクが腕を押さえていた手をどけ、シャツを引き裂いて傷口を調べた。「弾は貫通している。よかった。これならおれでもなんとかなります。ヘイムズを呼ぶまでもありませんよ」

ドミニクはうなずいた。マーカスはそのときはじめて、ドミニクの顔に緊張していたことを示すこわばりが残っているのに気づき、彼が平静を取り戻して口を開くのを待った。「使用人たちは全員、地下室に閉じこめられた。ココはプールサイドの脱衣所で椅子に縛りつけられている。十二人の手下は、ひとり残らず意識を失って、食堂で倒れている。ケルボッホがガスを使ったのだ。敵ながらあっぱれと言わねばなるまい——数秒で全員を気絶させたのだからな。あいつらがなにを使ったのかは、わかっている。中国で開発されたガスだ。四時間もすればみな目を覚ますだろう」

「ポーラはリゾートに行って留守ですね？」

「そうだ」

「詳しい話はあとで。まずは家に入って、横になることです。あとはおれに任せて」そして、気絶しているふたりのオランダ人を見おろしているメルケルに声をかけた。「その薄汚い連中は縛りあげて、あとで話を聞かせてもらうとしよう」

「そうだな」メルケルは応えると、ふたりの男を両脇に抱え、道具小屋という名目で、実際は人の監禁に使われている建物のほうへ引きずった。

「マーカス！　危ない！」

マーカスは振り返った。あの女、テュルプが、胸と口から血を流しながら上体を起こし、負傷した手に持った九ミリ口径の自動小銃で自分を狙っている。世界が停止した。身をかがめて銃弾をよけようとしたが、遅すぎた。

ドミニクの叫び声が聞こえる。

そして銃声。一発、二発。

冷たく痺《しび》れるような痛みが肩を貫く。これで死んだらあんまりだ。ふとそんな思いが、マーカスの脳裏をかすめた。

ラファエラの自宅　二〇〇一年二月

フレディ・ピトーの夢を見ていたラファエラは、はじかれたように飛び起きた。目を大きく見開き、耳をそばだてる。墓場のように静かで、物音ひとつしない。夢のなかで聞いた銃声の残響だけが耳に残っている。ベッドから出ようとしたら、体の左側に痛みが走った。肩と腕をもみほぐす。こっぴどく殴られたような、不可解な痛みだった。

気味が悪い。休んだほうがいいのかもしれない。フレディのことで神経が参っているのだろう。ラファエラは十年来愛用しているミッキーマウスのスリッパをはき、古びたピンクの部屋着をはおって、居間に行った。カーテンを開けると、下の通りは例によって静かで、降ったばかりの雪に足跡はなかった。火を噴いて走る車はおらず、怒って罵《ののし》りあう老人や、プードルを怒鳴りつける短気な老女もいない。耳に残る悲鳴と銃声を説明できるようなものは、まったく見あたらなかった。

続いて台所に移動した。夜明けが近いのに気づき、コーヒーを淹《い》れた。コーヒーができるのを待つあいだ、肩と腕をなでた。気味の悪いことに、痺れたような感触がある。あのけたたましい銃声。夢はなにかの表れだという。ラファエラは首を振った。このところ、血なまぐさいことばかり考えていた。斧による陰惨な殺人を銃弾に置き換えて夢に見たのかもしれない。斧は残酷すぎて、夢のなかでさえ思い描けなかったのだろう。

淹れたてのコナ・コーヒーをカップに注いで、小さなパイン材のキッチンテーブルについた。くだらない夢なんか忘れようと自分に言い聞かせ、昨日の午後、マスタースン警部補と会ったときのことを思い出した。彼がアルに借りがあったのは確かだが、その借りは完済されたと考えているようだった。マスタースン警部補はいかつい大きな顔をした、汗かきで太鼓腹の男だった。留置場に入ろうとしたラファエラを呼び止めた。「またあのいかれぽんちに面会か？」

「ええ。お願いします、警部補」

「もう二度会っただろう。二度も！　おれを破滅させる気か？　なにを企んでる？　あいつの伝記でも書く気か？」

警部補が本気でそんなことを言っているのかどうか、ラファエラにはわからなかった。過去にフランスレジスタンスの勇敢な指導者、ルイ・ラモーの伝記を書いたことがあるからだ。ラモーはドゴールの右腕だった。「いいえ」声を低く保ったまま、敬意をこめて答えた。そして、ここにいるマスタースンとは大違いで、ルイ・ラモーはもてる男でもあった。

「もう一度だけ、つぎはないぞ。わかったな？　今回はごり押しのしすぎだと、アルに言っておけ。そしてこの件についてはロ外無用だ。けっして誰にも知られないようにしてくれ」

「伝えます。けっして誰にも漏らしません。約束します、警部補。ご協力に感謝します」

警部補は立ち去りぎわに、振り向いて言った。「それから、なにかわかったら、おれに報告しろよ。わかったな？」

「はい。まっ先にご報告します」

警部補はぶすっとした顔で肩をすくめた。「報告しなきゃならんようなこともないだろうが、万が一だ。なにかあったら、かならず言えよ。さもないと、ただじゃすまさんからな」

しかし、フレディはラファエラとの面会を拒否した。看守によると、一時間前に嘔吐したとか。たぶんここの食事のせいですね、と看守はつけ加えた。ソーセージと豆の食事は、見ているだけで胸が悪くなる。

ならば明日、とラファエラは思った。明日の朝一番。それですべてが終わる。

ラファエラは残ったコーヒーを飲み干し、シャワーを浴びた。今日がその日だった。朝と呼ぶには早すぎる時間だが、早くも臨戦態勢に入っていた。マイナス十度の気温に備えて厚着し、地下鉄の駅にたどりついたときには、八時を少しまわっていた。体の左側にかすかな痛みが残っているものの、夢の記憶は薄れていた。

ありがたいことに、フレディは面会に応じてくれた。それにマスタースンも、彼女を入れないようにと部下に命じていなかった。

フレディは前回よりも具合が悪そうだった。後濟症の患者のように肩をすぼめ、まっ青な顔で目を充血させていた。

「おはよう、ミスター・ピトー。気分はどう？」

彼はうなずいて、金網をはさんだ向かいの席に腰を下ろした。

「聞いてちょうだい、ミスター・ピトー――フレディ。フレディって呼んでもいいって言ってくれたわよね。ミセス・ロゼリと話をしたわ。あなたたちの家の裏に住んでいるおばあさん。知ってるでしょう？」

フレディはにわかに不安をあらわにし、身をよじって椅子から立ちあがった。

「座って、フレディ」ラファエラは慈悲深さと厳しさを同時に感じさせたくて、精いっぱいの修道女声を出した。「すべて明らかになるわ。あなたにもわかっているでしょう。すべてよ。座りなさい」

フレディは座った。「あのババアは嘘つきだ」

「かもしれないけど、このことに関しては嘘をついていない。ジョーイはどこなの？」

沈黙。

「彼がどこに隠れているか、知っているはずよ」

「帰ってくれ。もうあんたには会いたくない。あんたもほかのやつらとおんなじだ」

「いいえ、帰らない。それにわたしはほかの人たちとは違う。あなたはここにいるべき人間じゃない。ミセス・ロゼリから聞いたわよ。あなたがいつも弟をかばって、弟の代わりに叔父さんやお父さん――おもにお父さんから殴られていたそうね。それにミセス・ロゼリは聞いていたのよ。あなたのお父さんが、ジョーイはおれの子じゃない、おれの種じゃない、おまえらふたりとも殺してやる、とあなたのお母さんに怒鳴っていたのを。ふたりを切り刻んでやるとも言っていたそうね」

「違う。そんなの嘘だ。嘘なんだ！」

「いいえ、ほんとうにあったことよ。お父さんの言っていたことは事実なの？　ジョーイは彼の子じゃなかったの？」

フレディの顔はいっそう青ざめた。

「お願いよ、フレディ。こんなこと、いつまでも続けられないわ。嘘をつきつづけるのは不可能よ」

「ジョーイには殺す気なんてなかったんだ」

ラファエラは息を殺して待った。

まるでダムが決壊したようだった。フレディはうつむいて両手で顔をおおい、苦悩と解放感から泣きだした。

ラファエラは待った。

時間をおいて尋ねた。「お父さんは、お母さんを殺すためにあなたに斧を買わせたのね？」

「ああ。それからキッパー叔父さんを殺すために」

「そして、その言葉どおりに実行した」

フレディはうなずいた。疲労が重くのしかかっているようだった。

「目撃したジョーイは、お父さんを止めようとした――お母さんを助けようとしたのね？」

「そうだ。あいつはおふくろを助けようとした。おやじはジョーイの横っ面を張って、ふたりを殺した。それからジョーイを。殺されそうになったジョーイは逃げて、おやじにランプを投げつけた。おやじが倒れると、斧を拾っておやじに振りおろした。殺す気なんかなかったのに。そうじゃなくて、狂っちまったおやじを止めたかっただけなんだ」

「そうね。弟さんにはそのつもりはなかったのよね。もう終わったのよ、フレディ。すべて。ジョーイの居場所を教えて。彼は親切な人に世話してもらわなきゃならない。ひどく怯えて、あなたに会いたがっているはずよ」

「キッパー叔父さんがジョーイの父親だった。だからおやじはおふくろと自分の弟を殺すことにした」

「帰宅したあなたが遺体を見つけ、罪をかぶった――ジョーイをどこへやったの？」

「四十一号埠頭にある大きな倉庫」

「ありがとう、フレディ。これでおしまいよ。誰にもジョーイを傷つけさせないって、約束するわ」

マスタースン警部補は、ジョーイの捜索に同行するのを許可してくれた。ジョーイは廃人同然だった。服のあちこちに乾いた血をこびりつかせたまま、棒のように痩せて、うつろな目をしていた。心が麻痺《まひ》し、怖がることさえ忘れたようだった。新聞社に戻ろうとしたラファエラは、マスタースン警部補に声をかけられた。「あんたがなにをしたのか知らんが、おれは気に入らない。フレディはおれたちに話すべきだったんだ」

あなたたちが彼をいまいましい嘘つき呼ばわりするばかりで、聞く耳をもたなかったからよ。ラファエラはそう言い返したいところを、ぐっとこらえた。

「運がよかったんだと思います」あっさり言うと、早々に警部補の視界から消えた。

記事はトリビューンの夕刊に間に合った。ラファエラの署名記事だ。たくさんの人がお祝いを言ってくれたが、ジーン・マロリーは苦虫を嚙み潰したような顔をしていた。見出し担当の編集者は、ど派手な見出しを用意した。紙面の横いっぱいに広がる、五センチ大の文字。

〝少年、正当防衛で父を殺す〟

ラファエラがミセス・ロゼリのことを話しても、アルは微笑んだだけだった。情報を出し惜しみしたことを責めると、こう切り返された。「おまえのことだから、施しを与えられるのはいやだろうと思ってさ。なんてったって、義父がチャールズ・ウィンストン・ラトリッジ三世だってことも、自分からは頑として言わなかった女だからな」

ラファエラは、あんたは女子トイレに落書きしてあったとおりのブタよ、と悪態をつき、アルの頬にキスした。

その日の真夜中十分過ぎ、ラファエラの電話が鳴った。

3

ジョバンニの島　二〇〇一年二月

マーカスは背中に銃弾を受けた。左の肩甲骨のすぐ上だ。痛みで一瞬にして目がくらみ、足がふらついた。痛みは凍えるような悪寒をもたらし、極度の悪寒で焼けつくようだった。地面に倒れこんだときには、すでに失神していた。

メルケルは体を回転させ、グッチのローファーでテュルプの手から拳銃を蹴りだした。つぎの蹴りは顔に飛び、鼻を脳にめりこませた。ドミニク・ジョバンニは動かなかった。骨が潰れるぐしゃっという音に顔をしかめ、ゆっくりと女のそばに歩み寄ってひざまずいた。女は目をカッと見開いて死んでいた。

メルケルはドミニクからマーカスに視線を移した。ドミニクから手ぶりで指示されるのを待って、マーカスのシャツを破り、傷をあらためた。「生きてます、ミスター・ジョバンニ。ですが、銃弾が体のなかに残ってますから、医者に診せなきゃなりません」

ドミニクは口元に厳しさを漂わせた。「二階に運んでベッドに寝かせてくれ。わたしはリゾートにいるドクター・ヘイムズに連絡する。あの連中は閉じこめておけ。それからメルケル、女は埋めておくように」

メルケルの純白のスーツは血まみれだった。マーカスが目を覚まして最初に見たのが、そのスーツだった。マーカスがうつぶせに寝かされたベッドの横に置いた籐椅子で、メルケルはGQ——彼の愛読誌だ——を読んでいた。「おまえ、自分がどう見えるかわかってんのか、メルケル？　白いひげをつけたら、サンタクロースだぞ」

メルケルは読んでいたページを折り、表を下にしてナイトテーブルに置いた。「ああ、おまえの血のおかげさ。ほかのやつの血も多少は混じってるが、新しいスーツはおまえに買ってもらわなきゃな。どうだ、生きてるか？」

「なんとかな。痛みはひどいし、ヘイムズに打たれた薬のせいで、脳が綿菓子になったみたいだよ。なにがあった？　ドミニクは？　いったい——」

メルケルは手を上げて制した。「ミスター・ジョバンニを呼んでくる。自分が話したいと思うことだけは、全部話してくれるさ」立ちあがって、マーカスにうなずきかける。「ボスがどんな男だかわかってるだろう？」マーカスは目を閉じた。ドミニク・ジョバンニの人となりはよくわかっている。誰よりも知っていると言っても過言ではあるまい。二年半前の十月のことは、いまも冷えびえとした記憶として脳裏に刻まれていた。あの日、税関局と、直接の連絡係であるロス・ハーレーが段取りをつけ、ついにドミニクと会うことになった。かつてない恐怖を覚え、決意に身が引き締まる思いだった。ポルト・ビアンコについて語るドミニクは、とても人間味のある、物腰のやわらかな人物だった。才覚と教養を備えた紳士だった。それはいまも変わらない。それでいて凄みのある男でもある。

だがドミニクから話を聞きたくても、すぐには会えなかった。起きていようとがんばったが、いつしか眠りこんでしまい、目を覚ましたときにはあたりが暗くなっていた。喉がひどく渇き、背中がずきずきと痛む。悪態をついてみたところで、なんの足しにもならない。カチャッと小さな音がして、ふと見るとポーラがベッドの横に立っていた。水の入ったグラスを持っている。「さあ、飲んで」

マーカスはありがたく水をもらった。ポーラはそれほど悪い人間ではないのかもしれない。しかしつぎの言葉を聞いて、すぐに思いなおした。「もういいでしょ、マーカス。まずは水を飲みたがるだろうって、ドクター・ヘイムズから聞いたのよ。さあ今度は尿瓶《しびん》を使わせてあげる。ベッドから出たら、傷が開いてまた出血しちゃうものね」

マーカスが黙っていると、ポーラは空のワインカラフェにしか見えない透明の瓶を差しだした。マーカスは受け取った瓶を見つめ、ふたたびポーラに視線を戻した。

ポーラは笑顔でシーツをはいだ。彼の背中に手をすべらせ、尻をなでる。

マーカスは一瞬、目を閉じた。「やめてくれ、ポーラ。その瓶を使いたいのはやまやまだが、メルケルを呼んでくれないか。きみがそこにいたら、出るものも出ない」

ポーラは彼の内腿に触れ、音をたてて息を吸った。「じゃあ、あとでね」今度は笑い声。「あなたってすてき。ほんとよ」

ポーラは膝までシーツをはいだまま立ち去り、マーカスには自分で体を起こしてシーツを引っぱりあげる力がなかった。怒鳴り散らしかけたところで、墓石のように沈黙した。メルケルの馬鹿笑いが聞こえたのだ。

「おやおや、ケツが丸だしじゃないか。ポーラになにをされた？　顔もケツもまっ赤だぞ。楽しんでたようには見えないが――」メルケルはまたもや腹を抱えて笑いだした。マーカスはため息をついた。一年半前から、メルケルを大笑いさせてやろうと努力してきた。ジャッキー・グリースン風のギャグやら、いたずらやら、考えつくかぎりのことをやったが、どれも失敗に終わった。それなのにメルケルは、マーカスがこうして腹ばいになり、シーツを足首まで下ろしているだけで、引きつけを起こしそうなほど笑っている。

マーカスにしたら、おもしろくもなんともない。肩は痛いし、吐き気はあるし、自分がまぬけになった気分だ。しかも小便までたまっている。体を起こそうとすると、一時的にしろ、ようやくメルケルが笑いやんだ。

少しして、メルケルは無表情な使用人のひとりに瓶を渡し、使用人は黙って瓶を持ち去った。マーカスがうつぶせになって、ふたたびシーツにくるまれると、メルケルに笑いが戻った。

「ポーラにいたずらされてる最中に、デロリオに踏みこまれなくてよかったな。デロリオのことだ、おまえが悪いと大騒ぎしてたぞ。たとえあの金髪のジョニー・フィールズに誘われようと、いまのおまえじゃ手も足も出せないにしてもな」メルケルはそんな場面を想像して、またまた笑いだした。

「なぜおれの下着を脱がせた？」

「憶えてないのか？　もともとはいてなかったぞ。カットオフジーンズにTシャツのみ。ヘイムズはここに来て、おまえのケツが出ているのを見ても、気にしてなかったがな」また大笑い。マーカスは歯を食いしばり、この寡黙な大男を笑わせようと誓ったことを後悔した。マーカスが好意を抱くこの男も、やはり危険きわまりない男だった。

「おや、ついにメルケルを陥落させたか。すばらしい。それに、きみのいまの状態を考えれば、意外と言わざるをえまい」

ドミニクが部屋に入ってくるやいなや、メルケルは口を閉じた。直立不動の姿勢をとり、入念に表情を消した。

「もっとも、笑っていた理由が、じつはメルケルがサディストで、きみが撃たれて傷ついているのを楽しんでいたというなら、話は別だが」

「いえ、違います。自分は――」

「わかっているよ、メルケル」ドミニクはさえぎった。「しばらく席をはずしておくれ。部下のうちふたりはまだぐったりしている。ふたりのようすを見て、ほかのものたちが持ち場についたかどうか確認するように。ああ、それからオランダ人たちのことだが。あのふたりはしばらく道具部屋に閉じこめておき、連中の尋問に取りかかるのは、われらがヒーロー、マーカスの回復を待ってからにしよう。デューキーに食事を運ばせておけ。ただし量は少なめに」

「わかりました」メルケルはマーカスにはもはや一瞥《いちべつ》もくれず、部屋を出ていった。

「優秀な兵士だ」ドミニクはメルケルを見送りながら、ぼんやりと言った。「ところで、具合はどうだね？　回復したようでもあるし、疲弊しているようでもある。いずれにせよ、わたしには笑えんよ。もう頭ははっきりしているのか？」

「はい。なにがあったのか教えてください。ケルボッホとファン・ヴェッセルとの取引はうまくいっていたと聞いていました。あのテュルプという女は何者です？　あの女がリーダーだった――連中を見た瞬間にぴんときたんです。あの女はなんと？」

ドミニクはやさしく微笑み、優美な手を上げた。「すべて話してやるから、落ち着きなさい」

マーカスが見ていると、ドミニクは貴族を思わせるしなやかな体を動かし、椅子に腰かけた。さっきまでポーラやメルケルが座っていた椅子が、たちまち玉座に見えてくるから不思議だ。ドミニクには独特の雰囲気があった。すべてを承知していて、意のままに操れるのだと感じさせるオーラと言ったらいいのだろうか。いまはその腕に包帯が巻かれ、半袖のシャツと白いスラックスを身に着けている。島の西側にある自分の住居でこれほどの大立ちまわりがあり、彼自身も撃たれ、部下はガスにやられ、取引がだめになったというのに、悠然としている。それに、実年齢の五十七歳よりも若く見えるし、骨格が整っている。若者にもひけを取らない引き締まった筋肉。あのココも、フランス風の控えめな表現で、ドミニクの全身には活力がみなぎっていると言っていた。淡く、けれどどこまでも青いその瞳には、すべてを見とおす力がある。かつては漆黒だった髪にはところどころに白いものが混じり、彼の威厳とカリスマ性を際だたせている。ドミニクが自分なりのタイミングで話しだすのがわかっていたので、マーカスは沈黙を守った。はやる気持ちを抑え、できるだけ力を抜いて痛みの波に身をゆだねた。筋肉を緊張させれば、かえって痛みが増す。そのときふと、ドミニクも人の子なのだと、はじめて思ったときのことを思い出した。あれは美術コレクションを見せてもらったときのことだ。ドミニクはわが子を自慢する誇らしげな父親そのものだった。マーカスは首を振り、ほとんど忘れかけていたその記憶を追い払った。

「デロリオは戻りましたか？」結局マーカスから話しかけた。

ドミニクは首を振った。「マイアミに留まり、マリオ・カルパスと会えと言っておいた。戻ってきてもすることはない。それより、きみの怪我だが、ヘイムズによると、筋肉に損傷があるものの、二週間も安静にしていれば治るそうだ。関節にも筋力にも影響は残らないだろうと言っていた。たいへんだろうが、治ってもらわねばな」ドミニクはぼんやりと怪我をしたほうの腕をなでた。「オランダ人との取引が成立していたのは、知ってのとおりだ、マーカス。パールマンと取引の詳細を詰めるためにボストンまで行ってくれたのは、きみだからね。今日の彼らの訪問は、いうなれば外交上のものだった。こちらは好意を表し、あちらは今後もわれわれと取引したいという意思を示す。彼らは最高の仲介者のはずだった」肩をすくめる。

「バテシバというのはなんです？」

「ヘリコプターの側面に書いてありました。緑の文字で、バテシバと」

「なんのことだね？」

「そうだったか。ヘリコプターの側面に？　企業名やロゴのようにかね？」

マーカスがうなずくと、ドミニクはゆっくり言葉を継いだ。「そうだな、バテシバという王妃がいたが、テュルプとは似ても似つかない女だ。それにしても興味深い。組織の名前か？　調べてみよう。テュルプについてはすでに調査を開始している。パールマンは自分は無関係だと、強固に言い張っている。アムステルダムの電話番号は、使用停止になっていた。ふたりのオランダ人は道具部屋で、いまごろみずからの罪を悔やんでいることだろう」ドミニクはしばし口を閉ざしたのち、とまどいもあらわにつけ加えた。「驚くべきことだ。あの連中がわたしを殺してこの島から出ていけると、本気で考えていたとは」マーカスの腕を軽く叩いて、立ちあがる。「少し休みなさい。きみが回復したら、客人たちに質問をして、なにが起きたのか突きとめるとしよう。しかし、マーカス、もしあのふたりがなにかを知っていたら、それこそ驚きだ。念のために言っておくが、残念ながらわたしは強要による説得を好まない」

「先延ばしにする必要はありませんよ、ドミニク。連中をここに連れてくるか、おれが行けば――」

「いいや、マーカス」ドミニクは肩をすくめた。「わたしが急がないのには、理由がある。やつらはなにも知らない。きみにもわかっていよう」

「そういうことなら、了解しました。ですが、たった三人でどうやってここの男たち全員を倒したのかだけは、教えてください」

「巧妙ではあったが、単純きわまりない手口だった。彼らは友好の証として島へ来た。しかし、知ってのとおり、ここの警備員は優秀だからね、彼らのボディチェックを要求した。メルケルはすでに、わたしの命令できみを呼びにいっていた。ボディチェックに取りかかる間もなく、あの女、テュルプが、わたしと握手した直後にいまいましい自動小銃を取りだし、わたしの脇腹に突きつけた。奇妙な話だが、わたしにはわかった。あの女は、部下たちが武器を捨てて、ロバのように食堂に連れていかれるのを拒否したら、その場でわたしを殺すつもりだった。だが部下たちは食堂に閉じこめられ、ケルボッホがガスを撒《ま》いた。デロリオはすでにマイアミに発っていた。ポーラはリゾートへ出かけ、かわいそうに、ココは脱衣所に閉じこめられていた。連中が着陸する前にきみを探しにいかせなかったら、メルケルもガスを嗅がされていただろう。わたしはきみに一縷《いちる》の望みを託した。そしてきみは期待を裏切らなかった。マーカス、礼を言うよ」

ドミニクはマーカスの手を取り、軽く握った。「わたしはこれからココと夕食だ。無理もないが、ココは少し神経質になっている。ではまたあとで。メルケルがきみの食事を運び、付き添うことになっている」そしてドミニク・ジョバンニは立ち去った。

マーカスにはわからないこと、知りたいことが、まだたくさん残っていた。あたりは静寂に包まれ、痛みは容赦のない波のようだ。つかの間引きはしても、ふたたび勢いを増して押し寄せてきて、精神を萎《な》えさせる。これで傷跡が三つになった。左の内腿にひとつ、腹に細長く残る傷、今回の肩の傷。そのうちふたつがナイフによる傷で、ひとつはテュルプに負わされた銃創だ。海軍の諜報機関とCIAは無傷でくぐり抜けた。傷はすべて、ドミニクのもとで働くようになってから、犯罪者になってからのものだ。

それでも、命があっただけましか。マーカスはメルケルの手を借りて牛肉のスープと自家製パンを少し食べると、また眠りに落ちた。レモネードに薬が入っているかもしれないと思ったら、案のじょうだった。翌朝は遅くまでぐっすりと眠った。

そこでふたたびドクター・ヘイムズが登場し、情け容赦なく肩の包帯をはずした。マーカスが歯を食いしばって耐えていると、ヘイムズがうめいた。なんでおまえがうめく?

またしてもヘイムズのうめき声。

「あんたは言葉がしゃべれると思ってたよ。たとえば英語とかな」

「おとなしく口を閉じてろ、デヴリン。傷はピンク色で、きれいに塞《ふさ》がっている。ただ、おまえの汚れた魂が感染症を起こして、死ぬかもしれんぞ。動くなよ」

左尻に注射針を突き立てられて、声が出る。体はヘイムズに押さえつけられていた。

「抗生物質だ。尻に打つのがいちばん効く」針が抜け、冷たくぴりっとした感覚が残った。ヘイムズは冷たいアルコール綿で針を打ったあたりをもみほぐした。

「サディストのへぼ医者め」

「一週間ほどで抜糸する。肩を動かすなよ。寝ている必要はないが、マラソンはいかんぞ。

階段の上り下りもだ」

「そりゃどうも」

「誰かにマッサージしてもらって、筋肉の柔軟性を保ったほうがいい。そうそう、色男、最低でも一週間はセックス禁止だ。傷口が開いたら、請求書は送らずにおまえを埋めてやる。わかったな？」

「おれぐらい清純な男はいないよ、ヘイムズ」

「おまえの清純さについては心配しとらんよ。スージィ・グランバイという、なんとも魅力的なお嬢さんから話を聞いたのでな」

マーカスはうめいた。「あっちから誘ったんだ。誓ってもいい。おれのせいじゃない。まさかボクサーの旦那がいるとは。ほんとさ。おれに自殺願望があるように見えるか？」

ヘイムズはにやりとして、前歯のあいだのすき間をのぞかせた。「旦那も旦那だ。二発殴ったらスージィが気絶したんで、怖くなって電話をかけてきおった。それでわたしもことのしだいを知ったというわけだ。若さゆえの暴走か。禁欲しろよ、デヴリン」

「あんたみたいなやつが、ビヴァリー・ヒルズの高級ラウンジお抱えの医者だとはね」

「そうだな、おまえやメルケルみたいなご立派な輩《やから》といると、人間らしくなれるってもんだ」

「心にもないことを。リゾートではたくさんの金持ちを相手にしてるんだろ？」

「これがおおむね退屈きわまりない連中でな。梅毒がいまだ猛威を振るっているのを知ってるか？ まったく、避妊具もつけずにセックスしおって、たいした脳足りんどもさ」ヘイムズは首を振って、席を立った。しばし佇《たたず》み、目を閉じて痛みをこらえる若造を見おろした。

「そうタフガイぶるな、デヴリン。たいがいにしとけ」

マーカスは右尻に注射針が深く刺さるのを感じ、叫び声をあげた。

「これは痛み止めだ」ヘイムズはシーツを引きあげた。

「この痛みはあんたのせいだ」

ヘイムズは手を振って出ていった。

赤毛の老いぼれサディストめ。

しかし、痛みはすぐに和らいだ。痛みをこらえて、うめき声を嚙み殺さずにすむのはありがたい。マーカスは眠りに落ち、夢も見なかった。

その夜遅く、ココとドミニクがやってきた。ココはいかにも大富豪の愛人らしい女だった。マーカスより少し年上で、モデルのように細く、長い脚に大きな胸、まっすぐな淡いブロンドを肩まで伸ばしている。見るからに金がかかりそうだし、実際そうだが、なんとも魅力的にドミニクを立てる方法を心得ていた。賢い愛人、それがココだ。かつてはフランスの一流ファッションモデルであり、キャリアのピークにあった五年前、サン・モリッツのスキー場でドミニクと出会った。たいへんなスキー好きだったふたりは、まもなくゴシップのネタになり、フランスのパパラッチは、美しいモデルと、脱税容疑と組織犯罪で一度ずつ起訴され、二度とも無罪になった陰の実力者の取りあわせに色めきだった。そしてふたりは恋人になった。

マーカスから見ても、ココは好感のもてる女性だった。誠実で頭がよく、彼らの寝室から漏れ聞こえてくる、いつもは気むずかしいドミニクの叫び声からして、ベッドでもさぞかしすばらしいのだろう。

ココはドミニクから豪華な宝石を贈られても、さほど関心を示さなかった。そういうものに関心があるのは、ドミニクの息子であるデロリオのほうだ。欲の皮の突っぱった、甘ったれの馬鹿息子。

「こんにちは、マーカス」屋敷のなかではいつもそうだが、今夜も、ココの発音にはほとんどフランス訛《なま》りがなかった。「ドクター・ヘイムズからうかがったわ。マッサージが必要なんですってね。ポーラが立候補したから、わたしも対抗して立候補しちゃった。ドミニクが裁定してくれて、わたしに決まったのよ。ポーラは、そうね、わたしたちフランス人ならなんて言うかしら？　そう、湯気が立つほど腹を立てていたけれど、デロリオがいつ戻ってくるかわからないから、それを隠そうとしていたわ。ほら、ケリ・ローションを持ってきたのよ」マーカスは、ココ・ヴィヴリオが自分と同じアメリカ人なのを知っていた。だがココは、フランス人らしくふるまうすべを心得ている。

マーカスはドミニクに目をやった。籐のラブソファに腰かけて新聞を読んでいる。

「ココは、きみの尻をむきだしにするような真似はしない」ドミニクは顔を伏せたまま言ったが、ウォールストリート・ジャーナルに顔を埋める前にちらっと罪深い笑みを浮かべたのを、マーカスは見逃さなかった。

マーカスはうめいた。ココの長い指が、背中の筋肉の深部をもみほぐしてくれる。あまりの力に痛みすら感じるほどだが、気持ちがよすぎて文句が言えない。

「明日にはオランダ人たちと話せそうです」ココの手が腿に移ると、マーカスは言った。

「そうか」今度もドミニクは新聞から目を上げなかったが、つと眉をひそめるのが見えた。

「メルケルから伝え聞いたところによると、連中は不満があるらしい。なに、あの部屋にだが。最悪の事態を予期しているのだろうが、ここはせいぜい冷や汗をかかせてやろう。それに、連中がなにひとつ事情を知らないのが、これでいよいよはっきりした。知っていれば、いまごろ大声で取引を要求しているはずだ。わたしが昔ながらの拷問を好まないのを、知らないのだろう」

「ああ、すごくいい、ココ。あの女の正体は？　あなたを殺そうとした理由は？」

「黙って、ココのマッサージを楽しみなさい」

「明日の朝一番で、あいつらを尋問します」

「いいだろう」ドミニクが言うと同時にココがぐっと指に力を入れ、マーカスはうめいた。

マーカスは大量の薬の助けを借りてその夜も熟睡したが、翌朝は早くから人びとの大声に起こされた。ベッドから出ようとあがいていると、寝室のドアが開き、リンクが顔をのぞかせた。

「ベッドにいろ。ミスター・ジョバンニからの言づけだ。オランダ人たちが服毒自殺した」

マーカスは枕に倒れこんだ。「死んだのか？」

「ああ。釣りあげて一週間のサバみたいなもんだな」

マーガレットの日記　一九八六年七月

　さっきゲイブ・テトワイラーをうちから叩きだしてやったわ。信じられない。わたしにはどうしてこんなに人を、とりわけ男を見る目がないのかしら。ドミニク・ジョバンニで懲りているはずなのに、いまだにこんなことを言ってるなんて、愚かにもほどがある。でもゲイブはとてもまじめで、裕福そうだった。それなら、わたしの財産には興味がないと思ったの。

　わたしはこれからもずっと、愚かなままなのかしら、ラファエラ？

　もちろん、あなたには答えられない。あなたにはこの日記を読ませないもの。十歳になるあなたは、まだ痩せっぽちのおちびさんだけれど、親であるわたしがたまに怖くなるくらいの賢さに恵まれている。母親は凡庸なのに、あなたには、担任のコックス先生がよくおっしゃるように、まばゆいほどの賢さがある。彼譲り。それは認めるしかないわね。あなたにも話したとおり、コックス先生は、あなたが口が達者だとも言っていた。それでわたしも先生にお話ししたのよ。うちの娘はとても十歳の子どもとは思えないような、鋭いジョークを言うんです、って。ドミニクも、その気があるときは、とても愉快な人だった。あなたと違って、辛口のウィットだったけれど。あなたのジョークはまっすぐで、率直で、悪意がない。いまにして思うと、彼のジョークには残酷なところがあった。

どうやらわたしは、ドミニクの賢さを忘れていたらしい。

彼は数週間前、組織犯罪がらみで、上院公聴会に召喚された。オレゴン州選出のウィルバー上院議員が尋問の先鋒《せんぽう》に立っていたのだけれど、あまりお利口ではなくて、ドミニクにいいように手玉に取られていたわ。ドミニクは落ち着き払っているみたいだった。でも、彼の目を見て、わたしには怒っているのがわかった。わたしったら、またドミニクのことなんか考えて！　でも、そうしないでいるのはむずかしい。だってラファエラ、あなたを見るたびに、彼の淡いブルーの瞳を思い出してしまうの。あなたが彼と同じ黒髪じゃなくて、ほんとうによかった。あなたはおばあさま譲りのきれいな赤褐色の髪をしている。彼とも、わたしの淡い色の髪とも違う。

脱線しちゃったわね。ゲイブに対するわたしの愚かさを整理するつもりだったのに。

ゲイブはまじめだった。話がうまかった。恋人としても申し分なかった。あなたは彼を嫌っていた。わたしはそれに気づきながら、知らないふりをした。そして、もちろん、正しいのはあなただった。

彼はわたしの財産には関心がなかった。その点ではわたしも正しかった。狙っていたのはあなた。あいつの喉をかき切ってやりたい。なぜ、あなたはなにも言わなかったの？　あなたは彼がそばにいると黙りこみ、どうしても話さなくてはいけないときには、見ていて叩きたくなるほど無礼だった。

でもあなたにはわかっていたのよね。彼のよこしまさを感じ取っていた。ほんとうにごめんなさい、ラファエラ。お母さんを許して。さっきのことはけっして、生きているかぎり、忘れられない。あなたが忘れてくれるかどうか、わたしにはわからない。あなたは泣かず、わたしを責めようともしなかった。いつか、あなたのことをちゃんと理解できるようになるかしら？　あのろくでなしは、あなたの部屋で、あなたにいたずらしようとしていた。あなたは抵抗していた。無言で、悲鳴もあげず、音さえたてずに、全力であらがっていた。

いまなら、どうして彼が待てなかったのかがわかる。わたしが冷めてきているのを感じていたのだろう。異常さの度合いが強くて、自分を抑えられなかったんだと思う。

ゲイブは去った。私立探偵を雇って、彼のあとをつけさせてやるわ。彼の行き先を知りたいから。あの男を破滅させてやる。ここへきてやっと、わたしは自分の豊かさを実感している。お金があればたいがいのものが買える。復讐もよ。ラファエラ、あなたはどう思う？　復讐は蜜の味。ドミニクにも復讐してやりたかった。さっぱりとした気分になれたかもしれない。いまの彼は、わたしの手の届かない遠いところにいる。ひょっとしたら、十年前も、彼は手の届かないところにいたのかもしれない。

テレビで見た彼があんまりハンサムなので、わたしは泣きそうになった。なんて愚かな母親なのだろう……。

ゲイブはいなくなったけれど、わたしは彼を探しだし、あなたにしようとしたことへの、そしてわたしへの代償を支払わせてやる。

ドミニクは？　あんな男、悲惨な最期を迎えればいい。でもすっかりシニカルになったわたしは、疑い深くなっている――とりわけ神の仲裁は信じられない。

ラファエラ、あなたがこの一件を乗り越えてくれますように。今回のことについて、わたしはあなたと話そうとした。お願いだから、わたしに心を閉ざさないで。今回のことをひとりで抱えこまないで。

もう十年以上もたつのに、わたしはまだドミニクにとり憑《つ》かれている。彼のことをそんなに多くは書いていないわよね？　全体の二割？　それより多いはずはないわ。いいえ、正確に言うと、おそらく半分近いページを割いている。これは執着？　いえ、そうじゃないの。人としての道徳に欠けた男への深い憎悪。思いやりも、共感もない、完全に心の底から不道徳な男への憎悪よ。

いいえ、もう彼を憎んではいけない。この日記の目的は、彼を非難し、記憶から抹消して、心から追い払い、彼の亡霊があなたに影響を与えるのを防ぐことにあった。彼はあなたの名前すら、それを言ったら、わたしの名前すら知らない。調べようともしなかった。

彼には大切な息子ができたの？　大切な息子ばかり何人も。ああ、なんて愚かなの。ゲイブに復讐するために私立探偵を雇うなら、ドミニク・ジョバンニについて知りたいことをすべて調べてくれる探偵を雇うことだってできるはず。

ちょっと待って。わたしは病んでいるのかしら？　これは執着なの？　考えてみなくてはならない。動機をよく考えてみる必要がある。そんな情報にどんな意味があると言うの？　ドミニクはただたんに、わたしを裏切り、わたしの処女を奪い――こう書くと時代がかって聞こえるわね――わたしに深い自己嫌悪を抱かせた男でしかない。

まだ恨みが残っている――ぎりぎりとわたしをさいなむ、深い恨みが。そしてまたひとりの男が、わたしを裏切った。ひとりはどんな形にしろあなたを望まなかった男。そしてもうひとりは、子どものあなたを性的に虐待しようとした男。ラファエラ、わたしは二度もあなたをひどい目に遭わせてしまった。約束するわ、もう二度とこんなことはくり返さない。

ラトリッジ邸
ニューヨーク州ロングアイランド　二〇〇一年二月

ラファエラは日記を閉じ、ゆっくりと留め金をかけた。複雑な型押し模様のある上質なスペイン製の革で装丁された、立派な鍵つきの日記だった。

ラファエラはその鍵をこじ開けた。鍵をこじ開けた日記は、これだけではない。一瞬目を閉じて、母の椅子の背にもたれる。母は十一年前にチャールズ・ウィンストン・ラトリッジ三世と結婚してからも、この革張り椅子に座って日記を綴《つづ》ってきたのだろう。

ラファエラは数時間前、便箋を求めて母の部屋にやってきた。机の引き出しを漁ると、めあての便箋が見つかり、ついでに小さな掛け金があるのに気づいた。その掛け金を適当に動かしてみたところ、ふたつの隠し引き出しが出てきた。そこに入っていたのが日記だった。そんな日記があるなんて、まったく知らなかった。多少のためらいはあったものの、すぐに読みはじめた。

自分を眠りから引きずりだした真夜中の電話を思い出す。義父チャールズは抑制の利いた静かな声を出していたが、ラファエラはその底流に恐怖と不安があるのを瞬時に感じ取った。

「おまえのお母さんが、酔っぱらいが運転する車にぶつけられた。すぐにこちらへおいで。医師たちは予断を許さないと言っている。昏睡状態なんだ。助かるかどうかわからない」

「そんな」ラファエラはつぶやいた。

チャールズは深呼吸し、あらためて動揺を抑えた。「すぐに来ておくれ。ラーキンをＪＦＫに迎えにやる。いいね、七時の飛行機に乗りなさい」

「お母さんは生きているのよね？」

「ああ、生きている。昏睡状態だ」

あれから二日。母の昏睡は続いている。その顔は穏やかで、老けて見えるどころか、不思議と若々しかった。きれいな淡いブロンドの髪は櫛《くし》で梳《と》かしつけられ、髪留めを使って両耳のうしろでまとめてある。そして腕に取りつけられた、いまわしい管の数々。

静かだった。母はあまりに静かに、そこに横たわっていた。

「ラファエラ！」

廊下から義兄のベンジャミンの声がした。

「いま行くわ」ラファエラは億劫そうに立ちあがった。日記を隠し引き出しに戻し、鍵をかけると、家族との食事に向かった。

4

パインヒル病院

ニューヨーク州ロングアイランド　二〇〇一年二月

ラファエラは母のベッドの片側に、チャールズは反対側に腰かけていた。母を見つめていて自然と頭に浮かんできたのは、隠し引き出しのひとつにきちんと重ねてしまってあった新聞の切り抜きのことだった。膨大な数の写真。粒子の粗い写真もあれば、鮮明な写真もある。実の父親がドミニク・ジョバンニという悪党だという事実が頭に引っかかって、いつまでも離れなかった。

母がいまいるのは、パインヒル私立病院の東棟にある個室だった。ラファエラが一度だけ泊まったことがあるプラザ・ホテルのスイートに似た、やわらかな色調に贅沢《ぜいたく》なしつらえの部屋だった。母が寝ているのが病院用のベッドでなく、鼻や両腕にたくさんの管がなければ、眠っているとしか思えないだろう。ラファエラと義父は、もう三十分もこうして無言で座っていた。

ラファエラの義父、チャールズ・ウィンストン・ラトリッジ三世はワスプの見本のような人物だった。資産家の生まれで、ペインブリッジのプレパラトリー・スクールからエール大学に進み、卒業後は親の跡を継いで羽振りのいい事業家として生きてきた。その義父の目が、自分とよく似た淡いブルーであることに、ラファエラは奇妙な因縁を感じた。自分の目が実の父親譲りだと知ったからだ。ミセス・マクギルはドミニク・ジョバンニを生粋のイタリア人だと言ったらしいが、なにかのまちがいだろう。その淡いブルーの瞳は、もっと北方の国の出身であることを示している。

目の色を別にすると、ドミニク・ジョバンニとチャールズ・ラトリッジの類似点はひとつしかない。同年配であることだ。ジョバンニのほうがひとつだけ歳が上だった。

「やけにおとなしいね、ラファエラ」

突然チャールズから声をかけられ、ラファエラはびくっとした。ささやくような小声なのは母の邪魔をしないためだが、深く昏睡している母に対しては無用な気遣いでしかない。

犯罪者である実の父のことを考えていたから。ラファエラは内心そうつぶやきつつ、自分が知ったことをチャールズには話さないと決めていた。残酷なだけで、なんの足しにもならない。義父は母を愛している。母の日記の存在と、ジョバンニへの尽きない執着を知ったら、心に傷を負うだろう。そうよ、なにひとつ言ってはだめ。「いろいろと考えていたから。怖いわ、チャールズ」

彼はあっさりうなずいた。ラファエラの気持ちは痛いほどわかる。「アル・ホルバインと話したよ。昨日、マーガレットとおまえのようすを尋ねるため電話してきてね。おまえがボストンでピトーの事件を解決したことを教えてくれた。アルに言わせれば、それも当然――おまえはとてつもなく切れ者で、闘犬のように執拗《しつよう》だから――の結果だとか。マスタースンとかいう警官が手柄をすべて横取りしようとしているが、うまくいっていない。アルに言わせれば、それもまた当然なのだそうだ」

「ほんとうのお手柄は、ミセス・ロゼリというイタリア人のおばあさんなの」

チャールズは美しい眉を片方だけ吊りあげた。「どういうことだか聞かせておくれ」

ラファエラはにっこりした。「わたしはアルに呼びつけられ、あの事件の担当を命じられた。気が進まなかったわ。マスコミが派手に取りあげていたし、とても陰惨な事件だったし。それに、まともな関心を寄せている人なんて、誰ひとりいなかった。頭のおかしい犯人――息子のフレディ・ピトー――が直後に自供していたからよ。だからリジー・ボーデン事件の再来で、マスコミにお祭り騒ぎのチャンスを与えるだけの事件だと思ったの。でも、アルがどんな人か知っているでしょう？　アルはとても巧妙に挑発して、わたしをその気にさせた。彼が入手していた匿名の情報については、ひと言も触れずにね。もちろん彼は情報をつかんでいた――ミセス・ロゼリから。どうしてアルに言ったことを警察に言わなかったのか、あとからミセス・ロゼリに尋ねてみたわ。彼女に話を聞きにきた若い警官があんまり無礼で、彼女のことをまぬけな魔女扱いしたからですって。自分をまぬけな魔女扱いする若造になにかを教えてやるいわれがあるかい、って尋ね返されて、答えに困っちゃった。

どうしてアルに話したのかも訊いてみた。アルが十年ほど前に連載していたボストンのイタリア人特集のなかで、名前まで挙げて彼女の旦那さんを褒めてくれたからですって。彼女のご主人のギド・ロゼリは消防士だったんだけど、サウスエンドの大火災で殉職していたの。彼女は黄ばんだ新聞の切り抜きを出してきて、読んでくれたわ。フレディのことはそれほど好きなわけじゃないとも言っていた。変人だと思ってたみたい。でも弟のジョーイのことは心配していた」

「だが彼女の情報によってフレディの無実が証明され、弟が犯人であることが明らかになった。興味深い」

　ラファエラはうなずいた。

「なぜフレディ・ピトーはおまえに話を？　ミセス・ロゼリと同じなのか？」

　ラファエラはいたずらっぽく微笑んだ。「どうして警察にあれもこれも話さなかったのって尋ねたら、彼はくり返し訴えてたわ。警察は自分のことをクソ――汚い言葉でごめんなさい――いまいましい嘘つき呼ばわりしたし、黙っていろと言われたからですって。わたしは彼の話に耳を傾け、彼が真実を語っていないと気づくまで口を出さなかった。真実に気づいたあとは、どちらの声も嗄《か》れるほどしつこく問いつめたけれど」天井を仰ぐ。「神さま、ミセス・ロゼリをつかわしてくださって、感謝します」

「それで、弟のほうは？」

「うまくいけば、きちんとした里親に引き取られ、優秀な精神科医に診てもらえるわ」

「フレディは？」

「アルに話をしたら、新聞社でフレディの仕事を見つけてくれるって。立ちなおるわよ。フレディは精神的な挫折者ではあるけれど、虐待を生き延びた生還者でもある」

チャールズはなにも言わなかった。そっとラファエラの母の手を取り、その手に唇を寄せた。そんな彼を見た瞬間、この親切でハンサムなチャールズが、ほんとうの父親であってくれたらと思わずにいられなかった。でも、チャールズは父ではない。そして、交通事故で亡くなったリチャード・ドーセットという医師も、やはり父ではなかった。とても勇敢で、いい人だったのよ――母から聞かされていた話は、すべて嘘だった。もっと早くに、嘘だと気づくべきだった。母は両親の姓を名乗り、ラファエラはその母の姓を名乗っている。母がそのことについてなにか言っていたのは憶えているが、会ったこともない父親には実感が湧かず、関心がもてなかったので、適当に聞き流していた。

リチャード・ドーセットという名前の人間は、実在するのだろうか。もしそうなら、きっと実の父より、いい父親だったにちがいない。

血のつながりのある父は犯罪者だった。二十六年間にわたって綴られた日記は、六冊半にのぼった。ラファエラは最後の書きこみを確認した。一月を最後に日記は途絶えていた。チャールズは日記のことを知っているの？　ドミニク・ジョバンニのことは？　ラファエラは首を振った。いいえ、母も自分と同じように、チャールズを苦しめたくないと思ったはずだ。

もう三冊めのなかばまで読んだが、いまも続きが読みたくてたまらない。ラファエラは母の指に輝く、五カラットのマーキーズカットのダイヤモンドの指輪を見おろした。母を自分自身以上に愛し、おのれの命よりも大切に思っている男から贈られた指輪だ。日記のことをチャールズに話したい。胸のもやもやを打ち明け、疑問をぶつけられたらどんなにいいか。だが、それは許されない。

ジョバンニは母個人の悔悟の対象であり、くり返し追い払おうとしてきた悪魔だった。日記を書くことで、慰められていたのだといいけれど。母がみずからの意思でラファエラに日記を見せたとは思えなかった。

三冊めの日記で、母がゲイブ・テトワイラーに復讐したことを知った。復讐は完璧だった。一万ドルほどかかったらしいが、あのゲイブはいま、児童に対する性的虐待未遂でルイジアナ州の刑務所に入っている。

ラファエラはチャールズに話しかけた。「あなたはすばらしい人だわ。あなたがほんとうのお父さんだったらよかったのに」

「わたしもそう思うよ」

ラファエラは母のもう片方の手を取った。冷たくて、だらりとしている。「お母さんが死んじゃったら、どうしたらいいの?」

チャールズは無言だった。

「死なないわよね?」

「わからないよ、ラファエラ。このまま二十年間、この冷たい機械につながれて植物人間として生きていたほうがいいのだろうか? 機械のおかげで生きているだけの屍《しかばね》でも?」

ラファエラは母の手をベッドに置いて、立ちあがった。「お母さんをこんな目に遭わせた犯人は、どうなったの？」

「わからない。車についても黒いセダン車でフォードアだったことくらいしか、わかっていない。運転していたのが男だったのか女だったのか——事故を目撃した男性は、はっきりしないと言っている。いずれにせよ、運転者は道路の道幅いっぱいに蛇行運転をしていた——警察は飲酒運転だと見ている」

「その酔っぱらいがお母さんの車に車をぶつけ、面倒に巻きこまれるのを避けて逃げたってことね？」

「それが警察の見解だ。警察は犯人を捜しているが——」チャールズは肩をすくめた。

「そうね、わかるわ。ちょっと散歩してくる。すぐに戻るから」

チャールズは彼女をじっと見た。「感情をためこんではいけないよ、ラファエラ。ひとりで苦しむものじゃない。わたしがここにいる。おまえを愛しているんだからね」

ラファエラは小さくうなずいた。廊下に出て、そっとドアを閉めた。

ジョバンニの島　二〇〇一年二月

マーカスは苦痛にあえいでいた。そして、今朝の出来事に困惑していた。なぜファン・ヴエッセルとケルボッホはいまになって服毒自殺したのか？　死ぬつもりなら、つかまった直後にすればいい。それに、どうしてドミニクはここに来て説明してくれない？

しかしドミニクから話はなかった。メルケルからも。オランダ人が自殺した日の午後遅く、マーカスはひとりで暇をもてあまし、傷の痛みに耐えていた。デメロールの影響で、頭に靄《もや》がかかっている。ドアが静かに開く音がしたときも、目を開けなかった。たぶんメルケルが、GQの最新号に掲載されている高級スーツの広告を見せにきたのだろう。すでに五回は、メルケルが欲しいというスーツの広告を見せられた。マーカスの血でスーツが台なしになったのだから、新しいのを買って返せというのだ。広告に載っていたスーツはどれも純白で、メルケルが持っているスーツとまるで同じに見えた。マーカスがダブルのアルマーニにしたらどうだと提案すると、メルケルは卒倒しそうになった。

「ご機嫌いかが、ベイビー？」

マーカスはすんでのところでうめき声を呑みこみ、とっさにタヌキ寝入りを決めこんだ。

「へえ、そういうつもり」彼女はひとり言のようにつぶやくと、マーカスの横に腰を下ろしてベッドを沈ませた。手をシーツのなかにすべりこませ、彼の脇腹をなでた。

こんなことをされる必要はないし、されたくもない。「ポーラ、頼むからやめてくれ！　おれは怪我人だし、きみは既婚者なんだぞ」

「デロリオはまだマイアミよ。あなたを気持ちよくさせてあげたくて。付き添い看護師だとでも思ってちょうだい。あなたのこと、結構気に入ってるのよ、マーカス。あなたはつれないけど、あなたがこれまでに何人の女と寝たのかしらって想像すると、たまらなくなっちゃう」マーカスは腰に彼女の手を感じ、両脚をきつく閉じた。だが、努力の甲斐なく、長い指が両脚のあいだに潜りこんできて、マーカスのものを触れだした。

「ポーラ、やめろ！」起きあがって身をよじろうとしたが、激痛に阻まれた。息が詰まり、身じろぎできない。

「さあ、おとなしくしててね、ベイビー。ポーラがいい気持ちにさせてあげますからね」

「出てってくれ」言ってはみたものの、蚊の鳴くような声で、歯切れが悪かった。信じがたいことに、あそこが石のように硬くなっていたのだ。ポーラは意外にもいったん局部から手を離し、マーカスを横向きにした。だが、すかさずシーツをはがした。そこにいるのは、裸で勃起しているマーカス。ポーラはそんな彼を笑顔で見おろしながら、横向きになった彼を自分の体で支えた。

「とても立派よ。ごぶさたなの、マーカス？　男の人に魅力を認めてもらえるのって、嬉しいものなのよ。どれくらい認めてくれているか、試してみなきゃね」

「勘弁してくれ」ポーラを押しのける力があればいいのに、とマーカスは思った。しかし実を言うと、それくらいの力は出ないこともないのに、自分をごまかして横たわっていることを選んだのだ。とはいえ、うつぶせになろうとしたら、ポーラがぴたっと体を寄せてきて、身動きがとれなくなった。あそこを握られたときは、自然と声が漏れた。リズミカルにこすられ、みだらな言葉をささやかれるうちに、頭に血がのぼり、いっきに昂ぶった。息が荒くなり、体が震える。ポーラの手を離れ、温かな口に包みこまれると、夢中で腰を突きだした。ポーラはそんな彼を巧みに受けとめ、一瞬のすきも与えることなく導き、マーカスが痙攣《けいれん》して爆発したその瞬間、脈打つものを手に持ち替えた。マーカスは胸を波打たせて酸素を取りこみ、いっとき肩の痛みを忘れた。ベッドの傍らにひざまずく彼女のプラチナブロンドの髪の一部が、汗ばんだ腹に張りついている。

ポーラは上目遣いに彼を見た。「よかったわ——あなたにはね。憶えといて、つぎはわたしの番だから。誰かが来るみたい。たぶんメルケルでしょうけど、シーツを上げておけば、なにをしたかわかりゃしないわ」くすくす笑いながら、シーツで手をぬぐう。

ポーラがメルケルに話しかける声が廊下から聞こえてきた。

マーカスはシーツを顔の上まで引っぱりあげた。犯されたようで腹立たしく、同時に安らいでもいた。ポーラの手でいかされてしまった。彼女がうまかっただけに、よけいにむしゃくしゃした。

「セックスのにおいがするぞ」

マーカスはふたたび目を閉じた。

「今晩デロリオが戻ったら、おまえにも平和が戻るさ。森林の芳香剤でも撒いとくか」

メルケルはまたもや笑った。腹の底から大笑いしている——マーカスの不幸を種にして。

「おまえなんか溺れちまえ」

「タオル、使うか？」

「おまえの下品な笑い声はもう二度と聞きたくない、野蛮なネアンデルタール人め。ああ、頼む、タオルをくれ」

「ひどいな、マーカス。傷ついたぞ。何カ月も前から、おれを笑わせようとしてたんだろ？それが実現したのにむくれるとは、おまえ、変わり者だな」

マーカスにしてみたら、変わり者と言われて憤慨している場合じゃない。崖っぷちに立たされた気分だ。是が非でもここから逃げださなければ、ポーラのおふざけのせいで、すべてが台なしになりかねない。命取りになるかもしれないのだ。ここを出て、リゾートに戻らなくては。

その夜ベッドを出たマーカスは、少なくとも一階にあるドミニクの書斎兼応接間まではたどり着いた。無理をしたせいで、息が切れて汗だくだったが、もうじっとしてはいられない。ドミニクがなにひとつ教えてくれない以上、なにがどうなっているのか、自分で調べるしかない。汗ばんだ手でドアノブを握り、そこで動きを止めた。デロリオの大声が聞こえてきた。

「あのアイルランド野郎、くたばっちまえばよかったんだ」

ドミニクが穏やかに諭している。「マーカスはわたしの命の恩人だ。ついでに言えば、アイルランドの血ならおまえにも入っている」

「あいつには裏があるに決まってる。なにを期待してるんです？自分の息子よりも、あんなやつを大切にしたりして。ぼくが本気になったら、あんな野郎、その場で地獄送りにしてくれるのに」

マーカスはたじろいだ。ここまでデロリオに嫌われているとは思っていなかった。ひょっとすると、デロリオこそが命取りとなる危険因子かもしれない。ただでさえ問題だらけだというのに、二十五歳のわがまま息子の怒りまで買っている。しかもほんの数時間前に、新婚十カ月のその妻から極楽気分を味わわされた。マーカスは二階に戻った。肩がひどく痛み、頭がふらふらした。

結局、オランダ人についてはわからずじまい。まずは、ここから出なければならない。


ボストン・トリビューン編集局　二〇〇一年三月

いまいましい電話がひっきりなしに鳴っている。ラファエラは三つめの呼び出し音で受話器をひっつかむと、肩と耳のあいだにはさんで、トリビューンの資料室で見つけた武器密輸に関する記事をあらためて読んでいた。

「はい、ラファエラ・ホランド」

「やあ、ローガンだ」

「空港?」

ボストン国際空港の通称がローガンなのだ。ふたりのあいだの古いジョークで、もうおもしろくもなんともないのに、反射的に口にしていた。

「ああ。ファーストクラスだ。どこに行ってた？　なにかあったのか？」

ラファエラは目をぱちくりさせた。地方検事補のローガン・マンスフィールドのことを、すっかり忘れていた。「母が交通事故に遭って。先週末から向こうへ行っていたの」

「そうだったのか。お母さんの具合は？」

「悪いわ」声が震えた。「昏睡状態よ」

「たいへんだったな、ラファエラ。ところで、今晩会えないか？　もう二週間近く会ってないだろ。話があるんだ」

明日出発の予定のラファエラは、スウェーデンのボフォース社がイランとイラクに武器を違法に輸出していたことを報じる記事を読みながら、下唇を嚙んだ。ノーベル賞の国にとってはとんだスキャンダルだ。ローガンのいらだたしげな声が聞こえると、あわてて答えた。

「いいわ、ローガン。八時ごろにうちに来て。冷蔵庫のなかを片づけなきゃならないから、あなたにも手伝わせてあげる」

彼は、わかった、と言って電話を切った。

家に呼ぶべきではなかったのかもしれない。ラファエラは首を振った。ローガン・マンスフィールドとは三年近いつきあいになる。ときには恋人、ときには友人、ときには喧嘩《けんか》相手といった間柄で、ふたりとも重い関係は望んでいない。どちらにとっても都合のいい相手だった。

ラファエラはつぎの記事を読んだ。イタリアのイランゲートに関する記事で、イタリア北部にあるボーレッティの兵器工場が、地雷やその他の兵器をイランに密輸していたという内容だった。彼らが違法な武器をA地点からB地点へ運ぶためにめぐらす策略の数々は、想像を絶するほど複雑巧妙である。最終使用者証明書を偽造したり、地雷にしろ兵器にしろ、〝医療器具〟や〝農機具〟といったにせの荷札を箱に貼ったり、そのやり口は無数に存在する。犯罪者たちの創意工夫には驚くべきものがある——そしてアメリカで彼らを取り締まれる機関は、税関局しかなかった。

ボーレッティとは別の記事に書かれていたカミングズという男は、カダフィはのぞくがと前置きしたうえで、政府の許可があれば誰にでも武器を売ると公言していた。コーキンという男は、ロサンゼルスに武器の百貨店を持ち、ソホナリアン・クペリアンという男は、マイアミ、ベイルート、マドリードに支店を持っている。CIAと取引があるものもいれば、ないものもいた。ほぼ全員が、自分は清廉潔白だと主張している。だが、もしそれがほんとうなら、どうしてイランとイラクの戦争はあれほど長引いたのだろう？　そしてアンゴラの内戦も。

記事にはほかの名前も出てきた。そのなかに、ラファエラが探していた名前があった。ドミニク・ジョバンニ。ラファエラは記事に集中した……。ジョバンニについては、米国市民であること以外、よくわかっていない。彼は仲介者によって守られ、表に出ないことに重きを置いている。世界の武器市場における彼の実力と影響力は、ロバート・サレムやロデリック・オリヴィエをもしのぐと言われている。カリブ海に島を持ち、その島にある屋敷を拠点として売買を展開……。

「やっぱり行くのか、ラフ?」

ラファエラが顔を上げると、アル・ホルバインがそこにいた。「言ったでしょう、休暇がいるのよ。チャールズも賛成してくれたわ。母の容態は毎日電話で聞くつもり」アルに嘘をつくのは、チャールズに黙っているという形で嘘をつくのと同じくらい気が咎《とが》めた。

「ただの休暇ならいいんだがな」アルは体を近づけて、ジーン・マロリーの視線から彼女をさえぎった。「色男のことは気にするなよ。やきもちを妬いているだけだ」

「そうするわ。あなたの太りすぎも、ときにはなにかの役に立つものね、ボス」

「ここだけの話、いったい目的はなんだ、ラファエラ・ホランド? ほんとうのことを言ったほうが身のためだぞ。おまえが嘘をついても、おれにはわかるんだからな」

アルがめったに使わないフルネームを使ったことが、ラファエラをとまどわせた。アルはチャールズと話したのだろうか? だとしても問題はない。いまのチャールズは全エネルギーを母に傾けているため、勘が鈍っている。義理の娘がなにをしようとしているか、気がついていないはずだ。ラファエラは慎重に準備を進めてきた。

「どうしても行かなきゃならないの。カリブ海に長期滞在。あなたこそ、妬いてるんだったりして。嘘なんかついてないわ」

アルは口を閉ざしたまま、しげしげと彼女を見つめた。机の上に置かれた記事の束に目をやる。「絵葉書をくれよ」

「約束するわ。〝男はブタ〟シリーズのカードを探すわね、あなたのために」

「お母さんの容態はあいかわらずか？」

ラファエラはうなずいた。涙が浮かんでくる。フレディ・ピトーをめぐる懸命の取材も、いま計画していることにくらべたら、子どものお遊びのようなものだった。

アルは軽く彼女の肩を叩いた。「行ってこい。ラリー・ビフォードをつかまえたよ――おまえさんがいないあいだ、やつに仕事を引き継がせる」

ラファエラは突如、猜疑《さいぎ》心混じりの不安感に襲われた。「彼は優秀だわ」と、当たりさわりのない言葉を口にする。

「ああ、最高にな」アルは朗らかに応じた。「ゆっくりしてこい」

ラファエラは、悠々と自分のオフィスに戻るアルを見ていた。巨体にもかかわらず、机のあいだの狭い通路を器用に通り抜けてゆく。編集室の喧騒も、若いスポーツ担当記者が芸能担当記者に投げたフットボールも、意に介していないようだ。フットボールは、アルの耳からわずか五センチのところを通過した。

「あなたは聡《さと》すぎるわ、アル」彼女はひっそりと言った。ジーンとは最小限の言葉を交わし、トリビューンのオフィスをあとにした。彼から硬い声でさよならと言われ、じゃあまたね、と受け流した。

ラファエラの自宅　二〇〇一年三月

ローガンはラファエラについて居間から台所へと移動したものの、台所仕事には参加せず、缶詰をいじりながら彼女を見ていた。

「ねえ、ローガン、いったいなんなの？」ついにラファエラは尋ねると、鍋《なべ》つかみを投げ捨て、温めたツナ・キャセロールから目を離した。「さっきから態度が変よ。わたしは疲れて上機嫌とは言えないし、母の心配で頭がいっぱいなの。それで、あなたはなにがしたいわけ？」

ローガンは動きを止めた。こうして見れば、彼もワスプの典型だった。金髪、青い目、すらりとした長身で、恋人としては及第点、ユーモアのセンスがあり、そしていまは――気に入らないことがあるんなら、はっきり言ってくれたらと思わずにいられない。ラファエラは疲れているうえに、母の心配と、これからの不安で頭がおかしくなりそうだった。

「ピトーだ」ローガンは言った。それですべてがわかるはずだとでも言わんばかりだ。

ラファエラはキャセロールを紙皿によそった。早く食べないと、皿がふやけてしまう。白ワインの瓶をテーブルに置き、数日前のベーグルを出した。「冷めないうちに、食べましょうよ」

ふたりは座って食べはじめた。「ピトーだ」ローガンはふた口ほど食べると、また言った。

「それがどうかした？　彼らがどうかしたの？　フレディ、それともジョーイ？」

「ふたりともだ」

　ローガンはそう言ってまたひと口食べた。ラファエラは彼を見つめた。「さっき玄関先で、わたしの舌を嚙みちぎりそうなくらい激しいキスをしてたけど、どうかしたの、ローガン？　わたしがいなくなることと、関係があるの？」彼の驚いた顔で、ラファエラが旅に出るのを知らなかったのがわかった。

「どこへ行くんだい？」

「遠いところ。わたしには休息が必要なの」前回はふたりでいっしょに休暇をとり、アテネからテラ島へまわった。

「そうか」ローガンは言った。「ぼくが言いたいのは、ラファエラ、きみのあのやり方はまずかったってことだ。プロとしてあるまじき行為だし、誰に対してもフェアじゃない。もう二度と、あんなことはしないでもらいたい」

「あんなことって？　いったいなにがご不満なわけ？」

「ピトーだよ。きみは警察を出し抜いた。ぼくにも、地方検事局の誰にも、ひと言も言わなかった。なにひとつ。きみの行動は無責任で、プロらしくなかった。まるで世界を背負って立つ探偵気取りの独断専行に、みんなが迷惑している。地方検事の仕事を危うくし、陪審候補全員に偏見を抱かせることで、ピトーの弁護を台なしにしかけた。なにもかもめちゃくちゃにするところだったんだ」

「わかった」ラファエラは言った。ええ、ええ、わかりましたとも。彼女はローガンに微笑んだ。「よくわかったわ、ローガン。ごめんなさいね。警察だって自分たちの捜査に満足してたわけじゃないのよね――そう、まったく。彼らはフレディの自白を得て、ちょっとひと休みしてただけ。そしてもちろん必死になって、ジョーイ・ピトーを捜してくれていた。警察がこの事件にどれだけ多くの人員を割いていたか知ってる？

それに地方検事局に関して言えば、フレディを、寿命の三倍もの期間、州立病院にほうりこむつもりはなかったのよね。型どおりの殺人事件だと思いこんでたわけじゃないんでしょう？　それに――」

「いいかげんにしろ、ラファエラ。きみにだって自分が馬鹿な過ちを犯したことがわかっているはずだ。なのにスポットライトを独り占めしようとした。きみが情報を流してくれたら、ぼくにだってやりようはあった。きみがなにをしているのか、なにを見つけたのか、電話で教えてくれれば、あとはうまく処理できたんだ。適切な方法で、適切な手続きをへて、全員の利益を守りながら――」

ラファエラは立ちあがり、ゆっくりと言葉を紡いだ。「ローガン、あなたとわたしは三年近いつきあいになる。だいたいは楽しかったし、おたがいのキャリアを尊重してきた。少なくとも、わたしはそう思ってきた。でも誤解だったみたいね。悪いけど、そろそろシャワーを浴びたいの」

ローガンは反論しかけたが、ラファエラは手を上げてそれを制した。「警察はこの事件で大失態を演じた。地方検事局はその失態を正そうとしなかった。メディアは、くだらないニュース番組にもってこいの殺人事件に飛びついた。要するに、誰も本気じゃなかった。哀れなフレディ・ピトーが不当な取り扱いを受けても、十一歳の少年が見つからなくても、みんな知らんぷりだった。あなたは偽善者よ。わたしに嫉妬してる。自分がやるべきことをやらなくて、わたしがたまたまそれをしたから。もう、わたしの家と人生から出ていって」

「ぼく以上の男を見つけたのか?」

男のうぬぼれ。信じられない論理の飛躍。こちらの話をなにも聞いていない。それで、別の男ができたと思いこむ。勝手にすればいいのよ。

ローガンは彼女が微笑むのを見て、立ち去ったほうがいいと悟った。さもないと、取り返しのつかないことを言ってしまいそうだ。彼女を敵にまわしたくない。ボストンの地方検事の地位を狙いたいなら、避けたほうがいい。わかっているのに、自分を抑えきれなかった。

「あばずれめ」ナプキンを床に投げつけ、椅子の背にかけてあった上着をつかむと、玄関を出てドアを叩きつけた。

「これで」ラファエラは散らかった台所を見まわした。「最後の絆《きずな》が断ち切れたみたいね」

翌朝八時、ラファエラはアメリカン航空のマイアミ行きに乗った。

気持ちの昂ぶりと不安の両方を同時に感じていた。

そしていつしか思いは、自分の父親に飛んでいた。いったいどんな男なら、わが子の名前さえ調べずに平然としていられるのだろう？　だが彼は娘の出生証明書にドミニク・ジョバンニという自分の名前が父として登録されていないことも知らないし、知ろうともしなかった。母が本名を隠していたのも知らないし、知ろうともしなかった。

そのおかげで手間は省けるけれど。嘘をつくとなったらたいへんだったが、この状況なら堂々と本名を使える。

父に対する好奇心にむしばまれ、そのことでラファエラは困惑していた。父への憎悪が少しでも薄れたり、焦点がぼやけたり、激しさを失うのはいやだった。あの男は尊敬する価値のない男、ラファエラからなにひとつ受けるに値しない人間だが、父に会わなくてはならない。会って、この目で見て、どんな人間なのか確かめなければ。自分に似たところを探すため？　父が根っからの悪人なのか、どこかにいいところがあるのか、見きわめるため？　知らなければならないのは、その答えにほかならなかった。

5

ジョバンニの島　二〇〇一年三月

　マーカスが休憩もとらず、ひたすら運動に励んでいると、ウェイトトレーニング・ルームのアシスタントマネージャーであるメリッサ・ケイ・ロアノーク――通称パンク――に腕をつかまれた。「もうじゅうぶんよ、スーパーマン」

　マーカスはくりんくりんのピンクの巻き毛に包まれた童顔を見あげて、苦しそうな笑みを浮かべた。パンクは二十三歳、長身でほっそりしているが、胸は大きく、空手の有段者だ。

「肩を前みたいにまわせるようにしなきゃならない。その黄色い筋はどうした？」パンクの右目のすぐ上から首筋のカールまで、幅一センチの筋状に髪が黄色に染められていた。

「一週間でもとどおりにしなくてもいいでしょう？　もうやめてったら。ドクター・ヘイムズに言われてるの。あなたが馬鹿なマッチョみたいにがんばるだろうから、注意しろって。なにがあったの？　背中をナイフで刺されたとか？　この黄色いストライプはシシィにやってもらったのよ。格好悪くなるって言われたんだけど」

「たしかに格好悪いな。ヘイムズはなんて言ってた？」

パンクは肩をすくめ、シカゴからやってきた三十歳前後の金持ち銀行員に視線を向けた。男はベンチプレスをしようと仰向けに寝たところだが、なかなかいい体をしている。「あなたがミスター・ジョバンニの屋敷でなにかの機械を使っていて怪我をした、体を回復させようと無茶をするだろうって。さあ、もうおしまい。あたしはミスター・スキャンランのようすを見てこなきゃ。あなたほどの魅力はないけど、ボス、あれならいけそうよ。彼の動きはどうかしら？」

「きみの要求には申し分なく応えられるさ」マーカスはパンクのうしろ姿を見送った。しなやかな肢体を黒いレオタードに包み、足元にはどぎついピンクのレッグウォーマーをつけている。ふるいつきたくなるような腰つきは、マーカスですらときにぐっとくるほどだ。あの黄色い筋というマイナス要因があっても、銀行員に勝ち目はない。結婚していたら話は別だが、たぶん独身だろう。そうでなければ、パンクがあれほどあからさまに迫ると宣言するはずがないからだ。あの男には、すばらしい休暇になる。ギャンブルを好まないパンクといっしょなら、大金を節約できるというおまけつき。過ごすのはカジノではなくベッドのなかだ。

　マーカスはため息をついて、ゆっくりと肩を動かした。よくなってきてはいるが、パンクの言うとおり、今日は調子に乗りすぎた。シャワーを浴びて、支配人用の服に着替えた。白いスラックスに合わせたアルマーニの水色のシャツは、体型を際だたせるスタイルで、胸毛が見えるよう開襟だった。二年半前にドミニクから指示されたのは、服装に金をかけ、魅力的にふるまい、有能であれということだった。「あらゆる女の理想の恋人のように見せながら、男どもに対しては男っぽい荒くれ者のようにふるまい、ポルト・ビアンコをこの地球上にひとつしかないギャンブルのできる楽園にしたら、きみに五パーセントの所有権を与えよう」その言葉に嘘はなかった。

マーカスはジムの裏口を出て、ハイビスカス、ブーゲンビリア、インドソケイ、ランなどが咲き誇る小道を歩いた。湿った空気のなかで、それぞれの花の甘いにおいが押しあっている。リゾートの敷地内に生えている植物はどれも、あらかじめ決められた計画に沿って、二十人の庭師に丹精されているのに、それでも、うっかりすると伸びた枝に顔をぶつけそうになる。

マーカスは疲れていた。屋敷からリゾートに戻ってまだ三日しかたっていない。仕事は山積みで、あちこち問題だらけだった。秘書のカリーはなぜかご機嫌斜め。まもなくミセス・メイナードという客がジョージア州アトランタから自家用セスナで到着する予定になっており、向こうはマーカスの出迎えを期待している。半年前にこの島にやってきたとき、マーカスと関係を持ちたがった女だ。今回は避けられるといいのだが――マーカスはカジノの警備員のひとり、ハンクのことを思い浮かべた。あいつなら、臨時収入のチャンスに喜んで飛びつくだろう。

ポルト・ビアンコの経営を引き受けたのは、ドミニク・ジョバンニに近づくため、彼の組織の一員となるためだった。すでに二年半分の人生を棒に振ったが、はたしてそれでどこまで核心に迫れたかとなると、はなはだ心許ない。ドミニクが世界で有数の武器商人であることはわかっている。アメリカの税関局もそれは知っている。まだ大陪審で起訴を確実にするだけの証拠はとれておらず、税関局のほかの情報員もそれは同じだ。マーカスは何度もジョバンニの尻尾をつかみかけ、税関局はそれすらできていない。たしかに、マーカスはジョバンニの命を救った。進んで救ったのだ。ハーレーと連邦政府が課した取引条件は、ジョバンニの悪事の証拠、ジョバンニを今後一生、刑務所にぶちこんでおけるだけの証拠を得ることだ。連邦政府はジョバンニを収監したいのであって、暗殺者の銃弾に殺させたいのではない。マーカスも司法による正義を求めている——いちおうは。最悪なのはドミニクが死んでも、デロリオが跡を継いで組織が存続すること。少なくとも、そうなる公算が大きいことだった。

それにしても、ふたりのオランダ人はなぜ服毒自殺したのだろう？ もっと解せないのは、このことに関してドミニクが黙して語らないことだ。その結果、マーカスはドミニクからなにひとつ教えてもらえないまま、不満と弱気といらだちを抱えて屋敷を離れた。依然真相は藪《やぶ》のなか。聖書に登場する女性の名前バテシバが、意味するものは？ 組織なのか？

「マーカス、急いで。ミセス・メイナードが飛行場にお着きよ！」

「わかった」マーカスは足を速めつつ、「いま行くよ、カリー」あとでハンクをつかまえること、と頭に書き留めた。ハンクはいま、サンアントニオから来たとんでもなく貪欲《どんよく》な女性、グレンとマラソンのようなセックスを終えて、体力の回復に努めているところだ。

それから六時間後の午後十時、マーカスはベッドに倒れこんだ。女たちからは置き去りにしてひどい男と思われているだろうし、男たちからは巨大テレビに映しだされるラスヴェガスから中継のヘビー級の試合を見逃すなんざとんだ半端者だと陰口を叩かれているだろうが、この際、かまってはいられない。へとへとに疲れて、歩くのさえやっとなのだ。若いハンクはいまごろ、眠るどころではないだろう。ハンクはミセス・メイナードのお眼鏡にかなった。

マーカスの眠りは浅かった。二十年間くり返し見つづけている夢をまた見ていた。

夢には年月が反映されていた。いまだ基本は少年のとき見た夢のままだが、大人になってからの経験が影を落としている。はじまりは映画のようにゆったりと、淡い色使いの絵のようなシーンが水のように流れ、周囲の環境を映しだして、マーカスをシカゴの以前住んでいた界隈《かいわい》へ、あの大昔の夏の日へとさりげなく連れ戻す。夢の少年は痩せっぽちで背が高く、朗らかで社交的、人を疑うことを知らない。映しだされるやわらかな色調のシーンから、少年の性格のよさがうかがえる。愛情深い両親のひとり息子で、新聞配達をし、勉強ができ、スポーツが得意という、いかにもアメリカ的な優等生。つまり、なにもわかっちゃいない大馬鹿野郎だ。

途中からいっきに展開が速まり、さまざまなことがつぎつぎに起きる。それが順不同にもつれあうが、映像は鮮やかなまま、切迫感と恐ろしさに満ちている。

マーカスの父親であるライアン・〝チャンパー〟・オサリヴァンは理知的な新聞記者で、真《しん》摯《し》に真実を追い求めた華奢《きゃしゃ》な男だった。その父の姿が見える。細い鼻筋からいつもずり落ちてくる眼鏡を押しあげている。母親のモリーはがっしりした体つきで背が高く、夫より屈強だった。母は笑いながら夫を見おろし、眼鏡を持ちあげると、白い歯で鼻先をかじった。父が〝噛みつき《チャンパー》〟と呼ばれていたのは、妥協ということを知らなかったからだ。父はこれぞと思う対象を見つけると、ブルドッグのようにくらいついて離れなかった。真実を突きとめ、それを公表するためなら、悪魔にでも話を聞きにいっただろう。

十一歳だったマーカスは父親にいらついていた。フットボールをまともに投げることもできず、算数の宿題は教えられるが、忙しくてめったに家にいない。モリーにはxやyの入った数式は手に負えなかった。それでもマーカスは、世界じゅうのプロ野球選手全員の経歴を知っている父が大好きだった。

さらにいくつかのシーンが続き、映像はより鮮明になって、血はますます赤く濃くなって広がり、あらゆるものに染みこみ、彼の目、耳、口にまで流れこみ、最後には息ができなくなる。大量のまっ赤な血、みんなみんな父さんの血――

マーカスはうなり、大声で叫ぶと、がばっと起きあがった。喉が詰まり、息が上がって、冷たい汗が首筋と腋《わき》の下を伝う。この苦しみが和らぐことはないのか？　うまく呼吸ができない。肩の傷がずきずきと痛み、恐怖に喉が塞がれたようだ。部屋はエアコンの効きすぎで、冷えきっていた。

身震いして、ふとんを引っぱりあげ、そのなかに潜りこんだ。

いつかは解放されるのだろうか？

その答えはわかっている。そう、心の奥底では。マーカスは乱れた呼吸をどうにか整え、怯えきった十一歳の子どもではないのだと何度も自分に言い聞かせた。おまえはもう一人前の大人だぞ。それに、夢が例の結末を迎える前に目を覚ますことができたじゃないか。

それでも、眠るのが怖かった。ベッド脇のテーブルのデジタル時計を見ると、朝の五時だった。迷わず起きあがって浴室へ向かい、肌がひりひりするまで熱いシャワーを浴びた。

そしてランニングに出た。

夜が明けたばかりだった。淡紅色や淡灰色の帯がかかる暁の空が、カリブ海の青と混ざりあい、浜辺の白い砂を煌《きら》めかせている。なんという美しさだろう。静まり返っているので、自分の鼓動が聞こえる。一定のペースで走りながら、甘く清々しい空気を規則正しく吸っては吐く。走りながら、数百年前のこの島に思いを馳せた。丘や中央の山々の頂から海岸近くまで、一面に広がるサトウキビ畑。ポルトガル人に連れてこられた黒人奴隷たちは、そのサトウキビ畑で腰をかがめ、カリブの暑い太陽のもと、汗だくになりながら野良仕事に励んでいたのだろう。十九世紀の終わりにはその畑がすべて消え、わずか四、五人の所有者を残すのみとなるが、最後には、全所有権をある金持ちのアメリカ人貿易商が買い取る。フランスの貴族階級出身の妻の歓心を買いたいがためだった。島生まれの住民の数は多くはなかったが、そのほとんどが島を去り、アンティグア島やセント・キッツ島などに移住した。長い喪失の時代をへて、先住民の文化はもはやほとんど残されていない。紙に書かれた伝説も、儀式や風習もなにひとつ残らなかった。しかし一方で、ここジョバンニの島には貧困も存在しない。島に残った先住民たちはみな高給を支払われ、ここに住居を与えられていた。

マーカスは怪我をした肩に負荷がかからないよう、肘の下に手をあてがった。ふと前方に目をやると女がひとり、一定のペースで軽快に走っている。彼は顔をしかめた。いまだけはひとりきりになり、ゲストと馬鹿げた会話をせずにすませたい。マーカスは走るペースを少し落とした。脚の長い女だから、先に行かせてしまおう。女は一〇〇メートルほど前のカーブを曲がって見えなくなった。

カーブに差しかかったマーカスは、なにげなく周囲に目をやった。女はいなかった。ジャングルの小道を駆け抜け、自分のヴィラに戻ったのだろうか？

マーカスはそれを願いつつ、呼吸や心拍数を一定に保つよう気をつけながら、汗に髪を濡らして、さらに走った。それでも、彼女を探すのをやめられない。それほど速度は出していなかったが、なにかあったのだろうか？　そこでマーカスの足が止まった。

さっきの女が波打ち際の近くにある、大きな岩のあいだに座っていた。膝を深く抱え、うつむいた顔を両手でおおっている。すぐ横の岩には本らしきものが置いてある。赤毛——いや、茶とブロンドの混じった赤褐色——の髪をポニーテイルにまとめ、額には赤い伸縮性のヘッドバンドをしている。身に着けているのは、赤い短パンとだぶだぶのTシャツだった。

彼女は泣いていた。腹の底から絞りだされるような、低い泣き声だった。胸が締めつけられるようなすすり泣き——マーカスの母のモリーなら、〝魂のすすり泣き〟と呼びそうな泣き方だった。

面倒なことになった。彼女はこちらの足音に気づいていない。ほうっておこうか？　だが、それはできない。マーカスは走るのをやめ、足早に彼女に近づいた。

彼女の前にしゃがんだ。

「大丈夫ですか?」

彼女はぱっと顔を上げて、驚きの目でマーカスを見た。

「驚かせて申し訳ない。怖がらなくていい」

「怖がってはいないわ」実際、怖がっていないようだった。その瞳は淡いブルーで、早朝のグレーをわずかに一滴だけ混ぜたようだった。

「邪魔して悪いと思ったが、あなたがここにいるのが見えたものだから。大丈夫? なにかできることは?」

彼女は若かった——二十代なかばくらいだろう。顔に涙の跡が残っている。目をまっ赤に泣き腫《は》らして洟をたらし、髪は汗まみれで、化粧っけはない。それでも、はっとするほど美しい女だった。

「大丈夫です。ご心配ありがとう。ここはきれいなところね。まともな人間なら、こんなに早く起きないだろうと思っていたんだけど、わからないものだわ。そう思わない?」

「ああ、そうだね。ぼくにしろ、あなたを見つけて驚いたわけだから」

彼女は少し下がって立ちあがった。さほど上背はなく、彼の顎くらいの高さだった。

「邪魔したね」マーカスは言いながら、涙のわけを考えた。十中八九は男だろう。左手の薬指には指輪がないから、やっぱりそうだ。男の悩みだと思って、まちがいない。

マーカスは軽くうなずき、駆け足で彼女から離れた。

マーガレットの日記　一九九一年三月

ついにクズでない男に出会った。それに嘘つきでもない。今回は自信があるの。それにあなたも彼に好意をもってくれているみたいね、ラファエラ。彼の名前はチャールズ・ウィンストン・ラトリッジ三世。なんてご大層な名前かしら！

彼はとてもお金持ち――わたしの両親よりも由緒ある資産家の出――で、とてもやさしく、そして信じられないことに、純粋にわたしを愛してくれているみたい。

年齢は四十六歳で、子どもがふたり――嫁いでいる娘と、ベンジャミンという、ハーヴァードに通う息子がいる。男やもめ。お気の毒に、奥さまは四年前に癌《がん》で亡くなられたんですって。彼は新聞社のオーナーで、いくつ所有しているかわたしはまだ知らないのだけれど、そのくせレミントン＝カウファーのようなグループ企業が新聞をつぎつぎと買収し、みな似たり寄ったりにしてしまう風潮には大反対している。わたしは彼をからかってやりたくなって、あなたの新聞はどこが違うのと訊いてみた。あなただって、方針に影響をおよぼしてるんでしょう？　自分の政治的意見を各新聞に反映させてるんじゃないの？　そしたら、彼ったらかんかんになっちゃって。すべてはあなたがベッドに入ってから起きたことよ、ラファエラ。

そのあとキスしたら、彼はとても上手だった。わたしは彼に言ったわ。わたしは三十六歳の女盛りだけど、あなたはもう中年だから肉体的なことに興味がないんじゃないのって。それがね、ラファエラ、すばらしかったの！

彼に出会ったのはモントーク岬の海岸だった。景勝地だって聞いて、ロングアイランドの端にあるそこまで車で出かけてみた。あの週末のこと、憶えてる？ ふたりでサッズベリのストレイアーを訪ねたときよ。それはともかく、彼は浜辺でランニングをしていて、わたしにぶつかった。わたしは倒れ、彼が助け起こそうと手を差し伸べたとき、わたしの心になにかが芽生えた。いたずら心と言ったらいいのかしら。笑って手を取り、ぐいっと引っぱって彼も転ばせてやった。彼はあまりのことに、三分間は黙りこくり、わたしはそこに寝そべったまま、馬鹿みたいにくすくす笑いっぱなしだった。そのあとどうなったと思う？ 彼はにこっとして横に転がると、わたしのところまできてキスしたのよ。

それが三週間前のこと。彼からプロポーズされたときは、たぶんお受けするわ、と答えた。バーベキューでステーキを焼くのが上手だし、ほとんど毎晩わたしを満足させてくれるし、あまりいびきをかかないから、と。あなたには今晩報告するつもりよ、ラファエラ。あなたも喜んでくれると思う――今回は。

そうそう、真実の愛の話はこれくらいにして、あの男が見つかったわ、ラファエラ。ゲイブ・テトワイラーが。わたしはようやくまともな探偵――クランシーという名前のいけすかない男なんだけど――を雇って、ゲイブがルイジアナ州シュリーヴポートにいることを突きとめた。いまでも宅地開発業みたいなことをしていて、金を持っているらしかった。クランシーによると、ゲイブが羽振りがよくなったのは、おそらくニューオーリンズにいたとき、既婚女性を脅迫したのだろうということだった。とにかくゲイブは、地元の女性――というよりその女性の十一歳の娘ね――を相手に楽しんでいた。クランシーは手段を選ばなかった。手出しはしないで、ゲイブが少女に性的いたずらをしている写真をたくさん撮り、その写真を母親に見せて、いっしょにシュリーヴポート警察に出向いた。ゲイブはいま留置場で裁判を待っている。

それを聞いてわたしはせいせいした。ようやく、正しいことができた気分よ。あなたがあのことを忘れているといいのだけど。あなたは賢くて幸せそうにしている。思春期のホルモンのせいで、体は急速に変化しているけれど。

一九九一年四月

今日、マドリードのダウンタウンで彼を見た。きれいな黒い目をしたオリーブ色の肌の女性と腕を組み、ブティックから出てくるところだった。ハネムーンの旅先でドミニクに会うなんて、あんまりだわ。

チャールズにはドミニクのことはなにひとつ話していない。彼には、最初の夫リチャード・ドーセットは立派な人で、運悪く早死にしたと言ってある。わたしが自分とあなたの名前を旧姓のホランドに戻したという話を、チャールズは信じている。

そこへドミニクが現れた。彼は笑いながら連れの女性のショッピングバッグを持ってやり、つと目を上げてまっすぐにわたしを見た。男の人が女を品定めする目で、わたしの全身に視線を走らせると、ふたたび連れの女――どう見ても二十一、二歳――に目を戻した。彼にはわたしがわからなかった。わたしなど、路傍の人だったのよ。

わたしはスペインの暑い日差しのもとに立ちつくし、彼のうしろ姿を見送った。涙がとめどなく流れた。そばにやってきたチャールズが、なにごとかと心配してくれた。いまではわたしも立派な嘘つき。とても上手に嘘をつく。左脚のふくらはぎが急にこむら返りを起こしてひどく痛いの、と答えた。チャールズはわたしを抱きあげ、道端のカフェの席に座らせ、もういいわ、と言うまでふくらはぎをさすってくれた。

わたしはどこかおかしいの？　誓ってもいい、あの男のことは憎んでいる。チャールズへの愛より、あの男への憎悪のほうが強いのかもしれないと、怖くなるくらい。でも、あなたへの愛がなににも勝るのだけは確かなのよ、ラファエラ。

もうけりをつけなければ！　わたしの人生から消えて久しいのに、彼はとてもすてきだった。少なくともチャールズと同じくらいの歳でしょうに、年月は彼の魅力を損なわなかった。まるで貴族のようだった。すっきりとした高い鼻に、すらりとした体つき、細い手とみごとに磨かれた爪、完璧ないでたち。髪の毛は昔と同じように漆黒で、もみあげに白いものが混じりだしていたけれど、それがかえってアクセントになっていた。そして彼の淡いブルーの目。あなたと同じ青い瞳よ、ラファエラ。よく見ると、ほんの少しグレーがかっているような。

彼はわたしに気づかなかった。わたしを見ても、知らん顔で通りすぎていった。

ジョバンニの島　二〇〇一年三月

ラファエラは海岸を走り去る男を見送った。日の出とともに起きだした、もうひとりのゲスト。さいわい、あまりつきまとわずに行ってしまうだけの礼儀は心得ていたし、ラファエラが泣いていると知って声をかけるだけの親切さは持ちあわせていた。

短パンからシャツを引っぱりだして、顔をぬぐった。よりによって、泣くなんて。母の痛みが自分の痛みとなり、涙があふれた。しかしそれだけではない。父親――自分の体にその血が流れている男――に対する涙も混じっていた。どうしてこんなに悲しいのだろう?

ずっと母に守られてきた。その母がいまは病院のベッドに寝たきりで、何本ものいまわしい管につながれ、なすすべを失っている。でもラファエラにはなすすべがあった。

ラファエラは勢いよく立ちあがった。いまさらながら、周囲の景色の美しさに気づいた。

すでに朝日が空を輝かせ、空気はフェイスパウダーのブラシのようにやわらかく、軽い海風は磯の香りを含んでいる。深呼吸して母の日記を拾いあげ、リゾートへ向かって走りだした。

奇跡のような島だった。飛行場が小さくてジェットは離着陸できないので、昨日の午後アンティグア島に到着してからヘリコプターを頼み、ジョバンニの島、あるいはポルト・ビアンコというリゾートの名前で知られるこの島にやってきた。アンティグア島でわかったのは、ジョバンニの島に向かう人びとの大半が、専用機を持っていることだ。ラファエラは知り合いの旅行代理業者を訪ねて、ポルト・ビアンコに宿泊の予約をしたいと話したときのことを思い出した。担当のクリッシーはあきれ顔でこう言った。

「ポルト・ビアンコ？　あの島に行きたい？　いくらかかるか、わかってる？　それに順番待ちのリストがとんでもない長さになってるはずよ。どうしちゃったのよ、ラファエラ？　莫大な遺産でも相続したとか？　やだ、あたしったら、あなたの信託財産のことを忘れてた。でも、それにしたって、あそこは一般人は入れないメンバー限定のリゾートなのよ」

クリッシーの話は延々と続いた。浴室の蛇口もジャクージの噴出口も、金ピカ。警備員が大勢いるから、お金持ちの女性たちはダイヤモンドやルビーを盗まれるのを心配せずに、ジャクージに入れる。そしてカジノは、モナコのカジノよりも洗練された優美な雰囲気らしい。カリブ海でもっとも閉鎖的で、もっとも高級なリゾート地。ラファエラ、あなた、一九三〇年代にハリウッドの大物のひとりが造ったリゾートだって、知ってた？　ルイス・B・メイヤーだったか、サム・ゴールドウィンだったか、忘れたけど。そのハリウッドの大物に島を売ったのは、アメリカ人貿易商で、そのフランス貴族出身の妻はアンティグア島の漁師と恋仲になり、その貿易商を捨てたんですって……。

ラファエラはクリッシーのおしゃべりを黙って聞いた。一九九七年にドミニク・ジョバンニがリゾートのある島を丸ごと購入したことは、言わなかった。リゾートの写真があるかと尋ねてみたら、返事はノーだった。あの島には新しい顧客など必要ない。資産家連中の口コミでじゅうぶん商売になっているから。会員限定のプライベート・リゾート。宿泊できるのはメンバーかその紹介者のみ。

「ははーん」クリッシーは聞き取れないくらい声をひそめた。「わかった。ハンサムな遊び相手が欲しいのね？」

「そんなんじゃないわ。ローガンと別れたばかりなのよ」

「ローガンなんて忘れちゃえ――彼、ねちっこいとこがあるんじゃない？　別れたのも、彼にいやなことされたからでしょ？　ポルト・ビアンコには、客の相手をする美男美女がいるんですって。あたしの言ってる意味、わかるわね？」

初耳だった。性別を問わず遊び相手を提供する快楽の殿堂。

「ほかになにか知らない？　どうしたら行けるのかしら？」ラファエラは内心じりじりしながら、軽い調子のまま尋ねた。

だが、クリッシーは首を振った。「知り合いにメンバーはいるの？　それっきゃ方法はないわね。さっき話したことは、ほかの旅行代理業者たちから聞いた噂話でしかなくて、メンバーでもないあなたがどうしたらあの島に入れるか、申し訳ないけど、あたしには見当もつかないわ。確か八〇年代に所有者が替わったのよね。当時はひどいさびれようだったみたい。そのあと数年前に今度は金持ちのアラブ人だか金持ちの日本人だかが買い取って、莫大な資金を投入し、三〇年代の状態をよみがえらせたって話よ。あたしだって、あの島に一週間滞在させてもらえるんなら、一年分の給料か処女を捧げてもいいくらい」

「あなたは処女じゃないでしょ」

「あなた、また男性トイレに入って落書きを読んだわね、ラファエラ？」

結局、ことは簡単に解決した。

アル・ホルバインの目は節穴ではない。ラファエラが社内の情報サービスにアクセスしたり、図書室で調べものをしているのはお見とおしだった。そして調べている対象が暗躍する武器商人、あるいはドミニク・ジョバンニという人物、ポルト・ビアンコとくれば、さしたる苦労もなくおおよその見当はつけられた。なにを企んでいるのか問いただそうかと迷っていると、ラファエラが彼のオフィスにやってきた。

「どうした、ラフ？　編集室の熱気にあてられたのか？　他人のやっかみなんぞ、いずれ慣れる。そのうちおまえ自身がやっかむほうにまわるかもしれんしな」

「そんなんじゃありません」

「じゃあ、地方検事局のローガンとかいう男のことか？　喧嘩でもしたのか？」

「いいえ、仕事のことでも男のことでもなく、休暇のことです。しかも長期の。休職扱いにしてもらえませんか、アル？」

アルはあっけにとられてラファエラを見つめた。「なんだって？」

ラファエラは筋の通った話をしたかった。なんと説明したらいいだろう？

「おふくろさんのことか？　そばにいてあげたいとか？」

ラファエラは嘘をつきかけた。アルが水を向けてくれた。だが、自分の足先に視線をやり、首を振った。

「ポルト・ビアンコに関係があるのか？」

「知っていたのね」

「おまえが調べものをしていたことはな。どうしてあの島に興味を持つ？　武器取引か？　それとも狙いはドミニク・ジョバンニか？」

ラファエラは深呼吸した。「わたしがポルト・ビアンコに宿泊できるよう、とりはからってもらえないかしら？」

今度はアルがラファエラ・ホランドを観察する番だった。義父に頼めばよさそうなものだった。チャールズ・ウィンストン・ラトリッジ三世なら、指先ひとつで、ラファエラをつぎのカリブ海行きの便に乗せてやれる。しかし彼女は自分に頼んでいる。アルはゆっくりとうなずいた。「ああ、いいぞ。モンロー上院議員はあの島のメンバーで、彼には貸しがある。重要な用件なのか？」

「わたしの人生でいちばん大切なことよ」と、ラファエラは席を立った。

いまリゾートのラファエラは走るのをやめ、施設と海岸を結ぶ曲がりくねった小道の一本から、宿泊中の小さなヴィラへと続くメインの道に入った。リゾートには豪華な本館のほかに四十のヴィラがあり、アルのはからいで彼女はそのひとつに泊まれることになった。

わたしはここにいる。あの男のすぐそばまで来ている。そしてまだ端緒についたにすぎない。ラファエラにはよく考え、調べたうえでさらに練りなおして立てた、綿密な計画があった。うまくいくはずだ。そのためには目的を見失わず、優位を保ち、集中すること。いつものように、不安と期待の入り混じった感覚がある。その感覚のせいで動悸がして、呼吸が浅くなった。

6

ラファエラはグレープフルーツをもうひと切れ食べた。酸っぱさに口をすぼめ、残っていたコーヒーをいっきに飲み干した。

四つあるパティオのうちのひとつで、朝食をとっているところだった。頭上に枝を伸ばした赤と紫のブーゲンビリアが、日除けがわりになっている。正面にはイタリアと同じ長靴の形をしたスイミングプールがあり、つま先の部分がホットタブになっていた。

朝八時半に屋外で朝食をとっているゲストは、五、六人しかいなかった。この時間の気温はいつもどおり二十度前後で、空は雲ひとつなく晴れわたっているが、毎日午前十一時前後にはどしゃぶりの雨がある。二十五分ほど続くその雨が上がると、ふたたび太陽がまぶしいほどに照りつけ、そのあとはなにごともなかったかのように一日が過ぎる。

ラファエラはゆっくりと食事をしながら、ほかのゲストたちを観察した。一般人とは見るからに異なる、美しい人びとだった。おおむね普通より痩せていて、贅肉が少なく、まんべんなく日焼けし、驚異的なことに、四、五十代と思われる人でさえ、日焼けによる皺が見あたらなかった。太腿にセルライトのある女性など、ひとりもいない。いったいどんな手入れをしているのだろう？

男たちは白いテニスショーツとニットシャツで軽快に装い、長くてすべすべの脚をした女たちはラガーフェルドの絹のブラウスと、アルマーニのパンツ、ヴァレンチノのオーガンザのスカーフ、タントリのサンダルといった具合だった。少なくとも、それくらいのブランドはラファエラにも見分けられた。最新ファッションについて、三日間の詰めこみ勉強をしてきたおかげだ。

ゲストたちはなんの不足もなく、わが世の春を謳歌《おうか》しているようだった。隣りのテーブルに座っていた五十代の男性と、せいぜいラファエラと同じ歳くらいの若い女性の会話が聞こえてきた。一見したところ、父と娘のようだ。

まったく、なんて世間知らずなの？　ふたりは恋人同士で、若い女性のほうはこれ見よがしに、男の股に伸ばした手のひらを下に向け、服の上からペニスを握っている。ラファエラの目はその手に釘づけになった。

「コーヒーのお代わりはいかがですか？」

ラファエラは飛びあがった。傍らのウエイトレスがおもしろそうに目を輝かせている。

「えーと、そうね、いただくわ」

「見かけほど甘くないでしょう？」

「え？　誰のこと？」

「グレープフルーツのことです」

「ああ、そう、そうよね。わたしったら馬鹿みたい」

「わたしもここへ来た当初はよくそう思いました。ここは大人の遊び場です。女性差別だと誤解なさらないでくださいね。実際違いますから。とてもお歳を召した女性が、信じられないほどセクシーな男性を連れていることもあるんです。お客さまにも楽しんでいただけるといいんですけれど。せっかくですもの。ここはすばらしいところですよ」

「ほんとうね」ラファエラは言った。ウエイトレスはモデル並みの美貌だった。モデルと言えば、今日こそ、ドミニクの愛人で元モデルのココ・ヴィヴリオと接触したい。

ラファエラはパティオをあとにして、色鮮やかな植物に彩られた敷地内を散策した。五感が圧倒される場所だった。色が洪水のようにあふれ、木々の葉が生い茂り、花々はこぼれんばかりに咲き乱れている。数えてみると、二十一人の庭師がいた。風景の一部となって、黙々と作業に精を出している。いくつもの美しい庭園が何ヘクタールにもわたって広がっているが、チャールズ・ラトリッジの屋敷のようにきっちりと刈りこまれた英国式庭園はひとつもない。

複数のゴルフコースとテニスコート。プールは三つ。そしてもちろん、目の前には美しいカリブ海へと続く白砂の海岸がある。サンフランシスコの北西部を切り取ったような形のこの島は、面積にすると八平方キロメートルしかない。東にアンティグア島があり、滞在客のなかには、セント・ジョンズ島に足を伸ばす人もいた。島の東側がリゾート、西側にはジョバンニの屋敷がある。ここは楽園、それも大富豪のための、そして彼女の父親のための楽園だった。

ラファエラは環境に順応していると感じていた。ラファエラ本人にかなりの額の信託財産があるうえに、義理の父親は東海岸でも指折りの資産家だ。それに、ジヴァンシーのドレスを見分ける目だってあるんだから。

彼女はヴィラに戻った。こぢんまりした地中海風の建物で、壁は白い漆喰《しっくい》、戸口はアーチ形で、屋根は赤い瓦葺《かわらぶ》きだ。インドソケイとハイビスカスの黄色とピンクの花に囲まれ、完全なプライバシーが保てるようになっている。内装は後期バロック様式で、装飾的なルイ十六世風の家具がならび、堅い板張りの床にはカシミール産の毛織物や絹の絨緞《じゅうたん》が敷いてある。

ちょっとやりすぎかも。洗面所の金の蛇口をひねりながら、ラファエラは思った。洗面器までスペイン製の手書きの陶器ときた。

さらに一時間ほどのんびりと周囲の環境を楽しんでから、行動を起こした。ジムに運動しにいくのだ。

ジムに着いたラファエラは、ノーチラス社製の最新マシンに目を奪われた。感じのいい若い女性職員から渡されたブランド物のレオタードに着替える。ピンクの髪に大胆な黄色いストライプを入れたその女性は、パンクと名乗った。「なんでも説明するわよ。でも、その必要はなさそう、慣れてるみたいだから。なにか訊きたいことがあったら、いつでも呼んでね」

手渡されたレオタードは空色で、タイツもおそろいの色だった。レッグウォーマーはもともと無意味だと思っていたし、カリブではなおさら必要ないから、つけなかった。この島に先住民がいるとしたら、いったいどこにいるのだろうと思っていたら、黒人女性四人がゲスト用更衣室を受け持っていた。端正な顔だちの、無口で控えめな女たち。彼女たちはこの豪華な施設のことをどう思っているのだろう？

バターのようにやわらかい革製のフロアマットを使って体をほぐし、ストレッチをしながら、ジムにいる男女全員をチェックした。だいたいは愛想がよく、とりわけ男性はそうで、三十分もしないうちに五人の男性と言葉を交わしていた。

レッグリフトの最中に、ふたたびあの男性を見かけた。

今朝、浜辺で馬鹿みたいに泣いていたラファエラに声をかけ、心配してくれたあの人だ。男はパンクとなにか話しながら笑い、少し肩をまわして、男性用更衣室へ向かった。

更衣室から出てきたときには、短パン、スニーカー、白いTシャツという格好だった。白くやわらかな布地の下に、胸と肩をおおっている伸縮性の包帯が透けて見える。朝は包帯をしていることに気づかなかった。

体つきはいい。歳のころなら三十代前半、漆黒の髪に、紺碧《こんぺき》の瞳。筋肉質で引き締まった太腿は、まさにラファエラ好み。どんなときでも、体を鍛えるのを怠らないタイプだ。顔だちは厳しく力強く、気骨と秘密を併せ持っている。要するに、どこにいても目立つ、忘れられないタイプの男性だった。

彼はジム内をぐるっと見渡し、ラファエラに気づいた。ラファエラは軽く会釈して、レッグリフトを続けた。

彼はのんびりとこちらに歩いてきた。「おはよう」手を差しだした。「今朝は自己紹介をしませんでしたね。マーカス・デヴリンです」

笑顔もすてき。「ラファエラ・ホランドよ」

「到着したばかりですか？」

「ええ。昨日の午後、ボストンから。なにも着なくても暖かいって最高ね。あちらの天気ときたら——」

「知ってます。ぼくも先月ボストンにいたんで。ひどい寒さで、足の爪まで凍えました」

ラファエラはにっこりした。「あなたアイルランド系ね」

「実のところ、半分はアイルランド人、半分はサウスシカゴ人ですよ」

「シカゴ南部は黒人ばかりだと思ってたわ」

「だいたいはそうです。そしてぼくはローマ教皇より敬虔《けいけん》なカトリック教徒です」

「それならどうしてこんなところにいるの？」

「気に入らない？　好きなことができる自由が？　あなたみたいに若くてきれいな女性なら、ものすごく楽しめると思うけど」

「わたしがここに来ているのを母が知ったら、きっとカトリックに改宗して、毎正時ごとに地獄に堕ちたわたしとその魂のために祈ってくれるでしょうね。そういえば、今朝信じられない光景を見たのよ。それがね――」

マーカスの黒い眉が片方だけ吊りあがる。おもしろがって、先を聞きたがっているようだったが、彼女は口を閉ざした。

「それで？　なにを言いかけたの？」

「ふたりの人が自由を満喫していただけ。ものは言いようだけど。ただ、父と娘ほど歳の差のあるふたりだった。やあね、わたしったらヴィクトリア時代のオールドミスみたい。ほんとはそんなことないのに。悪いけど、あと二十回レッグリフトをやらなきゃいけないから」

マーカスは体よく追い払われたのに気づき、驚いた。他人から、とりわけ女から、なかでも自分が欲しいときに欲しいものを手に入れるのに慣れている大金持ちの若い女から追い払われるのには慣れていない。こんなことで自尊心を傷つけられる自分に内心苦笑しつつ、軽く会釈してその場を離れた。

ラファエラは突然暴走しだした自分にとまどっていた。彼がどんな人で、何者なのかも知らないのに、あんなふうに一方的にしゃべるなんて、どうかしている。彼が女性客相手のプレイメイトならいいのだけれど。

「あの人は誰？」ラファエラはパンクに尋ねた。ノーチラスのマシンのウェイトをリセットしようとしたら、手伝いにきてくれたのだ。

「あの人って？　ああ、マーカスね。いい男でしょ？　もう、焦っちゃだめだって言ってるのに、またあんなにがんばって！」

「それって——Tシャツの下に包帯が透けて見えるけど、なにがあったの？」

「あたしもよく知らないんだけどね。ヘイムズってリゾートの医者が言うには、マーカスは屋敷のほうでなにかの機械で怪我をしたらしいの。それをマーカスったら、一週間で筋力を取り戻そうと無理するんだから。ちょっとごめんね、やめさせてこなくちゃ」

「で、いったい誰なのよ？」ラファエラはつぶやいた。パンクがマーカスに近づき、袖を引っぱっている。

パンクが言っていた屋敷とは、ドミニク・ジョバンニの屋敷のことだろう。

あの人も犯罪者ってこと？　父の手下のひとりなの？

「まだお手伝いすることはある？」

パンクが戻ってきた。ラファエラに声をかけながらも、その視線はさまざまなレベルの苦行にうめき声を漏らす男性客たちの上をさまよっている。

「マーカスっていい人みたいね」ラファエラはすかさず言った。

それがパンクの注意を引いたらしく、ラファエラの全身をながめまわした。「こんなこと言いたくないんだけど、あなたは彼のタイプじゃないわ。どんなにお金持ちでも関係ないの。彼はあんまり女遊びをしないし、するとしても決まって黒髪の小柄な女性よ。前の奥さんが黒髪で小柄な人で、彼を捨てていったか、亡くなったか、それともなにか——」

「忘れられない理由が？」

パンクは笑って肩をすくめた。「そう。わたしも彼に迫ったことがあるんだけど、相手にされなくて。職場の女に手をつけるものじゃない、あたしは若すぎて、姪のようにしか思えないですって。あの人、働きすぎなのよね。ほんと残念、あたしなら絶対に歓ばせてあげられるのにさ。それよりあっちを見て――あの男性はアルゼンチンから来てるんだけど、かわいい話し方をするのよ。ベッドでも心得てるって噂《うわさ》。マーカスの秘書のカリーから聞いたんだけど、それはすてきな指の持ち主らしくって――」パンクはぶるっと身震いした。

ラファエラは口をはさみたいのを我慢して、黙って聞きつづけた。パンクは貴重な情報源だし、セックスの話もやがては終わるだろう。

しかしパンクはアルゼンチン人のテクニックについて延々と話しつづけ、ラファエラは適当な間合いでうなずくほかなかった。やがて別の女性から声がかかり、パンクは行ってしまった。

ラファエラは年上の女性がジムに入ってくるのを見て、ふいにトレーニングを中断した。淡いブロンドの髪を肩まで伸ばした絶世の美女だった。彼女はマーカスを見つけると、足早に近づいた。彼の肩に手を置き、なにかを話しだした。

マーカスも動きを止めて話している。そして、励ますように彼女の腕に触れ、振り向いてパンクに声をかけると、男性用更衣室に消えた。

年上の女性――ラファエラは心のなかで〝年上〟の部分を省いた――は三十代なかばで、ひじょうに美しく、タタール人を思わせる高く形のいい頬骨と、大きな口を持ち、柳眉の下には目の覚めるような緑の瞳があった。ラファエラは目を凝らした。鼓動が速くなった。

ドミニク・ジョバンニの愛人、ココ・ヴィヴリオだ。写真よりも数段美しい。トップにのぼりつめるモデルたちは、かならずしも絶世の美女ではなく、写真写りがいいケースが多いだけに、意外だった。それにしても、なんという幸運だろう。ラファエラは必死に頭を働かせながら、エアダイン・バイクの座面を長い爪でコツコツ叩いている女性にゆっくりと近づいた。

「失礼します。お邪魔して申し訳ありませんが、ひょっとしてココじゃありませんか？」

ココはうわの空でうなずきながら、汗まみれの女が消えてくれることを願っていた。

「わたし、ずっとあなたに憧れていたんです。あなたは世界一美しい女性ですもの」

ココはそれを聞いて、この汗まみれの女性にそんなに冷たくすべきではないと思いなおした。感じのよさそうな娘だ。「そんなふうに言ってくれて、ありがとう。ミス――」

「ホランドです。ラファエラ・ホランド」ラファエラが手を差しだすと、ココは一瞬それを見つめてから握った。

「お目にかかれるなんて、なんて運がいいのかしら。こちらにお泊まりですか、ココ？」

「いいえ、わたしは島の西側に住んでいるのよ。あなたはゲストなの？」

ラファエラは決意を固め、首を振った。「イエスでもあり、ノーでもあります。わたしがここへ来たのは――」

「彼女はどなたです、ココ？」

マーカス・デヴリンだった。あまり好意的とは言えない、疑っているような声だ。

「こちらはミス・ホランドよ、マーカス。こちらにお泊まりなんですって」

マーカスは彼女をながめまわした。宿泊客だとは思っていたが、ココに話しかけるとは。ココになんの用だ？「じつは、彼女には今日の夜明けに会ってるんです。それについさっきもレッグリフトのところでね」

「ミスター・デヴリンと同じように、わたしも走るのが好きなんです」ラファエラは言いながら、ふたりの関係に思いをめぐらせた。攻めるとしたら、まずはデヴリンだ。彼の声には疑念がにじみ、ふたたび自分に向けられた目には不信感がはっきりと出ている。経験上、男が高慢の鼻をへし折られると、すぐに馬脚を現すのはわかっている。ラファエラは彼がどんな人間か知りたかった。「あなたはテニスのプロ？　ゴルフのプロ？　それともただのプロなの？」

マーカスは彼女の挑むような声に軽蔑の響きを聞き取り、自分が大金と引き替えに女をベッドで歓ばせる色男のひとりだと見なされているのに気づいた。彼女なら、たとえ払うにしろ、大金はいらない。いや、この女なら、好みの男をただで手に入れられるだろう。それにしても、どうしてつっかかる？　怒らせるようなことはしていない。マーカスは微笑みを浮かべ、とりあえずは黙った。

しかし驚いたココがなにか言いかけると、マーカスはそれに先んじてあっさりと言った。

「おれはその道のプロさ、ミス・ホランド。それとも、ブラジャーなしで歩きまわるくらいだから、ミスじゃなくてミズかな？」

これでラファエラがさげすまれる側にまわった。しかもマーカスのほうが辛辣《しんらつ》だった。ラファエラは時間稼ぎに、顎を突きだした。レオタードについていた糸クズを指ではじき飛ばす。「ミズでお願いするわ。ノーブラって快適なのよね」

「思ったとおりだ、ミズ・ホランド。では、用事がなければこのへんで――」

彼はハエでも追っ払うみたいに、自分を追い払おうとしている。そうされて当然と思いつつも、ラファエラは気に入らなかった。おかげで、彼のいる前で、行動を起こさなくてはならなくなった。ラファエラは急いで言った。「お目にかかれてよかったです、ココ。明日、ハイビスカス・ラナイでランチをごいっしょしていただけませんか？　いいお返事がいただけたら、どんなに嬉しいか。それに、どうしてもあなたにお話ししたいことがあるんです」

ココは言葉に詰まった。だが肩をすくめると、笑顔で言った。「では、明日ね、ミス・ホランド。どうか楽しんでらして――」

「ああ、好みのプロといっしょにね。きみの若さと美貌なら、たいして金はかからない」

「よしてよ」ラファエラは言い返した。「お金なんてかかるわけないでしょう」

ごもっとも。マーカスは今度も思いながらミズ・ホランドに会釈し、ココの腕を取ってジムをあとにした。

「あなたのあの態度、ひどかったわよ、マーカス」

ミズ・ホランドの話をしたくないマーカスは、素っ気なく言った。「ただのわがままな金持ち娘ですよ、ココ。あなたもその手の女をご存じでしょう？　おれたちふたりとも、あの手合いには会ったことがある」

「だとしても、相手はお客さんよ。あなたが女性客に対してあんなに刺々しく尊大な態度で接するのをはじめて見たわ。それはそれとして、彼女の目的が気になるわね」

「おれもです。だいたい、あんな形であなたを選びだしたのが気に入らない。まるであなたが現れるのを待っていたみたいだ」マーカスは肩をすくめた。「たんなる有名人好きなのかもしれないな」

「そうは見えなかったけど。ああ、マーカス、わたしほんとうに怖いの。なんとかして！」

「ココ、落ち着いてください。おれのオフィスに行きましょう」

カリーは受け持ちのデスクにいた。マーカスが重役室に入ってくるのを見ると、すぐに立ちあがった。「伝言が山ほどあるのよ、マーカス。それに――」

「ちょっと待ってくれ、カリー」マーカスは手を上げて制した。「おれはミス・ヴィヴリオとオフィスで話がある。邪魔が入らないようにして、電話もつながないでくれ」

ココのことが嫌いなカリーは、無表情を装った。この女、デスクでボスを誘惑するつもりかしら？　カリーの見るところ、ココはそれくらいやりかねない女だった。アイオワ州スーシティの出身のカリーは、この二年ですっかりあか抜けた。ポルト・ビアンコのことは、マドリードにいたとき前の恋人のセニョール・アルバレスに教わり、彼女からせがんで働き口を紹介してもらった。ここの仕事は気に入っている。カリーはマーカスがそっとオフィスのドアを閉めるのを見つめた。

マーカスはアンティークを好まない。少なくとも、ここのヴィラの内装に使われているような、三百年も前のフランスの家具は嫌いだった。そんな彼のオフィスはガラスとクロムを主体としたモダンなもので、まっ白なカーペットにアーストーンの革製の家具が配置してあった。

「なにか飲みますか、ココ？」

彼女は首を振った。「いいえ、なにも。ドミニクのことなの。わかるでしょう、なにかが起きているみたいで。あのオランダ人たちが服毒自殺してからだけど――彼らがほんとうに自分で毒を飲んだのかどうか疑問よね。そう思わない？」

マーカスは無言で彼女を見返した。同感だが、それでは理屈が通らない。ドミニクが連中に毒を盛ったのか？　情報を聞きだしてから殺せと命じておいて、自殺に見せかけた？　誰かから隠しておくためだとしたら、誰からだ？　おれからか、ココからか、それとも全員からか？　だとしたらある程度の筋は通るが、それにしてもやり口がまどろっこしすぎる。

「なぜそう思うんです？」マーカスは軽く尋ね、濃く淹れたジャマイカ産のコーヒーをカップに注いだ。

「彼が専用の青い電話で話しているのを聞いたから。ほら、知ってるでしょう？　彼しか使えない、デスクの引き出しに鍵をかけてしまってある、あの電話よ」

「知っています」

「わたし――彼が誰かと話しているのを聞いてしまった。彼は言ったわ。『よく聞け、愚か者め。おまえが誰を差し向けようと、わたしは殺されない。オランダ人とあの女がどうなったか、見るがいい』そこまでよ。リンクが近づいていたし、わたしが立ち聞きしていたなんて、彼に知られたくなかったから」

「つまり、別のオランダ人たちが島に来たというわけか。取引はまだ有効なんですかね？」

「なんの取引？」

「なに言ってるんです、ココ、武器の取引ですよ。あのオランダ人たちは仲介役で、最後の詰めを行なうために島にやってきたって触れこみだったんです」

「知ってるでしょう、マーカス。ドミニクはわたしには仕事の話をしないわ。すぐ眠ってしまうから、寝物語もしないし」

「誰かが彼を殺そうとしている。あれは計画されたことで、しかもこれが最後ではない。おれが思うに――」

デスクのいちばん上の引き出しから、低いブザー音が聞こえた。マーカスはあわてて言った。「ポケベルです。少し考える時間をください、ココ」彼女の腕を取り、オフィスのドアまで送った。「あまりくよくよしないで。おれからドミニクに話してみますよ。それに、あなたはおれが守りますから、心配いりません」

マーカスはドアを閉じると、鍵をかけてから、デスクにとって返した。引き出しの鍵を開け、ふたつのボタンを立てつづけに押す。そして受話器を取りあげた。

「デヴリンだ」

「マーカス、おれだ、サヴィジだ。それ以外に誰がいる？　よかった、無事でいてくれて」

「どうかしたのか？　つぎの電話は週末だと思ってたよ。おふくろは元気か？　それとも
――？」

「モリーなら元気にしてる。落ち着いて聞けよ。まず最初に、モリーから愛しているって、おまえに伝言だ。いつシカゴに戻ってこられるのかって訊かれたよ。ふたつめ。会社は順調で、現時点で解決不能な問題は発生していない。さて、それでどうして電話したかというと、こういうことだ。昨夜ハーレーが、おまえが死んだかもしれないと心配して、電話してきた。ジョバンニの暗殺未遂事件があったという情報が入ったとかで」

「事実さ。ただ、ドミニクは腕を撃たれたが、ぴんしゃんしてるし、おれも背中を撃たれたが、いまはもう元気だ。だから心配するな。たしかに暗殺未遂はあったが、裏で糸を引いたのが誰なのか、まだわからない。おれにしてもドミニクからすべてを打ち明けてもらえるほど、信頼してもらえてないからな。ある程度突きとめる努力をしてから、おまえに電話してハーレーへの報告を頼むつもりでいた。今回の武器取引に関しては、そうだな、ハーレーにこう伝えてくれ。オランダ人たちはおとりで、リーダーはテュルプと名乗る女。そいつが暗殺者だった。濃い茶色の髪をした、がっしりした大柄な女で、三十代なかば。胸がでかくて、九ミリ口径の自動小銃の扱いに慣れていた。正真正銘のプロだ。ハーレーなら女の身元を割りだせるかもしれない。オランダ人は、以前に話したのと同じやつらだ。本物の取引が行なわれるときには、おまえに電話するから、ジョン、そしたらおまえからハーレーに伝えてく

れ。おれにはいま、片づけるべき仕事と解くべき謎がある。ほかになにか？」

大きなため息が聞こえた。「いや、それだけだ。くれぐれも用心してくれよ、相棒。おれたちはアフガニスタンの最後の年を生き延びた。それを言ったら、大学生活だってふたりで乗りきり、軍用品の会社を軌道に乗せたんだからな」苦々しげな笑い声。「正直者のおれたちは、政府にスクリュードライバーを一本一万六〇〇〇ドルで売りつけたりしなかった。ところがあげく、おまえはそのざまで、不正直な武器商人の尻尾をつかまえようと躍起になっている。ひどい話さ。ここにきてへまをするなよ、オサリヴァン。すべてがおまえにかかっている。そうそう、モリーがおまえに似合いじゃないかって、かわいいアイルランド娘を見つけてきたぞ。つぎは金曜に電話する。それまでに女の身元がわかるといいんだが」そこで電話は切れた。

マーカスはそっと受話器を置き、デスクの引き出しを閉めて鍵をかけた。

オフィスのドアがノックされた。「マーカス？　三番にミスター・リンデールから電話よ。ベルーガのキャビアの出荷に問題があるって。それから——」

「いま行くよ、カリー」

ラファエラはギャンブルに興味がなかった。だが、ここのゲストの夜の楽しみはギャンブル——それにセックス——と相場が決まっているようだから、ブラックジャックやルーレットを好きなふりをするしかない。旅行前にボストンで買い物をしたときは、母に電話をしてどんな服を買ったらいいのか教えてもらえたら、と思わずにいられなかった。だが、その母は意識不明のままパインヒル病院に入院している。困ったあげく、ルイスバーグ広場の近くにある小さな高級ブティックに入った。その店で八〇〇ドルをはたいて手に入れたドレスは、彼女をとびきり魅力的に見せてくれるはずだ。光沢のある黒い生地でできた袖なしのイヴニングガウンで、ウエストの部分はボタンひとつで留め、そのボタンを絹でできた大きな赤いハイビスカスの花が隠している。ラファエラはそのドレスに合わせて、ヒールの高い、ストラップつきの黒いサンダルをはいた。ドレスの下には黒のビキニのパンティのみ。肩からウエスト近くまでやわらかく上品に寄った襞《ひだ》が胸の形をくっきりと浮きあがらせる。「このキャロライン・ロームを見たら、男性はぐっときますよ」ブティックの店員は言った。「このなかに手を入れたくてたまらなくなること請けあい！　そう思いません？」ごもっとも。「慎み深くて、同時に挑発的」アクセサリーは、金の大きな輪になったピアスだけだ。「それだけでじゅうぶん」店員は続けた。「無駄のないロマンティックなスタイルですからね、ごてごてと飾りたてないほうがいいんです」

ラファエラはこの新しい装いにちょっと落ち着かない気分だった。しかし最初に会った男性が息を呑み、もの欲しげな目つきをするのを見て、がぜん自信が湧いてきた。これならうまくやれそうだ。

髪もドレスに合わせてどうにかまとめた。頭の上に高く結いあげ、顔のまわりに巻き毛を垂らす。上品でここにいてもおかしくない女に見えるかしら？　それを願うしかない。

カジノに入るとほぼ同時に、マーカス・デヴリンを見つけた。黒いイヴニングで装った彼は、美しさという点において女性にも引けをとらなかった。いまはふたりの年配女性を魅了するのに忙しく、女性客は彼の言うことに熱心に耳を傾けている。ラファエラもうさすがに、彼がポルト・ビアンコの支配人なのを知っていた。となると、当然ドミニク・ジョバンニを知っているはずだが、問題は彼も犯罪者なのかどうか。この男も父といっしょに悪事に手を染めているの？　いずれ明らかになる。マーカスとココはもっとも有望な手がかりだった。

マーカスが顔を上げた瞬間、ラファエラ・ホランドが目に飛びこんできた。食べてしまいたいほど、そして精が尽きるまで抱きたいほど魅力的だった。われながら驚きの反応だった。くらっとくるドレスだ――少なくとも彼女が着ているとたまらない。最初に彼女に会ったときには、まるで性的な魅力を感じなかった。岩の上に脚を抱えて座り、シャツとヘッドバンドを汗で濡らし、素顔で泣いていた姿が目に浮かぶ。いまここにいる女と同一人物とは思えない。ここにいるのはジムで生意気な口を利いてココに近づいた女、もてあそんだり、軽くあしらったりできない女だ。何者だろう？　明日の朝一番で、彼女のことを調べなければ、とマーカスは思った。金持ちのグルーピーだとは思うが、念のため。

どうしてだか、彼女はマーカスの最初の妻、キャスリーンを思い出させた。小柄なアイルランド娘だったキャスリーンは六年前、わずか十九歳でＩＲＡのテロに巻きこまれ、ベルファアスト近郊で命を落とした。野暮ったいアメリカ人の夫、マーカス・オサリヴァンのもとから逃げだしたあとのことだった。

マーカスはミセス・オスカー・ダルマーティンににっこりと笑いかけた。二十八歳の彼女はギリシャ出身の女相続人で、結婚して三カ月になるその夫は八十代の老人にして、テキサスの石油王である。彼女はヨットのクルーにポルトガル人を入れるとなぜいいのか、力説しはじめた。マーカスは彼女の話し声をシャットアウトし、追憶の世界を漂った。追憶と後悔、そして罪悪感が心に残り、思わぬ瞬間によみがえってくる。サヴィジと新しく興した会社で一日二十時間も働いておらず、もう少しキャスリーンといっしょに過ごしていたら。彼女がなにを勉強しているのか訊いたり、彼女の話に心から耳を傾けていたら――しかしマーカスはそうしなかった。忙しすぎたのだ。

マーカスは毎日行ってきますのキスをして出かけ、帰宅したとき眠っている彼女を起こしてまで、ほぼ毎晩抱きあい、そして彼女は出ていった――遠い昔のことだ。彼女は死んだ。ベルファストのバスにしかけられた爆弾で。

彼は電話でその知らせを受けた。母には詳しい事情を話さず、キャスリーンは自分と別れて戻ったアイルランドで、事故に遭って死んだとだけ伝えた。まったき真実と、半分だけの真実。人生にはそういうものが満ちている。ミズ・ラファエラ・ホランドの人生も、ほかの誰彼と同じように、半分だけの真実でいっぱいなのだろう。彼女は若いわりに妙にしっかりしていて、年齢以上に醒めた目をしている。なにかを突きとめるため、集中していなくてはいけないという印象だ。それがなんにしろ、彼女にとってはとても重要なことなのだろう。

マーカスはそこまで考えたところで、ミズ・ホランドと話して信用を得ようと決心した。それにはベッドに誘わなければならない。その思いつき――もはや思いつきというより決心であり、願望にほかならなかった――に、われながら驚いた。たっぷり愛してやると女は開放的になり、進んで打ち明け話をするからだ、と自分に言い聞かせてみる。全精力を傾けて歓ばせたとして、ラファエラ・ホランドの口からどんな話が飛びだすか見当もつかないが、どうしてもそれを聞いてみたかった。こんなことはかつてなかった――冷静な計算のうえに女をベッドに誘おうとは。いや、違う。この決意が冷静なわけがない。それによって自分の焦点に狂いが生じるのが、マーカスには怖かった。彼女からベッドで歓びを与えられるのはまちがいないが、本筋から逸れることは許されない。そんな余裕はない。溺《おぼ》れるのは愚か者のすること。警戒や集中を途切れさせたら、命取りになる。そうだ、心を許してはならない――おれにならできる。

「特別なシャンパンを一杯どうです？」

ラファエラがゆっくりと振り返ると、目の前に雪のように白いドレスシャツがあった。なにも言わずにじょじょに目を上げ、彼の顔をまっ向から見た。

「そのシャンパンのなにが特別なの？」

「カリフォルニア産なんだ」

ラファエラは笑った。

「それに安い――いや、ポルト・ビアンコのなかで、もっとも高価でないシャンパンと言うべきかな。オーナーの好みでね――それが扱っている唯一の理由なんだ」

「オーナーって誰なの？」

「ミスター・ドミニク・ジョバンニという人物だ」マーカスは無邪気そうな笑顔で答えながら、彼女をつぶさに観察した。ひととおりの興味しかないような顔をしているが、その目を一瞬、なにかがよぎった。名前を知っていた証拠だ。よし、これで自分のすべきことがわかった。彼女が話に乗ってきて、嬉しいと同時に安堵《あんど》が押し寄せた。マーカスはウエイターに合図しながら、訊いた。「ミスター・ジョバンニを知っているのかい？」

「名前からしてイタリア人らしいわね。わかるのはそれだけよ」

「それがじつはサンフランシスコ出身でね。生まれも育ちもアメリカだよ」

「そうなの？　どうしてこの島を買ったの？」

「きみは質問ばかりだね。シャンパンにつきあってくれたら、答えてもいいかな」

ラファエラは肩をすくめた。「飲まない理由はないわ」

「そうだね、飲まない理由はない」マーカスは腕を差しだした。

いい胸をしている。すごくいい。ブラなし。指をすべりこませて触れたら――

マーカスはそんな自分に眉をひそめた。頭の働きがどうもおかしい。心のなかで彼女を遠ざける。この女は信用ならない。彼女の口から、自分は有名人好きでココに興味をもったのだと聞きたいが、聞けたとしても信じることはできない。ココといっしょにいた数分間、ミズ・ホランドはあまりに熱心だった。なんとかしてココの協力を取りつけようとしているようだった。だが、化けの皮が剝がれるのも時間の問題だ。マーカスはいまになって気づいた。なにより突きとめたいのは、彼女が明け方ランニングに出て、さめざめと泣いていた理由だった。

ラファエラは浮かれていた。マーカス・デヴリンのほうから自分に近づいてきた。これなら簡単に操れそうだ。彼が態度を変えた理由はわからないが、これでひとまずほっとした。ただでさえ懸案が多いので、彼や、彼の疑念をかわすことまで考えていられない。自分がいくら上等な新しい服で着飾ろうと、カジノにいる最高に煌びやかな女たち全員を圧倒するほどの魅力がないのはわかっている。それなのに、彼の目に留まれた。ラファエラはパンクの話を思い出し、ひとしきり悩んだ。彼は黒髪にしか興味がないはずだけど。

ラファエラはマーカスに導かれて、カジノのすぐ外にある、カリブ海を望むパティオに出た。夜空にはそこだけ空を切り取ったように純白の半月がかかり、五〇メートルほど先の浜辺からは、波が砕けて、砂や岩を洗う音が聞こえてくる。カジノのある高台にはインドソケイの木がたくさん植わっているので、甘いにおいに鼻孔を満たされた。

「すてきね」

「ああ」マーカスはウエイターにうなずきかけた。ラファエラと似た赤褐色の髪をしたハンサムなウエイターは、銀のトレーにシャンパンを注いだウォーターフォード製のクリスタルのゴブレットを載せてやってきた。

カリフォルニア産のシャンパンは、ラファエラが飲みなれているものより辛口だったが、よく冷えて泡立っていて、飲みながら笑顔がこぼれた。

あなたのことを教えて、マーカス。うっかりそう尋ねかけて、すんでのところで思いとどまった。そんなことを言って、彼がさっさと立ち去ってしまったら、どうするの？

「この島にはどれくらい？」代わりにそう尋ねた。

「一九九八年秋にここがオープンしてから。いや、ミスター・ジョバンニがこの島を買ってオープンさせてからだから、ずいぶんになるな。旅行はしょっちゅうしてるよ。そうしないともたなくてね。いくら美しくても、島は島。ずっと居つづけると精神が参ってくる」

ラファエラは情報を咀嚼《そしゃく》し、つぎを尋ねた。「どうしてここの支配人に？　アメリカでもリゾートの支配人をしていたの？」

彼は肩をすくめた。「いまおれがきみからの質問に二十個答えたら、そのあとなにを話す？」

「ごめんなさい、ちょっと興味があったもんだから」

記者が興味をもつように？　その可能性もある。

「じゃあおれの番だ。きみの仕事について話すかい？　それともダンスでも？　遅めの夕食をとる？　それともおれとベッドへ行くか？」

ラファエラは紺碧の瞳を見据えて言った。「そうね、その全部かも。時間と体力の許すかぎりってことだけど」

彼の物憂げな笑みを見て、ラファエラは覚悟を決めた。われながらびっくりだが、あとには引けない。それに、この男についてとんでもない考え違いをしていた。抜け目がなく、口が達者で、危険。そんな男を操って利用しようだなんて、お笑いぐさだ。多少なりと判断力があるのなら、即刻彼の目の届かないところへ逃げたほうがいい。一夜かぎりの関係は気が進まない。そんな経験は一度だけ、コロンビア大学のジャーナリズムの教授が相手だった。尊敬していた年上の男性。完璧な男性、最高の人間、知識人だと崇拝し、完璧な恋人になってくれるはずだと思っていた。ところがベッドでの彼は最低だった。

マーカスならそんな心配はなさそうだ。ハンサムな男のなかには、自分がつきあってやっているのだから、女が奉仕して当然だと考えるものがいるが、マーカスはきっと違う。いまならまだ引き返せるわよ、とラファエラは自分に話しかけた。まだ考えなおせる。正気を取り戻して、ノーと答えなさい。

マーカスがつと立ちあがり、笑顔で彼女を見おろした。「おれが言った順番にするか？それとも最後から逆にする？　じゃなきゃ真ん中から片づけるとか？」

「あなたは小柄な黒髪の人としか寝ないと思ってたわ」

彼はいぶかるように片眉を上げた。「普通は誰とも寝ないって、パンクから聞かなかったか？　とくにポルト・ビアンコのゲストとは」

「じゃあ、わたしが断ると思ってたの？　特別なシャンパンをあなたの顔にぶっかけて？」

「いや、いつもはゲストと寝たりしないってだけの話さ」

「じゃあ、ゲイだとか？」

マーカスは笑った。「わかった、おれの負けだよ。きみはおれの男性としての能力を疑い、男らしさを侮辱し、自信を失わせて、男としてのおれを深く傷つけた」

「それ全部？　わたしがそんなにうまくやったとは思わなかったわ」

「きみがどれほどうまいかは、いずれわかるよ、ミズ・ホランド。おれのヴィラへ行く道すがら、きみがどんな仕事をしているのか話してくれるか？　それとも遊んで暮らす金持ちのひとりなのかな？」マーカスはいったん口を閉ざし、彼女の横顔を見つめた。昂然と顎をそびやかせている。夜明けに浜辺で目を泣き腫らしていた、弱々しい女性を思い出す。「いや、違うな。きみは遊んで暮らしたことなんてないんだろう？　足元に気をつけて」

「ええ、そのとおりよ」

「大学はどこへ？」

「コロンビア」

マーカスは自分のヴィラの前まで来て立ちどまった。奥まったところにある彼のヴィラは、ほかのどのヴィラより人目につきにくく、低木の茂みや、背の高い木々、咲き乱れるブーゲンビリアにおおわれている。マーカスはゆっくりと彼女をこちらに向かせた。指先でそっと顎を持ちあげ、顔を近づけて、唇を重ねた。

彼女の唇はやわらかかったが、思ったとおり、ひんやりとしていて反応がなかった。このままベッドへ行ったものかどうか迷っているのだろう。だとしたら、なぜ断らなかった？　それとも同意していないのか？　それにしても、おれはなぜこれほど彼女を抱きたい？　マーカスは少しだけ、強引になることに決めた。

彼女があっけにとられているうちに肩の布を落とし、ウエストまで布を引きさげた。布は絹製の赤い花だけで留まっている。彼女の白い胸が月光にさらされた。

「いいながめだ」マーカスは彼女を腕に抱えて横に倒すと、乳首を口に含んだ。

7

マーカスは顔を上げ、彼女を見つめた。困惑に目を見開いて、自分を見あげている。彼女の体にかすかな震えが走る。「とてもきれいだよ、ラファエラ」マーカスは乳房をつかむ自分の手に視線を戻した。

ラファエラは欲望をかきたてられていた。彼が欲しい。これほど男性を求めたことは、久しくなかった。まっ先に感じたのは驚きだ。まさか、彼にもっと愛撫されたいと感じるなんて。月光の下――考えられるかぎりもっともロマンティックな場所――で、出会ったばかりの、しかもあまり好きでもない男に胸をもてあそばれ、歓びに身を震わせている。ドレスは絹のハイビスカスだけで、かろうじて腰に引っかかっていた。

馬鹿みたい。ラファエラは突如、半裸でこんなところに立ち、完璧な身なりのマーカスに完全に主導権を奪われている自分を滑稽《こっけい》に感じた。「寒いわ」彼から離れようと身をよじった。

「これなら、どう――」マーカスに抱き寄せられた。彼のドレスシャツのボタンが肌に押しつけられ、温かい手が背中を上下する。「少しはいいかい？」

なんと返事したらいいの？　ちっともよくないからもう帰る、だろうか？　それとも、ええ、だいぶましよ、さっさと先に進んでくれる、とか？

しかたなくただうなずいて、顔を上げた。笑顔のマーカスがふたたび唇を寄せてくる。さっきより大胆にラファエラの唇を割り、舌に舌をからませてくる。強引さはなく、彼女の感触とにおいを知ろうとしているようだ。彼はカリフォルニア・シャンパンの味がした。ラファエラは硬く引き締まった筋肉の感触を両手に感じ、遅ればせながら、自分が彼の背中に腕をまわしていたことに気づいた。

変だわ。ふと冷静に戻ったラファエラは思った。自分はその場かぎりの情熱に流されるようなタイプではないし、なにより、相手に主導権を握られるのを嫌ってきた。それなのに、屈辱的なことに、一九二〇年代のヴァレンチノの映画に出てくるヒロインのように、男の腕のなかで弓なりになっている。ラファエラは身を引こうとしたが、形ばかりの抵抗にすぎなかった。

「ねえ、マーカス。感じたいときは、わたしのほうからそう言うから」

マーカスは顔を上げ、彼女の言葉を吟味して、笑いだした。「そう？　とりあえず、ミズ・ホランド、試してみようか？」

それでも彼はラファエラをヴィラに連れこまなかった。ふたたび唇を重ね、いい胸をしてる、濃いピンクの乳首の感触がすてきだ、と口のなかにささやきながら、絹製の花に隠れたボタンをはずした。すべり落ちたドレスが足元にたまり、彼女はパンティとハイヒールのみになった。「さあ、試してみるよ」マーカスはパンティのなかに手を差し入れ、お尻を包みこんで、股間に指を添えた。そして少しだけお尻を持ちあげて濡れた部分をこすり、彼女を吊りあげたまま動きを止めた。ラファエラはこんなことをされるのも、こんなふうに感じるのもはじめてだった。

彼の指はそこに触れたまままったく動かないのに、体の芯がどんどんほてってくる。もっと愛撫して。この状態で満足なの？ ラファエラは彼の胸を突いた。

だがそれほど力は入っていなかった。彼はラファエラを抱く腕に力を込め、キスを続けながら、これから指を使ってなにをするつもりかささやいた。

「まずはきみがどんな形をしているのか、きみのあの部分に手をあてがって調べる。いいよ、ミズ・ホランド、すてきだ。しっとり濡れていてとても温かい。じゃあつぎは少し動かしてみよう——」

彼の指がすべりおりてきて、茂みをかきわけ、襞を押しわけて、つぼみを探りあてた。火がついたような刺激がある。その想像を絶した感覚に息を凝らしていると、彼がキスしたまま笑った。「ミズ・ホランド、すごくいい反応だ。おれの指を包みこむきみの感触が知りたい。そのあと指を二本にしてみよう——」

ラファエラはびくんとして、彼にしがみついた。ゆっくりと中指が入ってくる。「ああ、わが家に戻ったようだよ」マーカスは指をもう一本追加すると、二本の指を開き、満足そうなため息をついた。さらに奥へと侵入してくるが、もうラファエラにはあらがえない。敏感な部分を親指で愛撫されながら、ぼうっとした頭で考えた。どうしよう……いってしまいそう。わたしは馬鹿みたいに裸でここに突っ立ち、この男は一糸乱れぬ服装のまま——

鋭い悲鳴をあげると、ふたたびキスで口を塞がれた。そしてつぎの彼の行動に、ラファエラはまたもや虚を衝かれた。彼は指で愛撫を続けながらラファエラを抱きあげ、新鮮なにおいのする草むらにガウンを広げると、その上に彼女を横たえたのだ。そして両脚を開いて肩にかけ、両手で彼女の腰を持ちあげて、秘所に口を近づけた。舌でつぼみをとらえるや、ふたたび指を挿入する。ラファエラは悲鳴をあげ、内部で火花が散った。

マーカスはふたたびキスで口を塞いだ。いいよ、もっと声をあげてごらん、ほら、もっと指に腰をすりつけて。月光に青白く浮かびあがる彼女の顔を見ながら、ささやきかけた。

「いいね。きみはとても敏感だ、ミズ・ホランド」ラファエラは彼の腕のなかで疲れはて、ぐったりとなった。このまま漂って、すべてを忘れてしまいたい。

「驚いたかい？」

「驚いたなんてもんじゃないわ」ラファエラは指先で彼の頰をそっとなでた。「こんなのははじめて——そうね、あなたってすごく——」

「さあ、ミズ・ホランド」あっさりとラファエラをさえぎる。「きみのヴィラまで送るよ」

「え？　わたしのヴィラ？　あなたはいいの——？」

ラファエラは口を結び、マーカスを見あげた。この瞬間、彼の仕打ちに気づいた。歓びに溺れるあまり、彼がなにをしているのか見えていなかったのだ。あらゆる合理的な思考を押しのけてまで、彼のことを欲しいと思った。昼間は信用のならない、いやなやつだと思ったことも忘れて。この男も同じように感じていたはず。そして彼が勝った。敵は自制心を保ち、ラファエラは自分を手放した。彼はラファエラを利用し、支配した。完全な敗北。ラファエラは大声で自分の愚かさを罵って、彼を殺してやりたくなった。

「わたしの上からどいて」

「いいよ」マーカスは立ちあがった。フォーマルな夜会服を着たままそこに立ち、ラファエラを見おろした。彼女はなんとか立ちあがると、ガウンを腰の上に引っぱりあげ、ウエストのところでボタンを留めようとしている。赤い絹の花が萎《しお》れたようだ。必死でパンティを探しているが、彼女には見つけられない。マーカスのジャケットのポケットのなかにあるからだ。だがマーカスにも自分自身にもかんかんに腹を立てている彼女が、下着の場所を尋ねるわけがなかった。

マーカスはハイヒールには手を触れなかったが、彼女は激しい動きではずれてしまったストラップを直そうと必死になっている。「ほら」ひざまずいて、ストラップを直してやった。ラファエラは驚いて一瞬無言になり、それから叫んだ。「あんたみたいなろくでなし、地獄に堕ちりゃいいのよ！」八センチのヒールで転びそうになりながら駆けだし、マーカスの視界から消えた。

マーカスは胸を波打たせたまま突っ立っていた。硬くなった一物がずきずきと痛んだ。なんであんなふうに扱った？　こんなことははじめてだ。ミズ・ホランドがわれを忘れるまで愛撫しておいて、自分でもどうしてそんなことをするかわからぬまま、侮辱した。だが、いまになって、なぜ彼女からの愛撫を受け入れず、一体となる歓びを拒否したのか、かすかながら見えてきた。彼女と自由になれなかったのは、そのリスクが大きすぎるのを本能的に察知していたからだ。

ミズ・ホランドはそのへんの女とは違う。この島に快楽を求めてやってくる、たんなるわがままな金持ち女ではない。そう、断じて違う。むやみに近づけばマーカスの本性を見抜き、知らなくてもいい部分にまで探りを入れてくる。そうなったら、誰でもない、自分を責めるしかなくなる。なにもかもが台なしになるかもしれないのだ。

最悪なのは、まだミズ・ホランドについてなにひとつわかっておらず、わかっているのはすばらしく感じやすく、献身的で愛情深いことだけだ。それも、マーカスからどんな仕打ちをされたかに気づくまでだったが。彼女が乱れるのを見て、その体が震えるのを感じ、その声を聞いて、その快楽を与えたのが自分だと思うと、誇らしさと歓びと渇望でいっぱいになった。彼女を懲らしめたいのだと思いこもうとしていたが、それは嘘だった。

そしてマーカスは崖っぷちで踏んばり、彼女に深入りする危険からわが身を守った。理由はわからないが、彼女を信用できないという現実に変わりはなかった。マーカスの人を見きわめる能力は、この二年半で格段に進歩した。ココへの接近ぶり、際限のない質問の数々。やはりミズ・ホランドにはなにか裏がある。

自分が見当違いの疑念を抱いているのかどうか、いまはまだわからない。まったくの勘違いという可能性もあった。無害そのものの女なのかもしれないし、あるいはより警戒すべき相手なのかもしれない。実害をもたらす可能性すらある。マーカスは大きなため息をついて、自分のヴィラに戻ると、ブランデーをあおり、うんざりしながらバスルームの鏡に映った自分を見た。それからランニング用の服に着替えて、浜辺へと向かった。夜のざわめきと道を照らす月だけが、道連れだった。

目の前に、今朝と同じ曲がり角を走っていく女性を見ても、驚くべきではないのだろう。まだ彼女に出会って一日しかたっていないというのに――信じられない。ランナーはラファエラ・ホランド、ついいましがた二度にわたってオーガズムに導いた女だった。

今回はスピードを上げた。彼女も今朝とは違って飛ばしている。体調がいいのは確かだが、マーカスが思うに、怒りがエネルギーとなってふだん以上に駆りたてられているのだろう。

浜辺を一〇〇メートルほどいったところにあるカーブを曲がると、彼女は今度も岩に座って海をながめていた。

音をたてないように背後から近づいた。気づいていない。マーカスはその後頭部を見て自分に警告した。まだ警戒を解くわけにはいかない。まだだめだ、とくにいまは。彼女の横にそっと腰を下ろし、声をかけた。「砂浜でセックスするのはあまり好きじゃないんだが、まあいいさ。今度はおれの番だよな?」

ミズ・ホランドはいきり立ち、マーカスは身構えた。彼女のことをもっと知り、そして楽しむチャンスだった。彼女の憎まれ口と機知をおもしろがっているのは確かだし、それに、人は怒っているととんでもないことを口走る。彼女の顔つきからして、怒りは最高潮に達していた。

「指一本でも触れてごらんなさい。思いきり蹴飛ばして、聖歌隊で歌えるようにしてやる」

「ひどいな。まるでおれが自分のことしか考えてないブタで、きみの気持ちなどおかまいなしにさっさと終わっちゃったみたいじゃないか。実際はその逆だ——」

ラファエラははじかれたように立ちあがった。「いったいなにが言いたいの、ミスター・デヴリン？ところでデヴリンっていうのはあなたの本名？」

マーカスは穏やかに微笑み、侮蔑的な口調に対する怒りを抑えつけると、立ちあがって彼女と向きあった。「きみこそ、ホランドっていうのは本名かい？どうして十五分前に会ったばかりのおれとやりたいと思ったのか、教えてもらいたいもんだ」

ラファエラはマーカスを見て、カリブ海に目を移し、ふたたび彼に視線を戻すと、正直に言った。「わからない。たぶん、わたしが第一級の愚か者だったからでしょ。さあ、さっさと消えて。わたしのほうが先客なんだから」

「それよりきみとセックスしたいな。もうそんな気分じゃないのかい？おれが何度もオーガズムに導いたから、疲れはてて、R・Pなのか？」

「R・Pってなによ？」

「きみの好奇心の強さには恐れ入るよ。辞書で調べたらいい」

殺してやりたいほどむかっ腹を立てている男と立ち話だなんて、馬鹿げている。ラファエラはまわれ右をして、砂浜を歩きだし、振り返らずに「顔も見たくないわ！」と怒鳴った。

マーカスは笑った。そのつもりはないのに、吹きだしてしまった。それを聞きつけた彼女がくるりと振り返り、憎悪に燃える目でにらみつけた。「ろくでなしの変態男」つぎの瞬間、マーカスの目に映ったのは、ミズ・ホランドのしなやかな身のこなしだった。正面に飛びこんでくるや、足を振りあげ、足の側面で彼の右肩をまともに強打した。あっけにとられたマーカスは、彼女を見つめたまま、肩を手で押さえてよろよろとあとずさりした。考えていたのはただひとつ、怪我をした左肩でなくてよかったということだけだ。もちろん、彼女に殺意はない――少なくとも、頭ではわかっていた。マーカスはさらなる攻撃を呼ぶことになると知りつつ、相手の腕前を褒めた。「おやおや、きみにならパンクや、場合によっちゃメルケルだってやっつけられるかもしれないな」

彼女は猫のように甲高い声を発しながら、体を横向きにしてマーカスに飛びかかり、ダンサーのように回転して、手の側面で彼の腹を狙った。しかし、今回はきれいに決まらなかった。けっして弱いほうではないマーカスが、その動きを予測していたからだ。マーカスは彼女の肘のすぐ上をつかむや体勢を立てなおし、相手の勢いを利用して背中から砂浜に落とした。「悪くはないが、それほどでもないな、お嬢さん。やっぱり、パンクならきみで床を掃除するかもしれない」

ラファエラはすぐに立ちあがった。

「おとなしく帰れよ。きみを傷つけたくない」マーカスの穏やかな物言いが、ラファエラの怒りに油を注いだ。手を開き、目に殺気をみなぎらせて、前に進みでる。本気になれば怪我をさせることもできるのだと、この男に思い知らせてやる。そのとき、どこからともなく、なにかが宙を切る音が聞こえた。マーカスがその音に耳をすませたつぎの瞬間、ラファエラは彼に飛びかかった。マーカスをなぎ倒し、その上におおいかぶさる。

またヒューっと空気が鳴り、なにかが岩に跳ね返る音がした。銃弾だ！　上におおいかぶさった女が、両腕でマーカスの頭を抱えて守ってくれている。

マーカスは治りかけの肩に鋭い痛みが走るのを無視して素早く体を入れ替え、彼女のこめかみに口を押しあてた。「いいか、じっとしてろよ。絶対に動くな。これは遊びじゃない」

頭を引っこめたつぎの瞬間、銃弾が頭上三〇センチのところを通過した。彼女を無事に逃がさなければならないが、ここは見とおしのいい砂浜で、敵は六メートルほど先のジャングルから撃ってきている。身を隠せるのは岩しかない。だが、そんなことしてなんになる？相手は銃を持っている。ジャングルから出てきて正面から撃たれたら、それで終わりだ。しかもこんなときにかぎって、リゾートの警備員たちが見あたらない。

そのときマーカスの耳に、最高に嬉しい音が届いた。人の声、しかもすっかり酔っぱらって、ご機嫌になった人びとが、歌いながら浜辺にいる自分たちのほうに近づいてくる。

「おい、ぐずぐずするなよ。泳ごうぜ！」

「あんたのあれはそれ以上縮みようがないわ、クラウリー。水に入ったら溶けちゃったりして」

「おや――あれはなんだ？　あの男、ビーチで女の子とやっちゃってるぞ」

酔っぱらいのげらげら笑いと下品なコメント。

マーカスもにやにや笑っていた。頭を起こし、ラファエラの顔を見おろした。

「リゾートの酔っぱらいご一行さまのおかげで助かったぞ。おれがヒーローになれたかもしれないのに、向こうのほうが早かった。しかも連中、上機嫌だ」

「おーい、あんた！　パンツをはいたまんまじゃないか！　そんなんでどうやって彼女を歓ばせんだ？」

「あいつにやり方を教えてやるべきかな？　わかった、いまはやめておこう」マーカスは声をかけてきた男を見た。素っ裸で、立てた人差し指をひらひらさせている。そのうしろでけらけら笑っている女もやはりまっ裸だ。さらにさまざまな形で肌を見せている四人の酔っぱらいがおり、マーカスは彼ら全員に抱きついてキスしたくなった。女のひとりはへべれけに酔い、首に巻きついたブラジャーで自分の首を絞めそうになっている。

マーカスは肘を立てて上体を起こした。「やあ、ありがとう！　おれたちもいっしょに海に入りたいところなんだが、あいにく彼女の生理がはじまっちゃってさ――」

「気にすんなって！　海は広いぞ！」

「でもここはカリブ海よ。そう広かないわ」

「たしかに」マーカスは残念そうに続けた。「ところが生理痛まであるらしくて」ラファエラがマーカスの体から逃れようと、もがいている。「ネッキングはいいが、セックスはしたくないって言うんだ」マーカスは笑うと、彼女の上からどき、立ちあがって手を差し伸べた。

酔っぱらいたちからなんだかんだと返事がきたが、やがてひとりの女が奇声を発して海に飛びこんだ。馬の端綱《はづな》のようにブラジャーを首に巻きつけていた女だ。

「さあ」マーカスは小声で言った。「きみが生理だろうとそうじゃなかろうと、あいつらに海に投げこまれる前に立ち去るぞ」ミズ・ホランドの手を取って引っぱりあげ、ちょっと振り向いて、命の恩人である酔っぱらいたちに手を振った。

ラファエラは軽いショック状態だった。その自覚があるので、力を抜いて落ち着こうと深呼吸をくり返した。

「悪かった」マーカスは声をかけたが、彼女は虚空の一点を見据えている。「大丈夫か?」

「ええ、大丈夫よ。あなたは犯罪者で、誰かに命を狙われ、わたしは幸運にも流血の惨事に巻きこまれただけだから」

「誰も流血なんてしてないだろ。おおげさだな」

ラファエラは足の先まで凍えていた。「そうね。わたしはあなたほど弱くないから」

マーカスのヴィラにたどり着いたとき、ラファエラは突然そこがどこか気づき、まわれ右をして引き返そうとした。マーカスは腕をつかみ、一発でドアの鍵を開けると、彼女をなかに押しやった。「つまらないことにこだわるな。きみにはブランデーがいる。きみのヴィラにはないだろ」

「わたしのヴィラにもブランデーくらいあるわ」ラファエラは言いつつも、彼について部屋に入った。彼女のヴィラと違い、そこは二十一世紀だった。内装はアーストーンとガラスと真鍮《しんちゅう》と革だけ。意外にもそれが家庭的で居心地よさそうに映った。見ていると、マーカスはブランデーをグラスに注ぎ、振り向いて笑顔を浮かべ、こちらに近づいてきた。ラファエラの手を取り、ブランデーグラスを握らせる。

「あなたの部屋、やな感じ。インチキ臭いまがいものだらけで、見せかけだけで中身がなくて。まるであなたといっしょね」

「それだけかい？　お褒めにあずかって光栄だよ」

「真鍮とガラスとクロムとぼんやりした色は大嫌い」

「まだ続きがあるのかな？　まあいいさ。おれもときにはそう思う。でもルイ十六世風の長椅子よりはましさ」彼の声音が変わった。もう彼女をからかっておもしろがってはいない。純粋にやさしく、静かな声だった。「さあ、飲めよ。そしたらまたおれのあとを追っかけていいから」

マーカスは彼女がブランデーをいっきに飲み干すのを見ていた。彼女の手からブランデーグラスを取り、濃いチョコレート色のソファに寝かせると、茶色とクリーム色の模様のところどころに薄黄色の四角が描かれた、幾何学模様のアフガン毛布をかけてやった。「人心地ついたら、話がある」

「わたしはあなたのおばあさんじゃないのよ。世話を焼かずに、ほうっておいて」

「わかった」マーカスは穏やかに言った。受話器を取りあげ、ボタンを数回押し、小声でなにごとか話している。警備部？　たぶんそうだろう。狙撃犯が見つかるに越したことはないが、ラファエラの思うところ、その可能性は低い。

ラファエラは目を閉じた。つぎに目を開けたのは、彼がソファの向かいに置かれた特大のリクライナーに座ったときだ。

彼女が元気を取り戻すのに、長くはかからなかった。「あなたは殺されかけたのよ。犯人に心当たりは？」

マーカスは同じことを考えながら、腹を掻いていた。彼女から尋ねられ、うっかり肩に手をやって顔をしかめた。

「はじめてじゃないのね？　それも銃創なんでしょう？」

「おい、きみは詮索《せんさく》好きの記者かなんかか？　おっと失礼、記者と言えば詮索好きと相場が決まってるもんな」

「ええ、そうよ、じつは記者なの」嘘をつく理由はなかった。すぐに調べのつくことだ。ジョバンニの島に来る前から、ボストン・トリビューンの記者だという自分の経歴を偽るのは不可能だと覚悟していた。成功の極意は嘘を最小限に留めることにある。

そういうことか、とマーカスは気が重くなった。ドミニクの暗殺未遂がメディアに漏れ、特ダネをものにするために彼女が送りこまれてきたのだ。

「きみが信用できない人間で、なにがしかの裏があるのはわかっていた。ここでなにをするつもりだ？」

「訊かれたから答えるけど、本を書くためよ。でもあなたには関係ないわ、あなたの本を書くわけじゃないんだから。それで、誰があなたを殺そうとしたの?」

「いまはきみの話だ。本ってなんの? 誰についての本だ?」

「あなたに答える義理はないわ。犯人は誰なの? 知ってる人? 男なの、女なの? あのとき、なにか見えた?」

マーカスは怒りに体をこわばらせながらも、つぎの瞬間には肩をすくめた。「ありがとう。きみのおかげで命拾いをした。きみにのしかかられたときは、日本で作られた新手の武術か、ニューエイジ風のセックスかと思ったよ。なんにしろ、きみが気にかけてくれるとは、意外だった」

「助けようとしたわけじゃないわ。とっさに動いてたのよ」

「どちらかというと、きみの場合は衝動だ。きみは衝動的なタイプだ。おれのことをセックスのあとにオペラを歌いたい気分にさせてくれた唯一の男だと思って——」

「いいかげんにして」

彼女の顔にはほつれた髪の毛がかかり、頬や顎や髪には浜辺の砂がついている。服は汚れ、片方の靴下は足首のところでくしゃくしゃになっている。マーカスは言った。「おれはつねづね、女性は直感力に優れていると思ってきた。子どもを産み育て、一人前になるまで守るんだからな。それで、いったい誰に関する本なんだ?」

ラファエラは黙って彼を見返した。「あきらめて、自称デヴリンさん。わたしは眠いの。

しかも世界一豪華なリゾートにやってきたばかりなのに、くつろげているとは言いがたい状態よ」

マーカスは立ちあがり、揶揄《やゆ》するような口調に戻った。「だが、先ほどのおれたちの遭遇について、もう少しましなことを言ってくれてもいいんじゃないか？　健康増進効果ぐらいはあったはずだぞ」

「やめなさい、この卑劣漢」

マーカスは小さく敬礼した。「ゆっくりお休み、ミズ・ホランド。ヴィラまで送ろうか？」

「いいえ、また銃弾を浴びたくないから。わたしひとりのほうが助かる確率も高いし」

「ラファエラ？」

彼女は振り返った。

「今晩のことは感謝してる。聞いてくれ、おれは――」

口ごもったマーカスに、彼女は卵が焼けそうなほど熱く憎悪に燃える目を向けた。

マーカスはシャワーを浴びて体の砂を落としてから、警備に二度めの電話をかけた。予想どおり、犯人はつかまっていなかったが、浜辺で一発の薬莢《やっきょう》が見つかった。警備主任のハンクによると、銃はグロック十七。グロック十七は銃身だけが鋼でできたプラスチック製の小型拳銃で、組み立てるのも、持ち歩くのも、必要とあれば分解するのも容易だった。

ミズ・ホランドについては、明日朝一番で徹底的に調べてやる。

おれを殺そうとしたのは誰だ？　気がつくとマーカスは首を振っていた。グロック十七から放たれた銃弾は三発か四発。そのうちの一発でしとめられたはずだ。とすると、警告？いったいなにを警告している？

「ああ、いいよ、いい気持ちだ。もう少し下を頼む」

ココは言われるがまま、指をドミニクのウエストから臀部《でんぶ》へと移した。ドミニクの肌は驚くほど若いが、年齢的には人生の下り坂に差しかかっている。老化を食い止めておけるのも時間の問題だろう。

電話が鳴り、ココが受話器を取った。

「マーカス？　わたしじゃだめ？　ドミニクはいま、横になってマッサージの最中なのよ。なにがあったの？」

ドミニクが受話器を受け取った。「わたしだ。なにがあった？」ココはドミニクを見つめた。彼の目つきが集中して鋭くなり、口元に緊張がみなぎる。不愉快なことを聞かされたときは、こんな表情になる。「犯人が見つかるまで、屋敷に寝泊まりしたほうがいい」

ドミニクはさらにマーカスの話に耳を傾けた。

「そこまで言うのなら、やむをえんな。ただわたしは反対だが。それにしても腑《ふ》に落ちない。きみの言うとおり、犯人に殺すつもりがあったのなら、いまごろきみは死体になっていただろう。つまりは警告。しかしなぜ？　なにを警告しているのか？　ココからリゾートで昨日会った若い女性と昼食の約束があると聞いている。思い出したことやわかったことがあったら、すべて彼女に伝えてくれ」ドミニクはまた耳を傾けてから、受話器を置いた。

「奇妙だ」ドミニクは腹ばいに戻った。

「なにが？」ココは手のひらにココナッツオイルを擦りこみながら尋ねた。

「きみが昼食の約束をしている若いご婦人——その女が昨夜、浜辺でマーカスといっしょにいた。そして彼に体当たりして、彼の命を救ったそうだ」

「まあ、なんてことなの！」

「ほんとうに驚きだよ——ああ、もっと力を入れておくれ、ココ」

「ねえドミニク、気になってたんだけど。今回のバテシバのこと——なにかわかったの？」

「いや、まだなにも。だが、きみが心配することじゃない。右肩を頼むよ。そこが凝ってね。昨日の夜、わたしになにをしたんだね？」

「あなたが望まないことはなにもよ、ドム。楽しんでらっしゃると思ってたけど」

「わたしもロックフェラーと同じくらい幸運な最期を迎えたいものだ」ドミニクは言った。

「縁起でもない。冗談でもそんなこと言わないで」

ドミニクは肘で上体を起こし、ココをじっと見た。「どこか具合が悪いのかね？　顔色が冴えないが」

「平気よ」ココはあわてて返事をすると、にこやかな笑みを浮かべてドミニクの頰をなでた。驚くほど弾力がある。「わたしは大丈夫。あなたが心配なだけで、元気よ」

ドミニクは彼女の手を握りしめ、その指の一本一本に口づけをした。

ジムのほうに近づいてくる男女の話し声が聞こえた。ココが目を上げると、デロリオがポーラを従えて立っていた。ドミニクはココの手を離して、うつぶせの姿勢に戻った。

「いま聞いたんですが、リゾートでトラブルがあったそうですね」デロリオは言った。「誰かがマーカスを撃ったとか」

「そのとおりだ」ドミニクは答えた。「彼は無事だ。女に助けられたらしい」

デロリオはテニス用の短パン、白いTシャツ、スニーカーといういでたちだった。それでもスポーツマンに見えないのは、不機嫌そうな口元と、首にかかった金の鎖、それに手首を飾る最高級のロレックスのせいだ。ココは平素から、ドミニクの正妻はどんな人なのだろうと思っていた。粒子の粗い写真は何枚か見たことがあるが、顔写真ではなかったし、ドミニクの身のまわりには、妻帯者であることをにおわせるものがひとつとしてない。唯一の例外であるデロリオはイタリア人の黒い瞳を持ち、さらに色の濃い髪は頭頂部が薄くなりかかり、体型もすらりとして貴族的な父親とは似ても似つかない。父親より背が低く、太ってはいないががっちりとし、お金持ちのお坊ちゃまというよりは、港湾労働者のようだ。白い短パンから出ている腿は、太くて毛むくじゃらだった。

「メルケルがココといっしょに行きたいと言ってました」デロリオは父親に話しかけた。「少し嗅ぎまわって、ハンクと話し、手がかりを見つけたかどうか聞きたいそうです」

「メルケルからマーカスのことを聞いたのか？」

「ええ。あいつはそこらじゅうにスパイを潜りこませてますからね」

「好きにしろと言っておけ」

「いっしょにいた女というのは？」

「ラファエラ・ホランドって人よ。昨日会って、ランチに誘われたわ」ココは肩をすくめた。

「グルーピーかもしれない」

「わたしもごいっしょしていい？」ポーラが夫の前に進みでた。

ココはやんわりと断った。「それはどうかしら、ポーラ。誘われたのはわたしですもの。わたしが行って、目的を探りだしてくるわ」

「ずいぶんうがった見方をするのだな」ドミニクが言った。

「ここは退屈だわ」ポーラが言った。

「テニスをしよう」デロリオは妻の手を取った。「オランダ人についてはその後なにか？」

「いや、なにも」ドミニクは言った。

「テニスなんてしたくない」ポーラがごねる。

「しなきゃだめだ。腿に贅肉がついてきてるぞ」

「贅肉ですって！　嘘よ、あなたったら妬いてるんでしょう？」

「おれが？　今度は誰に？」

「マーカス――そう、マーカスに妬いてるんだわ！」

「デヴリンなんてただの有能な使用人じゃないか。さあ来るんだ、ポーラ」

ドミニクは黙って、息子とその妻が声の届かないところに遠ざかるのを待った。

「あの女なら、あの子の力になってくれると思っていたんだが」ドミニクは誰にともなくつぶやいた。「本気でそう信じていた。デロリオがよくなるとな。あいつには自分の立場をわきまえ、わたしの息子としてどうふるまったらいいのかを理解する必要がある。わたしにはあの子しかいない。妻というのは、夫を助けてこそだ。

ポーラの実家は資産家で、娘を立派な学校に通わせてきた。父親の指示で、スイスの花嫁学校まで出ているというのに、見るがいい。不平ばかりこぼして、満ち足りるということを知らない。デロリオがマイアミに出張中、あれの部屋からリンクが夜更けに出てくるのを見たと、おまえも言っておっただろう？」

「ええ。でも、リンクでは年寄りすぎて彼女のお相手にならないから、きっと、昔の武勇伝でも聞かせていたんでしょう。それに、ふたりの関係ですけど——だいたいはうまくいっています。デロリオは命令したがるタイプだし、わたしの憶測がまちがっていなければ、ポーラはおとなしく従うのが大好きなはず。お似合いのふたりです」

「寝室のなかだけの話だ」

「だとしても、そこが出発点になる」

それに、結婚したおかげで、デロリオは女性従業員に手を出さなくなった。ココはそれを知りつつ、口には出さなかった。デロリオは危険だった。大人の図体のなかにいるのは手に負えない子どもであり、しかもサディストな暴君だった。ほとんどの場合、ドミニクは息子の言動に目をつぶっている。息子の凶暴さや残忍さを目の当たりにしたときだけ、同じ凶暴さをもって抑えつける。ドミニクはデロリオには大人になってもらいたい、自分の立場をわきまえ、分別を身につけてほしいと言っていたが、それはかなわぬ願いというもの。ココがドミニクの腰の、とくに凝っている部分を指先で押すと、彼は気持ちよさそうなうめき声を漏らした。

マーカスは午前十一時に、マイアミ・ヘラルドのマーティ・ジェイコブズに電話をかけ、ラファエラ・ホランドについて多少の知識を得た。情報通で、噂話に目のないマーティは、ただで情報を流してくれる。マーティはラファエラがピュリッツァー賞を受賞したのを教えてくれた——ああ、二年半くらい前に、デラウェアにあったネオナチのグループを摘発したのが彼女さ。マーカスもその記事のことは憶えていた。あれを書いたのが彼女だったのか。マーティの話は続く——彼女はピュリッツァーを受賞後、ボストン・トリビューンに引き抜かれ、あっという間に社内にふたりしかいない事件記者のポストに就いた。かなりの美人だと聞いているが、あんた、彼女と寝るつもりなのか？　それなら言うまでもないな——。そして、マーティは、彼女のより個人的な情報を知る人物の名前と電話番号を教えてくれた。その人物によると、ラファエラ・ホランドの年齢は二十五、六歳。頭脳明晰で頑固、ときには考える前に走る衝動的なタイプ。最近、別の特ダネをものにした。それは、ボストンで家族を斧《おの》で惨殺した容疑がかけられた男性に関する記事で、彼女は犯人がその男ではなく、その男の弟であることを探りあてた。そしてあまり知られていないことながら、彼女は父親のいない子として生まれた。母親は大富豪で、若くしてラファエラを産んだ。実の父親は不明。今後もわからないだろうとのことだった。

彼女の義父のチャールズ・ウィンストン・ラトリッジ三世は、複数の新聞社を所有する大富豪にして影響力のある人物であり、母親は飲酒運転の車に衝突されて、現在ロングアイランドの私立病院で昏睡状態にある。警察は紺色のセダンを捜しているが、車のナンバーも運転者の性別も不明なため、犯人が見つかる見込みは薄い。マーカスは電話を切ると、椅子に深くもたれ、胸の前で両手の指先を突きあわせ、軽く叩きあわせながら物思いに耽《ふけ》った。

ミズ・ホランドは本を書くためにこの島にやってきたと言っていた。

母親が昏睡状態で入院しているのにか？

彼女についてはなんでも知っておきたい。あまりにも多くのことが起きているいま、情報こそが命綱になる。マーカスはバテシバのことや、昨夜、自分の命が狙われた――本気で自分を殺すつもりだったとしたら――ことを思い起こし、携帯電話を取りだすと、シカゴのサヴィジの番号にかけた。

電話の呼び出し音を聞きながら、頬をゆるませる。マーカスがここへ来た当初は、このオフィスもきっちり盗聴されていた。半年後に盗聴器をはずしてドミニクに突き返し、こんなものはくだらないし不愉快だ、リゾートの支配人として自分を信用できないのなら、いますぐ辞めさせてもらうと迫った。

それから二カ月して、はじめてオフィスで自分の携帯電話を使った。アメリカ税関局が開発した特別仕様の携帯電話であり、三角測量方式によっても、逆探知は不可能だ。税関局が用意してくれたものは、もうひとつある。どれだけ綿密に調べられても、けっしてぼろが出ることのない経歴だ。これ以上を望んだらばちが当たる。

いまでも、二週間ごとに、オフィスの電子機器に盗聴器が取りつけられていないかどうか調べている。いまのところ、マーカスに対する信頼は保たれていた。

「サヴィジだ。なにがあった、マーカス？」

「いくつかある、ジョン。ハーレーかその部下に、ラファエラ・ホランドについて調べさせてくれ。ボストン・トリビューンの記者だ。そこそこのことはこちらでも調べられたが、まだなにかあるような気がしてならない。そのなにかに、足をすくわれかねない。とにかく、ハーレーに調べてもらってくれ。バテシバについてなにかわかったか？　テュルプという女のことは？」

「ああ、定時の連絡でそのことを伝えるつもりだった。その女はドイツのフリーダ・ホフマンの可能性が高い。マンハイム出身の暗殺者だ。話は込みいっている。彼女は腕が立ち、確実に仕事を遂行するという評判だった。莫大な報酬を要求し、それを支払われるだけの能力を持っていた。どう思う？　人相はおまえの話と合致するし、現在行方不明になっている。いまハーレーが、誰がこの女を雇ってドミニクを殺そうとしたのか調べている。なにかがわかったら、連絡するよ。それから、バテシバだが――ドイツにはそんな名前のテロリスト・グループや、大きな組織は存在しない。ハーレーはまだ調べているから、じきに答えが出るだろう。ああ、マーカス、ハーレーが大喜びしてたぞ。おまえのおかげで、ドミニクが一発食らわなくてすんだってな」

「そうだろうとも。彼にしたら、射殺なんざ生ぬるい。ドミニクを、キリストの再臨まで刑務所にぶちこんでおきたいってわけさ。それはそうと、ジョン、どうして敵はわざわざ、バテシバという名前をヘリコプターの側面に書いたんだと思う？　いたずらにリスキーなだけじゃないか。そのロゴから、裏にいる組織や個人がたどれるとしたら、なおさらだ」

「それはだな、わが友よ。連中を皆殺しするつもりだったからさ。少なくとも、あのロゴを目撃した人間はひとり残らずな。ドミニクはなにかつかんでるのか？」

「わからない。おれにはなにも言わないんだ。物腰はやわらかいが、こうと決めると石のように頑固な男だ。ただおれを遠ざけている。ケルボッホとファン・ヴェッセルについては？」

「金で動くチンピラだ。おまえがやつらを尋問したとしても、相手はなにも知らなかっただろうと、ハーレーが言ってたよ」

だとしたら、なぜみずから毒をあおって自殺した？

マーカスは電話を切り、カリーにいくつか指示を出した。時計を見ると、早くも午後一時近くなっていた。ラファエラ・ホランドが、ココといっしょに昼食をとっているころだ。

「食事をしてくる」カリーに告げ、彼女の口から質問やら伝言が飛びだして足止めされる前に、オフィスをあとにした。

いっしょにいるふたりを見た瞬間、女たちがマーカスの気に食わないなにかを話題にしているのがわかった。ココはマーカスに気づくと手を振り、ラファエラに話しかけた。ラファエラはさっと顔を上げ、どんなに勇敢な男をも縮みあがらせるような目つきで彼を見た。

マーカスはにんまりした。なぜだか急に、この世がむしょうにおもしろい場所に思え、いそいそと女たちのテーブルへと向かった。

8

このタイミングで現れるなんて最悪。ラファエラはそう思いながら、マーカスに仏頂面を向けた。この先の選択肢を検討していると、折よく女がやってきて彼にメモを手渡した。よかった。ココとラファエラが見守るなか、マーカスは読んだメモを念入りに折りたたみ、軽く会釈して逆方向に歩き去った。

「きっとまたなにか起きたのよ。マーカスにはたいがいの問題が解決できるし、ほとんどなんだって直接彼のところへ持ちこまれるの」そう言って顔をしかめるココを見て、昨夜のことを知っているのだろうか、とラファエラは思った。知っていて、そのことを考えているの？　だが、自分からその話題を持ちだすつもりはなかった。

「彼が席をはずしてくれて助かりました。どうしても、あなたにお話ししたいことがあるんです、ココ」

ラファエラは崇拝者よろしく、ココ・ヴィヴリオに対して下手に出た。ココはありがたいことに、それを承知しつつ、愛想よく笑いまで交えて受け入れてくれた。率直に話をするべきだと感じて、そのとおりにすると、それもうまくいった。ココにサイン入りのルイ・ラモーの伝記『ダーク・ホース』をプレゼントして、あっさりと用件を打ち明けた。「わたしはミスター・ジョバンニの伝記を書きたいと思っています。とくにこの数年、つまりあなたとの関係に焦点をあててです、ミス・ヴィヴリオ」

ラファエラは新鮮なエビを口に運んだ。軽くホースラディッシュの利いたソースをつけ、ゆっくりと咀嚼しながら、ココを見ていた。ココは口を閉ざしたまま、かすかな不安と少なからぬ警戒心をあらわにしている。いい兆候ではない。

ラファエラは母の日記にはさんであったたくさんの写真と新聞記事の切抜きを、こっそり持ってきていた。その一枚を選んで、ココに見せた。「わたしのお気に入りの一枚なんですよ。あなたとミスター・ジョバンニが、クレタ島のセント・ニコラス村のブティックから出てくるところです」

ココは目を瞬かせて、記憶を探った。「驚いた、どうしてそんなことまで知っているの？　すばらしい休暇だったのよ。知ってる？　あそこにはスピナロンガ島という、何世紀ものあいだハンセン病患者の療養園になっていた島があってね。それにしても、ずいぶん集めたこと。あら、これはドミニクがパリに行ったときの写真ね。わたしとミスター・ジョバンニのことは、こういうものを通じて知ったの？」

ラファエラは微笑んだ。「あなた方おふたりに関する記事や写真は、銘々のものも、いっしょのものも、ほぼすべて持っています」あの男に対する母の執着のおかげで。

ココは一枚、また一枚と写真を手に取った。写真によって微笑んだり、眉根を寄せたり。

ココとミスター・ジョバンニの関係がはじまる前のものは、丹念に抜き取っておいた。それに、持参したのはおおむね社交的な内容の記事で、例外は二枚だけだ。ようやくココがラファエラに顔を向け、フランス人ぽくチャーミングに肩をすくめた。「あなたのやり方は正々堂々としているし、あきらめるつもりがないのもわかりました。今晩ミスター・ジョバンニの屋敷に来て、あなたから直接彼に話したらどうかしら？　憶えておいて、ラファエラ。どうなるにせよ、決めるのは彼だということを」

切抜きのなかに、八〇年代後半に開かれた上院公聴会に関する、ラファエラから見たらどういうことのない記事があった。ココはその記事を読むと、しばし無言でアイスティーをかき混ぜた。ミントの葉がゆっくりとまわっている。「わかってると思うけど、ミスター・ジョバンニは自分が謎に包まれていることを楽しんでいる」ココが肩をすくめる。「物議を醸しているとも言えるわね。上院の公聴会に呼ばれ、何度か起訴もされている。もちろん、有罪になったことはないけれど、確か容疑のひとつは脱税だし、もうひとつは政治家への賄《わい》賂《ろ》がらみだった。八〇年代のことよ。もっとずっと以前には、重罪で告訴されたこともある。もちろんすべて、公の記録に残っているわ。アメリカ当局はいまだに彼が麻薬取引に手を染めていると見て、うるさくつきまとっているけれど、彼はそんなことはしていない。実際は麻薬には断固反対なの。理由はわからないけど、麻薬をやるくらいなら、死んだほうがましだと考えてるみたいよ。それでアメリカ国内の麻薬更正プログラムの後援までしているのに、アメリカ人は彼を信用しない。すべて嘘だと見なして、彼を葬り去りたがっている。あなたには——前もって——知っておいてほしいわ。なにごとにも裏表があるってことを」

「わかっています」ラファエラはためらいなく嘘をついた。「彼が麻薬プログラムを支援しているという話は聞いていますので」そして別の切抜きを取りあげ、ココに手渡した。「わたしが簡単に調べたところによると、ミスター・ジョバンニは武器の売買にも手を染めていらっしゃるようですね」

ココは記事にざっと目を走らせた。「ええ、そうね。でも取引はすべて公正で合法なものよ。CIAとも取引があるくらいですもの。もちろん、記者にしろそうじゃないにしろ、誰かから質問されたら、きっぱり否定するでしょうけれど」

「つまり、怪しげな武器取引にはかかわっていないと?」

「そうよ。そうした商売をしている人物は知っているけれど、彼自身はいっさい関与していないわ。たとえば、ロディ・オリヴィエがそう。もしあなたが、身の毛がよだつような極悪人に会いたいのなら、ロンドンに行って彼と話すことね」

「リスクが大きい分、莫大な利益があるんでしょうね」

「それって、人生のあらゆることに言えるんじゃなくて？　彼から許可が出たらだけれど、そういうことはドミニクに尋ねてちょうだい。わたしはもうなにも言いたくないわ」

「さっきの起訴の話ですけれど、彼はそういう罪を犯したんでしょうか？」

ココはミントの小枝を嚙みながら微笑んだ。「もちろん濡れ衣よ。若いころは馬鹿なこともしたんでしょうけど、みんなそんなもんでしょう？　年齢を重ねたいまは、知恵もついた

――本人の弁よ。さっきお話ししたとおり、彼は麻薬を嫌っていて、儲かるとわかっているのに、けっして手を出さない。麻薬取締局のブラックリストに載っているのが、不思議なくらいよ。彼には莫大な財産があって、ポルト・ビアンコだけじゃなく、この島が丸まる彼のものなの。パリとローマには自宅が、クレタ島――セント・ニコラスの近くよ――には別荘が、ワイオミングには広大な農場があるわ。彼はうしろ暗いところのない実業家だけれど、それでも、誰かに自分の伝記を書かせたがるとは思えない。そんなことしなきゃならない理由があって？」

ココはまた肩をすくめた。「でも、男の人って、そう、予測不可能なところがある。だから、今晩お屋敷のディナーに来て、あなたから彼に訊いてごらんなさい」

「そうします。ほんとうにありがとうございます。ところで、ココ、うかがってもよろしいですか？　あなたはまったくフランス訛《なま》りのない、きれいな英語を話されるけれど、わたしが読んだいくつかの取材記事では――たとえばこれなんか――とってもフランス的なしゃべり方をしてらっしゃるみたい」

ココはにっこりした。「フランス人のふりは得意なのよ。名人と言ってもいいくらい。でも、あなたには昨日、マーカスと話しているのを聞かれている。それなのに、突然フランス人みたいにふるまったら、あなたに変だと思われちゃうでしょう？」

「ええ、そうですね。率直に答えてくださって、ありがとうございます。それと、あなたのお名前のヴィヴリオですが。ほんとうはどこのご出身なんですか？」

ココはラファエラの目をのぞきこんだ。「フランスのグルノーブル。ヴィヴリオはとても古い、由緒正しい名前なの」

「とてもすばらしいところだとか。一度スキーに行きたいわ。由緒ある名前を引き継ぐなんて、すてきですね」

「ええ」ココは応じ、ふたりは合意に達した。「あら、マーカスが戻ってきたわ」ココは手を振った。ラファエラがそちらに目をやると、彼はあちこちでゲストやウエイトレス——ハイビスカス・ラナイで給仕しているのは女性だけだ——に声をかけながら、ラナイに置かれたテーブルのあいだを縫って、ふたりのテーブルまでやってきた。「ご機嫌いかがですか、ココ。それに、ミズ・ホランド。いいお天気ですね。うちのシェフの凝ったごたまぜ料理はお気に召しましたか？」

「ええ、マーカス、座って。あのカリーがついてるんじゃ、昼食はまだなんでしょう？」

「そうなんです。彼女は情け容赦のない監督ですからね」彼が合図すると、ウエイトレスは注文されるまでもなく、ペリエが入ったグラスを持ってきた。グラスの縁にライムがふた切れはさんである。彼はふたつとも絞ってからグラスに口をつけた。

「ミス・ホランドはドミニクの伝記を書きたいんですって」

マーカスはペリエにむせて咳きこんだ。

ラファエラはうろたえた。ココがさっきの話の内容をそのまま彼に話すとは、思っていなかった。この男にはすべて筒抜けになるってこと？「そうなの」ラファエラは急いで説明した。「ここ数年を中心に。つまり、ミス・ヴィヴリオとおつきあいされるようになってから、そしてポルト・ビアンコを買収してからの時期をね」

「やめたほうがいい」マーカスは咳が収まると言った。続いて椅子に座ったまま背後を振り返り、うしろの席の男性の質問に答えた。

「あなたの意見なんか訊いてないわ」ラファエラはつっけんどんに言い放った。

マーカスは知らんぷりでしばらく男性と話を続けてから、ふたりに向きなおった。

「だいたい、誰があなたの意見を気にするのよ?」ラファエラは尋ねた。

「ココはおれに賛成してくれるだろうね」マーカスはおっとりと言い返した。「いくつか好ましくないことが起きそうな兆しがある。いまそういうことをするのは、賢明じゃない」

「昨晩はたいへんだったんですってね」ココはラファエラに話しかけた。「あなたに助けられたと、マーカスからドミニクに報告があったのよ」

「ただの偶然です。特別なことをしたわけじゃありません」ラファエラは言った。島で起きたことは、すぐさま島じゅうの人の耳に入るらしい。そんなことだろうとは思っていたけれど。「犯人が見つかったという話は、まだないんですね?」

マーカスはあっさりと首を振り、クラブ・サンドイッチを注文してから、ラファエラに向きなおった。厳しく険しい顔をしているせいで、彼の目にいたぶるような光があるのをうっかり見逃すところだった。「率直に言おう、ミズ・ホランド。兆しうんぬんの話はもうやめだ。いまはあまりにも多くのことが起こりすぎている。きみはその小さなケツ——いや、おれの記憶が正しければそれほど小さくないな——を持ちあげ、トリビューンに戻って、他人のことを嗅ぎまわったほうがいい。ブラマートンの立派なアパートと、大勢のボーイフレンドがきみの帰りを待っている。彼らのほうが予測がつくし、期待を裏切らないだろう」

ラファエラはグラスを手に取り、彼の顔にアイスティーをひっかけた。

「ひとつ訂正がある」マーカスはナプキンで顔を拭いた。「きみはいいケツをしてる。必要以上の意味をほのめかして悪かった。女心の傷つきやすさをついつい忘れてた。女ってのはささやかな客観的意見も受け入れないからね」

「ミス・ヴィヴリオ、お屋敷での晩餐《ばんさん》ですけれど、喜んでうかがいます。どうやって行けばいいか、教えていただけますか？」

ココが迎えをやると言うと、ラファエラはマーカスを無視してテーブルを離れた。

「あなたたちふたりは、どうなっているの？」

マーカスはラファエラのうしろ姿を一瞥《いちべつ》した。「ほんと、いいケツですよね」

ココは笑った。「あなたの命を救っておいて、今度はアイスティーを顔にかけるなんて」

「女心は理解できません」

「でしょうね、だめ男には」

「おれも晩餐に出ていいですか？」

「荒っぽいことはしないと約束できるのならね。どうやら、本物の危機が迫っているようだから。それから、ミス・ホランドをいじめないこと。わかった、マーカス？」

「誓って」マーカスはしかつめらしく心臓の上に手を置いた。

メルケルは喜んでラファエラ・ホランドの案内役を引き受けた。この島——ミスター・ジョバンニが買う前はカリプソ島と呼ばれていた——の面積は八平方キロメートルで、楕円形のスイカのような形をしている。リーワード諸島に属し、アンティグア島のすぐ西隣り、セント・キッツ島の五〇マイル南西に位置する。

島の東側にはリゾート、西側にはミスター・ジョバンニの屋敷がある。カリブ海の島がどこもそうであるように、山がちで、水際まで山脈が延びている。山々をおおうジャングルの木々は、降雨量が多いために、人の立ち入りを拒否するように鬱蒼《うつそう》と茂っている。リゾートのある島の東側では、毎朝三十分ほどしか雨が降らない。この島がもっとも栄えていたころには、人口の九割以上が島の西側に暮らしていた。先住民たちは島の東側には悪霊がひそんでいると考え、そちらに住むのを嫌ったからだ。島の西側は東側より雨が多い。しかし島の中央の山地をおおうジャングルでは、カビによる腐敗病で命を落とす危険がある。そのため島の奥地は、大昔から人の住まない地域になっていた。

メルケルはそうした諸々を、フットボールのラインマンのような喉に似合わぬ、のんびりとしたやさしい声で説明してくれたが、ラファエラにはすでに知っていることばかりだった。三年前の九月に記された、母の日記の最後の一冊の冒頭部分に明記してあったからだ。母はポワンタピートルで飛行機をチャーターし、ジョバンニの島を訪れていた。

わかってるわ。馬鹿よね、こんなことして。ひょっとしたら、理性も常識もすべて失くしてしまったと思われてしまうかも。なぜこんなことをするの？　わたしは幸せな結婚生活を送り、チャールズという人も羨むすてきな夫に恵まれている。でもね、ラファエラ、どうしても彼の島を、彼の住む場所を見たかったの。宝石のように美しい島だったわ。豊かな緑におおわれ、南北に延びる白い砂浜があって、ジャングルの山脈が中央部を貫いている。

空からでも、ポルト・ビアンコの豪華さや、たくさんの帆船やクルーザーが停泊する港が見えた。ドミニクの屋敷は島の西側にあった。周囲の風景にしっくり収まる白漆喰壁のコテージに、赤い瓦屋根の母屋、スイミングプール、テニスコートが二面、それにたくさんの庭園があった。ああ、あの庭――息を呑むほど美しかった。上空から、男たちが見えたわ。ざっと見ただけでも六人はいて、なかには武器を持っている男もいた。

わたしはパイロットに、島のリゾート側に着陸してと頼んだ。リゾートでランチを食べたかっただけなの――ドミニクがいないのはわかっていたし。でもパイロットが言うには、島は私有地で、メンバーとそのゲスト以外の立ち入りは禁止されていた。ごくかぎられた人しか入れないのだと。もちろんその気になれば、島に入る方法は見つけられただろうけれど、チャールズとは行けない。彼を連れていくことはできない。チャールズは馬鹿でも、鈍い男でもない。それに、なぜあの島に行きたいのかと訊かれたら、なんと答えればいいの？　残念ながら、嘘をつくのはうまくない。とくにチャールズに対しては。ときどき、チャールズがもうひとりの男の存在を感じているのではないかと思うことがある。いま肉体関係のある男ではなく、わたしの過去の男、わたしがいまだに思い、愛している男ということだけれど。そんな疑いを抱き、苦しむチャールズと向きあったら、いったいなにが言えるだろう？

でも、彼に会うためなら、どんなことでもする。一度だけ。何分かでいい。ほんのいっときでいいから、彼に会いたい。

メルケルはリゾートの北端にあるヘリコプターの発着場に近づいたときも、まだ話していた。「中央のジャングルを横断する道は三本あります。ミスター・ジョバンニはそこの下生えを刈らせていますが、通常はヘリコプターを使います。ほんの十分ほどなので……おや、ミス・ホランド、どうかしましたか？」

ラファエラは自分の目が、人に怪しまれるほど潤んでいたことに気づいた。「アレルギーで」鼻をすするふりをする。「ただのアレルギーなんですけど、うっとうしくて。ほんと、中央に山脈があるから、詮索好きなリゾートの客が島の西側に迷いこむようなこともないでしょうね」血の気の失せた母の顔が目に浮かぶ。生気のない、静かな顔。いまも昏睡状態のままだと、今朝の電話でチャールズが教えてくれた。おまえにできることはないから、帰ってこなくていいんだよ。なにかあったら電話する、と義父は約束してくれた。彼は、ラファエラがカリブ海にいることについてなにも言わない。大物を狙っている、とラファエラは嘘をついていた。

「そうです」メルケルはなるべく手短に答えた。「ミスター・ジョバンニは山脈をストーマコ・デル・ディアーボロ——悪魔のはらわた——と呼んでいます。迷いこんだが最後、すぐに消化されて、二度と出てこられない。

あちらを見てください——クルーザーや帆船のための大きな港があります。ミスター・ジョバンニは、当然ながら巡航船の入港を認めていません。ご存じのとおり、ポルト・ビアンコは会員制のクラブなので」

ラファエラはヘリコプターの操縦室に乗りこんだ。「操縦はあなたが？」

メルケルはうなずき、ラファエラがきちんとシートベルトを締めたのを確認すると、彼女にイヤホンを渡し、少なくとも十のスイッチをはじいた。

「十分足らずで着きます。小さな島ですから——飛行機やヘリコプターならば」

メルケルがヘリを離陸させると、ラファエラはしばし自分の使命を忘れて、眼下の景色に見とれた。おかしなもので、この世のなかには中空に浮かばないと見えないものがある。島は実際にスイカの形をしており、アンティグア島が西の方角に見える。彼女が読んだ資料によれば、ドミニク・ジョバンニはアンティグアの首相と個人的に懇意にしているとか。

島の中心部まで来ると、南北に広がる美しいリゾート・エリアの全体像が一望できた。顔を逆に向ければ、ドミニク・ジョバンニの屋敷が見える。リゾートの建物のように、見るからに豪華というわけではないが、敷地は広大だった。まっ白な母屋の壁に、このあたりでよく見かける赤い瓦屋根が鮮やかで、それを取り囲むコテージも母屋とまったく同じスタイルだった。大きなスイミングプールがあり、庭はハイビスカスの大きな木や、格子に這わせたブーゲンビリア、枝振りのいいインドソケイ、そして紫、ピンク、白の花をつけたランで埋めつくされている。ジャングルは敷地の端まで迫り、すきあらば丹精された庭を悪夢のようにまとまりのない、日も差しこまないほど厚く茂った緑の迷路に変えてしまおうと、虎視《こし》眈々《たんたん》と狙っているようだった。

屋敷からジャングルを一〇〇メートルも行くと、島の西岸に出る。浜辺は目が覚めるほど白く、手を差し伸べてみたくなるほど触り心地のよさそうな砂におおわれ、その先に広がる淡い青緑色の海は言語に絶する美しさだった。母も日記で描写していたが、どれほど詩的に表現しようと、言葉からその真の美しさを想像するのは不可能だった。

メルケルは無言だった。はじめて屋敷を訪れる人は、みな似たような反応を示す。だからこそ、ツアーガイドとしての説明はヘリコプターに乗る前にすませてしまう。先延ばしにすれば、誰にも耳を傾けてもらえない。メルケルは難なくヘリコプターを発着場に停め、ラファエラに左を見るよう手で示した。

「ミスター・ジョバンニです」メルケルは言い、ヘリコプターに近づいてくる男に会釈した。

それからラファエラに目を戻し、気がつくと、彼女の正体をいぶかしんでいた。ミスター・ジョバンニを凝視する彼女にどこか腑に落ちないものを感じるが、それがなにかはわからなかった。ここにいるのは若く美しい女だ。ミスター・ジョバンニの伝記を書きたがっているというが、ボスがそんなことを許すとはとても思えない。ミスター・ジョバンニのように国際的に嫌疑をかけられている人物は、作家にただで情報を与えたりしないものだ。しかしボスは、メルケルがこれまでに出会ったどんな男とも違った。みずからルールをつくり、他人をそれに従わせる。他人をコントロールし、服従させるやり方を心得ている。要するに、ミスター・ジョバンニは、なにごとにつけ自分のしたいようにするということだ。

ラファエラは実の父親を見つめた。ここへ移動してくるあいだに、恐怖や、興奮や、自分と母を裏切った男に対する憎悪を一瞬忘れていた。

心構えはできているはずだった。彼の写真は、いやというほど見てきた。それでも、彼に近づかれるのが怖かった。自分がなにを感じ、どう反応してしまうのか、わからない。

先のことを考えてみる。これから一年後、わたしの父はどこにいるだろう？ 変態のゲイブ・テトワイラーと同じ、アッティカの刑務所だろうか？ そのときふいに、チャールズの顔が脳裏をよぎった。義父は母のベッドの傍らに座り、温かいその手で母の手を握っている。神さま、どうか母をお救いください。ラファエラは何度となくくり返してきた祈りを捧げた。もし母が死んだら、チャールズはどうなってしまうの？ 母への愛情の深さを考えるだに、その結果が恐ろしかった。

急に手のひらがじわっと汗ばんだ。おろしたての白い麻のラガーフェルドのスラックスで手をぬぐいたくなかったので、やむをえず、一週間分の給料をはたいて買った、脇で結ぶデザインの赤い絹のブラウスに手をやった。まずい。自制心が弱まり、視界に靄《もや》がかかっている。ラファエラは目を凝らして彼を見た。

ミスター・ジョバンニみずからがヘリコプターまで足を運び、薄青色のドアを開けた。

「ようこそ、ミス・ホランド」彼はほっそりした手を差しだした。ラファエラは自分が一瞬彼の手を凝視していたのに気づいた。その手を借り、淡いブルーの瞳をのぞきこんだ。自分とまったく同じ色合いで、目尻が軽く吊っているところまで同じだった。しかし彼の目には、なんの変化も生じなかった。ラファエラの正体に感づいたふうもなければ、感慨を抱いているふうもない。彼の手に体重をかけ、ヘリコプターから降りた。意外にも、ヒール八センチの白いサンダルをはいているいまのラファエラが横にならぶと、彼とほぼ同じくらいの背の高さがあった。もっと長身だと、なぜか思いこんでいた。だが白い麻のスーツ姿の彼は、気品があって長身に見えた。きちんと三角形に折って胸ポケットからのぞかせている赤いチーフが、唯一の色味となっていた。左手首には金の時計、右手にはエメラルドの指輪をはめている。

「ありがとうございます、ミスター・ジョバンニ」ラファエラはふたたび口を閉ざし、彼が自分に気づいて、その目を煌めかせるのを待った。しかしそんなことは起きなかった。なにもだ。彼にとってのラファエラは、マドリードで母がそうであったように、赤の他人でしかない。彼のほうは、ラファエラのなかに自分に似たものを見いだしていないが、母の目を通して彼を見ていたラファエラには、その目に自分自身が見えた。わたしと同じ目――淡いブルーで、感情が昂ぶると冷ややかなグレーを帯びる。それに顎の線も――尖っていて、怒るとたちまち上を向く顎。

ラファエラは彼と握手をした。娘だと悟られなかったことにがっかりするよりも、ほっとするものを感じた。これなら正体を隠したまま、好奇心を満たすことができる。ラファエラは彼の背後にいたココに気づいて、手を振った。

「そう、きみをここに招いたのはココだったね。しかし実を言うと、ここにいるとときどき人恋しくなる。新しい客人は大歓迎だ」ドミニクはメルケルのほうを向いた。「マーカスを迎えにいくのか?」

ラファエラは動揺を隠した。マーカスから挑発されても、もう取り乱したりしない。しかし彼に対して、これまで二度も爆発してしまったことが気にかかる。いつもの自分、そう、ボストン・トリビューンの事件記者、ラファエラ・ホランドらしくもない。うっかり自制心を失ったり、考えなしに発言したりするのは避けたい。この島――父の島――に上陸してから、自分の気持ちや態度、物事の受けとめ方に変化が生じているらしいことには気づいていた。未知の世界に飛びこんでなんの影響も受けないと、本気で考えていたの? ラファエラは屋敷へと移動しながら、ふたたび離陸して、島の東部へと引き返すヘリコプターを見つめた。

「すばらしいお宅ですね、サー。上空から拝見して感激いたしました」

「ありがとう。わたしのことはドミニクと呼んでくれ。きみのことはラファエラと呼んでもよいのかな？」

「もちろんです」ラファエラというのはありふれた名前ではない。二十五年前にドミニクがひと言でも娘について尋ねていたら、この名前を聞いていたはずだ。しかし彼は生まれたばかりの娘の顔さえ、見ようとしなかった。ラファエラの出生証明書にも目を通さなかった。もし見ていたら、母親の姓がペニントンではなくホランドだと知っただろうし、自分の名前が父親として記載されていないことにも気づいただろう。しかし彼はそんな手間さえ惜しみ、母のベッドに五〇〇〇ドルの小切手を投げて、立ち去った。そして娘は、彼とは無縁に成長した。それは彼にとっても同じだった。いままでは。ラファエラは強い衝撃に胸を締めつけられ、その場から動けなくなった。素のままの自分が突如表に出てしまったようで、そんな感覚を必死に抑えつけた。ラファエラは父を見てにっこりした。

屋敷のなかは広々として風通しがよく、涼しかった。床から天井までのガラス窓から、オリンピック仕様のスイミングプールや、色とりどりの植物に彩られた庭、緑の木陰のあずま屋、それに敷地のすぐ手前まで迫るみごとな山並みが見えた。いたるところに新鮮な切り花が飾られ、甘美な香りが室内を満たしている。

家具類は素朴で、明るい色で塗られた南西部風の整理ダンスや衣装ダンス、低いテーブル、それにひとり用やふたり用の白い籐椅子の寄せ集めだった。これといって高価なものはないが、そんななかで、広い居間に置かれたガラスの棚に飾られているエジプトの宝石のコレクションだけがひときわ輝いて見えた。

ドミニクのコレクションについてはすべて、母の日記を読んで知っていた。一九九一年にロンドンのサザビーズの玄関前で撮られた写真まであった。母の日記にはこうあった。〝彼は美しい宝石の数々を――なかには盗品もあるのだろう――収集している。いずれもエジプト第十八王朝の時代のものだ。わたしが読んだ本によると、この時代のものは装飾過剰で、はっきり言って悪趣味だとされているけれど、写真で見たいくつかの宝石は、信じられないくらいきれいだった。あの緑色をした半透明のガラスのゴブレットをこの手に持てたら。あれは、彼が大枚をはたいて、サザビーズで正規に購入したものだ。でもひょっとしたら、この目で見られるかもしれないわ、ラファエラ。ひょっとしたら……〟

ラファエラは席に案内され、白ワインの入ったグラスを渡された。

彼女は父――血のつながった父親――から目が離せなくなっていた。

ドミニクは彼女の視線に気づき、いぶかしむような微笑を向けた。「なにか気になることがあるのかね、ラファエラ？　もっと甘いワインのほうがいいかな？」

「いえ、とてもおいしいワインです。ずっとあなたにお目にかかりたかったものですから」

「ほら、わたしの言ったとおりでしょう、ドム」ココだった。「ラファエラはわたしたちのことをすべて知っているのよ。新聞記事の切抜きや写真をそれはたくさん持っていて、セント・ニコラスでパパラッチに撮られた写真まであったの。憶えてる？　彼女にね、ヴェネツィア時代の砦《とりで》で、のちにハンセン病の隔離施設になったスピナロンガ島について話した――」

ドミニクは相手に不快感を抱かせないやり方で、ココの話をさえぎった。ラファエラが飲んでいるワインのように、なめらかな声だ。「ココは歴史が大好きでね。いったいいつから、それほどの関心をわたしに寄せてくれているのかな?」

ラファエラは彼と目を合わせた。「それほど昔ではありません。ですが、いったんあることに関心を持つと、徹底的に調べるたちなので。ルイ・ラモーのときもそうでした」

どうしてあなたは、わたしたちが似ているのに気づかないの? その目は節穴? お母さんが感じたのも、この信じられなさなのだろうか。彼にとっての自分がまったくの他人で、取るに足りない存在だと思い知る、胸をえぐられるような痛み。ラファエラには、父親であるこの男が、なぜふたりの類似点に気づかないのか理解できなかった。母が昏睡状態で死にそうだと知ったら、この人はなんと言うだろう? なにを感じる? たぶん、なにも。二十五年の歳月が流れている。気にするわけがないし、場合によっては記憶にすらないだろう。

「おや、デロリオ、こちらに来なさい。驚かせることがある」

ラファエラが振り向くと、自分と同じ年格好の若い男が居間に入ってきた。淡い緑の麻のスラックスに、白いポロシャツ、首には太い金のネックレスをしている。まるで雑種犬、身なりのいい雑種犬を思わせる男だ。父親が貴族だとしたら、この男は肉体労働者。父親のドミニクにも、異母姉であるラファエラにも、まるで似ていなかった。

がっしりとした運動選手のような体格。ただ、運動選手と言っても、脚の長いランナーではなく、全身が筋肉におおわれ、首と太腿が太いレスラーだが。そこにいるのが自分の腹違いの弟だとは、にわかには信じられなかった。

「ラファエラ、息子のデロリオ・ジョバンニだ。デロリオ、こちらにおられるお嬢さんはラファエラ・ホランドだ」

「嬉しい驚きです」デロリオは笑顔になったが、その笑顔すら父親とは似ても似つかなかった。貪欲《どんよく》でいやらしく、会う女すべてをその体の値打ちに従って評価し、ベッドでの能力を値踏みするような笑顔だ。まるで肉食動物がつぎの獲物のにおいを嗅《か》いでいるような顔つきをしている。デロリオはラファエラの胸を見つめ、股間を見つめ、最後にちらっとだけ顔を見た。ラファエラは自然と顎と突きだし、席を立たずに、デロリオがこちらにやってくるのを待った。デロリオは彼女のところに来ると、その手を取り、必要以上に長く握っていた。

この男に、クソ食らえ、わたしはあんたの異母姉なのよ、と言ってやりたい。

「お会いできて嬉しいわ。変わったお名前ですね、デロリオ」

「そうでしょう?」ドミニクが息子の代わりに答えた。「わたしの母の旧姓なのだよ――母はミラノの出身だった」

「ポーラはどうしたの?」ココが尋ねた。

デロリオは肩をすくめた。「すぐに来るさ」

デロリオはバーに行くと、グレンリヴェットをストレートでグラスに注いだ。

「みなさん、ご機嫌いかが」ポーラが颯爽《さっそう》と居間に入ってきた。その鮮やかな登場に、ラファエラは拍手したくなった。ポーラ・マースデン・ジョバンニについても、多少の知識はあった。二十四歳。ペンシルヴェニア州ピッツバーグにある大企業、マースデン・アイアン・アンド・スティール社のオーナーの娘。ラファエラの母の最新の切抜きによれば、ポーラは甘やかされて育ったわがまま娘で、美貌を誇る男好き。淡いブロンドの髪にハシバミ色の瞳という、人もうらやむ組み合わせに恵まれているものの、への字の口元が玉に瑕《きず》。体つきも非の打ちどころがないが、ラファエラはこんがり焼けた肌を見て、カリブ海の日差しには用心しろと言ってやりたくなった。四十歳になるころには、皺《しわ》だらけになってしまう。

「ポーラ。ミス・ラファエラ・ホランドに紹介しよう。晩餐のゲストであり――」

「ドムの伝記作家になるかもしれない人なのよ、ポーラ」ココはドミニクに向かって片方の眉を吊りあげてみせた。

ポーラはラファエラを見て、愛想笑いをした。続いてデロリオに目を転じ、夫が客人を食い入るように見ているのに気づいた。そりゃ、髪はきれいだし、顔もそこそこだけど、それがなによ？　ポーラにはその答えがわかっていた。デロリオが女と見れば追いかけまわすのは、獲物をつかまえて服従させる歓びのためだ。必要とあれば、もしくは自分が楽しむためならば、暴力にだって訴える。

「まあ、すてき」ポーラは言った。「今日こそ、ダッキーが食べられるものをつくってくれているといいんだけど。せっかくミス・ホランドがいらしてるんですものね」

「ダッキーはうちのシェフです」ドミニクは穏やかに言い、ワインを少しだけ口に含んだ。

「腕のいいシェフなのだよ」

また別の男が戸口に現れた。長身で痩せ型、白髪を無造作に伸ばしている。顔は若いから、きっと若白髪なのだろう、とラファエラは瞬時に判断した。四十歳より上ということはなさそうだ。黒人だけれど、この島に残った数少ない先住民のひとりだろうか？

「マーカスが到着しました、ミスター・ジョバンニ」

「よろしい。十五分後に食事にすると、ダッキーに伝えておくれ、ジグス」

ドミニクにはいったい何人の従業員がいるのだろう？　調べなくては。母の日記には六人の男を見たとあったが、鵜呑みにはできない。意外にも、ヘリコプターで着陸するとき、武器を持った男はひとりも見かけなかった。

「テニスでデロリオに勝っちゃった」ポーラが話しだした。「三セットのうち二セットをとったのよ」

デロリオがうめき、もう一杯グレンリヴェットを注ぐ。

「テニスがお上手なんですね」ラファエラは言った。

ポーラは笑った。「べつに。デロリオは気が散ってたのよ。でも彼の関心は、いつもわたしに戻ってくるけど」

デロリオは妻の言葉に微笑み、ついさっきまで冷たかった目に、温かみがあふれた。ラファエラとも父親とも違う、黒い瞳。ドミニクがラファエラに話しかけた。「晩餐のあとにでも、わたしのコレクションを見るかね？」

「ええ、ぜひ。とくに、あなたがお持ちだという、アラバスター石に彫られたネフェルティティ像は」

突然ドミニクの表情が和らぎ、気さくで親しみやすくなったように感じた。微笑みながら椅子から身を乗りだすその姿には、人間味があった。「ネフェルティティ？　そう聞いているのかな？　別の人物の可能性もあるのだよ。たとえば、スメンクカラーとか。その名前を聞いたことはあるかね？」

ラファエラは首を振った。「でもネフェルティティなんですよね？」

ドミニクは微笑むばかりで、なにも説明してくれないが、コレクションに寄せる情熱という人間らしい温もりは、変わらずにそこにあった。およそ犯罪者には見えない。

マーカスがやってきた。彼が一服の清涼剤になったことは、ラファエラにも否定できない。スーツ姿ではなく、デロリオ同様、白のスラックスに淡いブルーの半袖セーターを着ていた。たくましく、生き生きとしていて、機嫌までよさそうだった。隠しごとのない、清々しい青年そのものだ。だが、ラファエラは内心眉をひそめた。マーカスには秘密がある。それは確かな直感としてわかるが、どういうわけか、彼の秘密が悪事に関係しているとは思えない。

マーカスはラファエラを見ると、おおっぴらにウインクした。

「パーティはいつはじまるんですか、ドミニク？　もう、ミズ・ホランドからお聞きになりましたか？　彼女はおれの肩に空手キックを食らわせて、最初の銃弾が発射されると、痛めつけられたおれの上に飛び乗ったんですよ」

「いや、奥ゆかしい女性だからね。わたしが知っているのは、きみから聞いたことだけだ。

そんなに簡単に彼を負かしたのかい、ラファエラ?」ドミニクはその魅力をフルに発揮していた。ラファエラは自分がドミニクに惹きつけられ、彼の生命力、関心、さっきエジプト・コレクションについて語ったときに見せた興奮を求めているのを感じた。

「わたしが不意を衝いたので」そう言ってから、自分がとっさにマーカスのひ弱な自尊心を守ろうとしたことに驚いた。彼は気づかないかもしれないが。

「そりゃ、ほかのことで頭がいっぱいだったせいさ」デロリオがラファエラを見つめて言った。部屋にいたもの全員が、言外の意味を正確に汲み取った。

「たしかに」マーカスはラファエラに笑いかけ、いま一度ウインクした。そして一転して表情を引き締めた。「昨夜ミズ・ホランドとおれを撃った犯人については、なにもわかっていません。なにひとつです」

「わかるとも思っていなかったが」そう言うドミニクは、浮かない顔をしている。

「メルケルはどこですか?」ラファエラは話題を変えた。マーカスが屈託のない口調ですべてを語ってしまうのではないかと、急に心配になったからだ。どうやってラファエラを裸にし――それも彼のヴィラに入る前に――愛撫し、キスしたのか。いくらマーカスでもまさかそこまで暴露するとは思えないが、言わないという保証はない。できればマーカスには、銃弾のことだけ考えていてもらいたい。彼のことで頭を悩ませるのは、もううんざりだ。ラファエラはまたしても脱線しつつある自分に気づき、手綱を引き締めなおした。

「メルケルはいっしょに食事しないこともあるのよ」

ポーラだった。じっとマーカスを見ている。その目つきはラファエラに、『飢えた瞳』という古い歌を思い出させた。

「メルケルには、ここまで来るヘリのなかでいろいろ教えてもらいました」

「メルケルはただの使用人よ」ポーラは言った。「使用人とは食事をともにしない——少なくとも、本来はそうじゃなきゃいけないわ。実家では一度もそんなことはなかった。うちの母が許さなかったもの」

「ポーラ、もうやめなさい。そういう偉ぶり方は、よそでしておくれ。おや、ジグスが呼びにきたよ。ラファエラ、ダイニングルームまでエスコートさせてもらえるかな？」

テーブルは十二人がゆったり座れる大きさがあり、上にシャンデリアが吊るされ、背もたれの高いブロケード張りの椅子がならんでいた。新鮮な果物をふんだんに盛りあわせた大きなガラス鉢がひとつと、フエダイを網焼きしてレモンとバターで調味した料理の皿がいくつか、それに銘々の席にグリーンサラダと焼きたてのロールパンが置いてあった。

給仕役のマリアが全員のグラスに軽い口当たりのシャルドネを注いだ。ココがうなずいたのを合図に、彼女とジグスはダイニングルームを退いた。

「さて、一同そろったところで」ドミニクは順繰りに全員を見た。「ミス・ラファエラ・ホランドがわたしの伝記を書くことについて、きみたちの意見を聞かせてもらおうか？」

9

マーカスは身を乗りだした。「おれなら、ペンやコンピュータを持った彼女を近寄らせません」そしてラファエラに向かってつけ加えた。「気を悪くするなよ」

「あなたには近づきたくないわ、ミスター・デヴリン。ペンやコンピュータを持ってはね。そうね、口輪か引き紐《ひも》を持っていたら話は別だけど」

「わたしも本に登場するの？」ポーラが尋ねた。

「いいですか、ドミニク」マーカスは続けた。「いい考えだとは思えません。こんなときですから、なおさらです」マーカスには、ドミニクがそこまで自己顕示欲の塊となって、自分の立場の危うさを忘れているとは思えなかった。

「どうしたら、きみが父を公正に評価するかどうか判断できるんだ？」デロリオが問いを発した。

「わたしはすでに伝記を一冊書いています。あなたのお父さまとそれほど違わない人物のです。とてもカリスマ性のある男性で、権力があり、敵も大勢いた。目的のためには手段を選ばず、勇敢だった。その一方で、人間につきものの失敗やまちがいも犯し――」

「彼は虚栄心ゆえに許されない過ちを犯した」ドミニクはさりげなく口をはさんだ。「わたしが言っているのは、ルイ・ラモーのことだよ、デロリオ、マーカス。ドゴールの右腕と謳《うた》われ、第二次世界大戦中はフランスのレジスタンスの指導者のひとりだった。一九四三年、ラモーは、ヒットラー直々の命令をパリの親衛隊本部に運んできた密使の殺害を決めた。さしてむずかしいことではなかった。ラモーは密使をパリまでつけ、居場所を知っていたからだ。だからこそラモーは、レジスタンスに加わったばかりの若い女を同行させた。自分を見せるため、偉大なラモーの信じがたいほど勇敢な活躍ぶりを見せつけるために。ひと晩で簡単に終わるはずの仕事だった。ラモーとしては、彼女を感服させ、ベッドに連れこむつもりだったのだろう。セックスは彼の強い欲望のひとつだった。ともかく、暗殺は失敗し、彼女は殺された。ラモーの思いあがった虚栄心のために。

この話をしたのは、ラファエラが公正な書き方をしているということを言いたかったからだ。彼女はラモーの強烈な人物像を浮き彫りにしつつ、長所を犠牲にして短所ばかりをあげつらったわけでもなければ、その逆でもない」

「わたしの本を読んでくださったんですね」ラファエラは一瞬ドミニクに魅了され、そんな自分に嫌気が差した。虚栄心こそがラモーのアキレス腱であり、人間としての弱さだった。ドミニク・ジョバンニは、高名な書評家や批評家の大半以上に彼女の本を理解している。

ドミニクは微笑んだ。「今日の午後、きみがココにくれた本を読ませてもらったよ。ラモーの虚栄心のせいで命を落とした女性がいるとは、なんとも気の毒な話だ」

「ラモーはその事件のことを忘れてしまった」ラファエラは冷ややかな声で、父の顔を見つめながら言った。「ラモーが彼女を忘れたのは、自分にとって重要な人物ではなかったという、それだけの理由です。パリでリサーチをしていたときに、高齢の男性に会いました。その男性は事件と娘のことを憶えていた。彼女の名前はヴァイオレット、亡くなったときまだ十八の若さだった。その男性の話では、ラモーは丸一日彼女の死を悼んだものの、自分が悪いとは思っていなかったそうです。それからひと月もたたないうちに別の新兵と関係を持ち、さいわい彼女は、偉大な自分を証明したがるラモーの虚栄心のせいで死ぬことはなかった」

あなたが母とわたしを忘れたように。わたしたちを捨ててから、すぐにつぎの女と関係を持ったのでしょう？　どうせその女のことも、いまは忘れているんでしょうけど。

「実際には」ラファエラは続けた。「ラモーと彼女とのあいだには子どもができました。マリー・ダニエルという名前の女児です。その子は終戦後すぐ、母親とともに亡くなった」ラファエラは肩をすくめた。「落とし子の運命もそれぞれです」

「哀れな話だ。しかしラファエラ、先ほども言ったように、きみは公正だった。わたしが感心したのは、きみの公正な書きっぷりだ」

「きわめて興味深いお話ですね」マーカスは言った。「しかし、公正？　きみ、ミズ・ホランドが男に公正だとはね」

「本を読んでみたらどうなの！」

「マーカス、よさないか、彼女はきみの命の恩人だぞ」

「彼女の動機がまだわかっていません。ひょっとすると、自分なりの方法でみずからおれの息の根を止めるためかもしれません」そう言いながらも笑みをたたえるマーカスに、ラファエラは思わずやれやれと首を振り、心ならずも笑みを返した。ふと目を上げると、ポーラと目が合った。壁に張りついた蛇をしとめようとするマングースのような目つきだった。

ラファエラはフエダイをもうひと切れ口に運んだ。さっきほどおいしくない。

「おれには、おまえを殺したがるやつなんていないように思えるが」デロリオだった。「ただの脅しさ。何発撃たれた？　三発か、四発か？　犯人がそれほどへたくそだとは考えられない。誰かがおまえの天狗の鼻をへし折ってやろうとしたのかもな」

「でも、どうしてですか？」ラファエラは言った。「どうしてわたしがいるときに？　それがわからなくて」

ココが口を出す。「ひょっとしたら、あなたを脅して島から出ていかせようとしたのかもしれないわよ、ラファエラ。マーカスじゃなくて、あなたを」

たとえばおまえみたいなまぬけがか？」マーカスは笑みを絶やさなかった。

「きみがあれほどの猛者《もさ》だとは、暗殺者も思っていなかったんだろう」マーカスは言った。「おれ専用のボディガードみたいなもんだ。おれが狙撃犯を指さしたら、きみがひと吠えして敵の頭を食いちぎったりしてな」

「いい猟犬――いい雌犬のように？」ポーラが愛らしい笑顔のまま、薄切りのマンゴーにフォークを突き立てる。

　マーカスはそれには応えず、ポーラがテーブルの向かいの夫の隣りに座っていることに感謝していた。そこからではマーカスに触れられないので、代わりにラファエラをいじめて楽しむことにしたのだろう。なんともはや、競争相手と見なしているらしい。

　マーカスは椅子の背にもたれて考えた。ラファエラは、感情や怒りを抑えたままこの会食を終えることができるだろうか？　ドミニクの伝記を書くというけしからん計画に対するマーカスの妨害工作は、まだはじまったばかりだ。どうしてドミニクには、一瞬の気の迷いにしろこの女——事件記者——を屋敷に招いて伝記を書かせるなどということを考えられるのだろう？　結局のところ彼は犯罪者だ。虚栄心が勝り、自分を特別な存在だと思いこむあまり、目が曇っているのか？　いくらドミニクでも、そこまで盲目でも、自己顕示欲の塊でもないはずだが。

　ラファエラの目的がドミニクをつかまえることだとしても同じだ。自分の計画の妨げになるようなことは、やめてもらいたい。ひょんな拍子に、彼自身の足場が、カードの家のように崩れないともかぎらないからだ。「ドミニク、最近はトラブル続きです。ミズ・ホランドがうろうろしてあなたの人生を取材したり、あなたの気を散らせたりするのは危険です。やめてください。おれは反対だ」

「わたしも反対」ココは言った。「マーカスの言うとおりだわ」

「なにがあったんですか？」ラファエラは尋ねた。「昨夜の銃撃以外にもなにか？」

「ああ、何者かが父を殺そうとした。しかも、危うく成功しかけた」デロリオが答えた。

「わたしはリゾートに出かけていて見損ねちゃった」ポーラは言った。

「わたしは更衣室に閉じこめられていたのよ」ココは言った。ふたりともがっかりしているような口ぶりだ。

「多数決を採っているわけではない」ドミニクは言った。「それにデロリオ、いまこの場所で、微妙な身内の話題を口にするのはどうかと思うぞ」

「でもぼくたちの意見を聞きたがったのは、お父さんですよ」すねたような口ぶり。

「たしかにそうだ。みんなの意見を聞かせてもらった」

デロリオは自分の皿に視線を落とし、それ以上なにも言わなかった。

まずい。マーカスはドミニクを見て、彼が許可を与える気でいるのを感じ取った。彼女はドミニクの虚栄心をくすぐり、彼は愚かにもそれにまんまとはまろうとしている。なんとかしてやめさせなければ。ラファエラをこのごたごたに巻きこみたくない。彼女があちこちに首を突っこんだら、知らずにすんだほうがいいことまで知ることになる。彼女にはけっして許してもらえないだろうが、この際、彼女を攻撃することだけが唯一の打開策だった。

「ところでドミニク、ミズ・ホランドから、彼女が受賞したピュリッツァー賞のことをお聞きになりましたか？　二年半前、彼女が行なった特別な調査報道で受賞したんですよ。極悪なネオナチ・グループの真相を暴きだしたんです。そのネオナチは、通常の人種差別的宣伝だけでなく、地元の政界にまで手を伸ばしていた。地元の役人に賄賂をつかませ、町議会を脅して望みどおりの決議を可決させ、警官たちを買収していた。彼らの言うことを聞かなかった人間は痛めつけられた。デラウェア州の小さな町で起きていたことです。取材には半年かかった。そうだね、ミズ・ホランド？」

「そうよ」

「きみはやつらから脅迫を受けたが、引きさがらなかった。踏みとどまり、けっして譲歩しなかった。一度として。きみは人びとを説得して、なにもかも打ち明けさせた。ひとりはそのせいで肋骨を折られ、足を潰され、顔をしたたかに殴られた。ドミニク、ここにいるミズ・ホランドは、その経歴から考えて、あなたやおれを殺そうとした犯人まで探しだすかもしれない。彼女がそのブルドッグのような本能で、根掘り葉掘り、徹底的に調べるだろうということは、容易に想像がつきます。調べるべきではないことまで。そして誰かが傷ついたり、彼女自身が傷つくまで、やめようとしない」

「それはたんに、彼女が優秀だという証《あかし》だろう」ドミニクは身を乗りだした。「そう思わないかね、ココ？」ココは肩をすくめた。

「おや、おまえはあの女の正体を知りたくないのかね？」ドミニクがしきりに話しかけてもココは返事をしない。「誰があの女を雇ったのか、まだわかっていない。このバテシバの一件について、わたしたち全員、まだなにも知らないのだぞ」

マーカスは心のなかでため息をついた。ラファエラ・ホランドという女には、ただそこにいるだけで相手の口を開かせ、洗いざらいしゃべらせる能力があるらしい。ドミニクまでも。マーカスは急いでドミニクの話をさえぎった。「それに、彼女の義理の父親、チャールズ・

ラトリッジ三世のこともあります。複数の大手新聞社と、多数のラジオ局を所有し、かなりの政治的影響力と権力を持っている。彼がきみにピュリッツァー賞を買ってくれたのか、ミズ・ホランド？　事件記者の地位にしたって、彼のほうからトリビューンのオーナーであるロビー・ダンフォースに頼んでもらったんじゃないのか？　ふたりは古い友人だからな」

ラファエラは皿に残っていた果物を彼の顔に投げつけた。またやってしまった。彼を見つめながら心のなかでつぶやいた。自分でもわけがわからない。

「またか」マーカスは言った。

デロリオは大笑いし、ココはドミニクにささやいた。「マーカスとラファエラはずっとこの調子でいがみあってるんです。昼食のときは、ラファエラが彼の顔にアイスティーを引っかけたのよ」

ドミニクはうなずいた。「そうか、もういいだろう、マーカス。顔のパイナップルジュースを拭いて、口を閉じていなさい」彼は椅子に深くかけて、ナイフの柄でパン皿の縁をコツコツ叩いた。「いいかね、わたしとてそこまで愚かではない。ミス・ホランドの経歴は調べさせてもらった。それも、入念に――きみが心配したり不快に思ったりする必要はない」

「マーカスの言うとおりよ」ポーラが言った。「彼女はここにいるべき人間じゃない。彼女は記者よ。お義父さまを破滅させるかもしれない。それにマーカスの言うように、きっと、義理の父親にすべてを与えてもらったんだわ」

「ぼくは、少しなら彼女が屋敷に滞在してもかまいませんよ」デロリオから笑顔を向けられ、ラファエラはぞっとした。「おれはひとり息子だからね。彼女はおれのこともよく知る必要があるな」

ラファエラはデロリオのあまりにもあからさまな目つきに、吐き気をもよおした。しかしまだ彼の機嫌を損ねたくない。こんな男、手玉に取ってみせる。

「彼女にあなたの伝記を書いてもらうべきだと思うわ、ドミニク」ココは言った。「でもいまはだめ。いろんなことがありすぎるからよ。ごめんなさいね、ラファエラ。でもやっぱり賛成できない」

ラファエラはがっかりした。ココの口添えをあてにしていた。

ドミニクがつと手を上げ、口を開きかけていたデロリオを制した。「そこまで。食事はすんだかね、ラファエラ？　よろしい、それではエジプト・コレクションを見せてあげよう。そのうち美術コレクションのほうも。わたしたちがコレクションを見終わったら、マーカス、ラファエラをリゾートまで送ってくれるかね？　ヘリコプターを使うといい」

話は終わった。

ラファエラとマーカスが、ドミニクとメルケルに送られてヘリコプターへと向かったのは、真夜中に近い時刻だった。

「とても暗いわ」ラファエラは言った。「三日月しか出ていない」ヘリコプターに乗りこんで、自分の命をマーカスに預けたくない。さらに言えば、自分のものはなにひとつ、彼に預けたくなかった。もう二度と。

「返事は明日させてもらうよ、ラファエラ」ドミニクは彼女の手を取り、かがんで頬にキスした。ラファエラはゆっくり、少しずつ、彼から離れた。「ありがとうございます、サー。コレクションまで見せていただいて。でも、やっぱりあれはネフェルティティじゃないかしら。つぎはぜひ美術のコレクションを拝見させてください」

ドミニクは笑って、うしろに下がった。

ココ、デロリオ、ポーラ、メルケルはバルコニーから、ヘリコプターが離陸してゆっくりと旋回し、山のほうへ向かうのを見送った。

「来いよ」デロリオが上昇するヘリコプターを見ながら、ポーラに言った。「ベッドに入ろう」

「でもわたし――」

「黙れ」デロリオはポーラの手を引いて家に入り、二階の部屋に消えた。

ドミニクは外に残っていた。気持ちのいい夜で、ハイビスカスとブーゲンビリアとバラが馥郁《ふくいく》とにおい、それに潮の香りが重なった。ココはドミニクの腕に手をかけて微笑んだ。

「あなたの息子さんは興奮してたみたいよ。ポーラを引っぱっていったわ」

「よくわからないのだよ、ココ」ドミニクは彼女の言葉を無視して言った。

「ラファエラに本を書かせること？」

ドミニクはココをじっと見つめ、それから肩をすくめた。「それにほかの諸々も。わたしを鎮めてくれるかね、ココ？」

ココは笑顔で彼にキスした。

ヘリコプターは闇のなかを上昇した。

「気に入らないわ」ラファエラは言った。

「おれを信じろよ。明かりはたくさんある。それに、もしおれがへまをしたら、きみだけじゃなくおれの命だって危ない」

「そんなんで、わたしが安心できると思う？」

ヘリコプターは上昇し、屋敷の裏の木々の梢《こずえ》をかすめて飛び、それからさらに数十メートル上昇した。

「気に入らない」ラファエラはまた言った。マーカスはにやりとすると、一瞬ヘリを左側に急降下させて彼女を怖がらせた。それから機体をほぼ水平に戻し、さらに上昇した。

「めそめそ言うなよ」

「わたしに操縦できたら、いますぐほうりだしてやるのに。あと十分、無事向こうに到着するまででいいから、その口を閉じておいてもらえない？」

「承知しました、マダム」マーカスは、彼女のこわばった横顔を見て頬をゆるめた。

マーカスは口笛を吹きはじめた。しかしそれも三分しか続かなかった。いまやヘリコプターは、山脈のいちばん高い部分に差しかかっていた。高度およそ三〇〇メートル、ジャングルの最深部であるこのあたりは木々が密生し、枝と根っことイバラがからみあって、迷路のような様相を呈している。突然ポンという音がして、ヘリコプターが大きく回転しはじめた。

「まずい！」マーカスは尾部ローターのペダルを力いっぱい踏みこんだ。なんの反応もない。もう一度やってみたが、やはりだめだった。もう舵が利かない。自動操縦に切り替えると、ようやく機体が安定した。急いで地上に目をやり、道を探した。ジャングルのなかに、曲がりくねった細い道が見える。マーカスはいったんエンジンの出力を下げ、バタバタという止まりそうな音がすると、ふたたび少しだけエンジンをふかして、機体を下に向けた。

「さっきのあの音はなに？ どうしたの？」

マーカスはちらっとラファエラを見て、彼女が青ざめているのに気づき、また口笛を吹きはじめた。すべてがわずか五秒間のうちに起きた。

「なんでもないよ」

「わたしに嘘をつこうなんて、十年早いわよ。あのドンドンという音はなに？ 機体がぐるぐるまわっているのはどうして？」

「わかったよ。尾部ローターが制御できなくなったんだ。つまりヘリコプターは地上へ向かう。なぜかというと——やばい！」

ふたたびキャビンが時計まわりに回転しはじめた。マーカスは操縦桿を押さえつけながら、正面の操縦盤のスイッチを入れた。道を見失ってしまった。

ラファエラはそのようすを見守りながら、心のなかで必死に祈った。

マーカスはふたたび道を見つけた。二〇〇メートルほど左だ。「道があったぞ。神よ感謝します。いいか、これから不時着する。シートベルトをしっかり締めて、祈っててくれ」

ヘリコプターはフランス製で、ファイバーグラスのローターが反時計まわりに回転するため、尾部ローターが動かないと、機体は激しく時計まわりに引っぱられる。

マーカスは過去の経験を総動員してなんとか機体を制御しようとしたが、ここ数年はヘリの操縦をあまりしていなかった。「一か八かだ」マーカスは腹をくくった。「つかまってろ！落ちるぞ！」

エンジンの出力をさらに下げる。少し、ほんの少しだけ左側に向け、ゆっくりと降りる。操縦桿を動かすなよ――まずい、また機体が激しく回転しだした。道から五、六メートル上空で、完全にエンジンを切った。メインのローターはまわりつづけているが、もうどうすることもできない。手の施しようがないのはそれだけじゃないが――

轟音《ごうおん》が耳をつんざき、ラファエラはメインのローターが道の脇の下生えに引っかかり、きれいに折れて、胴体からはずれるのを見た。機首がぐっと下がって路面に衝突すると、ソリが折れて機体に刺さり、ラファエラの足元の床を突き破った。キャビンが激しく揺れる。

ラファエラは自分の脚が肩に食いこんだように感じた。歯の根が合わず、そのせいでずきずきと頭が痛んだ。

信じられないことに、マーカスはあいかわらず口笛を吹きながら、淡々とシートベルトをはずしている。ヘリコプターが急に静かになった。

「神に感謝だよ。月明かりのおかげで道が見えたし、ドミニクは道の木を刈っておいてくれたし。でもって、きみにはおれがついていた。さあラファエラ――」

キャビンがもう一度大きく揺れ、右側のソリがキャビンのパイロット側の床を突き破ると同時に、機体が傾いた。

「これは驚いた」マーカスは、ラファエラにというよりは、自分につぶやいた。ラファエラは押し黙ったまま、ぴくりとも動かない。彼女が目を開けた。

「おい、もう大丈夫だぞ」

「あんたの言うことなんて信じられない」

マーカスはシートベルトをゆるめ、ラファエラにおおいかぶさり、彼女がうめき声を漏らすまで抱きしめた。「きみの身の安全はおれが保証する。きみがギャーギャー言えるのだって、生きている証拠だぞ」彼女の頰にキスし、シートベルトの留め金をはずしてやった。

「われギャーギャー言うゆえにわれ在り。あなたって、文才に恵まれているのね」

「外に出よう。爆発すると言っているわけじゃないが、ただ、念のために――」

ラファエラは外に飛びだした。マーカスもそれに続き、ヘリコプターの後部をまわりながら笑ったが、それもつかの間だった。メインのローターは胴体から完全にはずれ、折れたアイスクリームの棒のように、水平尾翼に寄りかかっていた。

マーカスは一瞬立ち止まって、尾部ローターを見た。

それからラファエラの手を握ると、道の脇まで走った。

「道幅が足りないかと思ったわ」ラファエラはヘリコプターを振り返った。

「まったくだ。おれたちはとてつもなくついていた。道幅のことだけじゃない。これはフランス製のヘリコプターで、メインのローターはファイバーグラス製だ。ファイバーグラスってのはきれいに折れて、ほかに影響しにくい」マーカスはラファエラを引き寄せ、強く抱きしめた。「大丈夫だ。無事切り抜けたんだ」

ラファエラは体を離した。「誰に向かって言ってるの？　神経衰弱になりそうなのは、わたしじゃないわよ」

「まるで死体のように目を固くつぶっていたのにか？」

「本物の死体になるとこだったわ」ラファエラは身震いし、もう彼の腕から逃れようとはしなかった。誰からもたらされるものだろうと、いまこの瞬間、慰めをはねつけるなんて考えられない。

「事故だったの？」

「調べてみるまで確かなことは言えない」マーカスの声には、奇異なほど陽気な響きがあった。「徹底的に調べても、故障の原因がわからないこともある。事故かもしれないし、そうじゃないかもしれない。もし誰かがヘリコプターに細工をしたのなら、ひじょうに優秀でこまかい作業のできるやつだ。実際にそうなったように、島のもっとも標高が高い地点で操縦不能になるように計算していたんだからな」

「わからないってどういうこと？　ただの機械じゃない」

「たしかにそうだが、数千本のボルトとナットが使われている。おそらく尾部ローターのボルトがはずれたんだろう。ポンと大きな音がしてから、ペダルがいっさい利かなくなった。たぶん、誰かがボルトをゆるめたんだろう。メルケルは一流の整備士で、ヘリコプターの飛行前チェックには異常なほど熱心だ」

「むかつく」

「それに関してはおれも異議なしだ。さて、ミズ・ホランド、ふたつの選択肢がある。ここに泊まるか――」

「帰りましょう」

「わかったよ」

大きな咆哮《ほうこう》が聞こえた。ラファエラがとっさに身を引くと、マーカスの腹にぶつかった。

「あれはなに？」

「たぶん熊だろう。ライオンかクーガーかもしれない」

また咆哮。

「実を言うと、おれにもさっぱりわからない」

「やっぱり、ヘリコプターのなかで夜を明かそうかな」

「いいよ。だが、墜落の原因がはっきりしない。ひょっとすると、まだ爆発の恐れがあるかもしれ――」

ラファエラはマーカスを振り返り、両手を腰にあてた。「わたしの服を見てよ――ラガーフェルドなのよ！　九五〇ドルもしたのに、このありさま。それもこれも、すべてあなたがポンコツのヘリコプターをちゃんと操縦できなかったせい。そのうえ今度は、あれもだめ、これもだめって、偉そうに指図して――」

「九五〇ドル？　このパンツに一〇〇〇ドル近く払ったのか？」

かつては純白だったラファエラのパンツが、いまや泥と汗と油にまみれていた。いったい油なんてどこでついたの？　ラファエラはマーカスを見あげた。昨晩を彷彿《ほうふつ》とさせる身のこなしで、彼の肘のすぐ上をつかんで投げ、泥道の中央に背中から叩き落とした。

マーカスは手足を投げだして寝そべったまま、彼女を見あげた。「果物の入ったボウルを投げつけられるほうが、まだよかったな」

「好きにすれば」ラファエラは彼に手を差しだした。昨夜、彼に引き倒されたことを思い出して手を引っこめようとしたが、ときすでに遅し。またもや引っぱられて、彼の上に倒れこんだ。

「やあ、元気か？　きみが冷静さを失わなかったのは評価できる。ちょっと話がある。誰かがふたたびおれを殺そうとした。きみもいっしょにだ。きみの人気が地に落ちてるってことさ。おれと同じくね。いったい誰だと思う？」

ラファエラは手で体を起こし、彼の顔を見た。「わたしがドミニクのエジプト・コレクションに興奮しているあいだに、誰かが家を抜けだしてヘリコプターに細工したのかも」

「いいぞ。細工されたとしたら、そんなところだろう。犯人は、尾部ローターのボルトを一本はずしておいた。誰がそんなことを？　きみはやり手の記者なんだろ？」

「ポーラね。彼女は性悪だし、わたしを嫌ってる」

「たしかに。しかし彼女はおれにぞっこんだ。おれがパイロットだとわかっているのに、きみを殺すのにこんな方法を選ぶはずがない。やるんなら、きみのワインに砒素《ひそ》を入れるとかね。しかし、少なくともおれと寝たがっているうちは、おれは殺《や》らない。それにポーラには、ヘリコプターに細工するだけの知識なんぞ、指ぬきの先ほどもないだろう。彼女が知っていることと言ったら、男と、男の弱点と衝動、彼女自身の弱点と衝動に関するものだけだ」

「その口ぶりからして、彼女のこと、よーく知ってるみたいね」

「多少はね。身動きできない状態でベッドに寝ていて、あの女の餌食になったことがある。おれは銃弾を食らって――」マーカスはふっつりと黙りこんだ。気がつけば、自分もほかの連中と同じように、このいまいましい女にべらべらしゃべっている。おつむの具合が知れるというものだ。

「銃弾を食らったって、いつのことなの？」

マーカスは答えなかった。つと身を起こし、体の上から彼女をどかした。「きみの一〇〇〇ドルのパンツがどうなったか、確かめたほうがいいぞ」

「上下で九五〇ドルよ。パンツだけなら六〇〇ドルもしないわ。犯人が見つかったら、そいつに代わりの服を買わせてやる。じゃあ、デロリオは？　彼はあなたに恋い焦がれるどころか、心底憎んでるみたいよね」

「だろうな。あのガキは――」

「やあね、マーカス。あなただって年寄りってわけじゃないのに。いくつなの？　三十二くらい？」

「じき三十三だ。デロリオは二十五だから、おれから見たらやっぱりガキさ。甘ったれで、サディストで、サイコパスの一歩手前。やつは自分より力や立場が上のものを憎み、恐れている。女を完全に支配したがる——たぶん母親との関係に原因があるんだろうが——」

「彼の母親って誰なの？　息子になにをしたの？」

マーカスは開きかけた口を閉じた。また口が軽くなっている。「さあ」ラファエラに手を差し伸べると、念のために足を踏んばり、彼女を立たせてやった。

ラファエラはヘリコプターを見ていた。「わたしたち死ぬところだったのね」

「かもな。だが、殺すつもりはなかったのかもしれない。おれなら、人を殺すのにヘリコプターは使わない——結果が確実じゃないからだ。デロリオの悪巧みという意見には心惹かれるが、やはり、ヘリコプターに細工できるだけの知識があるとは思えない」

「じゃあ、あなたに発砲して脅した——今晩の彼の言葉を借りればだけれど——のはデロリオだと思う？　殺すつもりだったのかもしれないけど」

「犯意の告白のように聞こえただろ？　ありえない話じゃない。やつの場合、邪悪な遺伝子の存在を信じざるをえない。彼の祖父、母親——」

「むしろ父親からだと思うけど」

「へえ、意外に辛辣《しんらつ》なんだな。きみはてっきり、ドミニクへの尊敬と憧れに胸を焦がしてるんだと思ってたよ。今晩のきみは賞賛に目を輝かせてたからね」マーカスは振り向いてヘリコプターを蹴り、ラファエラに背中を見せたまま続けた。「もちろんきみにしろ、きみの言うとおりの人間でない可能性のほうが高いが」

「あなたはわたしを徹底的に調べたんでしょう？　ミスター・ジョバンニと同じように。わたしがなにを隠せるというの？」

マーカスは彼女に向きなおって、にやついた。「口に出すのははばかられる。おれは慎み深い男だからね」

ラファエラは襲いかからなかった。「地獄に堕ちろ」足取りも荒く、道を歩きだした。

「クーガーに気をつけろよ！」マーカスはその背中に叫んだ。

10

ラファエラはわずか二歩で立ち止まった。ゆっくり振り返ると、マーカスは道の真ん中に腕組みして突っ立ち、にやけた笑みを浮かべていた。

「カリブ諸島にクーガーなんているわけないでしょ！」ラファエラは怒鳴った。怒りのあまり、拳を振りまわしていた。「泳いで島に渡ってくるか、マングースみたいに持ちこまれないかぎりはね！」

マーカスは腕についていた土塊《つちくれ》を払った。「ドミニクにはうなるほど金がある。それにプライバシーを大切にする男だ。ライオン、野生のブタ、イノシシ、それに蛇のつがい――王蛇《ブラジルボア》などなど、恐ろしげな動物たちを運びこんで、島の東西を徒歩で行き来する気を起こさせないようにしている。リゾートにも標識が掲げてあるぞ」

ラファエラは不本意ながら、彼のほうに近づいた。「嘘よ。そんなの馬鹿げてる。『立入り禁止』の標識を立てればすむじゃない。野生動物なんて持ちこむはずないわ」

「標識にもそう書いてある。いちばん下に〝野生動物注意〟と小さな文字で書き添えてあるのさ。ドミニクは人生に不確かさを混ぜこむのが好きなんだ」

「馬鹿げてる」ラファエラはくり返したが、その声には先ほどまでの力強さがなかった。

「動物たちが島じゅうをうろついたらどうするの？　動物がお客さんを襲ったら？　責任問題になるわ。それに、動物たちがじっとしてたとしたって、まともな頭をした人なら、リゾートから屋敷まで歩こうなんて思わない」

「でも、きみは歩くんだろ？」

「クソ野郎」ラファエラは小声でつぶやくと、くるりと向きを変えてまた彼から離れた。

「道をはずれないようにな」マーカスは彼女に呼びかけた。「イノシシは肥えているが、まだ肥えたがっている。きみならそのご立派な服ともども、汁気が多くてうまいだろうから。汚れちゃいるが高級料理だ」

　ラファエラのすぐ左側で、鼻息のような音がした。野生のブタ？　イノシシ？

　ラファエラは道の真ん中で立ちつくした。ため息をつき、「退屈な男でも、飼いならされてるぶんましか」と、くすくす笑いだした。歯ぎしりしているよりは笑っているほうがいい。

ラファエラはきびすを返した。

「銃はあるの？」

「ああ、ヘリコプターのなかにね」

「あなたに従うしかないみたいね。それで、どうするつもり？　まだ早いけど……まあ、それほど早いわけじゃないかも。ここで夜明かしする？　それとも、リゾートに戻る？」

おふざけもここまでか、とマーカスは思った。そろそろ真顔に戻ったほうがいい。野生動物はたしかにいるが、放し飼いにはなっていない。ここから半マイルほど南にドミニクの私設動物園がある。動物には悠々と歩きまわれるだけの広さのある敷地が与えられているものの、囲いのなかで監視され、餌を与えられていることには変わりない。でも彼女はマーカスの話を信じた。いやでも、信じるしかなかったのだろう。おかしくてしかたないが、必死に笑いをこらえた。彼女に動物が実際どうなっているか、当面教えるつもりはなかった。

マーカスは、表情も声も真剣そのものを装った。「ここに泊まろう。朝になったらヘリコプターを調べたい。それに、細工されたんだとしたら、男にしろ女にしろ、その張本人がここに戻ってきて証拠を隠滅するチャンスを与えたくない」

ラファエラは肩をすくめた。「了解」

マーカスはキャビンの助手席側のドアを開けた。「なかに入って少し寝るか？」

「隣りに座るんなら、あなた以外の爬虫類《はちゅうるい》のほうがいいんだけど」

「爬虫類？」マーカスは仰天したような顔をすると、笑いながら彼女をヘリコプターに乗せた。操縦席に座り、ラファエラの頭を自分の肩に載せる。「もし眠れそうなら、眠ったほうがいい」

「あなたが戻らないことに気づいて、心配する人はいないの？」

「いや。きみを心配する男は？」

「がたがたうるさいわね。そうね、五、六人はいるかしら」

「がたがた言わないでいるのはむずかしいが、がんばってみるよ。おやすみ」

ラファエラは五分たっても眠れなかった。「マーカス？」

「なんだい？」

「いままで、殺されそうになったことなんてないから、気味が悪くて」

「おれも同じだ。だが、いまは安全で快適なんだから、心配いらないだろ？　これで焚《た》き火《び》とマシュマロさえあれば、キャンプみたいなもんさ」

この人はいつでもユーモアを忘れない。ラファエラは彼の脇腹をつついてやりたくなった。

「子どものころ、夏のキャンプが大好きだった。わたしはカヌーを漕《こ》ぐのも、火をおこすのもうまくて、八メートル離れたところからでも、ほぼ百発百中で矢を的に当てられたのよ」

「おれもキャンプが好きだった。十三のとき、おふくろはおれをボーイスカウトのキャンプにやった。うるしにかぶれたけど、楽しかったな。初体験もそのときだ。ダーリーンって名の十七の子で、胸がでかかった。湖の対岸にいたガールスカウトの指導員だったんだ」

「わたしは十二のとき行ったキャンプではじめて恋をした。彼の名前はマーティ・レイノルズ。歯列矯正器をつけていないのは、彼だけだったのよね。キスは許したけど、たいして楽しくなかった。なんでうるしにかぶれたりなんかしたの？」

「ジェイニー・ウィンターズといっしょに、森のなかで花を摘んでたんだ。彼女は歯列矯正器をつけていなかったけど、おれはつけていた。口のなかが金属でいっぱいのときに、キスしてもおもしろくない。ダーリーンはつけていなかったよ、もちろん」

「わたしの母はキャンプが好きじゃなかった。だからわたしはわざと、十六までキャンプに行っていた。あなたはお父さんといっしょにキャンプした？」

マーカスの体がこわばり、声から明るさが消えた。

「いや。おやじはおれが十一のときに死んだ。それでなくとも、眼鏡をはずしてキャンプを楽しむようなタイプじゃなかったしね」

「ごめんなさい」微妙な部分に触れてしまった。まだ訊きたいことがあったが、質問を呑みこんだ。「わたしには父親はいなかったわ」

「知ってるよ。きみが十六のとき、母親がチャールズ・ラトリッジ三世と結婚するまでは」

ラファエラはがばっと身を起こし、マーカスの腕を引っぱってこちらを向かせた。「どういうことよ、知ってるって？」

「お母さんがひとりできみを産んだんだろ？　だからなんだって言うのさ？　おれたちは父親のいない十代を過ごし、大人になり、きみはとんでもなくずうずうしくて、口の減らない女になった。父親がいれば少しはましだったのかもしれないが、なんとも言えないね」

「そのことをミスター・ジョバンニに話したの？」

マーカスは首を振りながら、眉をひそめ、「重要なことだとは思わなかったからね」と、肩をすくめた。「彼がきみの経歴をチェックしていれば、わかることだ」

「そうね」

「なあ、きみを罪に陥れるようなことを話してくれる気はないのか？　きみをこの島から追いだして、安全な港であるボストンに送り返すことができるような、材料をさ？」

「いやよ。それにボストンは安全な港じゃないわ。いいかげんにして、マーカス。わたしは隠しごとなんてしてません」

「それが事実なら、いつ空飛ぶブタが見えたっておかしくないね。もう眠ろう、ミズ・ホランド」

「いまでもダーリーンの夢を見るんでしょうね」

「十三の少年にとっては、彼女は至高にして絶対の存在、誰よりもすばらし――」

「おやすみ、マーカス」

マーカスはくつろごうと体の位置を調整したが、それでも眠くならなかった。心配ごとのせいもあるが、どちらかというと、ラファエラの毒舌に自分がどれほど楽しませてもらっているかを考えていた。彼女はぐっすりと眠り、規則正しく、深い寝息をたてている。いままでもキャンプが好きかどうか、訊けばよかった。ひょっとしたら、いつか、あらためて尋ねられるかもしれない。そう、自分の人生を取り戻せる日が来たら。

マーカスは立ちあがり、汚れたパンツで両手をぬぐった。「だめだ、おれじゃわからない。専門家を呼ぶしかないが、あいにくいまは無理だ」

「メルケルは?」

「調べることは可能だが、やつにしてもおれと同じように多少詳しいという程度で、専門家じゃない。出発したほうがよさそうだ。長い距離を歩けそうか?」

歩いてみると、たいした距離ではなかった。ふたりは朝七時半にリゾートに着いた。汗と泥にまみれ、服は破れているが、マーカスに言わせると、その他の点では、はめをはずしたカップルにしか見えなかった。そう、山奥に墜落したヘリコプターから歩いて戻ってきたようには見えないってことだ。道中、カップルの片方はいつライオンに襲いかかられるかとびくつき、もう片方はほんとうのことを教えたほうがいいと思いつつ、嘘をつきとおした。

マーカスは、ラファエラのヴィラのある小道の手前で言った。「きみはおもしろい女だな。おれもきみみたいにひどいにおいなのか？」

「野生のヤギ並みよ。ひどい暑さ。湿気が皮膚から染みこんでくるみたい」

玄関のドアを閉めて三分後、ラファエラはシャネルのバブルバスをジャクージに入れようと、バスルームの淡い金と白の大理石の床を歩いていた。金の蛇口をめいっぱいにひねり、二分後には湯のなかで手足を伸ばして、母が一九九七年九月に書いた日記を読んでいた。


わたしは昔からクリスマスが大好き。あなたとふたりで過ごしたクリスマスの朝は、楽しい思い出ばかりよ。わたしはコーヒーとクロワッサン、あなたは好きなシリアルの入った大きなボウルとホットココア。憶えてる、あなたに大きなキリンのぬいぐるみを買ってあげた年のクリスマスのこと？　確か一九八一年だった。あなたはキリンにアルヴィンって名前をつけたのよね。

チャールズと結婚してから、クリスマスはもっと煩雑になった。豊かになったというのとは違う――豊かだったのは、むしろふたりだけのときだった。ただ煩雑で、予想がむずかしくなった。義理の息子のベンジャミンは、あなたが高校を卒業した年にスーザン・クレイヴァーと結婚した。翌年のクリスマスには、ふたりの赤ちゃんがいた。あなたは長いあいだ、ジェニファーに会っていないわね。あの子にはもう、以前ほどのかわいらしさがない。

なぜクリスマスについて書いているのかしら？ こんな愚にもつかないことを。チャールズは、一九九四年のクリスマスに、あの目がくらみそうなルビーとダイヤモンドの指輪をくれた。五カラットのダイヤモンド。わたしはその指輪をはめたくなかった。失くすのが怖かったから。チャールズはそれを気にして、失くしてもかまわないんだよと言ってくれた。ほんとうに気にしない、ただきみを幸せにしたいだけなんだ、と。

そんなとき、わたしはいつもこう答える。もう幸せにしてくれているわ。わたしは彼に対する愛情を、しじゅう口にしている。どれだけ愛しているか証明しようとして、彼を疲れさせてしまうこともある。わたしたちのセックスは、ときどき変になる。彼はわたしをビクトリア時代の乙女のように扱って、オーラルセックスなんて想像もできないみたい。前にわたしが彼のものを口にしたら、彼はその場で卒倒しそうになった。彼としては、わたしがそんな愛し方をするよりも、気絶するべきだと思ったみたい。変でしょう？ ドミニクはいつも――ああ、だめだめ、彼のことはもう書かない！

ときどき、わたしを見つめるチャールズの目に、不信感が宿っているのを感じることがある。彼がドミニクのことを知っているはずはない。わたしから彼に話すことは、絶対にありえない。日記はわからない場所に隠してある。これからも彼は知らないまま。たまに思うの。たった一度でいい、なにを差しだしてもいいから、ドミニクといっしょにクリスマスを過ごしたかった、って。でも、一度もなかった。わたしが二十歳のときの独立記念日には、愛していると言ってくれたけれど、それだけだった。あなたがお腹にいたときは、会いにきてくれたけれど、クリスマスには来なかった。彼は当然のように、奥さんと過ごした。彼がわたしにくれた唯一の贈り物があなたなのよ、ラファエラ。あなたと、あの五〇〇〇ドルの小切手。ひどい男。

ラファエラはジェット水流を全開にしたまま、湯船のなかで眠ってしまった。だが物音がするとたちまち目を覚まし、目をぱっちりと開いた。マーカスがバスタブにおおいかぶさるように立っていた。

コロンビア大学時代のルームメイトは、ラファエラが一瞬にして完全に覚醒するのを気味悪がった。いまの彼女もそうだった。目を細めてマーカスを見たが、悪あがきはしなかった。彼の挑発に乗せられてたまるもんですか。今度こそ。

「なにかご用?」

「ようすを見にきたのさ。ノックしたが、返事がなかった。それで少し心配になった」マーカスは、バスタブの縁に置かれた本に目を留めた。はじめて会った日、泣いている彼女を見つけたときに持っていた本だ。

「大丈夫よ。さあ、出てって」

「きみの体が好きだって、話したっけ? 小麦色じゃないが、それはまあよしとしよう」

バブルバスの泡はとうの昔に消えていた。「とっとと出てっていただけません?」

「ご機嫌斜めのようだね。おれには理由がさっぱりわからないが。おれはただきみを尊重して関心を示し、個人的判断を避けているだけなのに。さっきも言ったとおり、肌は日焼けしてないが——白いお腹もすてきだよ」

ラファエラは醒めた目で彼を見て、片眉を吊りあげた。「いったいなんなの? 最後に飛びこみを避けたのはあなたでしょ? あなたはただ、女を支配して、辱め、自分の性的能力を証明したいだけなのよ」

「今回は、例外にしてもいいと思ってる」マーカスはラファエラから目をそらさずに言った。「だって、もう何度もデートした仲だからね。おれはただ、お手軽に寝る男だと思われたくなかったのさ。男はそれなりの敬意を払ってもらわないとね」

マーカスは両手の親指をズボンとパンツの内側にひっかけ、にたにたしながらいっぺんに下ろしはじめた。

「わかったから、やめて! この変態!」

マーカスはズボンとパンツを引っぱりあげた。「女をじらすのは大嫌いだから、協力しようと思ったのに」

「バスタブの湯を全部ぶっかけられたくなかったら、出てって、マーカス、いますぐ」

「きみの裸を見るのははじめてじゃないし、それに——」マーカスは顔にびしょ濡れのタオルを食らった。

「ラファエラ！　いるの？」

ラファエラはうめいた。ココだ。マーカスは乾いたタオルの一枚で平然と顔を拭きながら、ズボンのボタンをかけている。ラファエラは彼を無視してバスタブから出ると、極上のエジプト綿でできた大判のバスタオルを体に巻きつけた。

「すぐ行きます、ココ！」

「やあココ、すぐ出るよ」

ラファエラには、ココがびっくりして絶句しているのがわかった。少しして、「マーカス？　あなた、そこにいるの？　ラファエラといっしょに？」という声がした。

「目に入った水を拭いてるところさ、ココ。来るなよ。ミズ・ホランドが恥ずかしがる。早くも頭のてっぺんから足の先までまっ赤になってるからね」

「殺してやる」ラファエラは言った。「決めたわ。石で全身をぼこぼこに殴ってやる。そのあとフエダイと同じように、内臓をえぐりだす。骨を取りのぞいて、それから——」

「ココはとても好奇心が強い女性だ。きみはローブを着たほうがいい。備えつけのがあるだろ。あれならほぼ全身を隠しながら、とてもセクシーに見える。リゾートはゲストによって違う色のローブを用意するんだ。たぶんきみのは、ダークグリーンか淡い黄色か」

「それから皮を剝いでやる」

「舌で？　それともナイフで？」

「マーカス、ラファエラ？　いったいなにをしているの――バスルームなの？」

「そうです、ココ。座っててください。すぐに出ますから」

「おれも行くよ」マーカスはタオルをラファエラに投げた。

先に出たマーカスがバスルームの外で話しているのが聞こえた。「おはよう、ココ。どうしておれのヴィラじゃなく、ラファエラのヴィラに来たんです？」

「ドムからヘリコプターのことを聞いたわ。あなたたちが無事かどうか心配で。最初にあなたのヴィラに行ったのよ。いなかったから、ジムに行ってパンクと話をして。彼女の髪を見た？　今度のストライプはミントグリーンよ」

「ええ、シカゴから来た銀行家が黄色を気に入らなかったんで、シシィに染めなおしてもらったんですよ。それでおれが、ラファエラといっしょにここにいると思ったんですか？」

「ここでなにをしているの？」

「いやらしいのぞき魔です」ラファエラは足音荒く部屋に入った。淡い黄色のサテンのローブの飾り帯をきつく締めなおす。

「やっぱりきみには、ダークグリーンのローブのほうがいいな」マーカスは考え深げに指先で顎をなでながら言った。「それが似合わないわけじゃないよ、言っとくけど」

「マーカスがのぞき？」ラファエラを凝視するココは、無表情だった。その顔がすべてを物語っている。ココはラファエラの言うことを信じておらず、笑いをこらえるのに必死なのだ。

「ミズ・ホランドはいいですよ」マーカスはココに、意味ありげにうなずきかけた。「かなりいい。おれの好みより女王さまタイプですが、楽しめます。ちょっとした痛みぐらい、どうってことありませんからね」

ラファエラはマーカスに背を向けた。「ヘリコプターのことだけど、なにか――?」

「わたしはなにも。ついさっき、マーカスがドミニクに電話してきたの。メルケルがもう一台のヘリコプターを飛ばして、リゾートにある工具を取りにきたんで、わたしもついでに乗せてもらってきたのよ。メルケルはスクーターで、墜落現場に向かったわ」

「事故じゃないんです」ラファエラは言った。「マーカスは、誰かが尾部ローターのボルトをゆるめたと考えています」

「ドミニクにもそう言ったよ。また脅し作戦だ」マーカスは続いてココに言った。「たしかに、その効果はありましたよ。それにしても妙だ」

「なにがよ?」

「きみの記者魂に火がついたかい、ミズ・ホランド? 憎まれ口はいいから。妙というのは、誰かがいまになっておれを脅してることさ。わけがわからない。おれはここに来て二年以上になる。どうしていまなんだ?」

「あなたが最近、誰かに脅威を与えたんだわ」ココは言った。「思いあたるふしはない?」

ラファエラはふたりの顔を交互に見て、首を振った。「あなたたち、どうなってるの?

あんまりのんきで、まるでお天気の話でもしてるみたい。わたしたちは殺されそうになったのよ。誰かがわたしたちを殺そうとしたの！　たいへんなことだわ。少なくともわたしにとっては。あなたたちは動揺ってことを知らないの？」

「もちろんこれはたいへんなことよ」ココはいったん口を閉ざし、顔をしかめた。「あるいは」ゆっくりと言葉を継ぐ。「昨日の夜も言ったように、誰かがラファエラを脅している可能性もある。二回とも巻きこまれているものね」

「わたしたちはデロリオが犯人だと思っています」

ココは思案顔になった。「だったら、はっきり言わせてもらうわね。たしかにデロリオはマーカスを嫌っている。彼に嫉妬しているのよ」そこで話を切り、マーカスの腕に手を置いた。「ポーラがあからさまにあなたと寝たがっているからじゃなくてよ。ドミニクと、彼があなたに抱いている本物の愛情が原因なの。王朝を築きたいと、ドミニクから何度聞いたかしれないわ。ところが、彼にはデロリオしかおらず、その母親ときたら——ともかく、ドミニクは息子を愛せないのに、愛そうと努力している。息子を愛するのは自分の責任、義務だと思っている。わかるでしょう、マーカス。ヘリコプターと、このあいだの浜辺での銃撃、その両方がデロリオのしわざだとしても、わたしは驚かない。彼はあなたを追いだしたがっている。あなたが脅威だからよ。もしかしたら、ラファエラのことも、脅威だと思っているかもしれない」

マーカスはココを見つめた。ココはいま、心のなかを洗いざらいしゃべった。ほかの人びと同じように。異常だ。マーカスが口を開きかけると、ココに先を越された。

「ラファエラ？　どうしたの？　墜落で動揺しているの？」

「いいえ、大丈夫です。朝食をごいっしょしませんか、ココ？　ルームサービスを頼んで、ここのバルコニーで早朝の空気を楽しみながら――」

「おれにはなにも塗っていないトーストを頼む」マーカスは言った。「それからたっぷりのコーヒーを」

ラファエラは部屋を横切って、玄関のドアを開けた。「膝が疼《うず》くわ、マーカス。本気よ。さっさと出ていったほうが身のためだと思うけど」

「彼女は終わったあとのおしゃべりが嫌いなんです」マーカスはココに向かってさらっと言った。「やさしいそぶりを見せないし、甘い声でよかったわともささやかないし、煙草も吸わない――」

「出てって、マーカス。いますぐ」

マーカスはココにうなずきかけると、ドアに近づき、最後にラファエラをつかまえて熱烈なキスをしてから出ていった。

ラファエラは乱暴にドアを閉めた。開いた窓から、彼の口笛が聞こえる。

「あんなマーカス見たことないわ」ココは言った。「重症ね」

「重症ってなにがです？　いやだ、ココ、違うんです。あれは全部演技で、なにも意味はないんです。わたしをいたぶって楽しんでるだけなんだから。どこを押せばわたしが怒るか、心得てるみたい」

「白状なさいよ、ラファエラ。もう彼と寝たのね？　見ればわかってよ。あなたたちがおたがいを見る目つき。目でわかるのよ――恋人同士の目」フランス人っぽく肩をすくめる。「マーカスは、女にはつれないんだけど、どこか魅力があって、あなたはそこに惹かれた――ああ面倒くさい！」ココは意味深な笑みを浮かべると、フランス人っぽく肩をすくめ、あきれたように目をぐるっとまわして、またにこりとした。「言葉では言い表せ《アン・ノム・アヴェック・》ないなにかをもっている男《アン・セルタン・ジュヌセクワ》ってこと」そう言ってまた肩をすくめた。ラファエラは耳を疑った。

「本物のフランス語みたい」

「あたりまえでしょう。わたしの名前はココ・ヴィヴリオ。生まれも育ちもグルノーブル」

「ええ、スキーを楽しめる場所でしたね。でも、まじめな話、違うんです、ココ。誓ってセックスはしてません」事実なので真実味があり、ココもいちおうは信じてくれた。

「わかった。信じるわよ。でも――」ココは首を振った。「今回のことはすごく変よ。ところで、わたしがここに来たのは、あなたを屋敷に招待するためなの。ドミニクがあなたに公認の伝記を書いてもらうと決めたから」

簡単に決まった。拍子抜けするほど簡単に。にわかには信じがたかった。簡単すぎるくらいだ。さあ、ラファエラ、これからどうするつもり？　彼に洗いざらい吐露させる。書類やら、誰にも見せたことのないものやらを、見せるように仕向ける。信用させておいて、あの畜生《バスタード》を破滅させる本を世に送りだしてやる。

いいえ、庶子《バスタード》はラファエラのほうだ。彼は庶子の父親。そしてその子が復讐を、母のために復讐をしようとしている。復讐は本となり、永遠に彼を苦しめる。たえなる復讐になるだろう。

ラファエラには、ドミニクがイラクに武器や部品を密輸しているという確信があった。絶対に暴きだしてやる。たぶん北朝鮮にも、ロシア製のカラシニコフ自動小銃やRPG7対戦車ロケット砲を密輸しているし、場合によってはRPK軽機関銃やDShK38／46重機関銃をリビアの独裁者カダフィに提供している可能性もある。これまでの調査によると、ほとんどの武器商人がカダフィとの取引を否定している。それにしても、まだ武器の名前を憶えていたのが、ラファエラには嬉しかった。ふと、ドミニクをチャールズ・ラトリッジ三世に紹介している場面が浮かんできた。

「わたしの実の父を紹介するわ、チャールズ。武器商人なのよ。父は合法だと主張しているけど、じつは嘘なの。抜け目がなくて狡猾《こうかつ》だから、世間にはあまり知られていないだけで、これ以上はないほど非合法なの。それも父の悪事のごく一部にすぎない。詳しいことは本を読んで。知ったら愛さずにはいられない人よ。母に訊いて。そう、あなたの奥さんに」

ラファエラは、ドミニクがいかがわしい取引の六回に一回は、国務省の許可を受けていると踏んでいた。かならず化けの皮を剝いでやる。それでもこのいまいましい島には住みつづけられるだろうが、二度と島の外には出られない。アンティグアとアメリカのあいだに犯罪人引渡し条約が結ばれているかどうか、調べておかなければ。

「ラファエラ？」ココがラファエラの顔の前でぱちんと指を鳴らした。「どこへ行ったの？」

ラファエラは笑顔をこしらえた。「たいしておもしろいところじゃありません」

「恍惚《こうこつ》としているのは、マーカスのせい？」

「恍惚？　いやだ、まさか」

「ねえラファエラ、マーカスの意見にも一理あるわ。いまはあなたがこの島で本を書くのにいい時期じゃない。謎がすべて解けるまで、島から離れていたほうがよくてよ」

「ココ、わたしは謎が大好きなんです。しかも大物の謎。それより、朝食にしませんか？」

マーカスは受話器を握りしめた。「おれは反対です、ドミニク」実際には死ぬほど心配していたが、そこまで強い印象を与えてはならない。

「悪いが、もう決めたことだ。肩の具合はどうだ？　墜落で怪我はなかったんだろうね？」

「ええ、どこも。メルケルはなにか見つけましたか？」

「いや、まったく。細工されたのかもしれないし、事故だったのかもしれない。これを言って慰めになるかどうかわからんが、メルケルはきみと同意見、つまり細工された可能性が高いと言っている。そしてわたしもきみたちと同じように、不穏なものを感じている。しかも、二回ともミス・ホランドがいっしょだった」

「考えなおしてください、ドミニク。食えない女です。それに、彼女の命まで危険にさらす必要がありますか？　とりあえず彼女を追い払ってください。あの女には——」

「いいかね、マーカス。きみは知っていることをすべて話してくれた。わたしは自分の調べたことをすべてきみに伝えた。あれは頭のいい娘で、伝記を出版した。信用できる経歴だ。彼女には野心がある——ラトリッジが申しでたであろう援助を、利用せずにここまできた」

「それでも、彼女にはなにか怪しげなものを感じるんです。それに——」

「マーカス、詰まるところ、相手は女だ。書いたものが期待はずれだとしても、別の使い道がある。あの気の強さにはとくに惹かれないにしろ、体のほうは申し分がない。ベッドで試してみるのも一興だろう。しょせんは女だ、マーカス、それだけだ。なにごとも大局的に見なければな」

「彼女はココやポーラとは違います」はらわたが煮えくりかえっているのに、マーカスの声は自分でも意外なほど冷静だった。ドミニクはどうかしてしまったのか？　暗殺未遂と二回の襲撃。それが彼を狙ったものだとしても、ただの脅しだなどとうそぶいていられるのか？　まいった、いったいどうしたらいい？

「ああ、表面上はな。だが、そう決めつけたもんじゃないぞ。あの生意気な口の利き方も、なにごとにつけ、かえって刺激になるかもしれない。そう難癖をつけるもんじゃない」

「彼女の母親は昏睡状態で、ロングアイランドの病院にいます。目撃者によれば道幅いっぱいに蛇行運転していた車に衝突されたとか。今朝入ってきた情報です」

受話器の向こうから張りつめた沈黙が伝わってきた。

「変だと思いませんか、ドミニク？　母親が危篤状態なのに、この島にいるんですよ」

沈黙は続いた。

マーカスはため息をついた。「考えてみてください。それでもまだ彼女を屋敷に泊めるというなら、夕方おれが連れていきます」

「スクーターを使ってくれ。当面きみをヘリコプターに乗せたくない。それでなくとも、使えるヘリはもう一機なのでな。あれがないとわたしが困る」マーカスは受話器をにらみつけた。ドミニクの笑い声が漏れてくる。

「わかりました。考えてみてください」

「じゃあ切るよ。おっと、マーカス、きみが調べたことは彼女には言わないほうがいいだろう。二、三まだ確認したいことがある。あとはわたしに任せなさい」

マーカスは受話器を置くと、椅子の背もたれに頭をつけた。ラファエラの母親のことをドミニクに話してよかったのだろうか？　ラファエラを島から追いだしたい一心だった。彼女を傷つけたくないし、死なせたくない。しかしドミニクが彼女を傷つける理由はない――ドミニクが彼女とベッドをともにすることを考えると不愉快ではあるにしろ。ただ、ひとつだけ確かなのは、ラファエラ・ホランドはけっしてみずからドミニク・ジョバンニに身をゆだねないであろうことだ。

そんな考えをなんとか頭から追い払うと、待ちかまえていたように、オランダ人のことが浮かんできた。そうだ、やつらのこと、やつらが服毒自殺したことを忘れてはならない。しかしなぜ? マーカスの知るかぎり、ドミニクはけっして拷問には頼らない。デロリオなら、あのサディストの畜生なら話は別だが、あのときデロリオはマイアミに出かけ、マリオ・カルパスと会っていた。ドミニクに内緒で麻薬取引の話でもしたか? デロリオは過去に一度だけ、自分の意思で行動し、コロンビア人と麻薬取引を成功させたことがある。デロリオは逮捕をまぬがれたものの、取引を知った麻薬取締局はそれをドミニクのしわざとみなし、彼の逮捕を誓った。デロリオはきっかり二五万ドルを手にしたが、ドミニクは一〇〇ドル札を一枚ずつ、怒りに煮えたぎる息子の目の前で灰にした。見ていたマーカスの案に相違して、それでもデロリオは発狂しなかった。ただ、しばらくして、屋敷の下働きをしていたアンティグア出身の十代の娘が、強姦されて殴られるという事件が起きた。娘は相手の顔を見ていないと言い張り、見舞金を払われてアンティグアへ帰された。犯人はデロリオ以外には考えられなかった。ドミニクは事件には触れず、あれをそろそろ結婚させなければと言いだした。この家にふさわしい、しかもデロリオの好みに合う若いお嬢さんに心当たりがあるから、と。

そこでマーカスの思いは、最初の暗殺未遂事件に引き戻された。あのオランダ人たちについていくら調べても、確たることはひとつもわからなかった。ドミニクには多くの商売敵がいる。武器売買の世界における強敵が。

マーカスも知るとおり、一九九〇年代に合法市場《ホワイトマーケット》が著しく縮小して以来、グレーおよびブラックマーケットのビジネスチャンスは飛躍的に増大した。たとえばイタリアの有力武器商人、アントニオ・シンセッリだ。シンセッリは去年、危うくイタリア警察に逮捕されかけた。彼が使っている南イタリアの武器製造工場が、地雷やその他の武器をイランに密輸していたのが明るみになったのだ。シンセッリはからくも逮捕をまぬがれたが、その失態をほかでもないドミニクのせいにし、やつのきんたまを撃ち落としてやるという、なんとも生き生きとした表現を用いて復讐を誓った。マーカスも、ドミニクがイタリア警察に情報を漏らし、腐敗した政府内に持つコネを利用したのではないかと疑ったが、結局真相はわからずじまいだった。

そしてオスカー・C・ブレイク。ドイツのミュンヘンで生まれたアメリカ人で、CIAとも直接、間接の取引がある。アメリカには追跡がむずかしく安価だからという理由で、旧ソ連製の武器を中心に扱っている。やり手で、自分のやることはたんなるビジネスだと豪語する、根っからのプロフェッショナルだ。商売に個人的な感情は差しはさまない。だが、それが事実かどうかわかったものではないし、現にマーカスにはわからなかった。そしてもうひとり、ロディ・オリヴィエを忘れるわけにはいかない。情けを知らないサイコパスとは、まさに彼のことだ。そしてあきれるほど強大な力を持っている。マーカスはドミニクとともに、さらに五、六人を含むこうした男たちについて論じてきた。その全員が力のある、冷徹にして決然とした男だった。みずからをビジネスマンと称しながら、人殺しの道具を商っている。

バテシバとはなんだ？　どうしてあのヘリコプターの雇い主を突きとめられない？　それにあのふざけた名前も。

奇妙なことに、マーカスは、ドミニクへの暗殺事件の黒幕そのものより、バテシバという名前にこだわっていた。もちろんこのふたつはつながっている。そうとしか考えられない。マーカスはラファエラを屋敷に泊まらせたくなかった。デロリオがほうっておかないだろうし、ポーラからはいじめられる。それになぜ、ラファエラはドミニク・ジョバンニの伝記を書きたいのか。ドミニクはルイ・ラモーとは違う。英雄ではなく、犯罪者なのだ。表向きは魅力的に見せかけるすべを心得ているとはいえ、女心をそそるような犯罪者でもない。それに、大半の人は彼の存在さえ知らず、知っているのは連邦政府の職員と、サンフランシスコ、シカゴ、ニューヨークの警官くらいのものだ。

ドミニクは犯罪者だ。マーカスはシカゴにいた十歳のころから、ドミニクのことを間接的に知っていたし、ドミニクの義父であるカルロ・カールーチのことはいやというほど知っていた。その名前を思い出すだけで、忘れられない痛みに、胸が締めつけられた。

なぜラファエラはドミニクを選んだのか？　今晩彼女に訊いてみなければ。

その夜六時、ラファエラはノックの音を聞いて、ヴィラのドアを開けた。マーカスはきざったらしい笑みを浮かべた。「きれいだよ。きみはどうせ承知してるんだろうが。またブランドの服かい？」

「花柄のサンドレス、絹よ。どうせ知らないだろうから、ブランド名は言わないけど」

肩の出るデザインだ。「ノーブラか。ますますいいね」

「そう、わたしは気に入らないわね」ラファエラはスクーターと、彼女用のヘルメットに目をやった。「あなたがヘリコプターより上手にこれを運転できるって保証がないから」

「おれの腰にしがみついて、おとなしくしててくれ」

ラファエラは笑った。「非難されるのは苦手なのね？　男ってみんなそう」

マーカスはスクーターのエンジンをふかして、急発進した。ラファエラは彼の腰にしがみつき、背中に体をくっつけた。「この借りはいつか返してやる」

「おれがこれを停めるまでは無理だよ」

マーカスはヘリコプターの残骸のある山脈の中央に来て、スクーターを停めた。「降りろ」

ラファエラに声をかけて、スクーターを降りた。

「なんでこんなところで停まるの？」

「尋ねたいことがある。ほんとうのことを答えなければ、答えるようにするまでだ」

ラファエラはすぐに口をつぐみ、心の準備をした。

「思っていたとおり、きみについてまたちょっとした情報が入ってきた。母親が病院で昏睡状態なのに、きみはカリブ海のリゾートで、ドミニクに接近しようとしている。なぜだ？　嘘をつくなよ、ミズ・ホランド。おれはきみを知っている――なにからなにまで知りつくしていると言っても過言ではないだろう」

どう答えればいいの？　彼はどうやってそんなことまで調べたのかしら。もっともラファエラは、それほど熱心に身元を隠したわけではなかった。現在のラファエラの人間関係からでは、ドミニク・ジョバンニにも彼女が実の娘だとはわからないからだ。ことによると、ラファエラがドミニクの目の前に立ち、「こんにちは、お父さん。二十六年前にニューミルフォードで出会ったマーガレットを憶えてる?」と言っても、まだわからないかもしれない。

「どうしてそんなことが知りたいの?」

「話せよ。さあ」

ラファエラは首を振った。なにかでっちあげなくては。しかも大急ぎで。そのときふと、マーカスを見た。真剣そのもの。集中しているせいで、目の色がほぼまっ黒に見える。これでは嘘をついても見破られてしまう。なぜこの人は、こんなに短いあいだに、わたしという人間がわかるようになったのだろう? そんな疑問がにわかに浮かんだ。

ラファエラは彼と同じくらい真顔になって、ため息をついた。「そう。でも、あなたには言えない」

「なぜ言えない?」

「どうしても。ミスター・ジョバンニに伝えるつもり?」

「もう話したよ。実際、たいして気にしていないようだったが、彼のことだからよくわからない。なんでも胸にしまって、あけすけには言わないタイプだからな。きみもくれぐれも注意しろよ。本以外の理由があるのなら、怪我をしないうちに帰ったほうがいい」

「ここに来たのは彼の本を書くため。誓って、それだけよ」

「真実を語ったほうがいいぞ。ドミニクはきみにそそられているらしい。ドミニクの気に入るような伝記が書けなければ、最後はベッドに連れこまれるかもしれない」

父親と寝る? ラファエラは吹きだしそうになった。「よしてよ。考えらんない」

「もっと若い男のほうがいいんだな？　どうして母親のそばについていない？」

「母の事故にいまの容態――どちらも今回のこととは無関係よ。この本を書くのは前からの計画だったし、義父はあそこにいてもできることはないと言ってくれた。母には、事故のあと、しばらく付き添ったわ。いまも毎日義父に電話をかけて、容態を聞いているけれど、なんの変わりもないそうよ。でもあなたのことだから、わたしが毎日ロングアイランドに電話をかけているのは知ってるんでしょう？」

「ああ」

「あまり人を信用しないたちみたいね」

「きみもおおかたの女性の例に漏れず、正直で信頼できる人だからね、信用しなくて正解だろう」

「性差別主義者」

「そうでもないさ。性差別主義者はドミニクのほうだ。きみも屋敷にいればいずれわかるだろうが、たとえばあの賢いココだ。ドミニクは愛人であるココによくしてるし、欲しいものはなんでも買ってやる。しかし対等じゃない――ドミニクからするとね。ココは彼に奉仕し、彼が落ちこんでいるときは楽しませ、彼が話したいことを聞き、彼の男としてのエゴを満足させる存在でしかない。

　ドミニクがデロリオをポーラと結婚させたがったのは、ポーラがデロリオを立ちなおらせ、子孫をつぎつぎに産んでくれると思ったからだ。そう、いつも裸足で妊娠してるような、そんな家庭的な女だとね。残念ながら、とんだ見立て違いだったわけさ。ポーラは見境なく男とやりたがり、子どもを産んで体型が崩れるのを死ぬほどいやがっている。いま彼女に子どもができたら、誰が父親なのかわかったもんじゃない。おっと、言い忘れてた。デロリオはすぐにでもきみに迫るぞ。肉欲って点に関しては父親似だからな。ただ、父親と違って、デロリオはベッドではやさしい恋人ではないと聞いている。女を支配して、服従させるのが趣味だとか」

「なぜわたしに警告してくれるの？　しかも、そうもあからさまな表現で？　わたしのことを好きなわけでもなく、疑ってるのはまちがいないのに」

マーカスはラファエラにゆっくりと微笑んだ。目がいたずらっぽく光った。

「ミズ・ホランド、おれは自分の庭まで運んだ女性を、ほかの男、それもデロリオのような趣味を持つ男に奪われたくない。おっと、もう投げられるのはごめんだ。本気だぞ。いまきみが空手で攻撃してきたら、縄で縛ってリゾートに連れ帰る」

「へーえ、そう？」

「おてんば娘のまんまだな。なんでも喧嘩《けんか》で片をつけようとする。さあ、出発しよう。ここまで言っても、まだ考えは変わらないのか？」

「もちろん。でも警告には感謝してる。あのね、マーカス」

「うん？」

「わたしは本を書くためにこの島に来た。誓って言うわ、それだけなの」

「きみが信じさせるべきはドミニクだよ、ミズ・ホランド」

11

「ここからはわたしに運転させて」ラファエラは言うなり、スクーターのシートにまたがった。ドレスのスカートは細身ながら、ずりあがってこないだけの幅はある。

「残念」マーカスはスカートをじろじろと見ると、肩をすくめてラファエラのうしろにまたがった。さっそく体をくっつけ、ウエストに腕を巻きつける。

「そんなにしがみつかないで」ラファエラは体を揺すって、腕を振りほどこうとした。「暑苦しい」マーカスがますますしがみつくと、彼女が体をひねってうしろを見た。「だったら言わせてもらうわよ、この女たらし。あなたはわたしを信用していないそうだけど、わたしだってあなたを信じちゃいないわ。わたしのせいじゃないわよ。純粋にあなたのせい。あなたは他人のためにリゾートを経営して満足するようなタイプじゃない。どんなにかっこつけられて、どれほど高い給料をもらえたとしてもよ」

「ふむ。きみのお茶の葉っぱから、ほかになにがわかる？」

「たぶんあなたは、ちょっとした背教者ってところね。自分が指揮をとりたがる——ほんと、多いのよね、そういう人。自分の足で立つことを好み、他人から命令されるのを嫌う」

おもしろい、とマーカスは思った。手を上に動かし、乳房の下に添えた。これで彼女も気が散るだろう。彼自身はかなりもよおしている。しかしラファエラは、しれっとした顔で彼を見ただけだった。

「やっぱりそうよ。あなたは見た目とは違う人間なのに、わたしに話してくれる気はないのよね？　犯罪者なの、ミスター・デヴリン？　どこにでもいる、ありふれた犯罪者？　そもそもデヴリンというのは本名？　そう言えば、その質問に答えてもらってなかったわね」

「じゃあきみは、最初の夜にきみが持っていたあの変わった体裁の本に、なにが書いてあるのか教えてくれるかい？　きみが読んで泣いていたあの本のことだ」

マーカスはラファエラの体に衝撃が走るのを感じた。それでも、彼女はたじろがなかった。肝の据わった女だ。

マーカスはもうひと押しした。「今朝も、きみのバスタブの横に同じ本が置いてあった。あれはなんの本なんだい？」

「あなたには関係ないわ」ラファエラはスクーターのエンジンをふかした。

マーカスは彼女が小声で悪態をつくのを聞いて、ヘルメットに向かって微笑んだ。

だが心配だった。ドミニクと電話で話してからずっと、心配でたまらない。

ラファエラは賢くて勘の鋭い女だが、同時に危険を招きかねない衝動的なところがある。

澄んだ空気に甘い香りが漂う夕方のひととき、ラファエラはひょんなことからポーラとふたりきりになってしまった。ココはどこ？　マーカスは？　みんなどこへ行ったの？

ポーラはさっそく前哨戦の口火を切った。

「ねえ、教えてくれない、ミス・ホランド。あなたが狙ってるのは誰？　マーカス、それともドミニク？　じゃなきゃ、わたしの主人？」

ラファエラは黙ってポーラに微笑みかけた。淡いピーチ色の絹のサンドレスを着て、明るいブロンドの長い髪をまっすぐに肩に下ろしたポーラは、純真でいたいけな少女のようだった。とても見境なく男とやりたがる女には見えない。

「あなたに出てってほしいの。ここは、あなたみたいな人には不健康なところだもの」

ふたりはスイミングプールに面したバルコニーに立っていた。ハイビスカスとブーゲンビリアのにおいが夕暮れどきの空気を満たし、暑さはあるが、不快なほどではない。太陽が沈んだ直後のこのほんのいっとき、カリブ諸島の夜は格別な美しさに彩られる。

「その逆で、ここは美しいところだわ。この空気のにおい。とっても甘くて。そう思わない？」

「デロリオはわたしの夫よ」

「よかったわね」ラファエラは言った。「ねえ、ポーラ、あなたのご主人には絶対に近づかないと約束する。それでいい？」

「マーカスにも？」

「どうしてあなたがマーカスのことを気にするの？　重婚してるわけじゃないでしょう？」

「全然おもしろくないんだけど、ミス・ホランド」

「そうでしょうけど、ポーラ、いまは二〇〇一年よ。こんな会話はおかしいわ」

「なにが言いたいの？」ポーラの声に疑念が色濃くにじむ。

「女が男を取りあったり、喧嘩をしたり。おたがいを味方ではなく、天敵だと思っている」

「わたしたちの母親世代が暗黒時代に唱えていた、女同士の友愛とかいう寝言のこと？」

「そうよ。聞いて、ポーラ。わたしはどの男も狙っていない。納得してくれた？」

「へーえ、男を誘う気がないにしては、着飾ることに熱心みたい——そのデザイナーものの服だって、粗末な服ってわけじゃないわよね」

「ええそうね」痛いところを突かれた。ラファエラにしろ、自分の外見を利用してこなかったと言ったら嘘になる。記事をものにするため、何度となくそういう手段を使ってきた。みずからをラザロ——聖書に出てくる病気の物乞い——と称していたあのネオナチ男に話をさせるため、モーションをかけたときのことを思い出した。

「ねえポーラ、あなたにはわかっていないみたいだけれど、人生には男以外の楽しみもあるのよ」もう黙っていられない。偽善者ぶるのもやめにした。さっきまでは、たぶん偽善者だったのだろう。ほんとうは自分でも認めたくなかっただけなのだ。マーカスが、あまりにも短いあいだに何度も、自分の平静を失わせたという事実を。

「もしあなたがマーカスに迫ったら、わたし——」

「どうするの、ポーラ？」

「思い知らせてやる」

なんてお嬢ちゃんなの。少なくとも、それがラファエラの受けた印象だった。すべての男性の関心を一身に集めていないと我慢できない、甘ったれの金持ち娘。ラファエラはポーラをじっくりと観察した。見せかけに騙《だま》されるなと、アル・ホルバインから何度言われたかわからない。「つねにより深いなにかがあると心得とけよ、ラフ。たとえその相手が大馬鹿者に見えたとしてもだ」

マーカスはポーラを見た目どおりの人間だと考えている。しかしマーカスは男で、ポーラは彼に迫った。マーカスが身動きとれないときに――ポーラはなにをしたの？

「なにをにやにやしてるの？」

「マーカスから聞いた話を思い出してたのよ。彼が動けなかったとき、あなたが――」ラファエラはどう言ったらいいかわからなくて、黙りこんだ。だが、それ以上話す必要はなかった。ポーラはまっ青になったかと思うと、今度はダイニングルームにあるマホガニーの食器棚のようにまっ赤になった。そして怒りに目を吊りあげた。

「彼、あなたになにをしゃべったの？」

ラファエラは微笑みを消さず、ただ肩をすくめた。いったいポーラはなにをしたの？

意外にも、ポーラは傷ついているようだった。

「なんなのよ、あのろくでなし！　自分だって楽しんでたくせに。最初はいやがっているふりをしていただけなんだから。硬く勃起したのを、わたしの口に突っこんできて、うんうんいいながら、突いてきたのよ。それなのに、なによ！」

ポーラはピーチ色の絹のスカートをひるがえし、ストッキングに包まれていない長い脚でさっと駆けだした。

「なにを話してたんだ？」

マーカスの声が聞こえると、ラファエラはやましげに身をすくめた。

「あら、マーカス。立ち聞きしてたわけじゃないわよね？　そうね、いくらあなただって、あんな会話を聞いてたら、音をたてずにいられれっこないもの」

「あんな会話って、どんな会話だ？　ほら、ラムパンチを持ってきてやったぞ」

ラファエラはグラスに口をつけた。甘みもお酒も強すぎる。ラファエラはなお甘い微笑みをマーカスに向けた。

「ほら、あの、動けないあなたがポーラに誘惑されて、どれくらい喜んだかって話」

「いやはや」マーカスは感慨にでも耽《ふけ》っているようにつぶやいたが、ラファエラは騙されなかった。グラスを持つ彼の指がこわばり、顎がぴくっと動いたのだ。困惑。それに怒り。彼から望んだことではなかったのだと、そんなマーカスを見つめながら思った。出会ってまだ数日しかたたないのに、どうしてこんなに彼のことがわかるのだろう？　わたしにはこの人がわかる。あるいは、かつてない速さで、彼という人間を理解しようとしている。

「ほんとうに動けなかったの？　いつのこと？」

「しばらく前にここで撃たれた。おれはベッドに寝かされ、弱っていたせいで、ポーラの攻撃をかわせなかった。ココが守ってくれようとしたんだが、彼女にしても二十四時間つきっきりではいられない」

「デロリオは?」

「マイアミにいたのさ。やつが戻ってくるまで気が気じゃなかったよ」そこでマーカスは彼女を見つめた。またべらべらとしゃべってしまった。彼女はしつこく尋ねたわけでも、無理強いしたわけでもなく、ただ温かいまなざしでマーカスを見つめただけだ。その目を見ていると、彼女に話せばすべてが解決するのではないか、という錯覚に陥る。解決するはずもないのに。むしろ彼女になにかを話すことで、ふたりの命を危険にさらすかもしれないのに。

「いいか、ミズ・ホランド。おれはきみをここに滞在させたくない。この島からも追いだしたい。ついでに言えば、カリブ諸島にもいるべきではないと思っている。きみの存在は、きみ自身にとっても、おれにとっても危険だ」マーカスは殴りかかりそうな顔で彼女をにらみつけた。そして首を振り、指で髪をかきあげた。「ちくしょう、なんなんだ!」そしてポーラ同様、彼女に背を向けて大股で歩き去った。ただ方向は逆で、マーカスはスイミングプールに沿って水深の深いほうに歩いていった。夕闇がプールを包んでいる。

ラファエラはそこに立ったまま、マーカスを見ていた。なんてややこしい人だろう。別のときに別の場所で出会えたらよかったのに、とつくづく思った。ここ以外のどこか、ドミニク・ジョバンニとは関係のないところで。ラファエラは自分の思いに気づき、しぶしぶそれを受け入れた。どうしようもなくマーカスに惹かれていた。いまこの瞬間も、彼を目で追い、どうか視界から消えないでと願っている。そのとき、マーカスが突然立ち止まり、びくっとしたのが見えた。水のなかをのぞきこんでいる。四つんばいになり、プールの縁から乗りだすようにして目を凝らしだした。緊張に体をこわばらせ、なにかを探している。ポケットからなにかを取りだし、うしろに投げる。そして流れるような身のこなしで立ちあがると、水のなかに飛びこんだ。

ラファエラはあわてた。なにがあったの？　彼はなにを見つけたの？　死体？　それとも別のなにか？アドレナリンが急上昇する。

プールの向こう端まで走り、陰になった水面をのぞきこむと、マーカスらしい人影が見えた。なんのためらいもなく、靴を脱ぎ捨てて飛びこんだ。大きく息を吸い、足で水を蹴《け》って潜る。花柄の絹のドレスが、ウエストのあたりにまつわりついた。

マーカスは両手でラファエラのウエストをつかみ、そのまま水面に引きあげた。

ラファエラは水を吐きだし、目に入った髪の毛を振り払おうとした。「なにしてるの？　どうかした？　下になにがあったの？」

マーカスは得意満面でラファエラをプールの壁に押しつけると、浅く突きだした部分に彼女を立たせた。日の光はほぼ消え、ふたりがいるところは陰になり、空気は暖かかった。ハチドリはブーゲンビリアの花をめぐり、羽を休めては花に嘴《くちばし》を挿し入れ、またぱたぱたと羽ばたいては、つぎの花へと移ってゆく。虫の音が聞こえる。ふたりのほかには誰もいない。

ラファエラが離れようとしても、マーカスは手をゆるめなかった。「驚かせないでよ。なにを見つけたの？」

「プールにはなにもないよ」

「じゃあなぜ——？」

「きみをおびき寄せたかっただけさ。そしてきみは罠にかかった」

マーカスは濡れた髪を手に巻きつけてラファエラの顔を引きよせると、唇を奪った。ラファエラのお腹に硬くなったものが押しつけられる。体から空気が押しだされ、想像しうるかぎりの快感が身内に渦巻く。マーカスが少し離れて、水面を漂うドレスを胸まで引っぱりあげたときも、彼の唇から目が離せなかった。もう一度キスされたい。彼の手が太腿を伝い、パンティのなかに入ってきて、いっきに膝まで下ろされる。そして彼の手に包まれた。マーカスはすっぽりと秘所を包みこみ、あてがったまま深いため息をつくと、ふたたび彼女にキスした。

「いいよ、ミズ・ホランド」唇を重ねたままマーカスにささやかれると、それだけでラファエラは気が変になりそうになった。心配はあとまわしにして、自分からキスする。世界一セクシーな唇。それに彼のこの舌——

彼の指が動き、それに合わせて体を揺らした。中指がするりとなかに入ってくる。ラファエラは背中を弓なりにし、音をたてて息を吸いこんだ。

「力を抜いて」マーカスはささやき、耳たぶをやさしく嚙んだ。

指が奥へと進んでくる。そこで動きが止まり、満足したように休止状態に入った。ラファエラは顔を上げた。マーカスの目は歓びと欲望に黒ずんでいた。

ラファエラはわかりきったことをまた尋ねた。ほかにはなにも考えられなかった。「すべては、わたしを水に飛びこませるためだったの?」

「うまくいった」彼は指を動かしながら、親指で茂みをなでたり、内側に押したりして、敏感な部分を探りあてた。そこでまた指の動きを止めた。「きみは勇敢なヒロインだからね。なにがあるかわからず、想像もつかないような危険があるかもしれないプールのなかに、猛然と飛びこみ、その先にどんな恐怖が待ち受けているか考えようとしない。これはどう、ミズ・ホランド?」指が動きだす。

ラファエラは喉を鳴らした。

「いいんだね。よかった。そうさ、おれにはわかってた。おれを助けにきてくれるのが――じゃなきゃ、プールになにがあるのか、好奇心を満足させるために。海兵隊が束になってかかっても、きみを止めることはできなかっただろう。きみのそういうところが好きだ。突進あるのみ。きみなら不幸な乙女を救出したという聖ジョージならぬ、聖ジョージアになれただろう。結果なんぞ二の次だ」

「そのとおり。おかげでほら、あなたにいま許していることを見てよ」

「わかってるだろ、今回はこの前とは違う。今度こそおれは最後の飛びこみをするつもりだ。いますぐってのはどう? 今朝きみが言ったこと――最後の飛こみジョークだが――に刺激されて、なみなみと水の入ったここでそれを実現してみることにしたのさ。もしきみがプールサイドからおれを見おろしてたら、恐ろしく間の抜けたことになっていただろう。それだときみをプールに引っぱりこまなきゃならなかったからね。実際は、きみがみずから進んで運命に飛びこんできた。どれ、すべて順調かな」マーカスは手を引っこめた。指が抜けるとき、彼女の体が震えるのがわかった。パンツのファスナーを下ろし、勃起した一物を解放するあいだも、彼女の唇にキスしつづけた。

「さあ」マーカスは深い充足感とともに言った。「いくよ」

ラファエラを浅い段から抱えあげてプールの壁に押しつけると、指で襞《ひだ》を押し開き、いきなり深々と貫いた。

彼の長く太いものに満たされたショックに、口から悲鳴が漏れる。するとマーカスはふたたび唇を重ね、彼女をきつく抱きしめてプールの壁に押しつけた。周囲の水が激しく揺らぐ。そのとき彼の指が敏感な部分を探りあて、ラファエラは早々に押し寄せた快感の波にあらがった。この波に呑まれたらわれを失う。いやなのに、自分ではどうすることもできない。彼が相手だとなぜか、容認しがたい反応が引きだされてしまう。でも、いまこの瞬間はそれも関係なかった。

ラファエラが鋭い叫び声をあげると、マーカスがまた唇を寄せてきた。彼女の口にあえぎながら、激しく突く。そして彼女がびくんと体を痙攣《けいれん》させて激しく絶頂を迎えたところで、精を放った。

マーカスはラファエラを抱きしめ、奥深くに留まったまま、濡れた髪に頬を寄せた。

彼女の左耳にささやく。「おれの財政が破綻《はたん》する心配はしなくていいからな、ミズ・ホランド。財布は水に飛びこむ前にポケットから抜いておいた。損害はイタリア製のローファーだけだし、その価値はあったと認めざるをえない。きみのパンティがどこにあるかわかるかい？　わからない？　まだ口が利けないのか？」

「あなたにこんなことを許すなんて、信じられない」ラファエラはやっと口を開くと、彼の首に唇を押しつけてキスした。もう彼から離れようとはしない。

「どうして？　きみも求めていた。おれは人づきあいがよくて、親切な男だ。大人の女性が苦しんでいるのに、見て見ないふりはできない」

「大人の女性ならあなたを殺すわ。石でね」

「そんなふうに言われると、縮むな。さてと。おれの首にキスするのはやめてくれるか？正気に戻って、ポーラのことを思い出したらどうだ？　ひょっとしたら、見てるかもしれないぞ」マーカスは惜しみつつ彼女から離れた。片手でプールの縁につかまり、もう片方の手でパンツのファスナーを上げた。

薄暗がりに浮かぶラファエラの顔を見て、微笑んだ。満ち足りてぼんやりしている。いいながめだ。彼女の目はとろんとして焦点が合わず、ごく淡いブルーだった。少しもグレーを帯びていない。淡い、とても淡いブルー――この色はよく知っている。どこかで――

「パンティを見つけたい？　それとも、プール係のユアンに明日の朝、見つけさせるか？うん、それがいいな。あいつに鼻血を出させてやろう。イニシャルを刺繍《ししゅう》してないよな？

そうだ、なかったな。どうしてこんなに忘れっぽいんだ？　きみのパンティを一枚持っているのに。ほら、あの思い出の夜、おれの庭で脱がせたやつだ」

「どうなったのかと思ってた。女のパンティを記念品としてとっておくのが趣味なの？」

「ふーむ。それは考えたことなかったな。そうすれば、ベッドの支柱に刻み目をつけなくてもよくなる。このあいだの夜のはきれいだった。淡いブルーで、股の部分にセクシーなクリーム色のレースがついていた。そうだな、あれをベッドの支柱に飾りつけて、その下にきみの名前を書いた小さなプレートをつけるか。すぐに見分けがついていいと思わないか？」

ラファエラは身震いした。寒かったからではない。空気にも水にも泳ぐにはじゅうぶんな暖かさがあった。顔から髪の毛を払いのける。スカッシーの花柄のサンドレス――八〇〇ドル相当――も形なしだ。ドレスなんかどうでもいい。無鉄砲にやったことなんだから、泣き言だって言わない。それに、ラファエラ自身、とことん奔放に楽しんだ。

「わたしが思うのは、早く石を見つけなきゃってこと。大きくて硬いやつを」

マーカスはかがんでもう一度キスすると、プールから上がった。靴が、がぼがぼ鳴る。

「ローファーが台なしだ。抑えきれない愛の欲求のために犠牲になったと思えば、あきらめもつく」

「肉欲でしょう、なに言ってるの。肉欲よ」

「手を貸そうか？」マーカスは手を差し伸べた。ラファエラは信用していいかどうか、わからなかった。

しかしこれ以上濡れることはないので、彼の手を取った。彼も同じことを考えていたらしく、すぐに水から引っぱりあげ、両腕で抱きとめてくれた。

マーカスは一瞬だけ彼女を抱きしめて、すぐに離れた。「着替えたほうがいい。きみが夕食に遅れたら、ドミニクが怪しむ」

「知ってるでしょ。着替えなんか持ってきてないわ」

「ココに相談しろ」マーカスは彼女に微笑みかけ、軽く頬に触れると、なにひとつ悩みがないみたいに、口笛を吹きながら遠ざかった。

「わたしは底なしの大馬鹿者よ」ラファエラはつぶやいて、ココを探しにいった。

家のなかで会った人には、「プールに落ちちゃって」という簡単な言い訳ですませた。ありがたいことに、ココはなにも言わなかった。ただラファエラを見つめて、〝わたしにはお見とおしよ〟という笑みを浮かべた。ココが貸してくれたスカートとブラウスは、一年半くらい前にドミニクに買ってもらったものだとかで、それほどサイズが合わないわけでもなかった。「あなたはそんなに背が高くてすらりとしていて、世の中って不公平」

「あなただって高いほうだわ、ラファエラ。モデル並みではないだけで。それで、マーカスとはまだ寝てないの？　ほら、ドライヤー。カーリングアイロンも使う？　その顔から察するに、彼は噂どおりいいみたいね。あと十分で下に降りてかなきゃ。もちろんもう、みんなあなたが、えっと、プールに落ちたのを知っているでしょうけれど」

「そうね」ラファエラは、これから探そうと思っている石と同じぐらい、重い声で言った。

居間には結構な人数が集まっていた。誰もプールの一件には触れなかった。

ドミニクから、彼の副官にあたるというフランク・レイシーという人物を紹介された。そういう言い方をされると、軍隊のようだ。レイシーは生え際の後退した、がりがりに痩せた男で、笑顔が痛々しかった。少なくともここ二十年は、心から笑ったことがないようだ。悲しい目をしている。ラファエラとは直接口を利かず、ドミニクが彼女を紹介しても、会釈だけですませた。働きすぎの父親。それが彼から受けた印象だった。

「メルケルはもう知っているね」

「ええ、こんばんはメルケル」

「そしてリンクだ。彼が屋敷を取りしきってくれている。うちの執事といったところだ」

「はじめまして、リンク」リンクは苗字なのだろうか、それとも名前なのだろうか。痩せていて知的で、いかにも有能そうな顔をしている。あとで訊いてみることにしよう。

「この三人にもいっしょに食卓を囲んでもらうことにした。彼らはわたしの生活の一部だし、あとできみが話を聞きたいのではないかと思ったのでね。リンクは、殺人事件とその犯人の研究をしている。彼がいま調べているのは――いや、きみから話してもらったほうがいいな、リンク」

リンクは内気だった。引きつった声で話した。「ヘレーネ・エガドです。彼女は料理人で、雇い主を毒殺しました。被害者が苦しむのを見るのが好きだったのです。最後は修道院の料理人をしていたのですが、修道女がばたばたと死んだために、警察が呼ばれました。調べにより、六十人以上が彼女に殺害されたことがわかりました」

「それらの人びとはみんな、紹介状なしに彼女を雇ってたんだ」メルケルが口をはさんだ。

「すごい話」ラファエラは言った。「ほかのお話もぜひ聞かせてください、リンク」

リンクはうなずき、ドミニクが補足した。「いまのはもっともおとなしく、血なまぐさくない話だ。きみから頼んだ以上、覚悟をしておきなさい。ところで、わが親愛なるメルケルは、殺人好きというわけじゃない。彼の趣味はファッションだ。アドバイスを求めたら、GQを参考に答えてくれる」

ラファエラはアルの教えの正しさを身をもって学んだ。見た目どおりの人間なんていやしない。マーカスは例外だ――複数の顔を持つ男だと、最初から直感していた。あのけだものは、いまいましいことに、この屋敷に着替えを置いていた。それが証拠に、彼の服装にはまったく乱れがなく、白いスラックスと白い開襟シャツがよく似合っている。日焼けした顔と黒髪のせいで、盗賊のようだ。その盗賊のおかげで、かつてないセックスを体験した。ラファエラは満腹になるまで彼にキスしたくなった。それにはどれくらいかかるのか、見当もつかないけれど。

男にあんなことをさせるなんて、想像したこともなかった。マーカスの行為はかつて経験したことのないもので、嫌悪を感じてしかるべきだった。彼はラファエラをもてあそび、自分と彼女を快感に導いた。そして正直に言えば、人生で最高のひとときを味わわせてもらった。せめて彼のお腹に脂肪の浮き輪があったり、顎が貧弱だったりすればいいのに。

五分もすると、マーカスが近づいてきて、ラムパンチを差しだした。「今度のはそれほど甘くないぞ」

ラファエラはひと口飲んだ。強烈にラムが利いていて喉が焼けつくようだった。

「つぎの生理はいつ？」

「あら、突然父親になるのが心配になったの？」

「プールで大胆な計画を実行するのに夢中で、コンドームを使わなかった。ピルは飲んでるんだよな？　今朝きみのバスルームのカウンターで見たような気がする」

少し心配させてやろう。ラファエラはつと目を閉じて言った。「石で殴り殺す予定の相手の子を妊娠するなんて、願ったり叶ったりだわ。膨らんだお腹を見たら、陪審員もわたしがあなたを憎んでいたとは思わないでしょうね」

「悪かった。よく考えるべきだったよ」

その声が誠実に響いたので、ラファエラは彼を見つめた。からかっている人間の目ではない。「たぶんあと二、三日ではじまるわ。ピルも飲んでるし。ご心配なく」

「きちんと来るほうかい？　もし大丈夫じゃなかったら、おれに言えよ」

「いったいなにをどうしたら、大丈夫じゃなくなるのよ？　それに、そんなこと聞いてどうするの？　島を出ていくとか？　それともモンゴルに行ってお坊さんになる？」

「さあね。考えておくよ」マーカスはいつもの人をおちょくったような顔つきになり、ココのほうへ歩いていった。

ドミニクが音もなくラファエラの横にやってきた。なにも聞かれていないといいのだけど。

「なにか気がかりでもあるのかね？　ひょっとすると、マーカスのことかな？」

「いいえ、あの立派なプールに落ちてしまったときのことを考えていたんです。そうドジなほうではないんですけれど」

「そうだろうね」

彼はなにかを知っている。マーカスが自慢げにしゃべったとは思えないが、どうだろうか？　もっとも、言いふらすまでもないが。ラファエラと同じく彼もびしょ濡れだったのは、たぶんみんなが知っている。

「きみの好きな食べ物を聞いておかなければね、ラファエラ。ジグスに伝えておこう。ダッキーは腕のたつ料理人なんだよ。マーカスが明日、きみの着替えを持ってくることになっている。ココの服も似合うが、自分の服のほうが落ち着くだろう」

いまわたしに話しかけているこの男は、父親なのだ。しかも当の父親のほうは、まったくそのことを知らない。そんなことを思っていたせいで、ドミニクから従うわけにはいかない命令が下ったことに気づくのが、一拍遅れた。命令どおりにすれば、マーカスに持ち物を調べられる。マーカスはさらに一歩進んで、ラファエラのヴィラを家捜しするだろう。母の日記は、鏡台の下に敷かれた絨毯の、めくれあがった角の下に隠してある。目ざとい人物でなければ見つけられないだろうが、マーカスの目ざとさは疑いようがない。日記のことを考えておくべきだったのに、うかつだった。いまになって心配になってきた。もしもマーカスが日記を見つけたら、それがドミニクに渡り、すべてが水泡に帰す。いまになって日記のうち三冊を持ってきたのが悔やまれるものの、置いてきたくなかったのだからしかたがない。よく読みたかった。ドミニクが母にした仕打ちをくり返し読むことで、体内を駆けめぐる怒りを感じたかった。

マーカスはすでに母の日記を気にしている。もしも日記がドミニクの手に渡ったら、彼はどうするだろう？　わたしを殺す？　キスをして、「やあ、娘よ」と言うだろうか？

「実を言うと、今晩こちらに泊めていただけると思っていなかったんです。自分で荷造りして、明日あらためてうかがいたいと思います」

「好きにしたらいい」ドミニクはかすかに顔をしかめたが、すぐに魅力的な微笑みを見せた。「もうわかっていると思うが、きみにわたしの伝記を書いてもらうことにしたよ」

ココから聞いていたが、当人から聞くと喜びもひとしおだった。「ありがとうございます。心から感謝します。本のテーマに対して公正になれるよう、努力します」

「アプローチ方法と基本的なルールは、明日話しあうとしよう。わたしがきみの本のテーマである以上、全面的にわたしが許可できるものにしてもらわなければね。また、編集もわたしが行なう。とくに力を入れてもらわなければならない分野もあり、それを選ぶのはわたしだ。たとえば、ココから聞いているだろうが、わたしはアメリカで行なわれている薬物矯正治療プログラムのいくつかを支援している。むろん、そうした活動について長々と書く必要はないが、いちおう触れてもらわねばならない。また、その他、あまり重要ではない分野については、省いてもらう。わたしにはなんの問題も予測できないよ、ラファエラ。きみとならうまくやれそうだ」

わたしがあなたの命令に従っているかぎりはね。ラファエラはそう思いつつ、素直にうなずいた。彼の狙いが手に取るようにわかる。事実をならべ替え、自分を善意の慈善家に見せたがっている。自分とその人生を構築しなおそうという腹だ。事実以外のあらゆることを書かせたがっている。そしてラファエラはドミニクの秘書として、偉大な男の生涯を筆記する。そう思わせておけばいい。こちらは痛くも痒《かゆ》くもない。それに言外の含みとして、彼の指示どおりにしたほうが身のためだという脅しも、しかと受け取った。

新鮮なエビと、バターの風味のついたロールパン、シーザーサラダ、チーズ、それに果物というさっぱりとした夕食を終えると、一同はふたたび居間に集まった。食事のあいだ、さして重要な話は出なかった。ラファエラの見るところ、ポーラはリンクとマーカスの両方に興味を示しているが、どちらもそれに応える気はなさそうだ。ココはドミニクの話に熱心に耳を傾けつつ、その場の全員に如才なく話題を振った。完璧な女主人にして完璧な愛人。落ち着きと、しとやかさと、美貌を兼ね備えている。ポーラはシーザーサラダが出されるころにはふてくされ、もうデロリオの目を盗んでマーカスに色目を使うのもやめていた。一方デロリオは、異母姉であるラファエラの胸を二分間にわたって凝視した。メルケルとレイシーは旺盛な食欲を見せるのに忙しくてほとんど話さず、リンクはかすかに顔を曇らせている。

ラファエラはドミニクがマーカスとふたりきりで話しているのを見て、飛びあがりそうになった。ドミニクは身ぶり手ぶりを交えて話す。ドミニクのほうが痩せていて、背が低く、年配なのだから、マーカスとならんだら、かすんで見えるはずだった。しかし、そうは見えなかった。ドミニクは力強く精力的で堂々としていた。あれがわたしの父親なのだ。ラファエラはその瞬間、それまでになく強い憎しみを覚えた。あの男はまごうことなき現実で、手を伸ばせばそこにいる。ラファエラは恐怖におののいた。

いったいなにを話しているのだろう?

なんとしてもリゾートに戻らなければならない。うまく隠してあるとはいえ、ヴィラに日記を置いてきたのは失敗だった。自分がいないときにマーカスをヴィラに入れるわけにはいかない。日記をどうしよう? リゾートも安全ではない――マーカスはいつでもリゾートに戻れる。日記にはすべてが記されており、マーカスはラファエラを公然と疑っている。

わたしは馬鹿だ、大馬鹿だ。日に日に愚かになっていく。マーカスと会うたびにと言ったほうが、実体に近いかもしれない。彼との愛の行為に――スイミングプールの水深の深いほうで――ひとときの歓びを見いだしたのは、ポーラと、自尊心とか自立心とか女性同士の友愛について話をした直後のことだ。とんでもない嘘つきだ、とラファエラは思った。一時間ごとに、自分の知らない、あまり嬉しくない面を学んでいる。

その日のうちにリゾートに帰ることをドミニクに反対されずにすんで、ラファエラはほっとした。メルケルがパイロットとして彼らを送ってくれることになった。

「ミスター・ジョバンニにしても、おまえを信用してないわけじゃないんだぞ、マーカス」

メルケルは笑顔で肩をすくめた。

「でも、わたしは信用してない。あなたが来てくれてよかった、メルケル」ラファエラは言った。本心だった。メルケルがいてくれれば、マーカスのからかいやいじめに悩まされずにすむ。それにすてきな彼の口にも、同じくらいすてきな手と指にもだ。もしメルケルがいなかったら、マーカスは高度三〇〇メートルの上空で、セックスしただろうか？

残念ながら、ヘリコプターがリゾートの発着場に着いたのち、ラファエラをヴィラまで送ってくれたのはマーカスだった。

「支度ができるまで待たせてもらうぞ」マーカスは単刀直入に言った。「ドミニクから、今夜のうちにきみを屋敷に戻せと言われている」

「いいえ」ラファエラは愛想よく、けれどきっぱりと言った。内心は怖くてたまらないが、それをマーカスに気取られてはならない。

「いいえって？」

「ドミニクにも言ったけど、お屋敷には明日戻るわ。今日はもう戻らない。疲れてるし、あわてて荷造りしたくないの。それに、あなたの手伝いはいりませんから。おやすみなさい、マーカス」

ラファエラはマーカスの鼻先でドアを閉め、すぐに鍵をかけた。

ずいぶん長いあいだ、ドアの外はひっそりとしていた。

「こちらには鍵があるんだぞ、ラファエラ」

「使ってみたらどう？　命の保証はしないけど」

沈黙。

そして口笛とともに、遠ざかる彼の足音がした。

12

マーカスはパンクに手を振ってジムを出ると、きれいに生け垣が刈りこまれた小道をリゾートの管理棟へと向かった。今日のパンクは髪に青いストライプを入れていた。彼女がげんなりした口調でマーカスに語ったところによると、シカゴから来た銀行家はとんだ食わせものだったとか。サンディエゴから来た筋肉隆々の男の人を見つけたんだけど、どう思う？ パンクが言っているのは、美しい金髪をしたカリフォルニアのサーファーで、鏡の真ん前でトレーニングをする二十歳そこそこの若造だった。

「その三人だったら、ものすごく楽しめるんじゃないか？」マーカスが答えると、パンクは腹を抱えて大笑いし、あなたも仲間に入れてあげるから、みんなで乱痴気騒ぎをしよう、と切り返した。

マーカスのリハビリは順調だった。肩の回転はほぼ完璧に戻り、筋力も百パーセントではないにしろ、それに近づきつつある。これならミズ・ホランドの挑戦を受けてたてる。マーカスは専用の出入り口からオフィスに入った。まだカリーとは顔を合わせたくない。そっと鍵をかけ、パンツのポケットから小さな電子機器を取りだした。青いスイッチを入れて、ゆつくりと室内をめぐる。反応なし。盗聴されていないということだ。よかった。まだ信用されているのが、これで確認できた。マーカスはおもむろに自分の携帯電話を取りだし、シカゴに電話をかけた。二度めの呼び出し音でサヴィジが出た。

「マーカスか？　どうした？」

「ジョバンニが動くぞ。昨日の夜やつから話があったんだ。今回はフランスのリヨンにある軍需工場経由で、最終使用者証明書に書かれている送り先はナイジェリア。ルートは変更され、よりによってムンバイ経由で、中東のシリアに送られる手はずになっている。ジョバンニの名前はどこにも出てこず、フランス政府の許可を得たやましいところのない取引だ。シリアへのルート変更は、心がねじ曲がりすぎていてまっすぐ歩けるのが信じられない男、ジャック・バートランドが担当する」

サヴィジは口笛を吹いた。「以前、ＣＩＡと仕事していたやつだな？　ＣＩＡが直接かかわりたがらない場所に武器を送っていたんじゃなかったっけか？」

「そうだ。過去にも二度ほど、ＣＩＡの仕事ではないが、今回のフランスの軍需工場を使っている。おまえもあのいかさま師はよく知っているはずだ」

「取引はいつ許可された？」

「昨日だ」

「ジョバンニの信用を勝ち得たな」サヴィジの声が楽観的に響いた。

「安心するのはまだ早いぞ、ジョン。表向きはそう見えるが、おれはまだ確信が持てない。

ドミニクはおれをマルセイユにやって、商品――今回の出荷ではほとんどが地雷だ――の梱《こん》包《ぽう》と船への積みこみを監視させようとしている。船の行き先は、ナイジェリアではなく、ムンバイ。今回の取引で、ドミニクがとくに信用ならないと思っているのはバートランドだ。だからおれに仕上げをやらせて、地雷がフランスから送りだされる前に、金の受け渡しをすませたいのさ。商品がシリアに到着するのを見届けるのは、バートランドの仕事だ。おれはシリアが最終目的地なのに賭けるが、ジョバンニはおれが知るべきことだとは思っていないから、教えてくれなかった」

サヴィジは口笛を吹いた。「やったな、マーカス、ついに尻尾をつかまえたじゃないか」

「いや、残念ながらまだだ。頭を冷やして聞いてくれよ、サヴィジ。ジョバンニをこの取引と結びつけるものはなにもない。中枢にいるごくひと握りの人間以外は、誰もやつの関与を証明できないし、おれの証言だけじゃ証拠にならない。いままでに似たような取引を何度も経験しているおれにしてみると、終わりが近いとは思えないってことさ。バートランドっていう雑《ざ》魚《こ》すら、つかまえられない可能性がある。まだまだかかるぞ」

「フランス政府は、今回の取引を知って、問題の軍需工場を閉鎖するだろうか？」

「いや、だがうまくすると、工場を調べることで、欲の皮の突っぱった連中が製品を横流ししているのが明らかになるかもしれない。バートランドに関して言えば、やつには強力な友人がいる。そしてその友人たちにもまた強力な友人がいる。ハーレーには、地雷をそのまま運ばせるように伝えてくれ。少なくともムンバイまでは。ハーレーならそこで止められるだろう。もちろん、船に乗ってる連中は両手を上げ、なにも知らないから、最終使用者証明書を見てくれと言い逃れるだろうがな。ついでに言うと、おれに疑いがかかることもない。つかまるとしたら、両方に対してうまくやろうとしていた軍需工場の小者ぐらいだ。まだまだ時間がかかるってことさ」

「とっくの昔に脱けだしてなきゃいけなかったんだ、マーカス。くり返しになるのはわかってるが、いいから聞けよ。おまえはもう義務を果たした。暗殺のことはほうっておけ。誰が犯人だろうとかまわないから、もう一度ドミニクを狙わせろ。あいつが死んだからって、誰が気にする？」

　マーカスはため息をついた。「おまえと、おれと、それにモーティ叔父さんだ」

「モーティ叔父さんなんてくそ食らえだ。いや、本気じゃないぞ。わかったよ、おまえのやりたいようにしろ。ところで、おまえのおふくろさんだが、叔父さんと仲良くやってるよ。くれぐれも注意してくれ。とくにマルセイユでは。おまえが相手にするのは正真正銘のクズなんだからな。バートランドはオリヴィエとつながりがあるんじゃなかったか？」

「そうは思えないが、ドミニクからは聞いていない。ドミニクとオリヴィエがたがいをどう思っているか、知っているだろ？　そのふたりが今回の取引で協力？　ありえないね」

「例の記者はどうしてる？」

「今日の午前中に屋敷に戻ることになっている。それが頑固な女でね。おれの頭蓋骨を石で粉々にしたがってるよ。おれと同じくらい空手ができて、それに——」

受話器の向こう側から低い笑い声がした。「久しぶりに楽しんでるみたいだな。彼女の写真を見たぞ。ハードカバーの本の裏表紙に載ってたやつだ」

「それで？」

「ふるいつきたいような美人じゃないか。あの淡い瞳……緑色なのか？」

「いや、淡いブルーだ。怒るとグレーがかった色になる」

「おまえが島を離れてても、彼女は大丈夫なのか？」

「ああ、離れていたほうがましなくらいさ」さらに数分話して電話を切った。マーカスはもう、ラファエラが暗殺者だとは思っていなかった。彼女は無防備で、純真で、高慢ちきな女だ。それに、生意気な口を利く。彼女のことが心配でならない。マーカスが島を離れるのは三日。場合によってはさらに長びく。そのあいだに彼女がどんなトラブルに巻きこまれるかは、神のみぞ知る。

マーカスは席を立ち、専用出入り口からオフィスを脱けだした。屋敷に送る前に、軽くネッキングくらい許してくれるだろうか？　それが無理なら、子どものころのキャンプの思い出話だけでもいい。触れてはいけない話題が多すぎるせいで、もどかしさがつのる。マーカスはラファエラを――ほんとうの彼女を――知りたかった。彼女と腹を割って話をしたかった。表面的なジョークや、からかいの域を脱したかった。

たぶん彼女は口を利くことすら拒否するだろう。昨晩はマーカスに対してかなり腹を立てていた。その理由はわかっている。プールでの一件ももちろんあるが、あれは彼女も楽しんでいた。そうではなく、彼女が屋敷に泊まらなかったのは、マーカスが彼女のヴィラを調べるのを恐れたからだ。

実際そうしただろう。いまからでも、彼女をヴィラの外に誘いだして、室内を調べられないだろうか？　もっと早くに気づけばよかった。アメリカからの電話だと言って呼びだすか？　いや、それはできない。彼女はきっと母親になにかあったと思うだろう。ヴィラを調べるためだけに、そんなふうに怖がらせるのは気が進まない。

マーカスは彼女が持っているあの変わった本を読みたかった。どうして変わっていると思ったのか、いまになって気づいた。あれは出版された本ではなく、日記帳の類いだ。それでますます中身が知りたくなった。

ラファエラは馬鹿ではない。マーカスが朝食に誘うと、ふたつ返事で承知した。それで彼女がすでにあの本を隠し終わり、自分にはもう見つけられないのだとわかった。

マーカスはラファエラを朝食に連れていった。誘った以上、そうするしかない。白いパンツに空色のブラウスを合わせたラファエラは生き生きとして、修道女のように無邪気だった。編みこみにした髪に、薄化粧。それだけでじゅうぶんにきれいだ。じゅうぶんすぎるほどに

「今朝はなんだかはつらつとしてるな。よく眠ったか？　それとも諸々を埋めるのに忙しかったのかな？」

コーヒーカップを持つ彼女の指がこわばる。「昨日の夜ランニングに出かけるとき、貴重品とコレクションと秘密の書類をすべて持っていって、深く穴を掘って埋めてきたわ。あな

たには絶対に見つけられないから、忘れたほうがいいわよ」

「そんなことだろうと思った」マーカスはため息をつき、籐椅子に深く腰かけて腕を組んだ。

「満ち潮を考慮して、お宝をあまり海岸線近くに埋めていないといいんだが」

ラファエラはぴしゃりと額を叩いた。「まあ、わたしったら。なんて考えなしで、お馬鹿さんなのかしら。ホルモンの分泌がよすぎるのかも」

「もうすぐ生理だって、昨日言ってたな」彼女は不満げに鼻を鳴らしたが、マーカスは無視することにした。「そうか、やられたな。昨日の夜、きみの頭をこん棒で殴って、部屋を調べときゃよかった。きみのおかげで、おれの苦労は増えるばっかりだ、ミズ・ホランド。でも、きみにキスされると、なんでも許そうって気分になっちまう」

ラファエラはなにか言いかけたが、マーカスは手でそれを制した。「いや、言わないでくれ。きみのヴィラにはいま石があるんだろ？　おれのイニシャルが刻まれた石がさ」

ラファエラはにっこりした。「あなたってハンサムよね、マーカス。石にあなたのイニシャルを刻んでいるときでさえ、あなたって男前だと思ってたのよ。あなたはこの世に生存するなかでも、最悪のろくでなしだと思うけど、ハンサムには変わりないわ」

「それに極上の恋人だろ？　水深二・四メートルという制約を考えれば」

ラファエラは彼を見つめ、おもむろに口を開いた。「そうね、あんな無茶はしたことがなかった。それなのに、なにも気にならなかったし、なにも考えなかった。変よね」

ラファエラにそんなふうに本音を語ってもらいたくない。マーカスはたいへんな恐怖と心配で押しつぶされそうになった。うわっつらだけの会話のほうがまだまし、少なくともそのほうが安全だった。彼はぶっきらぼうに言った。「ああ、めちゃくちゃ変だ」

「いままでは、ハンサムな男を信用しないことにしてた。言っておくけど、べつにあなたを信用してるって意味じゃないわよ。ハイスクールの新入生だったとき、最上級生にものすごくハンサムなスペイン系の男の子がいたの。女の子たちはみんな、怖いくらいきれいだって言ってた。でもわたしは信用しなかった。彼がラテン系の黒い瞳をわたしに向けてからは、なおさらだった」そこで言葉を切り、なんとも心許なげに顔をゆがめた。「あなたのほんとうのところを、理解できたらいいのに」

「おれは平凡で単純な男だよ。理解すべきことなんかないさ」

「そうね、それを言ったら、うちの編集長は福音伝道者で天に召されるんでしょうけど」

「つまりおれたち、おたがいさまってことさ。おれだって美人を信用したことはない」

ラファエラは笑った。ためらいも悪意もなく、無邪気に笑った。「どうかしてるわ」

「自分の美貌に気づいていないとでも？　その気になれば、おれを身震いさせられるのに？」

ラファエラはマーカスを見て、笑いを忘れた。「わたしはあなたと同じリーグには入れないわ、自称デヴリンさん。あなたを調べておくべきだったんでしょうけど、あなたの名前や正体は誰にも突きとめられないんでしょうね。それくらいあなたは優秀なんでしょう？」

「ミズ・ホランド、もし人に尋ねられたら、きみならどんなリーグでも通用すると答えておくよ。絶頂が近くなると、喉の奥からとてもかわいい音を漏らすってこともね。それにランニングに鍛えられた力強い脚。あの感触、たまらな――」

「ウエイトレスはどこにいるの？」ラファエラはあたりに目をやった。

「きみはハイスクールの卒業記念舞踏会に出た？　男の子から記念のリングをもらってつけたか？　フットボールは好き？」

ラファエラはウエイトレスのことを忘れて、彼のほうに首をかしげた。「答えはイエス、ノー、そしてイエスよ。フットボールは大好き」

「NFLのどのチームのファン？」

「フォーティーナイナーズ。ひいきの選手はブライアント・ヤング、J・J・ストークス、それから――」

マーカスは笑いながら手を上げた。「肉欲の塊だな。日曜日には試合を見るのかい？」

「ええ、見るわよ。トリビューンの日曜版、コーヒー、それに近所のパン屋で買ってきたクロワッサンを用意してね。それにトリビューンでも賭けに参加しているわ。この二シーズンで、三〇〇ドル以上儲けちゃった。あなたは？」

「ベアーズっきゃないだろ？」マーカスは黙りこんだ。秋の日曜日に、彼女といっしょにベッドで試合を見て、ハーフタイムに愛を交わし、また試合を見て、プレーについてあれこれ言い争う――そんな場面がふと目に浮かんだ。急に胸が苦しくなり、「おれは今日島を離れる」とだしぬけに言った。

ラファエラはびっくりして、急いでマーカスの顔を見た。彼と離れたくない。そんな自分に狼狽《ろうばい》していらだった。「どうして？　それとも、またあなたお得意の秘密？」

「フランスで片づけなくちゃならない仕事がある。たいした仕事じゃないから、金曜には戻る。ひとつだけ言わせてくれ、ミズ・ホランド。屋敷では用心を怠るな。まじめな話だ、ちゃんと聞けよ。誰も信じちゃいけない。考える前に行動するな。わかったか？」

「わからないのは、なぜあなたがわたしに警告してくれるかってことよ」

マーカスは肩をすくめ、手を振ってウエイトレスのメリッサを呼んだ。「プールでのきみはすごくよかった。いいか、気をつけるんだぞ。やあ、メリー。ご機嫌な朝だと思わないか？　トーストとグレープフルーツを半分頼むよ。ミズ・ホランド、きみは？」

「あなたのイニシャルは三つ、それともふたつだけ？　コーヒーと、クロワッサンをお願い、メリッサ」

マーカスは調理場に向かうメリッサの長い脚をながめた。「ユアンのやつ、プールできみのパンティを見つけたかな？　やりたい盛りの十八だから、きっと、ものすごく興奮したぞ。額縁に入れて、ベッドの横に飾ったりして」

「フランスでどんな仕事をするの？」

「それとも、デロリオが見つけたか。あいつは朝一番に泳ぐのが好きなんだ。デロリオには気をつけろよ」マーカスは身を乗りだして、ラファエラの手をぎゅっと握った。「冗談で言ってるんじゃないぞ。誰も信用するな。ところで、きみが隠した日記にはなにが書いてあるんだい？」

この男からは情報を聞きだせない、とラファエラは思った。のらりくらりかわしてばかりで、肝心なことにはきっちりと口を閉ざしている。

「お、朝食が来たぞ」マーカスは彼女の手を放した。「体力を落としてくれるなよ、ミズ・ホランド。きみの貞操を危機に陥れるため、戻ってくるまでにもっと刺激的な新手の計画を立てておくからな」

ラトリッジ邸　二〇〇一年三月

チャールズ・ウィンストン・ラトリッジ三世はそっと受話器を架台に戻した。依然として変化なし。医師たちは脳波図に多少の回復を認めているものの、今後の見とおしについては慎重だった。彼らは言う。可能性はあります、ミスター・ラトリッジ。ひとつ憶えの呪文のように。そこでチャールズは、世界でも指折りの神経科医を呼び寄せた。可能性はあります。ドクター・ジェイコブ・フィロスはひとしきり考えこんだのちにそう言うと、チャールズの腕を軽く叩いた。まるでチャールズが子どもを心配する親か、五歳の子どもででもあるように。能なしのヤブ医者め。

ほかの医師たちも顔を突きあわせては、同じ呪文を唱えている。可能性はあります、ミスター・ラトリッジ、あきらめてはいけません。生きているかぎり可能性はあります。

それがチャールズ自身の呪文にもなっている。マーガレットを死なせるわけにはいかない。なんとしても生きてもらわなければならない。おおげさではなく、彼女なしではやっていけない。チャールズにはわかる。ずっと以前からわかっていたことだ。

チャールズはマンハッタンの私立探偵、B・J・ルイスに電話をかけた。チャールズが名乗ると、すぐさま〝偉大な名探偵〟にまわされた。そんなルイスのもったいぶった自己像を、チャールズは機嫌のいいときにはおもしろがり、いまのように機嫌の悪いときにはくだらないと思う。しかし、ルイスは比類のないほど優秀な探偵だった。

「ラトリッジだが。なにかわかったかね?」

チャールズは失望する準備をしていた。専門家を自称しながら期待どおりの働きをしない周囲の人間に対するいらだちや不快感を悟らせないよう、ごく普通の声でうめかなければならない。とはいえ、B・J・ルイスに与えられた手がかりは多くはない。フォードアで濃い色のセダン。運転手は酔っていたと思われ、マーガレットが座っていた運転席側に衝突したのだから、車の助手席側にダメージがある。

しかし今回は、失望させられなかった。チャールズは身を乗りだし、受話器を握る手に力を込めた。「なんたることだ。確かなのか、B・J?」

相手の話を聞くあいだ、興奮で手が震えた。「もちろん知らなかった。引きつづき調べてくれ」と応じ、最後にはこう締めくくった。「きみも承知していると思うが、拙速なことはできない。証拠を集めてくれ。わたしにも考えなくてはならないことがある」

B・Jはマーガレットの車に衝突して走り去ったとおぼしき人物を見つけだしていた。少なくとも、問題の車と所有者は特定され、その人物が車を運転していたと考えるのが自然だった。この調査結果はチャールズの予測を裏切るものだった。車の所有者は女だった。いまわしい酔っぱらいの女が、マーガレットの車に衝突したのだ。

女の名はシルヴィア・カールーチ。

B・Jはそれとなく、彼女を知っているかどうか尋ねた。シルビアはたいへんな浪費家として、またマティーニをがぶ飲みし、つぎつぎと若いツバメをベッドに連れこむ女として、その悪名をとどろかせている。

チャールズはゆっくりと立ちあがった。B・Jを雇ったときは、なんでもいい、なにかしなければという思いに駆りたてられていた。自分が主体となってなにかをしていると、多少なりとも感じたかった。しかし、予想外のことが起きた。まさか、こんな結果が出ようとは。酔っぱらった若造が怖くなって逃げだしたというならまだしも、シルヴィア・カールーチが犯人とは。たとえ修道女のように暮らしていたとしても、シルヴィアは有名人だっただろう。彼女がつねに人びとの注目を集めてきたのは、父親がシカゴのカルロ・カールーチだからだ。シルヴィア・カールーチ。歳のころなら五十前後。いまだ衰えを知らず、豪快に酒を飲み、はべらせている若い男と派手に遊んでいる。当然のごとく夫はいるが、そんな妻を人生から追いだして久しく、その前の十年も仲睦まじかったとは言いがたい。それでも離婚はしていない。離婚は論外だった。カルロ・カールーチの娘だからだ。カルロ・カールーチはミシガン・アヴェニューのビルの最上階に住み、七十五歳になったいまも、大勢の仲間と居候に囲まれている。

チャールズは人生のめぐりあわせの皮肉さに打ち負かされそうになった。

電話が鳴った。チャールズ以外は出ない、専用の回線だ。デスクに近づき、受話器を取りあげた。この番号を知っている人間は六人しかいない。「ラトリッジだ」

「会いたいの、チャールズ」

それだけで電話の主がわかった。チャールズはわざと声を低め、忍耐を強いられている男を演じた。「聞いてくれ、クローディア。きみがなぜ電話をかけてきたのか知らないが、電話をもらう理由はない。妻はいまも昏睡状態で入院していて、わたしは仕事と彼女の心配で手いっぱいだ」

「でもあまりにもごぶさただから、寂しくって」

チャールズは広々した書斎の奥にある弓形の張り出し窓から、屋敷の東側の芝生をながめた。この冬の季節でさえ、美しい景色だった。木々の葉は落ち、芝生は茶色に枯れて、バラの木は刈りこまれている。なにもかも眠っているようだ。マーガレットまでが。

だが、クローディアは眠っていない。美人で有能なクローディア。なぜ彼女を自分の人生に招き入れることになったのか、いまではそれすら思い出せない。だがそのときは、もちろんわかっていた。彼女の口のせいだ。なんの誇張もなく、彼女の口がその理由だった。

「聞いてくれ、クローディア、わたしは――わたしたちは半年前に別れたのだよ。わたしは本気だったし、それはいまも変わらない。気の毒だが」

クローディアは彼の発言を無視して話しはじめた。自分がなにをしてあげられるか、目に浮かぶように詳しく語った。彼女がもくろんだとおり、チャールズはすぐに興奮したが、今度ばかりは下半身よりも理性が勝った。チャールズは彼女が熟練した芝居を終えるのを待った。この芝居もまた、思考力を奪うほど彼を興奮させるための、呪文のようなものだ。

彼女がひとしきりしゃべり終わると、チャールズは言った。「クローディア、わたしの感謝のしるしを受け取ってほしい」半年前、ようやく彼女と縁を切ったときに、すでに法外な手切れ金を払ったのを忘れていた。「ダイヤモンドのブレスレットはどうかな？ カルティエの？ 今日の午後、届けさせよう。いや、わたしが持っていくことはできない」そう言いながらも意志はぐらつき、心の底では、彼女から与えられるその場かぎりの解放感を求めているのがわかる。ほんのひととき、二十四時間のうちの一時間だけ、すべてを忘れ、頭を空っぽにして、この肉体を締めつけるほどの緊張をセックスでほぐせたら。行為のあとのクローディアはとてもやさしい。彼の話に耳を傾け、慰めて、どんな望みもかなえてくれる……。

チャールズは弱く、弱さゆえに自分を憎んだが、そうは言っても男だった。男は重要な事柄に関しては強いものだ、と父親から聞かされて育った。男にとって、セックスはなくてはならないものだ。つらい仕事と引き替えに楽しむ権利がある。男にはときには堕落も許される。チャールズは最初の妻と結婚しているあいだ、つねにこうした論理を言い訳にしてきた。

しかしマーガレットと結婚してからは、別の理由も加わった。その理由を考えると、怒りと吐き気と恐怖に襲われる。しかしいま重要なのはそんなことではない。クローディアは過去の女となった。何カ月も前に決心したのだ。

マーガレットが何度か、愛情と不安のこもった目つきで自分を見ていたのを思い出す。そんなときは、なにを考えているのだろう、クローディアのことを耳にしたのではあるまいかと勘ぐり、マーガレットをベッドに連れていっては、どれほど彼女を、彼女だけを愛しているかを、自分の肉体を用いて伝えようとした。もちろんいまでは、もっと多くのことが存在する。理解すべきこと、説明すべきこと、認識して対処すべきことがつねにある。

チャールズは運転手のクレメントに電話をかけ、マンハッタンのカルティエで包みを受け取ってくるようにと命じた。続いてカルティエの店長、ミスター・クリフォードに電話をし、ささやかな感謝の品を注文した。

電話を切ったとき、チャールズは自分が息子の妻のスーザンのことを考えているのに気づいた。彼女のやわらかな白い手、響きのいい低い声、大きくて形のいい胸。ベンジャミンは救いがたいほど愚かだ。善良だが気骨に欠け、積極性や闘志というものがない。ベンジャミンではなく、ラファエラがわが子だったら。あの子ならば、自慢の娘になっていた。しかし人生は不公平で、彼はラファエラの父親ではない。

そろそろラファエラに電話して、どうしているか尋ねたほうがいいだろう。チャールズは自分自身に首を振った。

ああ、この運命の皮肉。知らずにすめば、どんなによかったか。これまでチャールズは、人生の皮肉を感じたことがなかった。つねに自分の人生をコントロールできたという、それだけの理由だった。いつのまにか皮肉が紛れこんでいたということもなかった。だがいまは皮肉の海に投げだされ、なすすべを失ってもがき苦しんでいる愚者の気分だ。それでも、溺《おぼ》れるのはわたしではない。断じて。

ニューヨーク市へと車を走らせながら、シルヴィア・カールーチが妻に車をぶつけたという皮肉について考えてみる。

シルヴィア・カールーチ・ジョバンニが妻に車をぶつけた。しかしどれほど頭をひねり、検討してみても、チャールズにはそんな偶然を受け入れる余地がなかった。偶然は小説のなかならありえても、経験からして、現実の世界では起きようのないものだ。そうではないのか？

ジョバンニの島　二〇〇一年三月

デロリオは水に濡れたパンティを掲げた。「おもしろいものを見つけたぞ」

「あのあばずれのね」ポーラは夫からパンティを取りあげようとした。

「ココのかもしれない」デロリオはパンティを妻の手の届かない高さまで持ちあげた。

「ううん、あの女のよ。どこにあったの？」

「プールの底さ。水深の深いほうだ。おい、よせよ。こいつはおれから彼女に返す。マーカスのやつ、趣味だけはいいな」妻ににやりと笑いかけ、パンティの股の部分に口をつける。

「すばらしい」

「なによ。塩素のにおいでもするの？」

「おまえには想像力ってもんがないな、ポーラ。マーカスじゃたいしてもたなかっただろう。夕食の前にふたりしてびしょ濡れで現れたとき、おかしいと思ったんだ。露出狂は彼女のほうで、彼女のほうからやつに迫ったのかな？」

「そうよ。わたしへのあてつけで」

デロリオはひと息入れた。ひどくゆっくりした動作で、パンティをタンスの上に置き、形を整える。「あてつけって、なにをだ？」

「自分にならなら奪える、ううん、自分のほうがわたしより上だと見せつけようと――」

「なるほどね」デロリオは彼女から顔をそむけた。「説明しにくいんだな？　でもおまえがそうやってあわてたりごまかしたりすればするほど、おれはおまえが愛《いと》しくなる。おれは今日の午後マイアミに行く。人に会って、詰めなきゃならないことがあるんだ。ついてくるか？」

「ええ、連れてって、デル。準備しなきゃ。何日くらい？」

デロリオは振り向き、妻に微笑みかけた。「おかしいと思わないか？　わが父上はプールでマーカスがミス・ホランドとセックスしても、平気らしい。お上品でお育ちのいいお父上が、文句ひとつつけなかった。これからどうするつもりやら。ポーラ、荷造りの前にドレスを着替えてくれ。先月買ってやったきれいな青いサンドレスにしろよ。たっぷりしたスカートに細い肩紐のついているあれさ。わかるな？」

ポーラは嬉しそうにうなずいて指示に従おうとしたが、デロリオに止められた。デロリオが彼女の腕をつかみ、上から微笑みかける。腕を愛撫し、頭のてっぺんに温かな吐息を吹きかけると、ポーラはうっとりとなった。

「ドレスを着たら、バルコニーで前かがみになり、両手で手すりをつかむんだぞ。おれはスカートを少しめくって、うしろに立つ。おれが突いているあいだ、おまえは庭師たちに手を振り、通りかかったやつと話をする。もしリンクが来たら、あいつが調べている身の毛もよだつ殺人者についてあれこれ尋ね、おれがなかでいくまで、あいつの目を引きつけておけ」

「でも、わかっちゃうわ——あなたがうしろで突いていたら——リンクにも。わたし——」

「なに、ドレスは着たままだ。なにも見えやしない」口ではそう言いながら、そうさ、あいつにもわかる、とデロリオは思った。自分がポーラになにをしているか、ポーラが誰の女なのか、そしてポーラに近づくのをやめないと、睾丸を抜かれることになるのだと思い知る。

リンクは通りかからなかったが、メルケルが来た。いつものように白い三つぞろえの麻のスーツに、淡いブルーのオックスフォードシャツで身なりを整えていた。メルケルはデロリオが妻の背後に立ち、その腰をつかんでいるのを見て、ふたりの行為に気づいた。胸が悪くなる。しかし無作法ではあるが猛烈にエロチックで、ポーラの顔をちらっと見たかぎり、嫌悪と歓びが相なかばしているようだった。メルケルは首を振った。あのふたりのことは永遠に理解できそうにない。

ポーラから恥ずかしさと興奮に震える甲高い声で名前を呼ばれたが、メルケルは目を上げるのを拒否し、足を止めずに会釈だけ返した。

午後、デロリオとポーラがマイアミに発ったときは、心の底から安堵《あんど》した。さっきリゾートからミス・ホランドを連れてきたところだ。彼女はいま部屋で着替えている。ココもいっしょだった。

メルケルはその日の朝、セント・ジョンズ島の空港から旅立とうとしているマーカスから、あることを頼まれた。「彼女を見守ってくれ、メルケル。彼女は後先考えずに、突撃する癖があって、そのせいで危ない目に遭うかもしれない。それに人に秘密を打ち明けさせる才能があるとなると、ますます危険だ」

厄介なことになった。だが少なくとも心配の種がひとつ減った――デロリオだ。一週間ほど留守にすると言っていた。うまくすれば、さらに長引くだろう。ミスター・ジョバンニはデロリオを体よく追い払ったのだろうか？　だとしたら、ラファエラ・ホランドを独り占めするためか？　純粋に仕事のため、それとも競争相手をすべて厄介払いしたかったから？　マーカスを出張させたのも、やはりそれが理由なのか？　まさか。マーカスがマルセイユに行ったのは、バートランドと取引するためだ。それに、ここにはココがいる。ココはいままでもお気に入りの愛人だし、ラファエラとも仲がいい。やはり、自分の気のまわしすぎなのだろう。

昼食がすむと、ミスター・ジョバンニからお呼びがかかった。メルケルはいてもたってもいられないほど、ボスの胸の内が知りたくなっていた。うまくすれば、ラファエラ・ホランドが書く伝記以外の話も出るだろう。暗殺未遂事件と、バテシバについて、手がかりでも見つかったのだろうか？

「デロリオもマーカスも消えた」ミスター・ジョバンニは背の高い揺り椅子に腰かけ、ジン入りのレモネードをちびちびと飲《や》った。「これでラファエラ・ホランドが屋敷に落ち着けば、そう、すべての釣りあいがとれる」

メルケルは口をはさむほど馬鹿ではない。突っ立ったまま、ボスが勝手に話しつづけ、小声で悪態をつくのを聞いていた。

「彼女はマーカスに好意を抱いている。自分でもそれに気づいているが、まだ受け入れる準備ができていない」

メルケルはボスのデスクの上に飾られている美しいピカソの絵を見ていた。バラ色の時代の作品だと、前にボスから教わった。とくに好きな絵ではない。これ以外の絵は、主寝室の横の専用金庫室に保管されている。ボスによると、この絵は二十年ほど前にオークションで手に入れたとか。

「わが息子について言えば、彼女に妙な気を起こさないよう、離しておきたかった。あいつにはほかにすべきことがある。いずれわたしのあとを継ぐのだから、責任、戦略、駆け引きといったことを学ばなくてはならない。取引相手となる人物全員の性格を把握する必要もある。そして謙虚さを身につけなくては」ドミニクは言葉を切り、メルケルは吹きだしそうになった。謙虚さだ？

「あの子はときに、きわめて下品で、育ちが悪く見える。あの母親にそっくりなのだ。あの愚かな酔っぱらい女と、性根の腐った祖父に」

今朝デロリオがポーラになにをしていたか、メルケルはボスの耳に入れようとは思わなかった。ポーラは羞恥に顔をまっ赤に染めつつ、短い人生における最高のオーガズムを得ていた。メルケルはフェルメールの絵に目をやった。ピカソの絵からきっかり四〇センチの位置に、専用の照明つきで飾られているこの絵は、三年前にサー・ウォルター・レンサムのコレクションから盗まれたものだ。だが、メルケルが好きなのは居間にあるエジプトの宝石のほうだった。宝石には触れることができる。手に持ってその温もりを感じ、頬に押しつけて、かつて実在した人びとがその宝石を身につけていたのを肌に感じることができるのに、そのあまりの古さゆえに、当時の人びとの感覚や人となりは、想像のかなたにある。

「もちろん、デロリオに立ちなおる見込みがないと言っているわけではない。あの子は立ちなおる。わたしの息子なのだ。立ちなおってもらわなくてはならない。あの嫁は、そう、彼女はまだ子ども、若くて愚かで軽率な子どもだ。勘弁しておくれ、メルケル。こんなふうにくどくどと愚痴をこぼし、おまえに居心地の悪い思いをさせて。フェルメールが気に入ったか？　いい絵だが、そろそろ金庫室にあるターナーと交換しようと思っている。この色遣いをご覧——とてもやわらかく、靄《もや》がかかっているようなのに、きわめてリアルで輪郭がくっきりとしている。こう言うと矛盾するように聞こえるが、それが、フェルメールが実現した驚くべき成果なのだ。人生においても、こんなふうに美しいものを変わらず美しいままとっておけたら、どんなにいいか。だが、そうはいかぬのが人生というもの。そうだろう？　万物はつねに変化し、しかもたいていは悪いほうに変わってしまう。理不尽ではあるが、避けがたいことだ。

さて、メルケル。おまえを呼んだのは、今日の午後からラファエラと作業をはじめると伝えたかったからだ。マーカスが仕事の監督に出かけたいま、わたしにはなにも案ずることがない。

ラファエラはいい仕事をしてくれるだろう。昨晩、わたしのほうから懇切丁寧に説明しておいた。彼女は自分の役割をわきまえているから、逆らうような真似は、けっしてしないだろう。無慈悲にスキャンダルを暴きだすようなことはせず、わたしが望むとおりのことを書く。彼女が書くのは、世界に紹介されるに足るわたしの人物像でなくてはならない。創意と想像力を持つ男、偉大なビジョンと優れた直感力を持つ男、そして慈善家でもある。彼女はいわば、わたしの筆記者となるわけだ。

メルケル、屋敷の平和を保つように気を配ってくれ。おまえとリンクとレイシーとで。リンクも哀れなものだ。あそこまで内気で臆病ではな。あてこすりも理解できないようだ。だが優秀な狙撃手であることには変わりないし、この世からとうの昔にいなくなった殺人者の話でわたしを楽しませてもくれる」ドミニクは言葉を切って、ジン入りのレモネードをひと口飲んだ。

メルケルは意を決して口を開いた。「ミスター・ジョバンニ、マーカスをフランスにやったのは、ミス・ホランドとふたりきりになるためですか?」

これほど率直に思ったことを口にするのは、物静かなメルケルにしては異例のことだ。ドミニクは答えた。「そうではない。フランスでバートランドを見張らせるためだ。わたしがマーカスを信頼できないとでも?」

「もちろん、そんなことはありません。彼はあなたの命を救いました。なんの躊躇《ちゅうちょ》もなく。それに――」

「そここそが、わたしの案じている部分でね。勢いで行動する人間、選択肢を考慮しない人間、立ち止まって考えることをしない人間。そうした輩《やから》が、信頼に値するとは思えない」

メルケルはドミニクをまじまじと見た。「彼はボスの命を助けた」くり返した。「ボスを助けるために、背中に銃弾まで受けたんですよ」

ドミニクは金のペンを取りあげてしばしもてあそんだのち、ペンを宙にほうりあげ、鮮やかな手つきでつかんだ。「おまえの言うとおりかもしれない。マーカスがわたしのもとに来て、二年以上になる。頭のいい、見るからに忠実な男で、わたしと彼自身のためにたっぷりと儲けてくれている」ドミニクの声が一転して厳しくなり、目つきが鋭くなった。「誰にもわたしとラファエラの邪魔をさせるな。彼女とふたりだけになりたい。彼女はわたしの人生の物語を書くのだから、気を散らしてはならない」

メルケルはいやいやながら命令を理解し、うなずいて書斎を出た。マーカスとの約束をどうしたらいい？

ドミニクは長らく動かなかった。マーカスのことは信頼している。今朝もフランスに発つ前に、報告にきてくれたではないか。やっとラファエラのヴィラを調べられたが、なにもなかった、と言っていた。しかし、マーカスはラファエラが庶子であることを黙っていた。それがドミニクには引っかかる。重要ではないと判断したのだろうが、だとしても――ラファエラの母親が昏睡状態で入院していることはマーカスから報告があった。そして彼はラファエラを屋敷に招くことに反対した。危険すぎるという理由で。要は、気の小さな臆病者なのだ。ドミニクがすべての人と物事を掌握しているのがわかっていない。そこにもうひとり女が加わったところで、どんな差しさわりがあるというのだろう。

ドミニクはレモネードの残りを飲み干した。伝記は傑作となり、ドミニクには世界じゅうからしかるべき尊敬のまなざしが向けられる。そういう時期が来たのだろう。

13

ラファエラは日記を開いた。ページの左上に、一九九四年四月五日という日付がきちんと書きこんである。金釘流の、どちらかと言えば読みにくい母の筆跡を見て、目の奥がツンとした。しばし目を閉じて痛みに耐える。この痛みは永遠に癒されない。たとえ母が完全に回復したとしても、彼女を愛するものにとって、もうひとつの痛みは残る。ラファエラは込みあげた嗚咽《おえつ》を押し殺した。

失敗は許されない。いったん日記を閉じて、ここ父の屋敷からロングアイランドのパインヒル病院に毎日電話をかけられるかどうか考えてみた。ドミニクのことだから、電話はすべて盗聴されていると考えたほうがいいだろう。

しかし、ラファエラが毎朝ロングアイランドへ電話をかけていることは、すでに知っているだろう。母親が昏睡状態で入院していることと同じように、マーカスが報告しているはずだから。

いっそのこと、毎朝病院に電話をかけてもいいかと、ごく当然のように、ドミニクに尋ねてみたらどうだろう。そんな具合の悪い母親をニューヨークに置いてここでなにをしているのかと訊かれたら、マーカスからそう訊かれたときと似たような返事をすればいい。

ドミニクに対しては、そうする必要があるというごく単純な理由によって、より説得力のある態度で挑まなければならないが。得るものは大きく、失うものもまた大きい。

そして、ドミニクは自分の娘を知らないように、マーガレット・ラトリッジの正体を知らない。マーガレットという名前に記憶があったとしても、それはマーガレット・ペニントンであって、マーガレット・ホランドではない。

ラファエラはふたたび日記を開き、心のなかに母の姿を思い描いた。母はペンを手にルイ十六世様式の小さな書き物机に向かい、遠くを見つめている。過去の痛みをたどり、未来に思いを馳せ、いまは執着のうちにいる。

今日は火曜日よ、愛しのラファエラ。コロンビア大が春休みなので、あなたが家に帰ってきている。いまでも思い出すとおかしくなるわ。あなたがエール大——彼の母校——ではなくて、コロンビア大学に行きたいと言ったときの、チャールズの驚愕《きようがく》の表情。コロンビア大学はスパニッシュ・ハーレムのど真ん中にある。軽率な人間には危険な場所だけれど、あなたが見るところ、ジャーナリズムに関しては全米一だった。チャールズにとってそれがどれほど驚きだったか。「コロンビア！」彼は怒鳴らんばかりにわたしに言った。「いったいどうして、コロンビアなんだ！」

わたしはチャールズをちやほやしておだてあげ、彼がぼうっとなるまで愛してあげたけれど、あなたがどの学校へ行くかは彼には関係のないことだという、実際そのとおりの正論は控えておいた。チャールズはあなたが好きでたまらないのよ、ラファエラ。それがわたしには心配でもある。だって、彼は実の息子のベンジャミンよりも、あなたのことを自慢に思っているようだから。やさしくて、飾り気のないベンジー——遺伝子がちゃんと伝わっているという証拠だけれど、かならずしも期待どおりの配列とはかぎらない。あなたも知っているとおり、ベンジーは彼の母親のドーラに似て、芸術家タイプ。すばらしい水彩画を描く。でもチャールズは現代的な試みをすべてまとめて毛嫌いしている。評価しているのは、少なくとも三百年前に絵を描く幸運に恵まれた巨匠たちのことくらい。たとえばハルス、レンブラント、フェルメール、ブリューゲルといった人たち。そうした巨匠たちはほとんどがオランダ人で、チャールズの書斎には彼らの作品がたくさん飾ってある。その一部は、そう、あまり褒められない手段で手に入れたもののようだけれど。

話がそれてしまったわね。あのね、ラファエラ、たとえチャールズの息子が偉大なミケランジェロだったとしても、彼は息子をこきおろしていたはずよ。

わたしったら、自分の夫をからかってるの？　そうね、でもこれは、健全で悪意のない冗談。チャールズは人間的で、それでいいの。そう、彼はとても人間的——ドミニクとはまったく違う。ドミニクは自分と自分の王朝以外のことには、なにひとつ関心がなかった。王朝を築くという彼の妄想は、不死身でありたいという激しい欲求から生まれたのだとしか思えなかった――ほかに理由があるかしら？

　ドミニクにはひとり息子しかいない。息子の名前はデロリオといい、あなたよりたった八カ月下なだけなのよ、ラファエラ。彼についてはよく知らない。知っているのは、何年か前から父といっしょに暮らしているってことくらいね。たいした王朝だこと。彼と、妻のシルヴィア・カールーチ・ジョバンニは、もう十年は別居している。彼女は息子を産んでから、お酒に溺れるようになった。たぶん、ドミニクがないがしろにしたからでしょう。彼女はいま、よりによってわたしたちの近くに住んでいる。ヒックスヴィルと呼ばれる地区に、広大なお屋敷を所有して、豪勢に暮らしているわ。噂によると、ハンサムな若い男をとっかえひっかえ連れこんでいるらしい。あら、わたしったら愚かな年寄りみたいに、噂話に花を咲かせているわね。いいえ、愚かな年寄りそのもの。それがわたし。愚かな若い娘の行く末には、それぐらいしかない。

　シルヴィアにはもうひとつ噂がある。デロリオを出産した後、卵管を縛ってしまったと言われているの。ドミニクを困らせるためによ。彼女の父親の老カールーチは、娘に腹を立てたけれど、ドミニクが即刻彼女と離婚しようとすると、娘をかばった。カールーチはドミニクが離婚しようとしたら、殺してやると脅したらしい。だからドミニクの息子はひとりだけ。シルヴィアが死んで、新しい妻を迎えないかぎり、嫡子が生まれることはない。皮肉よね、ラファエラ。人生は皮肉に満ちているみたい。ときどき怖くなるわ。

ノックの音がすると、ラファエラは急いで日記を閉じた。

「いま開けるわ」

母の日記を、マントルピースの上という、誰にでも目のつくところにある本の山——小説や旅行ガイド、伝記、カリブ諸島の資料二冊、あと二冊の日記からなる——に無造作に突っこんでから、ドアを開けた。

「あら、こんにちは、メルケル。ここは静かね。ミスター・ジョバンニの用意はできたかしら?」

メルケルはどうにも納得できなかった。彼女は若い。ミスター・ジョバンニには若すぎる。正直で開けっぴろげな彼女の好みは、はっきりしている。あくまでマーカスだ。

「そのネクタイ、いいわ。ストライプがとても粋で」

「GQによれば、最新の流行です。イギリス製で、そこでしか注文できません。褒《ほ》めてもらえて嬉しいな。ミスター・ジョバンニは、すぐに取りかかりたいそうです」

ラファエラは明るく微笑んだ。「わたしも準備はできています。いまテープレコーダを取ってくるわね。そうだ、メルケル、ご存じかもしれないけど、わたしの母はロングアイランドの病院に入院中なの。毎朝電話をかけたいのだけど、かまわないかしら?」

メルケルはラファエラを見つめた。マーカスはまちがっている。彼女は見た目どおりの女性だ。なにも隠そうとはしていない。ドミニクの伝記を書きたがっている記者で、秘密はない。彼女は信用できる——ある程度は。「もちろんです、ミズ・ホランド。おれからミスター・ジョバンニに話してみましょう」

ドミニクは居間で、エジプトの宝石をながめていた。ラファエラを見ると、手招きした。

ラファエラは彼とならんで、薄く色のついたガラスのなかをのぞきこんだ。

「これらの宝石が第十八王朝のものだと話したのを憶えているかね？　憶えていないわけがないな。きみは若く、忘れっぽい年寄りではない。この時代の宝石は装飾過剰で退廃的だと言われているが、わたしはそうは思わない。美しいだろう？　わけてもこの一品」ドミニクは犬の形に彫られた木の箱を持ちあげ、ふたを取った。ラファエラの知らない甘い香りがして、ベルベットのクッションの上に、金を打ちだしてつくった子どもの腕輪が載っていた。あまりに繊細で、息を吐きかけるのもはばかられるほどだ。

「なんてきれいなの」ラファエラは言った。ありがたいことに、ドミニクは箱にふたをして、そっとガラスケースのなかに戻した。続いてスイッチを入れ、まっ白なハンカチで手を拭き、彼女に微笑みかけた。

「ここにあるものを見たくなったら、いつでもわたしに言いなさい。宝石に触れ、それがここにあるのを感じ、ほんのつかの間でもわたしの所有物であると思うと、穏やかで安らいだ心持ちになる。これらの宝石はわたしを過去と結びつけ、時は移ろい、終わることがないということ、そしてわたしたち人間もなんらかの方法で、永遠に生きつづけるのだということを、教えてくれる。おっと、ただの平凡な男が、とんだ哲学者気取りをしてしまったね」

「平凡な男だなんて、そんなご謙遜を、サー」

「ドミニクと呼んでくれ」彼は傷ついたような顔をした。

お父さんと呼んだらどうなるかしら？

「わかりました、ドミニク」

「わたしたちは、これからますます親しくなるのだよ、ラファエラ。きみがわたしの期待に応えてくれるかぎり――」ドミニクは黙り、彼女はうなずいた。ええ、あなたの決めた基本的なルールと、わたしを偉大な自分の記録係にしようとするあなたの計画は理解しているわ。この屋敷に留まるためなら、なにを言われても賛同しよう。ドミニクについて知りたいことがたくさんある。彼が自分の父親であることは、受け入れている。全力を尽くして父を破滅させることにも、迷いはない。彼の伝記を書いて、世界じゅうの笑いものにしてやるのだ。

「いいだろう。わたしの希望からはずれてはいけないよ。きみの本は傑作になる。かならずね。そうそう、もちろん承知しているだろうが、わたしは絵画にも関心がある。金庫室にある作品が見たければ、いつでもわたしに言いなさい」ドミニクは長い指で彼女の頬に触れ、そっとなでた。

ラファエラは動かなかった。びっくりしすぎて動けなかったのだ。ドミニクが自分に異性として興味をもつとは、これっぽっちも考えていなかった。自分の娘だとわからないにしろ、娘同然の年齢なのだ。ラファエラは驚きと嫌悪が表に出ないことを祈りながら、笑顔で一歩離れた。

「書斎に移ろう。ここより涼しい」

「プールに面したバルコニーではどうでしょう？　ブーゲンビリアとインドソケイのいい香りがします」それに、バルコニーのほうが人目がある。「テープレコーダのコンセントはあるかしら？」

ドミニクは笑みを絶やすことなくうなずいた。

「――わたしの父は、一族のものすべてをイタリアから美しいサンフランシスコに移住させることに生涯を捧げた。一九六五年に亡くなったときには、その目標を達成していた。弟たち、妹たち、いとこたち、それに大勢の親戚を移住させた。大半はたかり屋だったが、父は意に介さなかった。父には妙なこだわりがあって、頼りがいのある人間、誰もが頼りにするような人間になろうとしていた。そこに、自分の息子は含まれていなかったが」

ラファエラは独自の筆記法を使い、テープレコーダに録音されるドミニクの追想にあわせてメモをとった。メモは数ページにおよんだ。つまり、彼は自分の父親に疎んじられたと感じているってこと？　窒息するほどの愛情をかけてもらえなくて、お気の毒さま。ドミニクが自分の人生のなかのどの部分をどんな順番で話すか、あらかじめ考えてきているのがわかる。父親のことを語る声に、過剰な苦々しさや傷心は感じられなかったものの、前に一度、デロリオの発言から感じたのと同じ、すねたような哀れっぽさがあり、それがラファエラにはショックだった。

ついにドミニクが話を中断して、片手を上げた。いつもの白いウエイターのお仕着せを着たジグスがやってきて、注文を受ける。

「レモネードをふたり分頼むよ、ラファエラ」

「ありがとうございます」

ドミニクはテープレコーダを切ると、椅子に深くかけなおし、左右の指先をつけて軽く叩きあわせた。

「メルケルから聞いたが、この屋敷から母上に電話をかけたいそうだね」

「はい。母は事故に遭い――メルケルからお聞きおよびでしょうが――いまだ昏睡状態で入院しています。脳波図では活動が増え、回復の兆しがあるようなのですけれど。ある朝ひょっこり目を覚まして、笑顔で以前どおりの元気な生活を送ってくれたらと、祈らない日はありません」

「母上からこんなに離れたところにいては、つらいだろうに」

ラファエラはじっと自分の手を見た。鉛筆を強く握りしめていた。

「母上とは仲がよかったようだね？　こんなことを言うと、仲のよくない親子がいるのを前提にしているようだが。息子のデロリオは母親と不仲でね。実際、もう何年も母親とは会っていない」

「どうしてそんなことに？」

ドミニクは肩をすくめた。ジグスにうなずきかけ、彼がガラスのテーブルにグラスとピッチャーを置くのを待って、ラファエラにグラスを手渡した。「わたしたちの未来に」

「わたしたちの未来に」ラファエラはグラスを合わせた。ドミニクがふたたび話しだしそうだったので、そっとレコーダの録音ボタンを押した。

「デロリオがなぜ母親と会わないのかという質問だったね。答えは簡単だ。妻はアルコール中毒で、そんな状態が記憶にないくらい前から続いているからだ。妻にしたら、べつだん息子が欲しかったわけではない。ただ、わたしを苦しめる手段にしたかっただけで。だからわたしは息子を取りあげた。デロリオもそれを望んだ。実際、わたしにそう頼んだほどだ。妻はロングアイランドに住んでいる。たくさんの使用人に囲まれ、十人の女が一生かかっても使いきれないほどの金を自由に使い、自分よりもずっと若い男たちと寝ている」

ラファエラの心臓は早鐘を打っていた。だが、首を振り、静かで思慮深げな声で言った。

「わたしには昔から理解できないんです。年配の女性ととても若い男性、それに年配の男性ととても若い女性の組み合わせが。人に息子や娘とまちがわれたら、どんなに傷つくことか。なにも共通するものを持たず、共有する経験や思い出もない――」

「セックスを忘れてはいけないよ。男女を結びつける、もっとも強力にしてありふれた理由だ。そしてもちろん、わたしのような年寄りにも、まだ自分には魅力があり、ずっと若い女性を誘惑して歓ばせられるという幻想がある。そう、たとえばきみのような若い女性を」

「しかしそれは幻想で、現実ではありません」

「そうだろうか。それを実践している男にしたら現実ではないかもしれないが、外からながめている男にとっては、現実味のある話だ。子どものようなことを言うもんじゃないよ、ラファエラ。古今裕福な男は、敵に自分の精力、影響力、権力を見せつけるために、若い女を利用してきた。そしてそれは、これ以上ないほど現実的なことだ」

「そうかもしれませんが、卑しむべきことです。利己的な理由のために、他人を利用するのですから」

「青臭いことを言うのだな、ラファエラ。若い者は宗教上の狂信者よりも独断的で、それが馬鹿げたことであろうとなかろうと、激しく信念を燃やす」

「そうかもしれません」ラファエラはノートに目を落とした。「奥さまとは離婚されなかったのですか?」

ドミニクの顔全体がこわばったように見えた。「いや、わたしはそんな男ではない。神の前で結婚を誓った以上、その誓いを守る。妻がなにをしようと、そう、それは問題ではない。彼女は死ぬまでわたしの妻であり、そこは動かしようがない。残念ながら、ひとりしか息子を産んでくれなかった。残念でならんよ。それに彼女は不貞を働いた。最初から、わたしを裏切っていたのだ」

ドミニクの話を聞いていると、自分だけは誠実で、傷つきながらも禁欲を守ってきたかのような印象を受ける。これほど真摯《しんし》に嘘をつく人間にははじめてお目にかかった。しかも日記にあったとおり、上手に嘘をつく。ラファエラはノートを見た。しばし鉛筆をもてあそんでから、まっ向から尋ねた。「あなたは不貞を働いたことはないんですか?」

「彼女が誓いを破るまではなかった。わたしは息子が欲しくてね、ラファエラ。王朝を築いて、父を見返してやりたかった――いや、話がそれたようだ。しかしシルヴィアはわたしに復讐しようとした。わたしを苦しめようとした――」

ドミニクは彼の十八番《おはこ》にちがいない話を、熱にうなされたように語った。しだいに厳しさを増すその声に耳を傾けるうちに、母の正しさがわかった。この男は自分に酔っている。そして嘘つきだ。ふいにドミニクは話すのをやめて笑顔になった。

「まだ休憩にしないんですか？」ココの声がした。

「ああ、ココ。こちらへおいで。もちろん休憩にするよ。かわいそうに、ラファエラはわたしの話を延々と聞かされて、もう忍耐の限界だろう」

「おもしろいお話だったので、夢中で聞いていました」ラファエラは言った。本心だった。

「年代が前後してしまったが、困らないかね、ラファエラ？」

「いいえ、ちっとも。ドミニク、あなたさえよろしければ、話したい順番で、もしくはまったく順番を無視して話してください。そのほうがのびのびと話していただけますから。できればわたしはこれで失礼して、テープレコーダの録音を聞き、わたしがとった驚くべき内容のメモを文章にまとめたいのですが」

「その前に、ラファエラ、母上が五〇〇〇キロも離れたところで昏睡状態に陥っているのに、きみがここにいる理由をまだ聞いていなかったね」

ドミニクの声は絹のようになめらかで、ハチミツのように甘かったが、それに騙されるラファエラではない。ここは慎重を要する。彼女はゆっくりと振り向くと、難なく切なげな笑みを浮かべた。涙で目がかすむ。「わたしは一週間近く母に付き添いました。でも、できることはなかった。見かねた義父が、わたしの背中を押してくれたんです。ええ、すでにここに来る手配はすんでいました。義父は、もし母になにかあったらジェット機を迎えにやる、とまで言ってくれた。わたしもそうしたほうがいいと思いました。少なくとも、こうしてあなたとお話ししていると気が紛れます」

「きみの義父はチャールズ・ラトリッジだね」

「そうです。とてもいい人で、母にもよくしてくれます」それに、あなたとは違って、チャールズは誠実で正直で地に足のついた人よ。

「興味深い」ドミニクはぼんやりと言った。「きみの義父のような地位、富、そして権力を有していながら、自分とさほど歳の違わない女性を選ぶとは。とても興味深い」

「義父は伝説の怪物キメラより、確かな手応えのあること、誠実なことを重んじるたちなのかもしれません。それでは、ドミニク、ココ、失礼します」

ラファエラは部屋へ戻りながら、ドミニクにあてこすりを言った自分を蹴飛ばしてやりたくなった。けっして鈍感な男ではない。やりすぎでなかったことを祈るばかりだ。

マルセイユ　二〇〇一年三月

マーカスにとって霧は好ましいものだった――そう、ロンドンにいるのであれば。だがここ南フランスのマルセイユとなると、話は別だ。六時間前に到着して以来、ずっと雨が続いている。それもいまは霧雨となり、港は霧に厚くおおわれ、ときおり、大きな警笛が不気味に響いた。男たちが埠頭や建物の戸口に集まり、小声でしゃべっている。彼らがくわえるゴロワーズの煙草の先端が、小さな明かりとなって暗闇に点々と散っている。とうに腐りきっているようなこの港湾地区は、雨を含んですべりやすく、濡れて汚れた羊毛と、カビの生えたレインコートのにおいがした。

マーカスはビールをもうひと口飲んだ。悲惨なほどまずいイタリアのビールだが、骨まで凍えさせるような霧のなかではなく、室内にいられるだけで御の字だった。

ル・プレ・ルージュという名前のバーは、じとっとして騒がしく、安酒に酔った客のけたたましい笑い声に満ちていた。店内をぶらつく五人ほどの娼婦は、息の臭い港湾労働者を避け、船員から酒をおごってもらっている。

マーカスはボックス席で、汚れて罅《ひび》の入ったビニールにもたれかかった。煙草の煙が店内の空気を青く染め、紫煙が黒い天井から下がる裸電球をめぐってとぐろを巻いている。煙草が吸えたら。そんな思いが、ふとマーカスの脳裏をよぎった。

バートランドはどこだ？

とても若い娘が、男たちの群れを縫って近づいてきた。マーカスの見るところ、せいぜいいって十六歳。男たちに尻を軽く叩かれたり、むきだしの脚を触られるたびに、たじろいでいる。華奢《きゃしゃ》な体つきで、少女らしい美しさがある。まっすぐな黒髪を背中に垂らし、顔はまっ白だが、よく見ると、それは厚く塗ったおしろいのせいだった。

「ムッシュー？　別のお飲み物をお持ちしましょうか？《ヴ・ヴレ・ケルクショーズ・ドトール・プテートル》」

マーカスはにこっと笑って少女を見あげた。「このビールがまずいのはわかってるんだね？」首を振り、フランス語に切り替える。「ノン、マドモアゼル、ノン、メルシィ」

少女は客でいっぱいの小さなテーブルをまわり、注文を取った。男から卑猥《ひわい》な言葉をかけられ、ただで触られても、黙って耐えている。マーカスはそんな少女を見ていて、かわいそうになった。たぶんバーのオーナーの娘だろう。実の娘を使えば安くあがる。彼女があんなにおしろいを塗りたくっているのは、他人から、そして自分からも、ほんとうの顔を隠すためなのかもしれない。ラファエラだったら、この店やここの常連たちをどう思うだろう、とマーカスは首を振りながら思った。きっと目を皿のようにしつつ、カーネギー・ホールにでも来ているように自然にふるまうだろう。マーカスの顔ににやけた笑みが浮かぶ。彼女といっしょに来られたらよかったのに。

それにしても、バートランドはどこへ行った？

ひとりの娼婦がマーカスに色目を使い、投げキスをして、わざとらしく描かれた黒い眉を吊りあげた。マーカスは笑顔で首を振った。女が席を立とうとしているのを見て、今度は笑みを消して首を振った。

娼婦は肩をすくめて座りなおし、前かがみになって腕を体に寄せた。大きくて垂れ気味の胸がシフトドレスの上からこぼれそうになる。男が笑いながらその胸元に手を突っこみ、乳房をなでまわした。娼婦が悲鳴をあげて手を叩き、男を押す。椅子から転げ落ちた男は床に大の字に倒れ、店じゅうの笑いを誘った。

ジュークボックスが鳴りだした。アシッドロックの若い歌声がバーの喧騒にかぶさる。マーカスは咳きこんだ。あまりにも煙たすぎる。店を出ようとしたとき、ジャック・バートランドがドアを開けて入ってきた。

マーカスはその姿に一瞬目を凝らした。一九四〇年代の映画に出てくる、ハンフリー・ボガートのようだ。バートランドはつばの広いソフト帽を左耳にかかるようにしてかぶり、明るい茶のレインコートのウエストをベルトで締めている。薄い唇にはゴロワーズの煙草がくわえられていた。

彼はマーカスを見てかすかにうなずき、カメラに一挙手一投足を追われてでもいるように、ゆっくりとテーブルのあいだを縫って、ボックス席までやってきた。

「遅刻だ」マーカスは言った。

バートランドは席につき、手を上げてあの若いウエイトレスを呼んだ。「やむをえない事情があった」そして娘を見ながら話しだした。「あれはいい子だぞ。名前はブランシェット、まだ十五だが、わたしと寝たときには、もう処女ではなかった。誰が処女を奪ったやら。知性あふれる顧客のひとりかもしれない」マーカスに話をしつつも、ずっと少女に微笑みかけている。

「マ・シェリ、ビールをひとつ頼むよ《ユヌ・ピエール・シルトゥプレ》」少女がうなずき、おどおどとした笑みを返す。バートランドは手を振って少女を追っ払った。

「遅刻だ」マーカスはもう一度言った。「やむをえなかったって、なにがあった？」マーカスはバートランドと、彼に象徴されるすべてが嫌いだった。世の中には、バートランドの顔を端正と称するものもいる。四十台前半で陰のある顔つきは、女を、そしてどうやら若い娘をも惹きつけるようだ。だが、マーカスに言わせれば、その顔には邪悪な魂が表れている。バートランドは残忍かつ冷酷、道徳意識に欠けていて、なにをしでかすかわからない。男であれ女であれ、そんな彼に相対するものは、つねに警戒を怠ってはならない。

「ビジネスだ」バートランドは言い、椅子にもたれた。レインコートのベルトをはずすと、黒いタートルネックと黒いジーンズが見えた。「確かめなければならないことが残っていた。工場の仲介者がへまをして、注文した分の地雷が手に入らなかった」マーカスが血相を変えるのを見て、バートランドはすかさず手を上げた。「心配無用、問題はもう解決した。明朝六時、二十七号埠頭。おれとおまえとフランス政府の無能な役人の三人で、地雷がイオニア号へ積みこまれるのを監視する。知ってのとおり、ナイジェリア行きの船だ。なんの心配もいらない」

「あんたも船に乗りこむんだな？」

「その予定だ。おっ、ビールが来たぞ。メルシィ、マ・シェリ」少女はバートランドを振り返り、今度ははにかんだような笑みを見せて、ゆっくりと遠ざかった。バートランドは少女に微笑みながら、マーカスに言った。「彼女とやりたいか、デヴリン？ 歳は若いが、この二週間でいろいろと教えこんである。彼女は痛めつけられていただけで、男の歓ばせ方も、自分の歓び方も教わっていなかった」

「遠慮する」マーカスは嫌悪と反感を隠して言った。「まだ子どもじゃないか。あんたの子でも通じる」

「そりゃそうだが、肝心なのはおれの子じゃないってことさ。ありがたいことに。それに、おれは堕落する前の女が好みでね。二十歳を過ぎたら女は腐る」

「金はどうした？ 明日、銀行が開くと同時に送金することになっている」

「地雷の積みこみが終わったら、すぐにでも」

「なぜそれまで待たせる？」

「おれが馬鹿じゃないからだ。ドミニクが暗殺されそうになったのは、周知の事実だ。あいつはいま、他人への信頼にあふれているとは言いがたい。おまえが金を手にするのは、明日すべてがうまくいったのを確認してからだ。この際だから言うが、おれは工場のへまが気にかかっている。ジョバンニが万事滞りなく手配したはずだった。しかし誰かがへまをした。故意なのか？ ジョバンニが弱っている機に乗じて？」

「今回の責任者はあんただ」

バートランドは肩をすくめた。「ジョバンニがそう言ったのか？」喉を鳴らして、残ったビールをいっきに飲み干す。「いいや、それはおれの責任じゃない。いいか、デヴリン、ジョバンニはいま絶頂にいる。誰もが彼に注目し、つぎになにが起きるか見守っている。それはそうと、おれとあの娘の遊びに加わる気はないか？　昔から、男がもうひとりいて、おれたちを見物したり、おれが見ている前で好きなようにやったら楽しかろうと思っていた。それともなにか、デヴリン、おまえは清教徒なのか？」

「いや、変態じゃないだけだ」

バートランドの左手が右袖に伸びる。銀色の握りのついたナイフが煌めいた。

「やめておけ、バートランド。おれはいま最高級のデリンジャーを握り、あんたの股間に狙いを定めている。頭を冷やさないと、大切なところを吹き飛ばされるぞ」

バートランドはマーカスの右腕を見た。肘から下がテーブルに隠れている。「はったり言いやがって、デヴリン」

「試してみろよ」

バートランドがなりをひそめた。表情は変わらない。やがて肩をすくめて言った。「そろそろ行くとするか。共犯者のよしみだ、勘定は頼むぞ」そして席を立ち、テーブルのあいだを縫って、紫煙の霧のなかに消えた。

マーカスはテーブルの下から右手を出した。デリンジャーをそっと袖に戻し、手首に巻いた革紐で固定した。これまで人さまの一物を撃ったことはない。バートランドの陰茎を吹き飛ばしたら、良心が咎《とが》めるだろうか？　いや、たぶん咎めない。テーブルに札をほうり投げ、レインコートをつかんで、ル・プレ・ルージュをあとにした。

通りに出て、じっくりと左右を見る。バートランドがお楽しみに出かけていればいいが、マーカスの喉をかき切ろうと路地にひそんでいないともかぎらない。杞憂のようだ。自分が侮蔑されたことよりも、お楽しみのほうが大切なのだろう。

さっさとペンションへ戻った。ペンションとは名ばかりの、港から三ブロックほどのところにある荒れ果てた下宿屋で、声の大きな老婆が経営していた。マーカスが帰ったとき老婆はまだ起きており、彼のあとから部屋に上がろうとする女がいないかどうか、目を光らせていた。

「女はいない《パ・ドゥ・ファム》」マーカスは老婆に言うと、踊り場のある階段を上って部屋に戻った。

下から老婆のフランス語の金切り声が聞こえる。「なんならご紹介しましょうかね、ムッシュー！　きれいな娘がいましてね。とてもいい娘なんだが」マーカスが大声で「ノン！」と叫び返すと、老婆はまた甲高い声でなにかを言い、奥へと引っこんだ。

マーカスは一刻も早くここを離れたかった。マルセイユのこの地区は吹きだまりだった。ずっとこんな調子だった気がするが、ひょっとすると、前よりひどくなっただろうか？　この界隈をうろついている男女は以前と同じように失望し、同じように非情で残酷なようだった。そのうえこの降りしきる雨と湿気では、ただでさえ汚いものがさらに汚れ、すべてがカビ臭くくすんで見える。マーカスは服を着たまま、狭いベッドに横になった。

ラファエラは無事だろうか？　あの生意気な口を閉じているといいのだが。彼女ならバートランドのことをどう思うだろう？　おれのデリンジャーのことは？

ラファエラが恋しかった。その発見はちょっとしたショックだった。もう長いあいだ、誰かに会えなくて寂しいと感じたことはなかった。もちろん、母親やジョンや、それに叔父のモーティにすら会いたかったが、いま感じているような深い欠落感とは違う。歓迎すべからざる感覚だった。そのせいで悲しみが胸に迫り、いま自分が置かれている状況に対するもどかしさがつのる。たぶんジョンの言うとおりなのだろう。命を落とす前に、この状況を脱けださなければならない。

眠るとあの夢を見た。誘うようなやわらかな色彩と、古い映画のようなロマンティックな場面設定からはじまるが、やがてスピードが増す。色彩はやわらかさを失い、輪郭は鋭く硬くなって、そこにライアン・〝チャンパー〟・オサリヴァンが現れる。父親はマーカスに算数を教え、母親のモリーは笑いながら、あなたはいつもまじめすぎる、とからかって白い歯で夫の耳たぶを噛む。そして大きな音。音はさらに大きくなり、順序が乱れ、血が、まっ赤な血が、あらゆるものの上を流れて、そこに父親がいる。血は父の体をおおい、すべてを赤一色に染め——

マーカスは夢にうなされる自分の声で目を覚ました。ぐっしょりと汗をかき、動悸がしていた。心が現実を取り戻すにつれて、恐怖が遠のいていく。この夢に終わりはないのか？　眠るのをいやがりつつ、いつしか眠りに落ちた。今度は夢を見なかった。

暗闇のなかでマーカスは目覚めた。神経を張りつめ、異状を察知した。何者かが部屋のドアを開けようとしている。ドアには鍵をかけておいた。マーカスは音をたてないように横向きになり、ドアを見た。ノブがゆっくりとまわった。

ヒックスヴィル
ニューヨーク州ロングアイランド　二〇〇一年三月

チャールズはレンタルしたフォード・トーラスの運転席にじっと座ったまま、黒い鉄製の門の奥に立つチューダー様式の、二階建ての屋敷を見ていた。体がこわばり、疲れのせいで目がしょぼしょぼする。テイクアウトしたコーヒーを手に取り、発泡スチロールのカップからプラスチックのふたをはずした。冷めたコーヒーはひどい味だが、一滴残らず飲み干した。なおも静かに待ちつづけた。自分の目であの女を見たかった。そう、マーガレットに車をぶつけた酔っぱらいの女を。いまだその偶然と理不尽に狼狽《ろうばい》しているチャールズをよそに、彼の雇った私立探偵のB・J・ルイスはその答えに手応えを感じている。ひょっとしたら、それほどありえないことではないのかもしれない。事故が起きたとき、マーガレットの車はそれほど……近くを走っていた。ここから三キロも離れていない。それにしても、どうしてこんなところを？　いまになって疑問が湧いてくる。マーガレットはこの近くでなにをしていたのだろう？　チャールズの知るかぎり、ヒックスヴィルに彼女の友人はいなかった。シルヴィア・カールーチ・ジョバンニ。あの男の妻。あの男の身内。チャールズはなんとしても彼女を見なければならなかった。

だがシルヴィアを見たところで、マーガレットに車をぶつけた犯人かどうか、どうしたらわかるというのだ？　シルヴィアが犯人だとしたら、事故だったのか？　チャールズは首を振った。頭がおかしくなりそうだった。

突然動きがあった。身を硬くし、ハンドルの上にのしかかるようにして、屋敷の入口に目を凝らした。正面玄関から男がひとり出てきた。モデルのような顔だちの若い男で、毛並みのよい雄牛のように引き締まった体をしている。たぶん、シルヴィアの愛人だろう。男は戸口のほうを向き、誰かを抱きしめるように前かがみになった。それから背筋を伸ばすと、笑顔で歩きだした。白いTシャツと色落ちした細身のジーンズ。ジーンズの上からでも、股間の膨らみがはっきりとわかる。男は口笛を吹いていた。

鍵束をほうり投げ、鮮やかな手つきでそれをキャッチする。白いポルシェに乗りこみ、十代の少年が父親の車を拝借したときのようにエンジンをふかし、車を急発進させて砂利を跳ね散らした。車のなかからボタンを押したらしく、鉄製の門がゆっくりと開く。若い男の胸の内が、手に取るように伝わってくる。のろのろと開く門に対するいらだち、あふれんばかりのエネルギー、自分自身と、自分の立場と、自分が所有しているものに対する喜び。その喜びがいつまで続くだろう、とチャールズは思わずにいられない。ポルシェは猛スピードで西の方角へ走り去った。

チャールズはなおも待ちつづけた。ほかにどうすることもできなかった。あたりはふたたび静寂に包まれ、シルヴィアを含む誰の気配もなかった。病院のベッドに静かに横たわっているマーガレットの姿がよみがえる。チャールズは今朝マーガレットに付き添い、専属の看護師がマッサージするのを見ていた。マッサージは筋肉の衰えを防ぎ、柔軟性を保ってくれる。最大の敵である筋肉の萎縮《いしゅく》と床ずれを避けるため、彼女は日に三度のマッサージを受けている。その体は白く、傷ひとつなく、胸はいまだに美しい形を保っていて、そんな妻を見ていると、抱きたくてたまらなくなる。モントーク岬ではじめて出会ったあの日から、ずっと彼女を求めてきた。

眠っているマーガレットはとても若々しかった。髪はきれいに梳《と》かされ、着ているのは病院のお仕着せではなく、サテン地でできたディオールの薄いブルーのガウンだった。数カ月前にチャールズが誕生日に贈ったものだ。

彼女の手を握って長い指をそっとなでたとき、チャールズは爪が伸びているのに気づいた。彼女の手を握ったまま、椅子の背にもたれて目を閉じた。

そしていまは、シルヴィア・カールーチ・ジョバンニのチューダー様式の二階建ての屋敷の前にいる。あと一時間ほどして日が暮れたら、家に戻らなくてはならない。

チャールズは小声で悪態をついた。シルヴィアを見たい、見なければならない。ほんの一瞬、彼女を銃で撃つ場面が脳裏をよぎり、そんな自分を笑った。

まずはその姿を確認したい。

道路に影が伸びていた。いつしかうたたねをしていたチャールズは、はっと目を覚ました。女が正面玄関から出てこようとしている。顔だちはおぼろにしか見えないが、女が灯ったばかりの屋外灯の下を通ったとき、その姿に胸をえぐられるような痛みを覚えた。

シルヴィア・カールーチ・ジョバンニはマーガレットと同じブロンドの髪、優雅な足取り、ほっそりした華奢な体つきの女だった。目鼻だちはとくに似ていないが、一見したところは血縁者のようだ。姉妹といっても通るかもしれない。

この小柄な美女がマーガレットに車をぶつけた酔っぱらい、シルヴィア・カールーチ・ジョバンニなのか？

14

マルセイユ　二〇〇一年三月

ドアノブはゆっくりとまわった。

マーカスは体を起こし、きしみをあげた古いベッドスプリングをひそかに罵《ののし》った。

室内はほぼまっ暗だが、小窓から差しこむ新月の淡い光があれば事足りる。マーカスは部屋の左隅にあるドアから目を離さなかった。

ドアが静かに開いた。

すでにベッドを出ていたマーカスは、右手にデリンジャーを握って、しゃがんでいた。ドアノブを握っている手が見える。その手がドアを押し開く。マーカスはいきなりその手首を握り、ぐいっと引きよせた。

すぐに女の手首だとわかった。女が痛みに悲鳴をあげる。

「ムッシュー、ノン！　あたし《セ・モア》、ブランシェットです！」

マーカスはまっ白な顔をした少女を見おろした。ひくついた口元に怯《おび》えが出ている。「いったいなにをしているんだ、こんな夜中におれの部屋に――？」言いかけてやめると、フランス語に切り替えた。「ここでなにをしている？　泥棒みたいな真似をして」

少女を揺さぶった。激しく揺さぶったわけではないが、肝を冷やされて、腹が立っていた。

「答えろ《レポンデモワ》」

少女はいまにも泣きだしそうな、か細い声で話しはじめた。マーカスと同じくらい、怯えているのがわかる。あの人に、あたしの恋人に言われてここへ来たんです。デヴリンを歓ばせてやれと言われて。そう、そうです、バーであなたと話していた、ムッシュー・バートランドがあたしの恋人です。

「それだけです《セ・トゥ》、ムッシュー、ほんとうに《ジュ・ヴ・ザシュール》」

マーカスはおしろいを塗りたくったまっ白な顔を見た。ショックに見開かれた目が、焦点を失っている。どうしたらいいんだ？

選択肢を秤《はかり》にかけ、可能性を考慮しながらも、マーカスは冷たいものが近づいてくるのを感じた。あの夢のように――冷たく、硬く、容赦のないなにかが迫っている。さっと振り返るや、銀色の煌めきと、振りかざした腕の影が目に飛びこんできた。少女を床に押し倒し、その上に倒れこんで、できるかぎりおおってやる。床に倒れこむと同時にナイフが耳元をかすめ、空気を切り裂いて、安物のパイン材のヘッドボードに突き刺さった。

怒声が聞こえる。腕の影がふたたび振りあげられ、ナイフが窓から差しこむ月光を受けて銀色に輝く。マーカスは悠然とデリンジャーを構えて、怯えきった少女から転がりおりると、立ちあがってバートランドと向きあった。

「ちくしょう！　このあばずれとベッドでまっ最中だと思ったら！」

バートランドは流れるような動作でナイフを振りかぶり、マーカスの喉を狙った。夢のなかの出来事のように、ゆっくりと時間をかけてナイフが近づいてくる。マーカスには、間髪を容れずに動きだす自分が見えた。いっきに夢のスピードが上がり、迷うことなくデリンジャーを持ちあげ、狙いを定めて引き金を引く。ナイフの刃に当たった銃弾が跳ね返って、ジャック・バートランドの喉を貫いた。静脈血が流れだす。それが噴きだすのではなく、水がダムから流れでるようにこんこんと湧いてくる。バートランドはマーカスを見、続いて床にしゃがんで自分を見あげている娘に目をやった。

バートランドは喉を押さえたが、指のあいだから流れる血は小川のように途切れることがなく、最後には床に倒れこんだ。マーカスがその横に膝をつき、バートランドを抱きあげる。

「なぜだ？　なぜこんなことをした？」

「おまえは馬鹿だよ、デヴリン」バートランドは小声で言った。流れでる血のように、よどみのない声だった。「島に隔離されていなかったら、王が死んだも同然なのがおまえにもわかっただろう。オリヴィエがあとを継ぐ。おれはオリヴィエと組むことにして、おまえを殺すつもりだった。おまえの死体が見つかったら、バテシバのしわざとみなされただろう」

マーカスは黙ってバートランドを見おろしていた。

「殺《や》ったと思ったんだが。しくじった――」空気が漏れるような小さな音がしたかと思うと、ジャック・バートランドの頭ががっくりと垂れ、血だらけの手が喉からすべり落ちた。

あたり一面、血の海だった。すすり泣く声を聞いてマーカスが背後を振り返ると、ブランシェットが長い黒髪を顔の両脇に垂らして、両手で顔をおおっていた。

「シーッ」マーカスはとっさにそう声をかけ、頭をフル回転させた。それほど大きな銃声ではなかったが、聞かれていないとはかぎらない。フランスの警察の捜査に巻きこまれるようなことになったら、留置所にぶちこまれて、放置されるのがおちだ。周囲の環境はマーカスに味方してくれている。宿なし、こそ泥、そして大半が空の倉庫。

マーカスは素早くバートランドの死体を部屋に引き入れ、できるだけ静かにドアを閉めた。ドアに鍵をかけたが、気休めにすぎないのはわかっている。あの口やかましい老婆が階段を上ってきて、彼女のご立派なペンションでなにが起きたのかと詰問する姿が目に浮かぶ。

マーカスはブランシェットの隣りにしゃがんだ。肩をつかんで揺すり、なんとか思い出したフランス語を使い、やさしいけれどきっぱりと言って聞かせた。窓から外に出て、さっさと家に帰れ。なにも話してはいけない。話したら警察につかまってやっかいなことになる。後始末はおれがする。おれを信じて、さあ、さっさと消えろ。「警察には話すな」マーカスはフランス語でくり返した。「わかったな？《ヴ・コンプルネ》」

少女は口を半開きにしたまま、ぼんやりした目で彼を見つめた。正気を失ったのか？

「わかったか、ブランシェット？　返事をしろ！」

少女はまだ口が利けず、どうにかうなずいた。マーカスは少女を立たせ、窓から外に出るのを手伝ってやった。少女は一度もベッド脇を見ようとしない。死体となってそこに転がるバートランドは、血の気の失せた顔をして、目を彼女のほうに向けていた。

マーカスは少女が視界から消えるまで、窓辺を離れなかった。少女は非常階段を下ると、濃い霧に包まれ、汚い路地へと消えた。

バートランドに向きなおる。「こんなことしやがって」そして、仕事に取りかかった。

ジョバンニの島　二〇〇一年三月

ラファエラはドミニクを信用していなかった。恐れてはいないが、ベッドに誘われるようなことにでもなれば、母がよく言っていたとおり、万事休すだった。だから彼に電話がかかってきたとわかったときは、ほっとした。ドミニクの指示で午後の取材は中止になった。マーカスから電話だという、レイシーの声が聞こえた。

マーカスになにかあったの？　頭から追いだしたいのに、いやでも彼のことを考えてしまう。やめたいのに、どうしても心配してしまう。マーカスというのは油断のならない男だった。弱っているときなどつい認めてしまうとおり、ラファエラの心のなかに入りこみ、そこに居すわって、永遠に離れる気配がない。マーカスがトラブルに巻きこまれたの？　彼には無傷でいてもらいたい。傷つけていいのは自分だけ、しかもその理由のあるときだけだ。もっとも、実際にはちょくちょくそんなことがあるけれど。

ラファエラはスイミングプールに泳ぎにいきかけて、やっぱりやめることにした。警備員が多すぎるし、見世物になりたくない。それに、ドミニクにビキニ姿を見られるなんて、考えただけでも気が重い。ラファエラは急いで着替え、水着の上に短パンとゆったりとしたTシャツを着た。マントルピースの上から母の日記を含む数冊の本を取り、浜辺に向かった。よく晴れた暑い日で、カリブ海の海風が清々しさを運んでくれる。どこまでも美しいエデンの園だけれど、その完璧さが早くも退屈になってきた。少しぐらいなら、ボストンみたいに雨が降っても悪くないのに。降りすぎるのも、考えものだけれど。

メルケルに会釈して行き先を告げ、そのまま歩きつづけた。フランク・レイシーも見かけた。前に会ったときと同じようにやつれた顔をしていたレイシーには手を振り、武装して敷地内を歩きまわっていた五、六人の男たちに対しては、見て見ぬふりを決めこんだ。所在なくぶらついているようだけれど、それが見せかけにすぎないのはわかっている。どの男も見るからに腕が立ちそうで、多少武道の心得があるラファエラとはいえ、手合わせを願いたいような男はひとりとしていなかった。

ラファエラは屋敷と浜辺のあいだにある生い茂ったジャングルに入った。三十分間のスコールが一〇〇メートルにわたる密生する植物を湿らせ、歩いていると息苦しくなってくる。いくら道がきれいに刈られていても、閉塞《へいそく》感があった。これでは日々休むことなく、伸びた部分を刈りこまなければならないだろう。

マーカスは無事に決まっている。でも、だとしたら、どうして電話してきたの？　ひょっとしたら、マーカスからの電話ではなかったのかもしれない。マーカスだったとしても、ドミニクにすべてが順調だと報告するためだったとか？　そうでありますように、とラファエラは心を込めて祈った。

きれいな白浜に出ると、ヤシの木陰に進んだ。澄んだ空気は爽《さわ》やかで、密林の息苦しさを悪夢のように感じた。

Tシャツと短パンを脱いで水着姿になった。穏やかな波打ち際を抜けて、白波の向こうへぐっと泳ぎだす。

リンクはジャングルを目隠しにして、ラファエラ・ホランドを見張っていた。彼女が屋敷の敷地を出たら絶対に目を離すなと、ミスター・ジョバンニから命じられている。なるほど、泳ぎが目的か。なにを気にする必要がある？

十分ほど見張りを続けたリンクは、飽きてその場に座りこみ、煙草に火をつけた。ようやく彼女が海から上がった。広げておいたタオルまで歩き、腰を下ろした。すぐにゆったりしたTシャツを着てヤシの木の幹にもたれ、バッグからリンゴをひとつ取りだした。

少なくとも、見ていて目の保養になる女ではある。リンクも、リンゴが食べたくなった。

彼女はほどなくバッグから本を取りだし、腰を落ち着けて読みはじめた。監視を続けていたリンクは、ここで昼寝をすることに決めた。たかが本では悪巧みもできない。

ラファエラは一九九七年の日記を読みはじめた。

ドミニクに新しい愛人ができた。ココ・ヴィヴリオという名の、信じられないほどきれいなフランス人のモデル。芸能雑誌によると、ふたりはフランスで出会い、ほどなくカップルになった。瞼《まぶた》の裏に裸でベッドにいるふたりの姿が浮かび、彼が美しい彼女の肉体のあらゆる場所をまさぐったり、情熱的に口づけしたりするのが見える。彼が絶頂を迎えたときに、彼女の口から放たれる声が聞こえる。ああ、わたしには耐えられない。

数日間は、日記も取りだせなかった。つらすぎて書けなかった。でも、わかってるの、ドミニクの人生の一部として彼女を受け入れるしかない。それ以外の選択肢はないし、なんといっても、彼はわたしのことを憶えてさえいないのだから。彼にとっては、虫けら同然の存在なのかもしれないわ。わたしはずいぶん前にマドリードで彼に気づいてもらえなかった理由をでっちあげ、それを何年もくり返し自分に言い聞かせてきた。二十歳のころはもっと痩せていたから。そのころより太ったし、大人になったし、髪の色が濃くなったから。そう、二十歳のころは淡いブロンドだった。それにサングラスのこともある。マドリードでは、黒いサングラスをかけていたはずだ。それも、すっかり目が隠れるタイプの。スペインの日差しは強くてまぶしい。そんなところにいたんだから、サングラスをかけていたに決まっている。実の娘が見たって、わたしだと気づかなかったかもしれない。そうなの、ラファエラ。わたしは何度も何度もそうやって自分を慰め、最後には自分と自分の弱さがいやになった。

なんでも彼の新しいフランス人の愛人は三十代前半で、モデルの世界でトップを張るには薹《とう》が立ちすぎているとか。だから彼女はドミニクの申し出に飛びつき、ドミニクは彼女を、最近カリブ海に買ったあのいまいましい島に連れていった。

わたしも行かなくては。そしてこの目で見なくては。われながら愚かで執念深い女だと思うけれど、自分ではどうすることもできない。

ドミニクに対する憎悪は、彼がココを愛人にしたことで、いっそう膨れあがった。長い年月のうちに、彼がつきあった女性は星の数いるけれど、ココとはきっと長いつきあいになる。わたしにはそれがわかるの。おかしいのは、彼女が不道徳で欲深い情婦のようには見えないことよ。わたしは彼女について洗いざらい調べようとしている。ほんと、最悪。とてもいい人みたい。

彼のことを考えるのをやめなければ。考えないですんだことも、しばらくだけどあったのに。たとえばチャールズとともにあなたのコロンビア大の卒業式に出席して、そのあとチャールズがプラザで大々的なパーティを開いてくれたときよ。チャールズがデラウェア州ウォリングフォードの新聞社にパーティを開くと電話をかけたがったときでさえ、あなたはとてもやさしかった。でも、チャールズは湯気を立てんばかりに怒った。あなたには月だってプレゼントしたいと思っている人だから。わたしが、ラファエラにそれ以上なにか言ったら、金輪際セックスをしてあげないと脅したら、ようやく怒りを収めた。

あの日あなたは、ベンジーの心配を口にした。わたしもよ、ラファエラ。ベンジーはいい子なんだけれど、父親から与えられるものを平気で受け取ってしまう。いいえ、実際にあれこれ欲しがっているのはスーザンのほうね。彼女は物欲が強く、それを手に入れる才覚に恵まれている。そしてチャールズはスーザンに利用されるのをいやがっていない。少なくとも、わたしにはそう見える。スーザンは、幼いジェニファーにも、人を利用することや、策を弄《ろう》することを教えている。かわいそうなベンジー。けっしてスーザンの期待に沿うような成功は収められないだろう。ついでに言えば、チャールズの期待にも応えられない。彼の描く水彩画はより美しく、より上質になっていく。ヨットと海が大好きだから、絵の題材もたいていはヨットと海。わたしは毎年クリスマスに、友人へのプレゼントとして彼の絵を何枚か買う。わたしにしてあげられるのは、そのくらいですもの。

あの島を見なければならない。あの人が彼女と、あの癪《しゃく》にさわるフランス人モデルといっしょに住んでいる島をこの目で見なければ。

ラファエラは日記を閉じた。母は実際にこの島を見て、つぶさに調べ、進んで苦痛に身をゆだねた。母がこれほどの苦悩を抱えていたとは、想像したこともなかった。母は苦い記憶にずっとさいなまれながら、日記を書くたびに、そして新聞や雑誌の記事を切り抜くたびに、新たな苦しみを生みだしてきた。お母さん、どうしてこの島を見にきたの？　島に来なければドミニクと物理的に離れていられたのに。

この苦しみはいつになったら終わるのだろう？　ラファエラがものするドミニクの伝記が出版されて、彼がじつは闇の武器商人であり、死の配達人だと世間に知れたとき？

お母さんのそばについていてあげればよかった。後悔とうしろめたさに胸が痛んだ。頭では、母に付き添って寝ずの看病をしても意味がないとわかっていた。そんなことをしてなんになるの？　ラファエラは顔を伏せ、額を膝につけて祈った。最後に本気で祈ったのは十六歳のときで、しかもそうとう身勝手な内容だった。分不相応な願いであったにもかかわらず、その祈りはかなえられた。神さま、お願いです、誕生日にはコンヴァーチブルの車をください。神さま――

そして誕生日当日、期待を上まわる車――赤い車体に白い革張りの内装のメルセデス四五〇ＳＬＣ――が、彼女を乗せるべく家の前の砂利敷きの私道に停まっていた。チャールズと母がにこにこしながら、鍵を差しだした。

なんと愚かでわがままな子だったのだろう。しかしそれは昔の話、大人になってラファエラは変わった。だが母は違う。母はドミニクへの憎悪と執着という檻《おり》のなかに閉じこめられたままだ。

リンクはラファエラを見て、その胸の内に思いを馳せた。彼女は見るからに動揺していた。泣きださなければいいが。リンクを育ててくれた祖母が泣いたのは、彼が祖母を傷つけたときだけで、それも嗚咽をこらえながらのすすり泣きだった。大人になったいまも、リンクは女の涙に弱い。なんとか憂鬱《ゆううつ》を振り払ったらしく、彼女が持ち物をまとめて立ちあがるのを見たときは、心の底からほっとした。きれいな女だ。とくに目がいい。ふだんは淡いブルーが、いまのように感情が昂ぶると灰色を帯びる。彼女のあの目――リンクは首を振った。いいかげんここを出なければ、長い島暮らしで頭がおかしくなってしまう。リンクは急いでヤシの木陰に入り、近づいてくるラファエラから隠れた。彼女がジャングルのなかに入り視界から消えるまで目で追いながら、この尾行の目的をつい考えてしまう。これは彼女を守るためなのか、それともミスター・ジョバンニを暗殺から守るためなのか？

リンクはラファエラとの距離をたっぷりとってから、屋敷に戻る道を歩きはじめた。つぎの暗殺事件は起きていない。最初の試みの大失敗と、この島の要塞並みに厳しい警備が、犯人に二の足を踏ませているのだろう。警備担当の男たちは、暗殺未遂事件でミスター・ジョバンニを守れなかった失態を恥じて、直後こそ神経を張りつめていたものの、いまは退屈のせいで注意が散漫になってきている。プロである以上、一見してそれとわかるようなことは断じてないが、急襲されたときの判断力や、反応は鈍くなっている。ここはひとつ、レイシーに相談したほうがいいだろう。レイシーも問題に気づいているはずだ。二度めの暗殺事件がもし起きたら――そのときに備えて、レイシーと男たちは心づもりをしておかなければならない。

それにしても妙だ。あのオランダ人たちは、ボスから尋問される前に、毒をあおって自殺した。そもそも自殺する理由がない。それともバテシバには、手下をそこまで狂信的にさせるほどの影響力があるのか？

リンクはため息をついた。なにがなにやらさっぱりわからなかった。オランダ人を小屋に監禁する前には、リンクみずからが身体検査をしている。足の指のあいだにでも毒を貼りつけていたのだろう。

なおもあれこれ考えていると、彼女の悲鳴が聞こえた。恐怖と驚きに満ちた、細く甲高い声だった。リンクは駆けだし、二度めの悲鳴を聞いて右に折れた。今度は息も絶えだえの苦しげな声だった。リンクは恐ろしい光景に立ちすくんだ。道を少しはずれたところで、全長三メートルものブラジルボアが、ラファエラ・ホランドの体にゆるりと巻きついていたのだ。暗褐色の縞をぬらぬらと光らせ、不気味な音をたてながら、彼女の胴をじょじょに締めあげていく。

ラファエラが彼を見て、希望に目を輝かせた。「くそっ」リンクはナイフを構えて突進した。

ラファエラはなおももがきたいのを我慢して、体の動きを止めた。吐きたかったし、叫びたかったが、筋肉ひとつ動かさなかった。巻きついた蛇はずっしりと重く、その重みで膝をついているが、リンクはもうそこにいる。ラファエラが本能的に目を閉じると、リンクが蛇の頭のすぐ下にナイフを入れた。切断された蛇の頭が地面にどすんと落ちただけで、ほかにはなんの音もしない。蛇が痛くて絶叫するとでも思っていたの？　いまになってショックに震えだした体から、巻きついていた蛇がほどけだす。必死で息を吸いこむと、締めつけられていた胸が波打った。リンクが体から蛇をはがして、はずしてくれているのがわかる。吐き気をこらえるだけで精いっぱいだった。目を開けると、そこらじゅう血だらけだった。自分の腕もシャツもリンクもナイフの刃も、血にまみれていた。足元に転がる頭のないブラジルボアはいまだぴくぴくと痙攣《けいれん》し、丸めた体を跳ねるように動かしている。ラファエルは急いで顔をそむけて駆けだしたものの、すぐに膝をついて嘔吐することになった。胃のなかからものがなくなっても、吐き気は収まらなかった。なにも出ないのに吐きつづけるうちに、ぐったりして震えが止まらず、倒れそうになった。しかし倒れなかった。まだ蛇に近すぎたからだ。

肩にリンクの手を感じた。「もう死にましたよ、ミス・ホランド。さあ屋敷に戻って、汚れを落としましょう」

ラファエラは彼を見あげて、ゆっくりと首を振った。「無理よ、リンク。できない」立ちあがると、蛇を避けながら、浜辺に走った。

リンクは止めなかった。とぐろを巻いている蛇を手早く腕に巻きつけ、ジャングルのなかの、道から見えない場所まで引きずった。死骸は他の動物たちが片づけてくれるだろう。ミス・ホランドにはもう見せたくない。

しばらく待ってから、浜辺に戻った。ジャングルの端で立ち止まり、海を見やった。彼女は膝まで海につかり、狂ったように自分の体に水をかけている。髪は乱れ、服についた蛇の血を必死になって洗い流そうとしながら、怖気を震っているのがわかった。

「しっかりして」ラファエラは呪文のように唱え、震える指で短パンについた淡いピンクの染みを一心不乱にこすった。ふいに指の動きが止まり、腕がだらんと垂れた。アドレナリンによる興奮が去ったのだ。骨の髄まで疲れきり、その場に立ちつくしたまま、温かい水に太腿を洗われていた。危機は去り、自分は生きている。恐怖がゆっくりと引いていく。ようやく顔を上げて深呼吸すると、白砂の海岸の端で辛抱強く自分を見守ってくれているリンクが目に入った。ラファエラが手を振ると、リンクから手招きされ、そのとき彼の顔に笑みを見たような気がした。

「ありがとう、リンク」ラファエラは彼のところまで戻ると言った。「あなたに命を救われたわ。わたしにとってはなにものにも代えがたい贈り物よ」

「いいんですよ」リンクは微笑んだ。やさしく穏やかな笑みに、ラファエラは泣きそうになった。そのまま泣きたかったが、リンクの顔にまごついた表情が浮かんだので、必死になって涙をこらえ、どうにか笑顔をこしらえた。努力を買って、リンクが背中をぽんと叩いてくれた。

「もうあの怪物はいない」ほどなくリンクが言った。「あいつは鋲釘《びょうくぎ》と同じくらい死んでますよ――どんな意味だかよくわからないが。子どものころ、祖母がいつもそう言っていたんです。そんなことをしていると、エヴェレット、おまえを鋲釘と同じくらい死なせてやるよ、と。まあ、そういうことです、ミス・ホランド」

ラファエラは彼を見あげて鼻をすすり、袖口で顔をぬぐった。「エヴェレット？ あなたの名前はエヴェレットと言うの？」

うっかり口をすべらせてしまった。「そうです。どうか口外しないでください、マダム。メルケルに知られたら、なにを言われるかわかったもんじゃないし、レイシーが馬鹿笑いのしすぎで海に落ちたらたいへんなので」

「わかったわ、リンク。でもわたしはすてきな名前だと思うけど」

「おふくろもです」リンクは言った。「おふくろもそう思ったんです」

そのあと何度も蛇の話をくり返しているうちに、ラファエラは、それがみんなを怖がらせるためにリンクとふたりでつくりだしたホラ話のような気がしてきた。仰天したココは、「まあ、ラファエラ、かわいそうに」とくり返し、抱きしめて背中をなでてくれた。

ドミニクはラファエラの前ではなにも言わなかった。汚れきった彼女をしげしげとながめ、いまわしい蛇がどうやってそこまできたのかを考えた。ブラジルボアは囲いに入れておかなくても、めったに自分の縄張りを離れない。あの蛇は山脈の中央にあるドミニクの私設動物園で幸せに暮らしていたのに、どうにかして檻を出ると、都合よく道のすぐそばにやってきて、ラファエラに一生分の恐怖を味わわせた。まったく腑《ふ》に落ちない。ドミニクはリンクを見やり、自分と同じくらい困惑しているのに気づいた。

その日の夕方、警備員のひとりが、ジャングルで大きな木製の檻を発見した。これではっきりした。誰かが蛇を運び、浜辺への道に放したのだ。しかし、ドミニクにはそのタイミングが気になった。狙われたのは誰だ？ ラファエラがあの道を歩いていたのは、まったくの偶然だった。もっとも、誰かがラファエラが浜辺から帰ってくるのを見計らい、檻を開けて蛇を放した可能性もなくはないが。

　夕食に備えて着替えながらそれをココにも伝えたが、ココが返事をする前にメルケルがドアをノックした。二階まで駆けあがってきたせいで息を切らしている。マーカスから電話です、とメルケルは言った。ジャック・バートランドから殺されかけ、返り討ちにしたと言っています。

　ドミニクはココにうなずきかけ、メルケルについて部屋を出た。メルケルを同席させたまま、デスクについて受話器を取った。「ドミニクだ、マーカス。なにがあった？」

　たっぷり五分間黙って話を聞いてから、口を開いた。「きみが無事でよかった。いまのところ手はない。島に戻ってこい。今後のことは、きみが帰ってから相談することにしよう」

　ドミニクは黙り、耳を傾けた。「もちろんだ。きみが帰ったら詳しく調べよう。ところで、話は変わるが、われらがラファエラが危うく命を落とすところだった」

　メルケルにも、マーカスの怒声が聞こえた。「あの馬鹿！　今度はなにをしでかした？」

　ドミニクは喉で笑った。しかし、平素からボスの表情や微妙なボディランゲージに注意しているメルケルには、それが心からの笑いでないのがわかった。

「ブラジルボアと喧嘩《けんか》したのだよ、マーカス。もちろん、ひそかに彼女を見張っていたリンクが、蛇を殺したがな。無理からぬことに、彼女の動揺はかなりのものだった」ドミニクはそこで黙り、また話を聞いた。「わかっている。今後もリンクに守らせる。心配するな。早く戻ってこい」

ドミニクはそっと受話器を置き、顔を伏せたまま言った。「バートランドにははじめから金を払うつもりがなく、地雷も用意されていなかった。すべてが巧妙な罠、マーカスを殺し、わたしを役立たずの愚かな腰抜けに見せるための計略だったのだ。バートランドがいまわの際に言ったとか――王は死んだも同然だ、と。せめてもの慰めは、それがグループなのか組織なのか個人なのかはわからないにしろ、バテシバにつながる手がかりが得られたことだ」

15

ドミニクは夕食の席で、マルセイユでの一件のあらましを一同に淡々と話して聞かせた。話しはじめるときにちらりとラファエラに目をくれたので、彼女の前でおおっぴらに語るのがはたして賢明なのかどうか、計りかねているのがわかった。安堵したものやら、悔しがったものやらわからないが、ドミニクは彼女を信用できるとみなしたか、気にするまでもないと判断したらしい。たぶん後者にちがいない。ドミニクにしてみたら、ラファエラなど自分の輝かしい生涯を記録するにぴったりの女というにすぎず、女ならば、例外なく操れると考えているのだろう。ラファエラはそれを承知でこだわらなかった。マーカスになにがあったのかを知ることのほうが、ずっと重要だからだ。自分がブラジルボアに絞め殺されそうになったことさえ忘れ、指の関節が白くなるほどフォークを握りしめた。「そのバートランドという男は、どうやってマーカスを殺そうとしたんですか？　マーカスは馬鹿じゃないのに」

「バートランドの選んだ方法は、まことに愚かだった。やつが送りこんだ少女は、マーカスをベッドに誘うよう命じられていた。マーカスが気を取られているあいだに部屋に忍びこみ、喉をかき切るつもりだったようだ」

「つまり、マーカスは罠にかからなかったんですね？」

「マーカスは見境なく女をベッドに誘うような男ではないし、小児性愛者でもない。マーカスによると、その少女は十五だったそうだ」

ドミニクは話を続けるそぶりを見せたものの、やがてふっつりと黙りこんだ。よく冷えたエビをフォークで口に運び、ゆっくりと噛む。「念のために言っておくが、ラファエラ、この武器取引はまったくの合法だよ。最終使用者証明書もある。ただ、武器はフランス政府が承認したナイジェリアではなく、アフリカ東部の、ある反政府組織の手に渡るはずだった。彼らは共産主義者が支援する独裁者を相手に戦っている。非合法な組織だから、武器を送るために、多少規則を曲げざるをえなかった」

そんな理屈が通るんなら、ヤギだってオペラを歌うわ。ラファエラはそう言ってやりたかったが、おくびにも出さなかった。ドミニクはさらに続けた。「まだわたしの職業について話していなかったね。わたしが武器商人であることは認めよう。しかし、きみがなにを見聞きしているか知らないが、わたしは公正な取引しかしない。無法者でも、犯罪者でもなく、罪のない人びとを殺すテロリストには武器を供給しない。ブラックマーケットにはかかわっていないのだ。ときにはグレーマーケットに足を踏みこまざるをえなくなるが、それすらまれであり、今回規則を曲げたのは、じつに久しぶりのことだった。カダフィ、サダム、北朝鮮など、アメリカの敵に武器を送ったことは一度もない。以前はＣＩＡとも取引があったが、残念ながら本に書かせるわけにはいかない。武器商人が政府と仕事をしたなどと公言しようものなら、馬鹿か大ボラ吹き扱いされる。仕事仲間からは物笑いの種にされ、国からは追われてしまうからね」

「わたしたち、国内にはいないけれど」ココは言った。

「笑わせおって」その実、ドミニクは笑っていなかった。「だいいち、そんなことを書いたら、政府が喜ばない」

「アフリカ東部の反政府組織には、なにを送る予定だったんですか？」ラファエラは尋ねた。

ドミニクは胸の前で手をひらひらさせた。「彼らはあらゆる武器を必要としている。今回の主たる積み荷は大量の地雷だった。あの国の砂漠地帯を考えると、反政府組織にとって地雷はきわめて有効な武器となる」

ラファエラはアフリカ東部のどの国なのか尋ねなかった。尋ねれば、ドミニクはさらに嘘の上塗りをせねばならず、彼女は自分でも認めたくない理由で、そんな見え透いた嘘をつかせたくなかった。それに、なによりマーカスの心配で頭がいっぱいだった。不注意にもほどがあるわ！

「武器のホワイトマーケットについては、わたしが教えよう、ラファエラ」ドミニクは言った。「知っているものはほとんどいない。もちろん、役人は知っているだろうが」

「ぜひお願いします」ラファエラはアメリカを発つ前に、武器取引についてかなりの資料に目を通してきた。しかしドミニクの言うとおり、有益なものはあまりなかった。ブラックマーケットとなると、なおさらだ。もちろん、おもだった顔ぶれは知られているが、それ以外はほとんど表に出てこない。そして中心的な顔ぶれのなかで、もっとも謎に包まれているのがドミニク・ジョバンニだった。できればＣＩＡの事情通から話を聞きたいところだ。あるいは、税関局の担当者から。

夕食後、ラファエラはメルケルを探して、彼をバルコニーに連れていった。「バテシバについてもっと教えて。どういう意味なの？」

答えに窮したメルケルは、退却を決めた。「ラファエラ、ミスター・ジョバンニのビジネスについておれから話すことはできない。彼はおれが話すことも、あなたがそれを尋ねることも嫌うだろう。そういうことはボスかマーカスに訊いてくれ」

だったらマーカスに訊こう。なぜだか急に、ドミニクに質問するのが怖くなった。「それなら、ジャック・バートランドについて教えて」

「あなたは記者だろう？　それもミスター・ジョバンニか、マーカスに訊いてくれ。おれに言えるのは、善人じゃなかったってことだけだ。今回の事件まで、彼は一種のフリーランサーだった」メルケルは肩をすくめた。「マーカスに訊いてくれ」小さく敬礼して立ち去った。

ラファエラは部屋に戻る途中、二階の廊下でココに呼びとめられた。「ラファエラ、あなた、ほんとうに大丈夫なの？」

「まだ動揺していますが、あんなことのあとですから。大丈夫です、ココ」

ココは一瞬黙りこみ、やがて意を決したように言った。「いっしょにバルコニーに来てちょうだい。あそこなら誰もいないわ」

ラファエラはココについて廊下の突きあたりまで行くと、フレンチドアを抜けてバルコニーに出た。もつれた赤と紫のブーゲンビリアが、鉄製の手すりをほぼおおい隠している。ハイビスカスとバラとインドソケイの花がにおう、穏やかな夜だった。ラファエラは大きく息を吸い、問いかけるようにココに微笑みかけた。

「なんですか、ココ？ 気がかりなことがあるんなら、話してください。わたしがブラジルボアと一戦交えたことですか？ マーカスがマルセイユで喉をかき切られそうになったこと？ 本ですか？ それともほかのなにか？」

「だったら言うけど、ラファエラ、もう限界よ。限界を超えているわ。誰かがブラジルボアを檻に入れて山脈の奥からここまで運び、あなたが通りかかるのを待って蛇を放したのよ」

昼間のショックをまだ引きずっていたせいで、ラファエラの全身には震えが走った。「ええ、檻のことは聞きました。たしかに考えさせられましたけれど、ココ、でも殺害方法としては確実性に欠けます。あの蛇がわたしを襲うとは決まっていなかった。十人の人間があの道を通るあいだ、蛇は眠っていたかもしれない。それにどうしてわたしを？ あまりにも不確かなやり方ですよね？」

ココは肩をすくめたが、本気で案じているようだった。「聞いて。方法はわからないけれど、蛇はあなたを狙ったのよ。リンクがそばにいなかったら、文字どおり命を搾《しぼ》りだされて死んでいたでしょう。考えてみてくれない？ 仮に蛇があなたを襲わなかったとしてよ、道のど真ん中にあの巨大な蛇が寝そべっていたか、枝からぶら下がっていたら、あなたはどう感じたと思う?」

「その場で凍りついていたでしょうね。恐ろしさに気が動転して。派手な悲鳴をあげながら、アンティグアまで、それは無理でも、空港まで走っていたかもしれません」

「そう、そうすべきだというのが、わたしの意見なの。ラファエラ、島を離れなさい。明日にでも」ココは美しい眉をひそめた。ヘリコプターの墜落も、わたしたちみんな、海岸での銃撃はマーカスを狙ったものだと思っていた。「わたしたちみんな、やっぱりマーカスに警告を与える目的で仕組まれたのだって。でも、両方ともあなたを狙ったのかもしれないのよ、ラファエラ。誰かが、あなたをここから追い払いたがっているのかもしれない」

ココの言うことには一理ある。ラファエラはその説に無関心ではいられなかった。ココの話を聞き、思ったことを素直に口にした。「でもなぜ? わたしは本を書くためにここに来たんです。ただそれだけで、誰かを脅かすようなことはないわ。いったい誰が? なんのために?」

ココはラファエラではなく景色に目をやり、蛇がいた山脈の尾根をながめながらゆっくりと言葉を継いだ。「わたしがとりわけ心配性ってわけではないわ。今回の件についてよく考えてみた。今日、蛇の事件がある前にも、少しだけど、同じことを考えていた。わたしの見るところ、犯人はデロリオよ。彼はあなたに嫉妬している。父親がひとり息子である自分よりも、あなたを高く評価するのを恐れている。あなたが屋敷に来る前、デロリオは出発を渋っていたのだけど、ドミニクは彼をマイアミに行かせたわ。マーカスも同じなのは知っているわね？　前回は、あなたたちはいっしょにいた。今回は、たまたまあなたひとりだった。ポーラという可能性もあった——理由は明らかよね。彼女はあなたを嫌っていて、あなたが傷つき、島から出ていくのを望んでいるから。でもわたしに言わせれば、ポーラはこんな策略をめぐらせられるほど賢くない。もちろん、わたしの見立て違いって可能性はあるわよ。だとしても、結論は変わらない。伝記を書くのは少し延期して。いまこの島ではさまざまなことが起きている。あなたにも危害がおよぶかもしれない」

「たとえばバテシバとか？」

あたりはかなり暗かった。ラファエラはもっとココの表情が見たかった。バテシバのことは夕食のときドミニクが話していたので、ココが驚くはずはなかった。にもかかわらず、彼女は体をこわばらせた。

「バテシバについてなにを知っているの？」

「名前だけです。夕食の席でドミニクの口から出たので」

「そう。忘れてしまいなさい。あなたには関係ないことよ——バテシバのことは忘れて、いまわたしが言ったことを考えてみて。じゃあまた明日ね、ラファエラ」ココは立ち止まり、振り向いて微笑んだ。「わたしは頑固なあなたが大好き。傷つけたくないのよ」

翌日の夜九時、マーカスは屋敷の東側の芝生にひとりでいるラファエラを見つけた。自分の目で彼女の無事を確認できたのが嬉しくて、大声でわめき散らした。「なんでもっと用心できない？　ひとりでジャングルのなかを歩いて、いったいなにをしていた？　戦いの女神にでもなるつもりだったのか？　それに、どうやって蛇を誘惑した？　檻を開けたのか？　わかってるのか？　きみのせいで、おれの頭はどうかなりそうだ！」

もちろんマーカスは、蛇がどこにいたのか承知していた。ラファエラはにっこりと笑いかけた。その甘くとろけるような笑顔を見た瞬間、警戒態勢に入るべきだった。ラファエラが近づいてきて、すぐ前で止まった。「お帰りなさい、マーカス」

ラファエラはいきなりマーカスの腕をつかむと、反動をつけて芝生に投げ飛ばした。マーカスは地面に大の字に伸びたまま、彼女を見あげた。「おれをもう一度投げたら、今度は容赦しないと言っておいたはずだ」

「あなたが？　それともほかの誰かに頼むの？」ラファエラは相好を崩した。

「おれがやる」

「へーえ、どうやって？」

「だったら聞かせてやろう。まずきみを縛って、頭がまっ白になるまでセックスする。そこまでやれば、おれの安全もある程度は確保できるだろう」

ラファエラは無言だった。足を開き、手を腰にあてたまま、彼を見おろしていた。デニムの巻きスカートと淡いピンクのブラウスを着ている。

今度は彼女の番だった。マーカスはそこに寝ている。危険もなく、ぴんしゃん、元気そうだ。しかし彼が殺されかけたと知ったときの恐怖心を思い出して、ラファエラは大声でわめいた。「マルセイユでいったいなにに巻きこまれたの？　どうしてジャック・バートランドとかいう男は、あなたが十五歳の少女と寝ると思ったわけ？　あなたがそれとなくにおわせたんでしょう、このどすけべ！　そのせいで殺されかけたのよ。なんでそう不用心なの？　言ったでしょう、何度もしつこく、気をつけなさいって――きゃっ」

つぎの瞬間、ラファエラは地面に仰向けに転がり、お腹にはマーカスが馬乗りになっていた。息は切れているが、痛みはない。マーカスは彼女の目に反撃の意志を見て取るや、手首をつかんで頭上に固定した。

「これであいこかな？」

「やるじゃない。ふだんより素早かった。練習したんでしょ？　もう立たせて――それと、返事はノーだから。あいこのわけないじゃない」

「しかたない、立たせてやるか。ドミニクの警備員が三人、銃を手にこっちを見て、やにさがった笑みを浮かべてやがる。できることならきみの顔じゅうにキスの雨を降らせて、ふたりして足腰が立たなくなるまでセックスしたいんだが……」

「足腰が立たなくなるまで？　あなた、変態じゃないの？」

マーカスはかがんで、ラファエラの鼻の頭に軽くキスした。「この変態は、誰に見つかるかもわからない、プールの深いほうにパンティを忘れてきたりはしないがね」

ラファエラは目をつぶった。パンティのことをすっかり忘れていた。「どうしよう。誰もなにも言わないけど。まだプールのなかかしら？」

彼はひょいと頭を下げ、今度は鼻を嚙んだ。「今夜探しにいくか？　みなが寝静まったころを見計らって？」

いまがチャンス。ラファエラは鮮やかな身のこなしで彼を横に引き倒すや、反対側に回転して立ちあがった。満面の笑みで、マーカスを見おろす。

「真夜中にしようか、ミズ・ホランド？　話したいことがたまっている」

ラファエラは大の字に寝そべるマーカスを見た。自分が彼がいなくて寂しがっていたことに、ようやく気づいた。とくに好きなのは、彼の減らず口だ。いいえ、自分に嘘をついてはいけない。彼のすべてが猛烈に恋しかった。「お手軽な男だと思われるのがいやだったんでしょう？　夜明けと同時にわたしからさげすまれそうで」

「おれはお手軽な男じゃないぞ。おれを絶頂まで導きたいんなら、最高のテクニックを駆使してもらわないとな。それで返事は、ミズ・ホランド？」

「わたしも話があるわ」ラファエラはじっくりと彼を見た。「あなたはいやな目に遭うかもしれないけど。でも自称ミスター・デヴリン、あなたとふたりきりで話したいの。バテシバのことよ」

一瞬にして、マーカスの目から欲望の光が消えた。「なにを知っている？」

「ドミニクが夕食のときに、なにがあったのか話してくれて、その名前を口にしたわ。わたしは知りたいのよ、マーカス。すべてをね。はぐらかそうとしたって無駄だから」

マーカスは黙って立ちあがると、パンツのお尻をはたいた。

「それで？」

「そんな顔で脅したっておれには通じないぞ、ミズ・ホランド。いまからドミニクに会ってくる。真夜中にプールサイドで落ちあおう。それから、どうしてきみがペイトリオッツではなくて、フォーティーナイナーズのファンなのか、教えてもらおうか。きみが住んでいるのはサンフランシスコじゃなくて、ボストンだろ？」

「あんたには教えてやらない」ラファエラは遠ざかる彼のうしろ姿を見ながらつぶやいた。

屋敷に戻ったラファエラは、リンクから、マーカスがミスター・ジョバンニとふたりきりで会談中だと教わった。ラファエラはうなずき、二階にある自分の部屋に戻った。マントルピースの上の本の山から母の日記の一冊を抜き取り、ベッドに寝転がった。

最近は書かれた順番とは無関係に、そのときの気分に応じて読み返している。ラファエラは二〇〇〇年三月のページを開いた。いまから一年ほど前の日記だ。母とチャールズのイギリス旅行の話と、帰国後にチャールズが嫁のスーザンと大喧嘩した話を少しだけ読んだ。すべてはお金、と母は書いていた。厄介でいまいましいお金のせい。お金を持っていない人は、それを得るためになんでもする。お金を持っている人は、それを保つため、さらにお金を増やすためになんでもする、と。ラファエラは日記を閉じ、その日の午後、二時間にわたって行なわれた父とのインタビューについて考えた。

ドミニクは、無理もないことだが、ぴりぴりしていた。口数が少なく、どこかうわの空だった。遠慮しようかと申しでると、ドミニクが続けたがったので、シカゴ時代のことを質問した。彼は細い眉を吊りあげた。「シカゴについてなにを知っているんだね?」

「お忘れですか、ドミニク。わたしはあなたに関する新聞や雑誌の記事を、すべてといっていいほど切り抜いてきました。ある記事に、あなたがシカゴのカルロ・カールーチにつぐ犯罪組織のボスだと書いてありました。カールーチはそれほど有名ではありませんが、わたしは記者ですから、彼のことも知っています。それにしても、あなたが彼の娘と結婚したあとのことでしょう?」ラファエラは、感情の伴わない冷静な声を出すように努めた。自分が彼の熱心な崇拝者ではなく、軽蔑していることを気取られてはならない。

「大昔のことだ」ドミニクはようやく口を開くと、熱のこもらない声で言った。「ずっと昔の話だよ。いまも老カールーチが存命で、シカゴに暮らしているのを知っているかね? ミシガン・アヴェニューから少し入ったところにある三十二階建てのビルの最上階だ。もうたいした影響力はないが、不思議なことに、誰も彼を殺そうとしない。その一件からも、彼が公平な男として仲間内に愛されていたのがわかる」そんなことを自嘲気味に言われると、なんと答えたらいいかわからない。ラファエラは続きを待つことにした。

「彼に会ったのは、サンフランシスコを出たばかりの、二十八のときだった――」

大学を卒業した直後だったと言わんばかりの口ぶりだが、実際は警察に追われるようにしてサンフランシスコをあとにしたのだろう。ラファエラはそう思ったが、今度も沈黙を通した。

「わたしはとても若かった――」

「あなたは二十八だった」

ドミニクはさっと顔を上げて、彼女をにらみつけた。怒りで目の色が濃くなり、感情が昂ぶったときの彼女の目と同じようにグレーを帯びた。ラファエラはその目を見返し、負けじと言い放った。「わたしはまだ二十六に少し足りませんが、自分の行動の責任はとれます」

つぎの瞬間、彼の全身の緊張がゆるんだ。「きみの言うとおりだ。わたしはもう大人だった。自分がなにをしているかわかっていたし、自分のしたことが愚かだったのなら、それを受け入れるしかない。わたしは法にかなったビジネスをはじめた。わたしが手を染めたビジネスは、つねに合法的なものだった。レストランを買ったのだが、すぐに窮地に陥った。リカーライセンスが必要なのに、どうしたわけか、市は許可を出してくれない。こういうことは、どこでも同じだ。だからわたしは賄賂《わいろ》をつかませるべき相手を探った。その答えはカールーチで、彼の手は大きく、虫の居所によってはそれが拳骨に変わった。

彼の娘のシルヴィアに会ったのは、まったくの偶然だった。彼女は別の男といっしょにわたしのレストランにやってきた。ボディガード然としたいけすかない男だった」

「レストランの名前は？」ドミニクから見られたので、ラファエラは尋ねる理由を説明した。

「具体的な話があったほうが、読んでいておもしろい本になるんです。より臨場感が出て」

「ゴールデンボールと言う名だったが、わたしはそれをゴールデンブルに変えた」

ラファエラはなにも言わず、片眉を吊りあげた。

ドミニクはにやりとした。「ああ、わかるよ。あのころのわたしは、タフガイ気取りのうぬぼれ屋だった。なんと言ってもまだ若く、前途洋々、自分にはなんでもできると思いこんでいたからね」思い出にひたるような遠い目になる。ラファエラが黙って待っていると、ドミニクは思い出を振り払った。

「シルヴィアに会ったのは、一九七一年の十一月だ。シカゴの気候は早くも人間には耐えがたいものになっていた」彼は無意識に腕をさすった。「わたしは昔から寒さが苦手でね。シルヴィアはとにかく美しかった。もちろん純潔ではなかったが、それがなんだろう？　わたしたちは二月に結婚した。彼女の父親はわたしの熱意と野心を認めてくれ、すべては順調に動きはじめた。ゴールデンブルは有名店になり、ほかの商売も繁盛した」

「ほかと言うと、どんな？」

ドミニクはあいまいに手を振った。「ほかの分野にも手を広げたというだけだ——ガソリン、食品、靴。そういう、合法的な商売だ」

そんな話が信じてもらえると、本気で思ってるの？「結婚生活について聞かせてください」

「結婚前のシルヴィアは、子どもが一ダース欲しいと言っていた。結婚してからも、彼女はなかなか妊娠しなかった。そんな状態が長らく続いた。わたしは辛抱強く待った。彼女の父親のことが好きだったしね……」

よく言うわ。彼女の父親が死ぬほど怖かっただけのくせに。

「シルヴィアは一九七五年にようやく妊娠し、デロリオが生まれた。嬉しかったね。わたしはたくさんの子ども、たくさんの息子が欲しかった」

「息子だけですか？」

「いや、そんなことはないよ、もちろん。娘も欲しかった。たくさんね」

面と向かって嘘つきと言うわけにもいかないので、ラファエラは無言で彼を見つめた。そう怒鳴りつけてやったら、さぞかし胸がすくだろう。

「しかしまずは息子だった。わたしが頼んだのはそれだけだ。わたしのあとを継ぐ息子たち。息子たちを鍛えて一人前にし、わたしの成功を受け継がせたかった」ふと口をつぐみ、ラファエラの肩先の虚空を見つめた。そのあと肩をすくめて先を続けた。「デロリオができると、妻はおおっぴらに浮気するようになった。そのときからだよ、たぶん妻に対する腹いせだったのだろう。わたしはほかの女と寝るようになった。それについては前にも話したね、ラファエラ。ともかく、ご存じのとおり、わたしはなにがあっても彼女とは離婚しない。だが、彼女には二度と会わない。デロリオもだ。あの子には母親がどんな女なのかわかっている」

そのときバルコニーに面したフレンチドアから怒鳴り声が聞こえてきて、ラファエラを物思いから引き戻した。男の叫び声だ。侵入者か？

ラファエラははじかれたように立ちあがり、開け放ってあったフレンチドアからバルコニーに出た。闇夜だが、暗がりに懐中電灯の光が乱れ飛んでいる。

デロリオの怒りを押し殺した声がした。「やめろ、能なし！　おれだ。銃を引っこめろ！」

ドミニクの声が続く。困惑に満ちた刺々しい声だった。「ここでなにをしている？　なにか不都合でも起きたのか？」

「いいえ、なにも。買い物したいというポーラを残して、ぼくだけセント・ジョンズ島に戻ったんです。ヘリコプターでリゾートに飛び、スクーターで山を越えてきました」

「なぜ電話しなかった？　迎えをやったのに」

デロリオは答えなかった。

ラファエラにはその答えがわかった。デロリオが電話しなかったのは、自分が帰るのを父親が望まないかもしれないと思ったからだ。彼女はドミニクに対しては怒りを、彼のひとり息子に対しては哀れみを覚えた。とはいえ、ドミニクの声には案ずるような響きがあった。

デロリオはなにごとかつぶやき、声を出してあくびをした。「疲れてるんです、お父さん。部屋に引きあげさせてください」

そして静かになった。ラファエラはバルコニーから室内に戻り、フレンチドアを閉めた。服を着たままベッドに横になったのは、夜中の十二時にスイミングプールに行く約束があったからだ。そう、マーカスに会うために。マーカスとは話をするだけ、と自分に言い聞かせる。彼が隠していることを聞きださなくては。知らないままにはしておけない。

ラファエラは眠らず、ベッドサイドテーブルにあるデジタル時計を見つめていた。真夜中五分前になると、できるだけ静かに部屋を出て、一階へ下り、玄関をくぐった。途中、警備員のひとりに呼び止められ、名前を告げた。これで自分がマーカスに会うことが、みんなにばれてしまう。

しかたがない。

マーカスはプールの水深の深い側の、飛びこみ台のそばで待っていた。「やあ、ミズ・ホランド」と声をかけ、にっこりした。「ああ、わかってるから、なにも言うな。この屋敷にいる全員が、おれたちがここで会っているのを知っている。ついでに言っておくと、きみのパンティは見つからなかった。さらに言うと、きみはそのつもりで来たんだろうが、きみには誘惑されないぞ。さあ、リクライニングチェアに座って話をしよう。それでいいか？」

「全部言われちゃった」ラファエラはため息をついて、椅子に座った。

「手ぐらいならつなげるさ」

ラファエラがそっと手を差しだすと、彼はつないだ手をふたりのあいだに置いた。

「じゃあ、蛇のことを話してくれ」

「もう全部聞いたんでしょう？　いまじゃかなり尾ひれがついてるみたいだけど」

「蛇がきみに襲いかかったんだな？」

「そうよ。怖かったわ」

「この事件でおれが気になったのは、誰があそこに蛇を放したにしろ、そいつはリンクがきみを見張っていたのを知っていたってことだ。蛇がきみを絞め殺そうとしたら、リンクが助けるだろうとあたりをつけていたのさ」

「そんなこと考えてなかったけど」ラファエラはゆっくりと言った。「たぶんそうね。だとしたら、今回も警告だったことになる――ココの言うとおりかもしれない」

「なにについて？」

「その他の事件について。最初から狙われていたのはあなたじゃなくて、わたしだったのかもしれない」

「おれもそれは考えた。可能性はある。だからきみには、明日島を離れてもらいたい」

「いやよ」

マーカスはため息をついた。「そう意地を張るなよ。怖かったんだろう？」

「怖かったわ。でもわたしは臆病者じゃない。いえ、臆病者かもしれないけど、そういう問題じゃないわ。背後で誰が糸を引いているのか知りたいのよ、マーカス、こんなことで追い払われたくないの。重要なのは前に進むことよ。とても恐ろしいけど、あきらめたり、尻尾を巻いて逃げだしてはいけない。わたしはそんなことはしないわ。さあ、今度はマルセイユと十五歳の少女のことを聞かせて」

マーカスはいっさい省略せずに話した。

彼女はしばらく黙っていた。その表情豊かな顔を見て、これはまだ序の口だ、とマーカスは思った。「じゃあ、つぎはバテシバのことを教えて」ラファエラは言った。

「二日前なら忘れろと言っただろうが、このビジネスにかかわるすべての人間——それこそ世界じゅうの連中——が暗殺未遂があったことを知っているようだから、詮索《せんさく》好きな記者がもうひとり知ったところで、たいして問題にはならないだろう」マーカスはボストンへ出かけたところから、話をはじめた。「向こうはやけに寒くて——」

「わたしもボストンにいたけど、あなたには会わなかったわね」

「おれも同じことを考えてたとこだ。わかってりゃ、ホッケーの試合に誘ったのにな。ともかく、ドミニクから電話があり、話がまとまったから戻ってこいと言われた」そこで言葉を切り、ひとりの警備員が煙草に火をつけるのを見た。見たと言っても、火のついた先端の部分だけだ。ジャック・バートランドと彼がくわえていたゴロワーズを思い出す。

「──そしてヘリコプターのキャビンのところに、緑色の文字でバテシバと書いてあった。それだけだ。ふたりのオランダ人は尋問される前に自殺し、おれはほぼ一週間、ベッドで寝たきりだった。話はそれでおしまい。バテシバというのが誰なのか、あるいはどんな組織なのか、まだわかっていない。だが殺されかけたのを商売敵全員が知っているせいで、ドミニクは危うい立場に立たされている」

「その──テュルプって女の人は、ほんとうにあなたを撃ったの？」

「ああ、背中をやられた。おれは生かしておきたかったんだが、メルケルが殺《や》っちまったよ。鼻を蹴りつけて──いや、そのときにはもう死んでいたな。それにしても、オランダ人のことが腑に落ちない」

「服毒自殺だったの？」

「そんな理由はまったくなかったんだ。そのときもわけがわからなかったが、いまや謎は深まる一方さ」

ラファエラの脳裏に、ふと鮮やかな記憶がよみがえった。「いつだったの？　暗殺未遂があった日は？」

「二月二十一日だ」

彼女はしばし無言で記憶をたぐった。ふいにマーカスに顔を向けると、その腕をつかんで激しく揺すった。「信じてもらえないかもしれない。なんなんだろう、わたしだって信じられない！　マーカス、わたしね、二十一日の夜にひどい悪夢を見て飛び起きたの。夢のなかで数発の銃声をはっきりと聞いて、激痛を感じた。左半身だったわ。肩も腕も、とにかく左半身全体が撃たれたように痛かった。目を覚ましたときには、アパートの外から銃弾を撃ちこまれたんだと思いこんでいたくらい。もちろん、撃たれた跡なんて全然なかったんだけど、痛みはしばらく消えなかった」

マーカスは腕が粟立つのを感じたが、しばらくするとげらげら笑いだした。「運命の出会いとでも言うつもりか、ミズ・ホランド？　おれが撃たれたときにきみが痛みを感じた。そのときから、なんらかの形で結ばれてたってことか？」

そのときから。

「嬉しくないわけじゃない」マーカスは言葉を継ぎ、おもしろがっているような目で彼女を見た。「そのときから精神的にか肉体的にか結ばれていて、その後肉体的に結ばれた。プールの水深の深いほうも、避けられない運命だったのかもな」

「笑いたきゃ笑えばいいでしょ。でも事実なのよ、マーカス。嘘じゃないんだから」

父親が撃たれたのも左側だった。ラファエラはそのときになって気づき、激しく身震いした。マーカスと結びついているほうがずっといい。彼が心配そうにこちらを見ているのに気づき、あわてて言った。「でも暗殺未遂はそれきりなのね」

「ああ、その一回だけだ。そのあと三度、おれときみの命が狙われ——」

「でも、それは警告かもしれない」

「そうだ、警告かもしれない。いまこちらを向いてくれたら、キスしてやるよ」

ラファエラが言われたとおりにすると、ふたりの唇が軽く触れあった。彼の唇の温かさにそそられて、もっとキスしたくなった。それで体を寄せたが、彼からよけられてしまった。

「残念ながら、いまはだめだよ、スイートハート。きみの記者魂が知りたがってることには、すべて答えられたかな?」

「ええ、よく考えてみなくちゃ。答えが出るかどうかわからないけれど」ラファエラはため息をついた。「あなたのせいで、頭の回路がショートしちゃったみたい。でも、わけがわからないわ。誰がドミニクを殺したがるの? ついでに言えば、誰があなたか、わたしを追い払おうとしてるのかしら? それに、誰かがバテシバという名を宣伝している。その名前が意味するものは?」

マーカスは肩をすくめた。「手がかりがひとつある。オリヴィエだ」

「ロディ・オリヴィエ?」彼がうなずくのを見て、ラファエラは言った。「彼について書かれたものを読んだけど、どれを読んでも、善人とは言いがたい人物みたいね」

「そうだ。オリヴィエは、グレーマーケットとブラックマーケットを中心に活躍する武器商人で、ドミニクとは三年前から犬猿の仲にある。オリヴィエがイランと取引する際に、ドミニクが茶々を入れたからだ」

そのとき、ある事実にラファエラは不意打ちされた。マーカスもまた、ドミニク・ジョバンニ同様の犯罪者だということだ。ごくりと唾を呑む。マーカスは憎むべき犯罪者なのだ。運命はどうなるの？　運命の相手が犯罪者だなんて、あんまり。

「いずれにせよ、さっきも言ったが、彼が手がかりになる」

「ドミニクは、このオリヴィエという男を追わせるの？」

マーカスはうなずいた。

「どうしてこのあいだの夜はプールでわたしを抱いて、今日は抱かないの？　この前だって警備員が見張ってたんでしょう？」

マーカスは笑顔でラファエラを見おろした。「いや、それが違うんだな。連中は夕食の最中だった。ちゃんと確認しておいたのさ。だからそばには誰もいなかった」

マーカスはラファエラからあばらに肘鉄を食らわせられたが、警備員の手前、声を出さなかった。

「もう質問がないのなら、各自のベッドに戻るとするか。いいか、おれはきみのことを考えるからな。ものすごくみだらなことをだ」

「いいわね。わたしもみだらなことを考えちゃいそう」

「自分の女からそんなふうに言ってもらえる男は幸せだよ」

自分の女。マッチョぶっちゃってと反発を感じそうなものなのに、そうは感じなかった。ラファエラは立ちあがり、スカートの皺《しわ》を伸ばした。「明日の朝もここにいる?」

「いや、リゾートに戻らなくちゃならない。ご存じのとおり、おれは支配人だからね。夕食には来るよ。ドミニクが戦略会議を開きたがるだろう」マーカスは立ちあがり、ひょいと頭を下げて、彼女の喉にキスした。「おやすみ」

「ねえ、マーカス、釣りは好き?」

「いや、きみが釣りをして、うろこを取ってくれるんならいいけどね。汚れ仕事はすべてきみに任せる。好きなのはサーモンだよ」

「よかった」ラファエラはゆっくりと屋敷に戻った。暗さと静けさに満ちていた。

ラファエラはことりと眠りに落ち、ぱっと目を覚ました。早朝の薄明かりのなかで目を開けると、デロリオがベッドの横に立っていた。ブリーフ一枚でラファエラを見おろすその手には、彼女のパンティが握られていた。

16

デロリオはダラス・カウボーイズのラインバッカーのようにがっちりしていた。全身がこれ筋肉の塊で、胴回りにも贅肉《ぜいにく》はなく、太い首をしている。そして体じゅうが黒い体毛におおわれ、とりわけ脚と胸の毛が濃い。その大きな手にラファエラのパンティを握りしめ、こちらを見おろしていた。

「よし、目が覚めたな」

ラファエラは、彼のせいで怯えているのを悟らせたくなかった。それに最初のショックが過ぎてしまえば、もう怖くない。この屋敷にはたくさんの人がいるし、警備員もあちこちに配備されている。まずは横たわったまま、平常心が戻るのを待った。まちがいない、デロリオは自分をレイプしにきたのだ。それとも、わたしが彼と寝たがっていると思ったの？　誘惑しているつもりとか？　答えを知る方法はひとつしかない。単刀直入に訊くことだ。「なんの用なの、デロリオ？」

「決まってるだろ、セックスさ。あんたのパンティを見つけたよ。もう乾いてら。もう一度こいつをはかせてやろうか？　そのあとおれが脱がせてやる。マーカスにもそうしてもらったんだろうが、おれのほうがずっとずっとうまいぞ。おれはあのまぬけなアイルランド人とは違う。信じられないようなことをして、とびっきり感じさせてやれる」

ラファエラは自分の異母弟を見つめた。全部ぶちまけてやりたかった。デロリオ、わたしは不倫にも、ついでに言えば近親相姦にも興味がないの。腹違いの姉とセックスしようなんて考えは捨てて、とっとと出ていきなさい、と。まさかそうは言えないので、代わりにそこそこ愛想よく言った。「出てってちょうだい、デロリオ。ここはわたしの部屋よ。あなたとは寝たくないの。それに、あなたは妻帯者よ。さあ、出てって」

ラファエラはコロンビア大学のスリープシャツしか着ていなかった。胸に〝ジャーナリストは特大の消しゴムが大好き〟と書いてある。ラファエラの見ている前で、デロリオはパンティに頬ずりした。

「出てって」ラファエラはもう一度言うと、ゆっくりとベッドの上で体を起こした。シーツがいっしょに引っぱられる。

デロリオが飛びかかってきて、屈強な腕でラファエラの腕を両脇に押さえつけた。唇を近づけてきたが、ラファエラが顔をそむけたせいで、口が耳にぶつかった。

「じっとしてろ!」デロリオが彼女の顎を押さえつけようとする。だがしっかりつかめなかったので、代わりに彼女の両手を頭上にやり、片手で両手首を固定した。ラファエラは騒ぎにせず、デロリオに自分を押さえつけられると思わせておきたかった。ラファエラがこんなことを知ったら、どう反応するかわからない。会ってまだ何日もたっていないが、ドミニクが予測不能な人間なのはわかっている。やはり、できるだけデロリオをかばうしかない。さもないと、ドミニクから屋敷を追いだされないともかぎらない。それは困る。まだ――

ラファエラは大きく息を吸って待った。デロリオがまたキスしようとした。今度は自由なほうの手で、彼女の顎をがっちりとつかんでいる。

ラファエラは近づいてきた彼の鼻に向かって、冷たく言い放った。「手を離さないと、大声を上げて、全警備員をここへ呼び集めるわよ。あなたの父親も駆けつけるでしょうね。あなたは馬鹿みたいにブリーフ一枚で、わたしを強姦しようとしているのをみんなに見られる。楽しみだわ、あなたのお父さんがなんと言うか」

「あんたはおやじが欲しいんだろ?」デロリオはあいた手でラファエラの胸をわしづかみにした。彼女はびくっとした。「そうだ、それがあんたがここにいる理由なんだ。ココからおやじを奪う魂胆だろうが、そんなことはココが許さないぞ。それにおれだって。あんたのベッドにおやじを引きずりこませてたまるか」一拍おいて、困惑をにじませた。「あんなの老いぼれじゃないか」

「あなたのお父さんの愛人になりたいとは思っていないわ。ほんとうよ、デロリオ。嘘じゃないの。わたしは彼の伝記を書くためにここに来た。それ以上でも、それ以下でもない。さあ、手を離しなさい。さもないと痛い目に遭うわよ」

デロリオは首を振った。胸を揉みしだいている。痛みを感じる一歩手前だった。「マーカスはただの手段なんだろ、ラファエラ? あいつと寝たのは、この屋敷に入りこむため、おれのおやじ、あの頑固おやじに近づくためだ。あんなやつ、よれよれの老いぼれで、皺くちゃじゃないか。あんたもほかの女たちと同じなのか、ラファエラ、あんたも——？」

「あなたの奥さんはどこ？　ポーラはどうしたの？」

それを聞いてデロリオの動きが止まったものの、ほんの一瞬だった。「いまごろ、ベルボーイと寝てんじゃないか。それがなんだって言うんだよ？」

「彼女は幸せじゃないのよ、デロリオ。あなたの奥さんのこと。もっと彼女を大切にしてあげなきゃ。さあ、出てかないと、後悔することになるわよ。わたしの我慢も限界だから」

デロリオはいきなり彼女の左手を取って、勃起したペニスに押しあてた。ラファエラがたじろぐと、ぞっとするような笑みを浮かべた。

「おれのはでかい」ラファエラの手を握ったまま、ペニスに沿って上下させる。たしかに、とてつもなく大きい。「あんたが寝たどんな男より、おれのはでかい。こいつを突っこんだら、いい気持ちになるぞ。うんと奥まで入れてやるからな」

よくそんな危ないことができるわね、とラファエラは思った。自分の大切なものをわたしに握らせるなんて。馬鹿な青二才。もう我慢できない。ここまで言って、まだわからないのなら——

デロリオは彼女の手をブリーフのなかに導いた。「ほら、ラファエラ、触ってごらん」

「いいかげんにして、デロリオ」彼は自分の無謀さに気づかないばかりか、オーガズム寸前だった。体は震え、息遣いが荒く激しくなっている。ラファエラは手首をひねって彼の手を逃れると、腹に一発見舞った。もう一方の手で彼の喉を突き、それと同時に両脚を振りあげて胸に蹴りを入れる。喉を詰まらせたデロリオは、大きな音をたてて床に仰向けに倒れると、胎児のように丸まり、苦しげにぜいぜいとあえいだ。

ラファエラはベッドから転がりでて、廊下に通ずるドアに急いだ。そっとドアを開け、朝の光にうっすらと明るんだ廊下に目を凝らした。ココが、彼女とドミニクの寝室のドアから顔を出していた。

ココがひそひそと言った。「どうしたの、ラファエラ？　物音がしたみたいだけど」

「いいえ、べつに。悪い夢を見たんです。人に聞かれたんじゃないかと思ったら、やっぱり起こしてしまったんですね。ごめんなさい、ココ。もう眠ってください」

ラファエラは急いで引っこみ、ドアをぴったりと閉めた。デロリオは横向きに倒れたまま、手で腹を押さえている。うめき声こそやんだが、倒れたまま目を閉じ、青ざめている。ラファエラは異母弟の横に立ち、どうしたものかと考えた。

誰かがバルコニーを伝って部屋に入ってくるとは、予測だにしていなかった。

「どうしたんだ？」

声のするほうに目をやると、マーカスが開け放ったフレンチドアの戸口に立っていた。ジーンズ一枚の格好で、驚いたように眉をそびやかせている。髪の毛はくしゃくしゃ、顎はうっすらとひげにおおわれて、裸足だった。ラファエラにはその姿があんまりすてきに見えたものだから、タックルしてベッドに押し倒し、顔じゅうにキスを浴びせたくなった。

だがつぎの瞬間には、ぶざまなところを目撃されたことにいらだった。しかも、〝ジャーナリストは特大の消しゴムが大好き〟などと書いてあるナイトシャツを着ている。「シーッ。静かに。こっちに来て——手伝って」

「われらが放浪のドンファンに、なにをしたんだ?」

「デロリオとのあいだにちょっとした行き違いがあったのよ。彼はわたしの部屋を自分の部屋とまちがえた。それだけ」

デロリオは仰向けになり、マーカスを見あげた。その口はまだ痛みに結ばれている。

「そうなのか?」マーカスは言った。いかにもおもしろがっているらしいその口ぶりに、デロリオがかっとなるのがわかる。「たまたま早朝の散歩に出かけて、ラファエラの部屋に迷いこんじまったのか?」あんないやみな笑顔を向けられたら、誰だって怒りに震える、とラファエラは思った。下着姿で床に倒れ、腹を押さえているのだから。

ラファエラはデロリオに手を差しだした。「さあ、立って。自分の部屋に戻るのよ」驚いたことに、デロリオの右手にはまだパンティがあった。ようやくその手から放れたパンティを見ながら、マーカスに見つかりませんようにと、祈らずにはいられない。

「なんでここにこいつが来たんだ?」

「わたしになにかあったと思ったのよ、デロリオ。じゃなきゃ、わたしが悪夢にうなされていると思ったか。とにかくようすを見に来てくれただけなんだから、さあ、立つの」

デロリオはなんとか格好をつけようとしたが、父親の使用人であるマーカスがそこにいて、自分が女、しかも自分の体重の半分ほどしかない女に投げられ、痛めつけられたことを知られているとあっては、それもむずかしかった。ラファエラ・ホランドを見ると、凶暴な怒りが全身を駆けめぐる。むしょうに彼女を傷つけ、そして歓ばせたかった。ポーラと同じように扱ってやりたい。ポーラはナニが大好きで、せがむほどだ。ラファエラだってそうなる。一度やれば――デロリオは物言いたげに唇を動かしたが、黙って部屋を出ると、そそくさと、けれど音をたてないようにドアを閉めた。つぎはもっと用心しなければならない。彼女が目を覚ます前に決着をつけてやる。両腕を頭上に持ちあげ、ベッドの支柱に手首を結びつけられた彼女の姿が目に浮かぶ――ポーラの大好きなプレイだ。

ラファエラはスリープシャツ姿で部屋の中央に立ったまま、ため息をついた。

「お礼を言うべきなんだろうけど、来てくれないほうがよかったかも。ただでさえかっかしてたデロリオを必要以上に怒らせちゃうし。それに、あなたが来たってことは、ほかの人にも物音が聞こえたかもしれないってことで、デロリオがこの部屋から出ていくのを見られたかもしれないってことよ。もう、最悪！」

「廊下に出なきゃ、なにも見えないさ」

「ついさっき、ココが廊下にいたんだけど」

「おれの部屋はすぐ西隣りにあって、きみもおれもバルコニーのドアを開けていた。じゃなきゃおれにも聞こえなかったさ。心配するな」マーカスは突然にやにやしだすと、首を振って言った。「デロリオも哀れだよな。自分がどんな目に遭わされるか、まったくわかってなかったんだろうから。うん、これはなんだ？」かがんでパンティを拾いあげ、顔が割れそうなほど大口を開けて笑った。「へえ、見つかったのか。愛しのデロリオが見つけてくれたんだな？　すっかり乾いて、あるべきところ――そのすぐ近く――に戻ってきたってわけだ」

ラファエラは彼の手からパンティを奪い取った。「出てって、マーカス」

マーカスは瞬時に真顔になった。「大丈夫か？」

「大丈夫よ。彼が手に余ったら、大声で助けを呼んでたわ」

「どうしてあいつをかばう？」

「ドミニクがどう出るかわからないでしょう？　屋敷から追放されるのはデロリオかもしれないし、わたしかもしれない。ときには手厳しい扱いをするにしろ、彼は息子を愛してるわ」

「息子を恐れてるのさ。完全に掌握しておかないと、刃向かうかもしれないと思って」

「あなたのまちがいだといいんだけど。そういう部分もあるんでしょうけど、ドミニクはやっぱりデロリオを愛してるわ」

マーカスは黙って肩をすくめた。「今度の伝記がよほど重要らしいな」

もう夜が明けていた。淡い光が闇夜の端を明るませている。「わたしにとってはなによりも重要なものよ」

「生きていることよりもか？」

「それはないけど、まだ出ていけないわ。はじめたことはやり遂げなきゃ」

「なぜそうも伝記にこだわる?」

この人には見えすぎる。早朝の、まだ薄暗いなかでさえ、あまりに多くが見えてしまう。

「あなたには関係ないでしょ」

「黙秘権の行使ってわけだ。たっぷり隠しごとがあるのを認めたも同然だな。きみは素性を偽っているのかい、ミズ・ホランド?」

「あなたほどじゃなくてよ、ミスター・デヴリン。本名は違うかもしれないけれど」

「シーッ。大きな声を出すな。おれだってきみの部屋にいるところを見つかるのはごめんだ。おれはリゾートを任され、ご存じのとおり、経営はすこぶる順調だ。そして、ミスター・ジョバンニのほかの仕事も任されている」

「へえ、そうなの。違法な仕事? わたしはあなたのことを考えてみたわ、本名不明の自称マーカス・デヴリンさん。このあいだも言ったとおり、あなたはたとえ大金を積まれたって、人に使われるのをよしとするような人間じゃない。自分のボスは自分しかいない一匹狼よ。そうよ、あなたにはどうもちぐはぐなものを感じる。そして、わたしにはあなたが信じられない」

「ラファエラ——」マーカスは口を開いたものの、思いとどまってあくびをした。恐ろしく優秀な女だ。自分への攻撃を逆手にとって、マーカスを守勢に追いやった。彼女に真実が告げられたら。自分が犯罪者ではなくてじつは——しかしそれはできない。そのときが来るのを、辛抱強く待つしかない。どちらにとっても崖っぷちなのだ。そして真実を語っていないのは、ラファエラも同様だ。「若いドンファンは退散したようだから、おれは孤独なマットレスに戻るとするよ。その前にベッドの下を調べてやろうか？」

「それにはかがまなきゃならないわ。わたしがあなただったらやめておくけどな」

マーカスは黒い眉を片方吊りあげた。「おれのケツを蹴っ飛ばすつもりか？」

「いいから、おとなしく出てってよ。できれば、入ってきた道からお引き取りを」

マーカスは小さく敬礼し、バルコニーに向かった。だが、つときびすを返すと、彼女を抱きしめてキスし、手の甲で顎をなでた。「いつかきみと海釣りに行くぞ。でもって、おれがおこした火で——おれはボーイスカウトにいたんだ——魚を焼く。おれたちだけのプライベートビーチで、火のそばに座り——そうだな、ギターは弾けるか？　弾けない？　それならおたがいにラブソングでも歌おう。アカペラで」

ラファエラはうなずいた。「いいわね、楽しそう。わたし、フルートなら吹けるわよ」マーカスはまた彼女にキスをした。「フルート？　おれのハーモニカだって、かなりのもんだぞ。じゃあな、おやすみ、じゃじゃ馬。ああそうだ、ラファエラ、おれはそれほど一匹狼ってわけじゃないよ」

ラファエラは突っ立ったまま、彼が出ていったバルコニーのほうを見ていた。呪わしいめぐりあわせながら、これが現実なのだ。

それから八時までぐっすりと眠った。起こしてくれたのはココだった。トレーにコーヒーとクロワッサンを載せてきていた。

「どうしたんです、ココ？　ベッドで朝食？　わたしったら、知らないうちに伝染病にかかったのかしら」

「わたしが気を利かせたのよ。座ってくれたら、トレーを置いてあげるわ」

ラファエラがクロワッサンを食べているあいだ、ココは黙って向かいの椅子に座っていた。例によって例のごとく、今日もすてきな装いだった。白い綿のウォーキングパンツに、紺のチューブトップ、赤と白のチェックのシャツを形よく腰に巻いている。すべすべした長い脚はきれいな小麦色で、さらさらの長い髪は美しい金髪だ。ラファエラは恨めしげにココを見た。「どうしてこんな朝早くから、そんなにきれいにしていられるんですか？」

「そうするしかないからよ」ココはこともなげに言った。「あなたくらいの年齢のころは、誰かが部屋に入ってきて起こされても、平気でいられたわ。寝癖があってすっぴんでも、きれいに見えるのがわかっていたから。でもこの歳になると、そうはいかないのよ」

「そんなの嘘」ラファエラはコーヒーのカップを半分空にした。「少なくとも、あなたにはあてはまらない。あなたなら八十歳になってもきれいに決まってる。ようは骨格の問題なのよね。完璧だもの」

ココも褒め言葉には弱い。にっこりして少し胸を張った。そしてラファエラがもうひと口クロワッサンをかじるのを待ってから、いきなり切りだした。「今朝早く、なにがあったの？　デロリオが下着姿であなたの部屋から出てくるのを見たわよ」

「見られずにすんだらって、思ってたのに。お願いです、ココ、ドミニクには内緒にしてください。彼がどう出るかわからなくて。デロリオの誤解は解いておいたから、もう二度と妙な気は起こさないはずです」

「あなたがそこまで言うなら。今日もドミニクから話を聞くの？」ラファエラがうなずくと、ココは言った。「じゃあ、昼食のときにね」

マーカスはジョン・サヴィジと静かに話した。マルセイユとジャック・バートランドの件を報告し終えると、サヴィジが言った。「よーし、相棒、もういい。ハーレーだってうんと言うさ。そんなとこ、さっさと出てこい、マーカス。ジョバンニが狙われているのに、おまえが殺されることはないんだ。一度、いや二度は運に恵まれたが、つぎはそうはいかない。モーティのことは交渉しよう。帰ってこい」

そうしたいのはやまやまだが、マーカスは首を振るしかなかった。「いや、まだだめだ、サヴィジ。バテシバとやらをやっつけるか、問題を解決するかしないかぎり、ジョバンニに対してはなにもできない。事実上、休業状態になるからだ」ため息が出る。「それにもうひとつ。ことはジョバンニの話だけじゃすまなくなっている」

「例の記者か」

「そうだ。これから話すことを聞いても、じつはおれは運命論者だとかって抜かすなよ。超能力者ときたら、なお悪い」マーカスはブラジルボアの一件を話した。

受話器の向こうから口笛が聞こえた。「わが国の中央アメリカ政策より、よほど複雑だな。

で、どうするつもりだ？」

「考えてみたんだが」マーカスは言った。「おれとミズ・ホランドとで、バテシバ探しに出かけようと思う。この問題さえ解決すれば、ジョバンニは大きな取引に打って出て、トップの座に返り咲いたことを誇示しようとする。たぶん、商売敵に見せつけるための、大規模で大胆な取引になるから、つかまえるんならそのときだ」

マーカスは微笑みながら、穏やかさでは定評のあるサヴィジが受話器の向こう側でまくしたてるのを聞いていた。

それから五分後、マーカスはジムの男性更衣室に向かっていた。

「ハーイ、ボス。ご機嫌いかが？」

マーカスはパンクに笑いかけた。今日の彼女は、脱色したブロンドに黄緑色のストライプを入れている。パンクに会えて嬉しいし、彼女のブロンドも黄緑色のストライプも気に入った。いつかここを離れるときがきたら、カリーをはじめ、自分のために働いてくれた人たちを懐かしく思い出すのだろう、とふと思った。

「ご機嫌だよ。サンディエゴから来た男とはうまくやってるか？」

「ああ、あの男」パンクは肩をすくめ、ジム用のタオルでノーチラス・マシンをピシャッと打った。「過去の話よ。ボスの言ったとおりだった。彼はあたしといることより、自分がいくのを見るほうが好きだったんだよね。誓うわ、もう男はやめる」

マーカスはジムをぐるっと見まわして、ベンチプレスをやっている新顔を見つけた。「あれは誰だい、パンク？　濃い茶色の髪で、腹も出ていないし、全身日焼けしている、ほら、あの男さ」

パンクはマーカスが指差したほうをじっと見た。「悪くないかも」マーカスににっこり笑いかけ、大きく腰を振りながら、その男のほうに歩いていった。長い脚をピンクのタイツに包み、髪の毛の黄緑色のストライプをかがり火のように輝かせながら。

「がんばれよ」マーカスは声には出さずに、パンクの背中に向かって言った。トレーニングはそれから四十五分続いた。オフィスに戻るや、彼の署名が必要な書類の束を抱えたカリーにつかまった。「さあ、ボス」彼女はオフィスのなかまでついてきた。「観念してください。もう逃げられませんよ」それから二時間、カリーはマーカスにつきっきりだった。

おつぎはある庭師が酔っぱらって女性客に言い寄ったトラブルだった。怒った客は庭師を首にしろと言ってきていた。

そして、プロのギャンブラーが素性を偽ってリゾートに入りこんでいた事件。カジノの警備主任であるアブラモウィッツは、一時間もせずに男の正体を見破った。ギャンブラーは追いだされ、カジノは損害をまぬがれた。マーカスの立ち合いのもと、その男はセント・ジョンズ島行きのヘリコプターに乗せられた。

夜になると、屋敷に行きたいのを我慢して、カジノに顔を出した。ニューヨークからやってきた三人の女性にちやほやされているあいだも、気がつくと、あのいまいましいはねっかえりのことを心配していた。しかしいまは動くに動けない。午前二時に自分のヴィラに戻るまで、客の機嫌を損ねないようにするだけで精いっぱいだった。最悪なのは、かつてないほど欲情していたことだ。そのくせ、三人の女性にはほとんどそそられず、ベッドに誘う気にならないのだから、始末に負えない。本音を言えば、ラファエラをヴィラの前の庭で抱きたかった。それが無理なら、どんな形でもいい。

つぎの朝、残っている雑事を片づけていると、思わぬものが届いた。黒い太字で〝親展〟と記されたマーカス宛ての封筒が、特別配達便で届けられたのだ。カリーは軽い当惑の表情で、マーカスに封筒を手渡した。

マーカスは笑顔でそれを受け取り、オフィスに入ってドアを閉めた。封筒のなかには折りたたんだ紙が一枚入っていた。手書きのブロック体で、短いメッセージが書いてあった。

逃げ道はないぞ、ジョバンニ
いまやバテシバが迫っている
おまえは終わりだ

ひどく芝居がかっていて、子ども騙《だま》しのようにあほらしい。それでいて効果は抜群だった。バテシバの使者が島にいる。どの客なのか、誰にもわからない。客ですらないかもしれない。屋敷にいる誰かかもしれず、ラファエラという線さえあった。

マーカスはもどかしさに、悪態をついた。

リゾートからスクーターで山脈を越え、ほぼ昼時に屋敷に着いた。通された書斎では、ドミニクとラファエラが席に座り、彼女は膝にノートを開いてペンを握っていた。ドミニクのデスクにはテープレコーダがある。ラファエラの提案だろうか、それともドミニクの虚栄心のなせる業か？

ラファエラは顔を上げた。部屋に入ってきたマーカスと一瞬目が合っただけで、胸が高鳴った。犯罪者とおぼしき男への胸の高鳴り。犯罪者でないことを祈ってはいるけれど、それすら二の次になっている。彼にぞっこんだからだ。これほど夢中になったのは、大人になってからはじめてだった。

彼を救うには？ 血みどろの諍《いさか》いを避けながら、マーカスをこの島から、そしてドミニク・ジョバンニから引き離すにはどうしたらいいの？ その前にもうひとつ問題がある。マーカス自身はどうしたいのだろう？

「やあ、マーカス」ドミニクは気安げに声をかけた。ほんの一瞬ためらってから、ラファエラにも同じように気安げに言った。「そろそろ休憩にしてはどうかな？ きみがうんざりするほど延々と話してしまったからね。続きはまたあとにしよう」かがんでテープレコーダのスイッチを切った。

体よく追い払われたラファエラは、書斎を出がけにマーカスに目顔で挨拶した。部屋の外で話を聞きたかったが、どこにでも出没するメルケルがこのときも現れ、首を振りながら居間の方角を指差した。居間にはココと、帰ってきたばかりのポーラがいた。

いまいちばん会いたくないのがポーラだった。ラファエラの関心と不安の源は、いまだ書斎のなかにある。今度はいったいなにが起きたのだろう？　ラファエラは心配に体を震わせながら、マーカスから話を聞きだす方策を練りだした。

「あら？」マティーニを飲んでいたポーラが声をあげた。

「こんにちは」ラファエラはぼんやりと応じた。「お酒は入れないで、ジグス。ただのアイスティーをお願い」

ジグスは笑顔を返した。「ただのアイスティーですね、ミス・ラファエラ」彼女がうなずくと、ジグスは居間から出ていった。

「それで、わが敬愛すべきお義父さまは、まだあなたと続いているの？」

ラファエラはそのあてこすりを聞き流した。「マイアミはどうでした？」

「暑かったけど、おもしろかったわよ、ここみたいに退屈じゃなくて。お店やショーがあるし、初対面でも話し相手になってくれる、愉快な人たちがいるし」

「島嶼《とうしよ》部閉じこめられ病ね」ココが言った。「もう少しのんびりしてくればよかったのよ、ポーラ」

「そうしたかったわよ。でも、ドミニクが今朝電話してきて、帰ってこいって言うから。十代の娘に命令するような調子だったのよ」

ラファエラはあわてた。ドミニクにデロリオの件を感づかれたのだ。でなければ、ココから聞いたか。ラファエラが目をやると、ココは顔を伏せて爪を見ていた。

「ところが、デロリオったらね、わたしが帰ってきたのに嬉しそうじゃないのよ」ポーラは言った。「彼からパンティを返してもらった？」

ラファエラはにこやかに笑った。「ええ、返してもらったわ。お気に入りの一枚なの」

ポーラはがばっと椅子から立ちあがった。怒りに顔が青ざめている。

「お願いだからよして、ポーラ。さあ、座ってよ。あなたのご主人に興味はないんだから、芝居がかったことはやめてちょうだい。それでなくても暑いのよ」

「あなたなんて、死んじゃえばいい」ポーラは部屋から出ていった。

「ねえココ、彼女っていくつでしたっけ？」

「もうすぐ二十四歳と八カ月よ」

「それくらいだと思った」

「マーカスはなんの用なの？　さっき彼が来たと、リンクから聞いたけれど。来るのは夜の予定だったでしょう？」

「ええ、もう来てるんですけど、わたしにも理由がわからなくて。わかる前にドミニクに追いだされてしまったんです」

「あなたのことだから、どちらかから聞きだすつもりでしょう？」ココはおっとり尋ねた。

「このピーチ色のマニキュア、どう思う？　〝カリブ海の夕焼け〟っていう名前なのよ」

書斎のマーカスは、長い沈黙の末に切りだした。「それで、ドミニク、どう思いますか？」

「見えなかった敵が、いよいよ姿を現したようだな。聖書のバテシバの話は知っていよう。バテシバはダビデ王の妻にして、ソロモンの母となった。そのいきさつは憶えているか？　ダビデはバテシバの夫を戦死させ、そのあと彼女を娶《めと》った」

マーカスはうなずいた。「だいたいのところは。月曜の夜には、母が旧約聖書を読んでくれていたので」彼は開け放した窓のそばにいた。この世のものとは思えないような光景が広がっている。明るいオレンジ、紫、赤といった色が渾然《こんぜん》一体となり、植物が密生する温室のように、盛りを少しすぎた花のにおいと色にあふれていた。これぞ楽園。しかし、いまやその楽園のいたるところに、危険がひそみ、しかも間近に迫っているようだ。誰があの脅迫状を書いたのだろう？　ジョバンニをつかまえるために自分の命を賭けたことが、突如馬鹿げた衝動だったように思えてくる。おれは自分の男らしさを誇示したかったのか？　答えはわからず、そうでないことを祈るしかない。マーカスはドミニクを見た。「聖書の話になにか意味でも？」

ドミニクは肩をすくめた。「たぶん、なにも。聖書に載っているというにすぎない」

「あなたが誰かを殺したと思われているかもしれないと、おっしゃりたいのですか？」

「その男の女を奪うためにか？　わからんよ、マーカス。あまりに現実離れしている。たとえばココだが、わたしが出会ったとき、彼女には屈強な、どちらかと言えば頭のよくない恋人がいた。極端なハンサムであると同時に極端に貧乏な男だったから、追い払うのは簡単だった。一万ドルかかったが、臆病なうえに、ココにそれほど惚《ほ》れていたわけでもなかった。

ひょっとしたら、バテシバという名前には、なんの意味もないのかもしれない」

「おれもそれは考えました、ドミニク。直接行動を起こすべきです。計画があります」

ドミニクは耳を傾けた。マーカスが話し終わっても、すぐには返事をしなかった。やがて、ゆっくりとうなずいた。


その日の夜十時近く、マーカスはスイミングプールのパティオで、ラファエラと向きあっていた。わざと離れて座った。そうしなくてはならない理由があったからだ。またもや彼女のパンティを水中に沈めたくてたまらず、考えれば考えるほど、指がむずむずして股間が疼《うず》いた。

「浜辺に行こう」

ラファエラは彼を見て、とまどったような顔をした。だがつぎの瞬間には、下唇を舐《な》めた。

「警備員はいるの?」

「いや、いない」

「いいわ。水着を取ってきたほうがいい?」

マーカスは首を振った。

「ふうん。その理由を聞かせてくれる?」

「おれが島を離れるからだ。島を離れてバテシバを追う。つまり、われわれの重要な手がかりであるオリヴィエに会いにいく。きみをひとりでここに置いていくのは忍びない。デロリオはかわせたとしても、きみを脅そうとした何者かに今度こそもっとひどい目に遭わされるかもしれない。きみのことで、やましさを感じるのはごめんこうむる」

「わたしは行けない。行かない。怖くないから。それに馬鹿でもない」

「ほんとに口が減らないな、ミズ・ホランド」

17

パインヒル病院　二〇〇一年四月

チャールズは妻の手を取って、自分の唇に運んだ。がさついている。専属の看護師をつけているのに、ちゃんと世話もできないのか？　いらいらしながらベッド脇の引き出しを引っかきまわし、ハンドクリームを探しだした。妻の腕から手首、手の甲に、そっとクリームを擦りこんでやると、肌の瑞々しさ、やわらかさが戻ってくる。マッサージを続けながら、小声で妻に話しかけた。

「目を覚ましておくれ、マーガレット。おまえがいないと、途方に暮れてしまう。わたしがこんなにおまえを必要としているなど、想像がつかないのだろうね。あの女を見てきたよ。おまえに車をぶつけたあの女を。彼女のことはもう話したね？　彼女はあの男の妻だから、あの男からおまえを殺せと命じられたのだろう。あれが事故なんてことがあるだろうか？偶然とは思えない。だとしても、おまえが彼女の家の近くにいたのは、なぜだね？　彼女を見たかったのかい？　少しおまえに似ていて、姉妹かいとこのようだったよ。彼女には殺意があったのかもしれないね。おまえがあの男と関係して出産したから、それを苦々しく思って。わたしはどうしたらいい？　彼女を逮捕させるのか？　そんなことをしたら、あらゆる新聞にあの女の顔写真と、おまえの顔写真がならぶ。いや、だめだ、それはできない。どうしたらいいんだね、マーガレット？　わたしの新聞なら、記事の掲載を差し止めることもできるが、そうでない新聞は？　大騒動になってしまう。墓場荒らしのような記者たちがこの病院の外にテントを張り、誰彼かまわずにありとあらゆる質問をぶつけるだろう。おまえが死ぬのかとか、うわごとで恋人の名前を呼んだのかとか。わたしという夫がいることを、連中はどう思っているのか。でも、おまえにはわからない。想像することもできない。おまえとあの犯罪者のことが公になれば、記者たちは死にもの狂いでわたしたちを追う。ラファエラの新聞社のある記者は、取材対象の女性を逃がさないために、相手の足を踏んだまま話を聞いたという。その女性は軍用機の墜落事件で、息子さんを亡くされた直後だったそうだ。

おまえが受けたむごい仕打ちを思うと、あの男が憎くてならない。そして、おまえはいまも苦しめられている。わたしがあの男について知っているのを、おまえは知らない。誰も知らないのだ。うまく隠していると思っていたのだろう？　去年の八月、パーム・スプリングに行ったのを憶えているかい？　家に残ったわたしは、日記を見つけてしまった――嘘じゃない、偶然だった。そしてすべて読んだ。あの男が憎い」

マーガレットがうめいた。睫毛《まつげ》が小さく震え、チャールズの手をごく軽く握った。口を開いて、はっきりと言う。「ドミニク、やめて。ラファエラ、お願い、わかって……」

「マーガレット？　ああ、マーガレット！」チャールズは妻を揺さぶり、必死で話しかけながら、頬を軽く叩き、手を握った。

妻があの男の名を呼んだ。チャールズは胸の痛みを覚え、その痛みの深さ鋭さに、悲鳴をあげそうになった。ドミニク。ドミニク・ジョバンニ。あの犯罪者がラファエラの父親なのだ。あの子が知らなくてよかった。マーガレットは、やつの名とあの子の名を同時に呼んだ。チャールズが妻の青白い顔を見おろすと、その目がふたたび閉じられようとしている――いけない！

マーガレットはもうなにも言わず、その手は力なく垂れ、枕の上の頭がやや向こうに倒れている。チャールズは立てつづけにコールボタンを押し、ドアへ走って声を張りあげた。

「こっちだ！　急いでくれ！　妻が目を覚ました！」

ジョバンニの島　二〇〇一年四月

彼女のお尻に手をまわして抱えあげたマーカスは、指にパンティを感じた。いくら薄くても、ふたりを隔てる障害物であることには変わりない。苦しげに微笑むや、いっきに引きおろした。

これでマーカスだけでなく、ラファエラも生まれたままの姿だ。自分の腰に脚を巻きつけろと彼女に命じて、その体を持ちあげた。ラファエラはその間も口や鼻や耳にキスの雨を降らせ、何度も彼の名を呼んだ。「マーカス、マーカス」自分の名を呼ぶ彼女の声が、耳に心地よかった。

彼女の脚がしっかりと腰に巻きついてくると、指で秘所を押し開いて、自分のものの上に下ろし、突きあげるように貫いた。思わず声が漏れ、彼女がまとわりつくのを感じる。締まったりゆるんだりをくり返しながらしだいに狭まり、その感触に頭の芯が痺《しび》れた。

「会いたかった」ラファエラの耳にささやきかけ、顔をめぐらせて彼女の舌に舌をからませた。

「ただの——セックスよ」

マーカスの口から笑い声が漏れた。そのあいだも、手はラファエラの腰を上下させるという動作をくり返している。深々と貫き、みずからの絶頂が近づいているのを感じると、彼女のお尻に指を立てて抱き寄せ、そのまま動きを止めた。

「じっと——して。動くな。まだきみから離れたくない」

「わかった」ラファエラは口づけしながら言った。「動かない」だが、彼女は動いていた。無意識のうちに筋肉に力を入れ、彼のものを締めあげた。マーカスはひと声叫ぶや、腰を突きあげた。早すぎる——まだ彼女を満足させていない。踏みとどまろうとしたものの、もはや遅きに失した。

マーカスの胸の波打ちが収まり、耳につく呼吸の音が静まった。ラファエラのお尻をつかむ手はおとなしくなり、もう動いていない。彼の肩に頭を載せ、うなじに顔を押しつけていたラファエラは、自分の脚から力が抜け、張りつめていた緊張が少しだけゆるむのを感じた。

マーカスは彼女がゆっくりとすべり落ちるにまかせつつ、外に出てしまうのが惜しくて、なかに入ったまま一瞬ぎゅっと抱きしめ、ため息をつきながら彼女の体を下ろした。いまふたりはカリブ海の浅瀬で、温かな波に足首を洗われている。マーカスが早々にことにおよんだので、それ以上沖には行けなかったのだ。その場で彼女を抱きあげ、脚を腰に巻きつかせ

――

「ラファエラ?」

「うん?」ラファエラは彼の腰に腕をまわした。胸に唇をつけ、胸毛に鼻をくすぐられながら、舌を這わせた。

胸を舐めまわす彼女の舌の感触だけで、もよおした。マーカスは少しだけ彼女を遠ざけた。

「さっきは悪かったな、勝手にいって。だがおれのほうはもう片がついたから、今度はきみを歓ばせてやる。仰向けに寝て脚を大きく開いて。おれがあいだに座るから、背をそらしておれの口に押しつけろ。最初の夜のことを憶えてるか? あのときはきみがあんまりうるさいんで、手で口を塞がなきゃならなかったんだよな」

ラファエラは下腹部に指をすべらせ、彼のものを握った。張りつめたまま、ふたりの体液に濡れている。手を動かすと大きくなり、熱を帯びた。「わたしのほうがあなたを歓ばせてあげられるかもよ、マーカス」

砂浜を知るマーカスには、砂のたどり着く先がわかっていたので、ラファエラが横になる場所に自分のシャツを広げた。だが、その間も彼女に触れたくて唇がむずついた。

「横になって」わざとラファエラを倒して抱きとめ、自分から見やすいように横たわらせた。ラファエラは昂ぶりつつ、されるがままになっていた。「膝を曲げて」マーカスは脚のあいだに割って入ってきた。彼女の膝を折り曲げ、太腿を押し開いて、股間をあらわにする。愛撫を求めて、自然と腰が浮く。マーカスはそこへすかさず口を寄せ、舌で肉の襞《ひだ》をかきわけて、つぼみを探りあてた。少しは持ちこたえられると思っていたのに、ラファエラは否応なく反応した。体がこわばり、脚の筋肉がひくつく。悲鳴が口をついて出るが、この日は彼も手で押さえようとはせず、舌でつぼみを転がし、軽く歯を立てながら、喜悦の声を聞いている。そしてそのときが来た。マーカスは彼女のお尻を持ちあげ、ラファエラは彼の頭を抱えて、さらに密着を深めた。

　急に彼女がおとなしくなったところで、マーカスは深々と貫いた。

「ラファエラ？」

「すてき」そんな言葉では、とうてい言い表せない。

マーカスが深く突くと、ラファエラが腰を浮かして微笑んだ。

「いっしょにいこう。できるか？」

ラファエラは首を振ろうとした。もうくたくたで、そんな力は残っていそうになかった。でも、体に裏切られた。いっしょにいけるどころではなかった。これまで自分の感じ方はごくまともだと思っていたが、二度の絶頂は、まともでも普通でもないはずだった。それなのに、まだ感じてしまう。彼の指に敏感なところを愛撫され、その手ごと彼の腹が押しつけられると、疼くような快感が下腹部の奥に広がり、どんどん強まってゆく。ラファエラは彼の肩に口をつけたまま、信じがたいほどの快感に身をこわばらせて、小さな悲鳴をあげた。マーカスはその口に唇を寄せ、舌を差し入れたまま、みずからも精を放った。

「もうだめだ。すかすかだよ」マーカスがぐったりと体重をかけてきても、ラファエラは苦にならなかった。「それに、ナニに砂がついちまった」

ラファエラは笑った。彼が自分のなかから抜け落ちる。

肘をついたマーカスは、彼女の顔をじっと見て、その愛《いと》おしさに心をかき乱された。それもいまの自分にとっては邪魔な感情でしかなく、彼女に思いを寄せれば、心配せずにはいられなくなる。だが、そんなふうに考えること自体がそもそも馬鹿げている。いまでも彼女のことを案じているし、実際はずっと以前から案じてきたのだから。愚かな男だ、とマーカスは自分を揶揄《やゆ》した。もう手遅れだ、どうなろうとかまうものか。

どうしたらいい？

ある言葉が喉元まで出かかっているが、ラファエラがドミニクの屋敷を離れないだろうことはわかっていた。彼女はここに残ると決めており、なにを言おうと、考えを変えないだろう。頑固で強情で一途に思いつめている——だが、なにをそう思いつめているのか？　伝記だけではない、なにかがある。バテシバの正体を探る旅に彼女を連れていきたいわけではないものの、ふたつの選択肢をくらべれば、答えはおのずと明らかだった。

マーカスは口を閉ざしつづけた。自分のすべきことが見えたのだ。褒められたやり方ではないが、もっとも確実な方法だった。

「ただのセックスよ」ラファエラは口を開くなり言った。この女、絞め殺してやろうか？

「ほんとか、ミズ・ホランド？」

「ええ。あなたが結構上手なせいで、ついわたしのためにならない心配までしちゃうだけ」

その発言があまりに自分の思いに近かったので、マーカスは一瞬押し黙った。もっとも、自分が彼女を思うほど、思ってくれているはずはないが。

「どんなことを？」

「あなたよ。あなたのことが心配なの。マルセイユであの男があなたを殺そうとしたと聞いて、気が狂いそうだった」

「実際狂ったろ。おれをカンフーで投げ飛ばしたんだから」

「そういう自分はどうなのよ」そして、ラファエラはひと息に言いきった。「ただのセックスよ。あなたは最高の気晴らしを提供してくれるけど、それ以上じゃない。ありえないわ」

「まったく同感だね。きみはおれに隠しごとばかりで――」

「あなただって同じじゃない！　ううん、やめた。来て。さっきの姿勢がいい」

「悪い、腕が疲れた」マーカスは肘をついたまま、隣りにいる彼女の腹に手を置いた。「きみもつねに疫病神ってわけじゃない。少なくともいまはね」

その瞬間、ラファエラは彼に言ってやりたくなった。いいこと、マーカス、あなたは犯罪者よ。しかも、ドミニクのもとで働いている。わたしはドミニクを破滅させたいの。だからあなたを好きになるわけにはいかない——ところが、口を開くと言っていた。「あなたは人殺しじゃないわよね」

「違うよ。もしおれがあの女——テュルプ——を殺したとしても、あれは正当防衛だった。ジャック・バートランドにしてもそうだ」

ラファエラはため息をつき、伸びあがって彼の胸にキスした。マーカスはキスされて嬉しかったが、面と向かってそう認めたくなかったので、彼女の鼻の頭にキスを返した。

「なにも教えてくれないの？　牛が大西洋を渡るまで、ずっと泣いて頼んでも、なにも教えてくれないのね？」

「勘弁してくれ。きみにはなにも言えないし、言うつもりもない。いまのところはね。時間がいるんだ」

「ただのセックスよ」

「ああ、そうだ。そしてサダムはいつも感謝祭の晩餐《ばんさん》にクルド人を招く」

「マーカス、セックスだということにしておきましょう。それ以上ではありえない。わかってるでしょう？」

「ああ、わかってるよ」

マーカスにはよくわかっていた。「戻ろう」手を貸してラファエラを立たせた。

リンクは浜辺に目をやり、ふたりの無事を確かめた。ふたりとも立ちあがり、小声で話しながら、服を着ている。リンクはため息をついて背を向け、鬱蒼《うっそう》と茂ったジャングルに入って彼らが通り過ぎるのを待つことにした。事態は刻一刻と複雑さを増している。リンクにはそれが気に入らないし、これからなにが起きるのか、想像したくもなかった。

ラファエラは、部屋のドアがノックされる音に驚いて飛び起きた。

「誰?」

マーカスがドアを開けるなり言った。「受話器を取れ。ロングアイランドのパインヒル病院から電話だ。リゾートから転送されてきた」

ラファエラは背筋が凍りついた。受話器を握り、その冷たさをぼんやりと感じ取った。

「はい、ラファエラ・ホランドです」

「医師のベントレーです。おやすみのところ申し訳ありませんが、ミスター・ラトリッジに頼まれましてね。ミスター・ラトリッジはあなたのお母さまにつきっきりです。病状が悪化しました、ミス・ホランド。早急にお戻りください」

「でもなにがあったんですか? どんな変化が? 昨日、義父と話したばかりなのに」

医師はラファエラには理解できない単語や語句をならべたて、わかったのは、「お母さまは深い昏睡状態に――衰弱しています――」という部分だけだった。

「すぐに戻ります」ラファエラは電話を切り、まだ戸口にいたマーカスにぼんやりと目を向けた。「母が——」

ショックに麻痺《まひ》したような声だった。そんな声に胸を痛めつつ、マーカスは言った。「おれはすぐマイアミに発つ。いっしょに来るか？」

「ええ、お願い」ラファエラは着替えと荷造りをてきぱきとすませ、十分後には一階にいた。居間に集まっていた人びとに簡単に告げた。「母の具合が悪化しました。いますぐマーカスと発ちます」そしてドミニクに言った。「できるだけ早く戻ってきます、サー。かならず」

ドミニクは席を立ち、ラファエラに近づいた。彼女をつくづく見て、指先で頬に触れた。「わたしのことは気にしなくていい。落ち着いたら戻っておいで。なにか必要なものがあったら、いつでも電話しなさい。わかったね？　よし。さあ行って。マーカスがすべて手配してくれる。気をつけるのだよ」

ココはラファエラを抱きしめ、ポーラまでが幸運を祈ってくれた。デロリオの姿はどこにもなかった。

ラファエラとマーカスは午前十一時にマイアミに到着した。マーカスは言った。「きみには一時間後出発のニューヨーク行きの便を予約しておいた。コーヒーでも飲みにいこう」

ラファエラはうなずいた。恐怖で頭が働かない。マーカスが空港内の売店でコーヒーを買ってきて、前に置いてくれた。

「飲んだほうがいい」

言われたとおりにコーヒーを飲み、カップを置くと、マーカスに痛々しい微笑みを見せた。妙なことに、彼はまだ傍らに黙って立っていた。「ありがとう、マーカス。こんなに親切にしてくれて。あなたがいてくれて、ほんとうに助かったわ。こんなふうに終わってしまうなんて、おかしいわよね？」

「終わりじゃないよ、ミズ・ホランド。さあ、行こう。ゲートまで送る」

ラファエラはマーカスに導かれるまま、セキュリティチェックを通過した。軽くふらつくと、マーカスが腰を支えてくれた。ごく自然に思えた。九三番ゲートの外の待合室の椅子で眠気に襲われたときは、自然と彼の肩にもたれた。

そんなわけだから、ようやく目を覚ましたとき、最初に目に飛びこんできたのがマーカスの顔だったのも、ごく自然だった。考えてみれば、自然でもなんでもないのだけれど。マーカスがここにいるはずはなかった。なにかがおかしい。とてつもなくおかしい。ラファエラにはちゃんと考えられそうになかった。

マーカスに微笑みかけた。そうするのが自然に思えたからだ。「ニューヨークまでついてきてくれるの？　ここはもう空の上？」

「答えはノーとイエスだ。気分は？」

ラファエラはあくびと伸びをして、目をこすった。空間に余裕がある。ふたりはファーストクラスにいた。

「びっくりよ、こんなに疲れていたなんて。どれくらい眠ってたの？」

「一時間半くらいだ。気が動転していたからな。かわいそうに」

「やけに親切ね。わたし、そんなに眠ってたの？　あなたがチェックインの手続きをして、わたしを飛行機に乗せてくれたのね？」

「そうだ」マーカスは左手で彼女の顔にかかった髪の毛を払い、にっこりした。「高度一万メートルの上空を飛行中の機内では、どんな武道もしちゃ危ないって知ってるか？」

「ええ」

「じゃあ、きみもやらないよな？」

「やるわけないでしょう、ハイジャックでもされないかぎり。よくそんなくだらないことを尋ねられるわね」

「ぶっちゃけて言うと、ミズ・ホランド。おれはきみを騙した」

「え？」

「あの電話は狂言だ。怖がらせて悪かったが、それ以外にきみをあの島から連れだす方法が思いつかなかった」

「母は危篤じゃないの？」

「違う。リゾートのドクター・ヘイムズに頼んで嘘をついてもらった。きみに謝っておいてくれと言われたよ。お母さんは大丈夫だ。昨日は数秒間、意識が戻ったらしい」

母が危篤ではなかった。ラファエラは恐れとともに、罪悪感を抱いていた。母が病院のベッドで寝ているというのに、付き添わないで無駄な戦いをしていたからだが、それがいまになって嘘だとわかった。自分を島から連れだすために、マーカスがついた卑劣な嘘。眠気とともに、罪悪感も吹き飛んだ。「わたしのコーヒーになにを入れたの？」

「よくある催眠薬だ。きみはとても敏感に反応した。ま、きみはいつだって敏感に反応するがね。ところで、おれたちの目的地はニューヨークじゃなくてロンドンだ」

状況が完全に把握できるまでは口を閉じておけ、とつねづねアル・ホルバインから言われている。こんなときこそその教えを守るべきなのだろうが、いざとなるとむずかしかった。

「理由を聞かせて」ラファエラはかすれ声で尋ねた。母が無事だと知った安堵《あんど》と、彼に対する怒りとで、口がからからに渇いていた。「言わないと、一五×三〇センチの窓から外にほうりだすわよ」

「きみのその辛辣《しんらつ》な物言い、ぐっとくるね」

「マーカス――」

「わかった。もう頭ははっきりしてるのか？　それとも異物の入っていないコーヒーでも飲むか？」

ラファエラが希望を述べる前に、英国航空の制服をりゅうと着こなした元気で親切そうな客室乗務員から声をかけられた。「お目覚めになったんですね。たいへんな夜だったと、ご主人からうかがっていたんですよ。お子さんのひとりがご病気でらしたとか？」

「そうなんです」マーカスが答えた。「末のジェニファーが、耳を痛めて」

「まあ、耳の痛みは不快ですからね。うちの息子ふたりも、学校に上がるまでずっと悩まされましてね。それで、お嬢さんはもうよくなられましたか？」

マーカスがすらすらと答える。「ええ、もう大丈夫です。祖母のところに兄のローリィとデーヴィッドといっしょに世話になってましてね」

「すてきなご家族のようですね。シャンパンでもお持ちしましょうか？　それともジュースにいたしますか？」

ラファエラは喉が渇いていたので、大きなグラスに水を頼んだ。隣りの男にはひと言も話しかけず、水が届くのを待った。水を引っかけてやりたいところだが、思いとどまって喉に流しこんだ。

「目が三角になってるぞ」

「ジェニファー？　ローリィ？　デーヴィッド？　よしてよ、わたしはまだ二十六よ。それも二十六になったばかりなんだから！」

「きみは早熟だからね。かくいう、おれもだが」

「あの一五×三〇センチの窓が、久々の名案に思えてきたわ」

「よかったよ、元気が戻って。聞く準備はできてるか、ミズ・ホランド。これからの計画を説明するぞ」

「わたしの名前はラファエラよ。その人を見くだしたようないやみな声で、もう一度ミズ・ホランドと呼んでみなさい。膝蹴りを食らわして、セント・パトリック大聖堂でソプラノを歌わせてやる」

「そういうのを短気は未練のもとって――」

「そんなこと言ったって無駄よ。セックスなんかしなくたって生きていけるし、あなたはそれだけの男だもの。気晴らしのセックス。前にも言ったと思うけど、ハンサムな男は信用ならない。今回もわたしの直感は正しかった。さあいいわよ、わたしをなにに巻きこもうとしているのか教えて」

「きみが邪魔ばかりするから」

「おしゃべりな子どもたちの話に口をはさむのはたいへんなのよ。ジェニファーにローリィにデーヴィッド。そろいもそろってやんちゃな子ばかり。そばにいないと忘れてしまうのね。さあ、もう口を出さないわ」

「おれは島を離れなきゃならなかったが、きみだけ残していきたくなかった。危険すぎるからだ――おい、黙ってるって約束だろ。おれはバテシバの正体を突きとめるしかないと思った。できることならきみを島から追い払いたかったが、無理なのはわかっていた。きみは頑固一徹で、どういう理由でか、ドミニクの伝記を書くことに固執している。かといって島に残してきたらまたトラブルに巻きこまれかねない。とまあ、そんなわけで、いまきみはここにいる」

「だからわたしはここにいる」ラファエラはゆっくりとくり返した。「あなたはそういうことすべてを自分の責任で――全部ひとりで決めた――」

「いいだろう。この先は冗談抜きだ」マーカスは真顔になった。「ああ、そうだ、すべておれが決めた。おれといっしょに来い。危険だが、屋敷にきみひとりを残して、正体不明の狂人に襲われるよりはましだ」

「ドミニクの暗殺を企てた人物なり組織なりを突きとめるのね？」

「そうだ。それしかない。この一件が片づくまで、ドミニクはビジネスを休止するしかない。ドミニクとしてはいつまでも休んではいられず、おれとしてもこれ以上は待っていられない」

「いずれにしろ、はっきりさせないとってことね」

「そのとおりだ」

「やけにいわくありげな返事ね。そのとおりって、どういう意味？」

「べつに意味はないさ。ただ――」

「わかってるわよ。待ってくれ、おれを信じろ、って言いたいんでしょう？　偽電話をかけさせて、わたしを死ぬほどびっくりさせた男、コーヒーに薬を入れて、よりによってロンドン行きの飛行機に乗せた男を。どうしてロンドンなの？」

「よし、記者魂に火がついたな。ロンドンへ行くのは、いまロディ・オリヴィエがいるからだ。おもしろいと思わないか――やつのミドルネームはマサダって言うんだ。紀元前にユダヤ人が追いつめられて、集団自決した砦《とりで》と同じ名前さ。なんにしろ、おれたちにとって唯一の手がかり、それがオリヴィエだ。マルセイユで早すぎる死を迎えたジャック・バートランドは、オリヴィエの指示を受けていた。オリヴィエはきわめて教養人で、国際情勢に通じている。しかも、道徳観念に欠けるのはドミニクと同じながら、より危険かつひじょうに邪悪な男でもある。だから、ここは慎重に慎重にことを運ばなくちゃならない」

「わたしにだって、困難な状況で慎重にことを進めた経験くらいあるわよ」

「知ってるよ。だからこそ、この作戦が可能だと思った。だがなラファエラ、ひとつだけはっきりさせておきたい。ボスはふたりいらない。おれがボスだ。なにかあったり、問題が生じたら、四の五の言わずに、おれの命令に従え。わかったか？」

「ヒースローに着いたら、わたしが最初の便でマイアミに戻るとは思わないの？」

ラファエラはマーカスの不安と諦観《ていかん》の相なかばする表情を見て、すでにその可能性を考慮したのに気づいた。「よしてくれよ。デロリオとあのぶざまなレイプ未遂事件は、たいしたことじゃないかもしれない。だがなラファエラ、ドミニクはそうはいかない。あいつはきみを頭がよくて利用価値のある娘としか見ていない。肥大した虚栄心の持ち主であるドミニクにとって、きみみたいな美人が自分の伝記を書きたがるなんざ、願ってもない喜びだろう。しかも、自分の語ったことだけ書かせるわけだから。だが、それだけじゃないってことを認めなきゃならない。ほかにどんな使い道があるにしても、彼はきみをセックスの相手とみなしている」

　実の父親が自分を誘惑しようとしている。デロリオからそう言われ、自分でも考えたことはある。だがまじめに取りあう気にはなれなかったし、こうしてマーカスの口から聞くと、ひどく奇異だった。

「まだ信じないのか。おれは以前ドミニクに、きみが危険な目に遭うのが心配じゃないのかと訊いたことがある。暗殺未遂事件のあとだ。あいつは、しょせんは女、案ずるまでもないと答えた。ドミニクにとって女はただの消耗品だ。信じてもらえるといいんだが」

「信じるわ」

「ほんとか?」ラファエラがあっさり降参したので、マーカスは疑わしげな顔になった。

「ほんとよ。信じてるわ」ラファエラは言った。「わかった。しばらくはあなたといっしょにいる」

しばらくは? マーカスはそれが意味するところに思いをめぐらせた。

「あなたはドミニクのことを、肥大した虚栄心の持ち主だと言った。彼を嫌ってるのも明らかよ。むしろ、わたしが見るところ、あなたは彼を汚らわしいクズだと思っている。だとしたらなぜ、大きな危険を冒してまでドミニクの暗殺を企てた組織を突きとめようとするの?ついでに言えば、その組織はまだ彼を殺そうとしてるのよ」

「いい質問だ」

「答えは?」

マーカスの明敏な頭脳にも答えは出せなかった。ラファエラをじっと見つめた。口紅はとうに落ち、マスカラで目の下が汚れ、髪の毛が右目にかかっている。彼女を守りきれないかもしれないと思ったら、言葉が出てこなかった。

「わかってる」ラファエラは彼の脇腹をつついた。「信じてくれ、待ってくれ、おれとセックスしてくれ、スイミングプールで、カリブ海の浅瀬で、ヴィラの前庭で――」

「念のために言っておくが、あのときはそこまで深入りしてないぞ」

ラファエラは小さな窓から外を見た。「もう巡航高度まで来たと思う？　ヨーロッパ便なら一万二〇〇〇メートル以上よ。長旅ね」

「いいか、重視すべきは量より質だろ？　たとえばこのあいだの夜、きみは――」

ラファエラは手を上げて制した。「あなたの勝ち。負けたわ。あなたを信じるしかないから、信じてるふりをする。真実はそれほど悪いものでもないかもしれないわ、マーカス」

「真実がひどく厄介な場合もある」

マーカスの言うとおりなのかもしれない。それから三分後、さっきの世話焼きの客室乗務員は眠りに落ちたラファエラを見て舌打ちをした。おいしそうなレアのサーロインステーキなのに、調理室に持ち帰るしかない。

18

ジョバンニの島　二〇〇一年四月

ドミニクの叫び声が響いた。あわてふためいて書斎に駆けつけたメルケルは、狐につままれた思いで立ちつくした。デスクのドミニクは受話器を握り、切れた電話から低い音が放たれている。ドミニクはメルケルに気づくと、ふたたび歓呼をあげ、椅子に座るよう命じた。

「まったくもって信じられない」とドミニク。メルケルは一瞬、重度のストレスのせいでボスの気が狂ったのかと思った。

「近年まれにみる吉報だ」ドミニクは喜色満面でメルケルを見た。

なにがそれほど嬉しいのか尋ねたいのはやまやまだが、メルケルにはボスの気性がよくわかっていた。ミスター・ジョバンニは質問されるのを嫌う。だから黙って待った。

ドミニクは手を叩き、頭をのけぞらせて哄笑《こうしよう》した。治療しなければならない奥歯が見える。「シャンパンのグラスをふたつ用意してくれ、メルケル。祝い酒だから、ケチらずに、最高級品を頼むぞ。わが敬愛すべき義父殿、あのでしゃばりじじいのカルロ・カールーチが死んだんだ。やっとな！　やっと死におった！　ベッドで心臓麻痺を起こした。地獄で腐るがいい！　おまえには想像もつかんだろうな、メルケル。わたしはあの老人が永遠に死なないのではないかと疑いはじめていた」

ドミニクはまた大笑いした。メルケルはその朗々とした笑い声に微笑みを誘われると同時に、ぞっとするものを感じた。

「死んだぞ！　あの愚かな老いぼれが死におった！　さあ、シャンパンを持ってこい」

メルケルが銀のトレーにシャンパンとほっそりしたクリスタルのグラスを載せて戻ると、ドミニクは大きなフレンチドアの前で外をながめていた。

「お持ちしました、サー」

ゆっくりと振り向いたドミニクの淡いブルーの瞳は、ひどく恐ろしげだった。「わたしは自由だ。もうすぐ自由になれる」聞き取れないほどの小声。「自由。ようやく、あの飲んだくれのあばずれから解放される」

メルケルはそっとシャンパンを注ぎ、グラスをドミニクに渡した。

「さあ、おまえも注ぐがいい、メルケル。急いで」

ふたりしてシャンパンを飲み干すと、ドミニクは言った。「レイシーを呼んでくれ。すばらしい仕事があると言ってな」

その日の夕食の席、ドミニクは木曜にフランク・レイシーを連れてシカゴに発つと発表した。義父の葬儀に参列するためだ。「是が非でも参列しなくては」ドミニクは言った。「わが愛妻も参列するかもしれない。彼女に会うのは久しぶりだ。何年ぶりになるやら」

「お母さんは葬儀に出るはずです」デロリオは思案顔で言った。「ぼくも行きます、お父さん。お母さんにはずっと会っていません」

ドミニクは驚いたように目をみはったが、やがて笑顔で首を振った。「いや、おまえは残ってもらわねばならない。ふたつの頭が両方とも体を離れるわけにはいかないからな、デロリオ。おまえを残して、不愉快な用事はわたしがすませてこよう」ひと息つき、ポーラに微笑みかけた。「ココの相手をしてやっておくれ、ポーラ。わかったね？」

そこには言外の脅しが含まれている。メルケルはドミニクの強い意志を感じ、それがポーラにも通じるのを祈った。通じた証拠に、ポーラの顔から血の気が引いた。デロリオのほうは、仏頂面で父親を見ている。メルケルは、その若い——ときにまったく若さを感じさせないが——顔に浮かんだ表情を見て、沈んだ気分になった。

「何日くらい出かけられるんですか？」デロリオが訊いた。

「三、四日だ」

「気をつけて」ココは身を乗りだし、ドミニクの腕に手を置いた。「島を一歩出たら危険がいっぱいよ」

「わかっている。レイシーがいっしょだ。頼んだぞ、フランク。わたしから悪者たちを遠ざけておくれ」ドミニクは笑った。ロブスターをホットバターにつけて食べるあいだも、笑いが止まらなかった。

その夜、一階にある床置きの大型振り子時計が十二時を知らせるころ、ドミニクは辛抱強く息子を諭していた。「麻薬はだめだ、デロリオ。何度も言ったはずだぞ。麻薬には絶対に手を出すな。わたしはコロンビア人やキューバ人やマイアミのクズとは断じてつきあわない。おまえがふたたび麻薬に手を染めようとしたら、今度は金を燃やすくらいではすまないぞ。わかったな？」

「なぜいけないんです？　違法な武器で死ぬのも、麻薬で死ぬのも同じなのに。どのみち、馬鹿は死んでゆく」

「麻薬はだめだ。どうしてそう聞き分けがない？　悪いことは言わないから、麻薬のことは忘れろ。いいな、デロリオ」

「金が、大金が儲けられるんですよ。麻薬取締局は人員不足で、国内に入ってくる船と飛行機をろくにチェックしてない。ちょろいもんです。あたりだってもうつけてある。実を言うと、すでに――」

「麻薬は許さん。わしに刃向かうような真似をしたら、おまえのきんたまを切り落とすぞ」

デロリオは無言で父親を見つめた。

ドミニクは息子の髪をくしゃくしゃっとかき乱した。「いい子だ、デロリオ。おまえは母親とは違う。わたしをがっかりさせるんじゃないぞ」

ヒックスヴィル　二〇〇一年四月

シルヴィア・カールーチ・ジョバンニはしらふだった。恋人のトミー・イプセンがコカインでハイになり、女の人に車をぶつけたあの恐ろしい一夜以来、酒は一滴も口にしていない。気の毒に、被害に遭った女性は昏睡状態で入院している。シルヴィアには、トミーが自分のしでかしたことを話したときの青ざめた顔が忘れられない。トミーは血気にはやり、鼻歌を口ずさみながら、自信満々でハンドルを握っていた。そこへふいにBMWが現れ、トミーはその運転席側に正面から突っこんだ。驚愕《きょうがく》と恐怖に引きつったドライバーの顔がトミーの目に焼きついた。面識のない女性だったが、トミーはその女性がなぜか自分を知っていると感じた。女性は車が突っこんでくるのを察知し、トミーの顔を見つめて、死を受け入れているようだった。

シルヴィアは首を振って物思いを断ち切った。もう終わったことだ。あの女の人は死なない。いや、生きてもらわなければ。被害者はマーガレット・ラトリッジといい、富豪の新聞王、チャールズ・ラトリッジの妻だった。最先端の治療を受けているから、きっと助かる。シルヴィアとトミーに追及の手がおよぶ恐れはない。警察はなにも知らないのだから。

シルヴィアは交配して二年めになるバラを見つめた。丹精込めて育て、オペラを歌って聞かせてきた。たいていは『蝶々夫人』のアリアを歌ってやる。しかしバラは望んだような深紅にはならず、花びらにもビロードのようなやわらかさはない。まだシーズンがはじまったばかりとはいえ、この花でロングアイランド・フラワー・フェスティバルの賞を獲るという夢は早くもついえてしまった。

目を上げると、こちらに近づいてくる台湾人の下働きのオイスター・リーが見えた。いくつになっても若々しい顔の眉間に皺が刻まれている。

オイスターは言った。お電話です、緊急だとか。シルヴィアはガーデニング用の手袋をはずし、彼と同じように眉をひそめて受話器を取った。見るみる顔が青ざめる。

「そんな」シルヴィアはそれきり意識を失った。

ベニントン・ホテル
ロンドン　二〇〇一年四月

電話はすぐにつながった。

「もしもし、メルケルか？　マーカスだ。ドミニクに話がある。重要な用件だ——なんだって？　冗談じゃない、ドミニクを島から出すな！　そりゃそうだ、おまえにはどうすることもできない。わかった、ドミニクに代わってくれ。おれから話してみる」

ラファエラが手ぶりで内容を知りたがったので、マーカスは送話口を押さえて言った。

「カールーチが死んだ。ドミニクはシカゴの葬儀に参列するつもりだ。葬儀には彼の妻シルヴィアも——もしもし、ドミニクですか?」

「マーカス。いまロンドンか?」

「ええ。お話ししなければならないことがふたつあります。ひとつは、ミズ・ホランドがおれといっしょにロンドンに来ていることです」

ラファエラは耳をそばだてたが、ドミニクの返事が聞こえるはずもなかった。しかも、いまいましいことに、マーカスの顔にはなんの感情も表れない。

「少しお時間をいただけたら、説明します」マーカスが口をはさんだ。「彼女の母親は大丈夫でした。あの電話がおおげさだったんです。それでミズ・ホランドに少し島と伝記から離れたらどうかと提案しました。おれのほうから、参考になる情報を教えてやるつもりです。無断で勝手なことをしたのは謝ります。ですがそういうわけですから、彼女は当分、おれとロンドンに滞在します——ええ、ドミニク、いっしょの部屋で」

ドミニクは受話器をにらみつけ、マーカスの顔を見たいと思った。だが見るまでもなく、その顔が目に浮かぶようだ。がっちりした下顎には決意が表れ、いつものようにかすかにおもしろがっているような目をしている。ラファエラを連れだすとは、なんたる不謹慎！　しかも彼女と寝ていることを平然と認めた。ドミニクには心づもりがあった。ラファエラがロングアイランドから戻ったら、すぐにでもベッドに連れこむつもりだった。そして思いどおりになったあかつきには、彼女との結婚も視野に入れていた。

すぐにでも。

シルヴィアさえ死ねば。

妻が亡くなれば、また結婚できる。ココは老けた。哀れだが、それが現実だ。彼女の賞味期限は切れかかっている。そろそろ暇を出さなくてはならない。三年ほど前、彼女が受けた中絶手術のことを思い出す。あれは女の子だった。そうするしかなかった。ココも意に介しているふうはなく、その件についてはほとんど口にしない。

ラファエラの年齢は完璧だ。たとえ最初の子が娘だとしても、若いから、そのあと続々と息子を産める。

そのラファエラがいまマーカスといて、ベッドをともにしている。しかも、マーカスといれば彼女にまで危険がおよぶ可能性がある。ロディ・オリヴィエのことを考え、ドミニクの顔は青ざめた。油断のならない蛇のような男だ。しかしドミニクには手の出しようがなく、無力さを感じるのは不快なものだった。

そのときマーカスのなめらかな声が聞こえてきて、ドミニクはわれに返った。「なんだって？　もう一度言ってくれ、マーカス」

「ドミニク、島を出るのは正気の沙汰ではないと言ったんです。おれが暗殺事件の黒幕、バテシバの裏にいる人物をつかまえるまで待ってください。どう考えたって、レイシーひとりであなたを完全に護衛するのは無理です。それにシカゴですよ。カールーチの葬儀なんてどうだっていいでしょう？　あなたを脅していた男です。憎みこそすれ、もう——」マーカスはドミニクの目的に気づいて、絶句した。この男は折り紙つきの狂人だ。そんなことをして、無事に逃げおおせると思っているのか？

ドミニクならやるだろう。彼はあまりにも長く島にいすぎた。島では彼が王であり、封建領主であり、司法システムを一手に束ねている。そのために、お粗末な島から一歩出たとたんどれほど自分が無防備な状態に置かれるのか、すっかり忘れている。マーカスはごく穏やかな調子で尋ねた。「シカゴでシルヴィアに会って、離婚を迫るつもりですか？」

ドミニクは笑った。「マーカス、きみには驚かされることばかりだよ。シルヴィアに会う？　きっとそうなるだろう。わたしの妻が、シカゴに来るのを怖がらなければ。もし彼女が来なかったら、そうだな、なるようになるだろう」

マーカスには打つ手がなかった。ドミニクが望みを実現するであろうことを確信しながら、受話器を置いた。ラファエラを連れだしたことで、彼が憤慨していることもわかっていた。

マーカスはラファエラに向きなおった。

「それで？」

彼女はまだマーカスのしたことを許してくれていない。それにひどい時差ぼけが重なって、いまにも飛びかかってきそうだ。長い髪はぺたんこだし、服は皺だらけだが、マーカスはにっこりした。これが微笑まずにいられようか。

ときには、彼女のような女に一杯食わせるのも、悪くないものだ。

「そうだな、ドミニクはきみによろしくとは言っていなかった。はっきり言って、すっかりご立腹だよ。きみにじゃなくて、おれに対してだが。おれは本物のマッチョだから、責めをわが身に引き受け、モーションをかけてくるのはいつもきみのほうだってことにはいっさい口をつぐんだ。これでドミニクにも、手の出しようがないのがわかったろう」そこで言葉を切り、髪をかきあげた。髪が逆立つ。

ラファエラはくすくす笑った。

意外だったので、マーカスはなにも言わずに彼女を見た。

「あなたひどい格好よ。ますますひどくなった」

「そういうきみこそ、鏡を見てみろよ」

「もう見たわ。紙袋を持って、通りをほっつき歩くのがお似合いかもね。それより、ドミニクが島を出るって、どういうこと？」

マーカスは説明した。「――ドミニクはずっと義父を憎んできた。義父のせいでシルヴィアと離婚できなかったからだ」

「それは知ってる。ドミニクから聞いたわ」

「じゃあ、これはきみも知らないかもしれない。憶測だが、たぶんまちがいないと思う。カーループが死んだいま、シルヴィアの命も長くない」

ラファエラは彼女をじっと見た。「ドミニクが彼女を殺すって言うの？　そんな話、あるわけないでしょう。離婚すればすむのに。考えすぎよ、マーカス。時差ぼけじゃないの？」だが、彼の読みが正しいのははっきりとわかっていた。ラファエラは狭い部屋を見まわした。

「ホテル選びがうまいこと。ロビーはものすごく狭いし、階段がやけにきれいなのは認めるけれど、この部屋はね、マーカス、いただけな――」

マーカスは動じなかった。「サヴォイ・ホテルは忘れてくれ、ミズ・ホランド。なるべく目立たないようにするのが肝心なんだ。いいか、おれたちはいま敵陣にいる。前線でベリーダンスを踊りたくないだろう？」

「いまのわたしにはスローなダンスだって踊れない」ラファエラはため息をついた。「ごめん、うるさいことを言って」

「疲れてるのさ。きみもおれも。少し眠るか？」

「あなたといっしょにってことよね？」

「いまのおれは疲れすぎていてぴくっと動かすのもやっとだ。とても手は出せない」

「いいわ。軽くシャワーを浴びてくる」

裸でシャワーを浴びる彼女を想像して、マーカスの下半身はぴくっと以上の反応を示した。ベッドに寝転がり、彼女がバスルームから出てくるのを待った。十分後、ラファエラが部屋に戻ると、マーカスは高いびきで眠っていた。死んだように眠りこけている。死ぬと言えば、シルヴィアはほんとうに死ぬのだろうか？

ラファエラは首を振った。いや、ドミニクもそこまで腐ってはいないだろう。それに妻を殺す必要はない。でも、それがどうだというの？

ドミニクという人は自分の意志を通す。そしてシルヴィアに対しては積年の恨みつらみがある。

そう、ドミニクは妻を殺す。まばたきひとつせずに。

ラファエラはマーカスに毛布をかけ、その横に潜りこんだ。眠りに落ちるのに、たいして時間はいらなかった。

イリノイ州シカゴ　二〇〇一年四月

四月のシカゴは美しい。空気には春の息吹があり、花々がいっせいに咲きだし、その色とにおいが街にあふれているはずだった。しかしこの日は違った。鈍色《にびいろ》の空のもと、しとしとと雨の降る寒い日だった。葬儀はフェアローンの墓地の傍らで執り行なわれた。七十五人ほどの参列者の大半が老人だった。そしてドミニクの見るところ、シカゴ市警から少なくとも三人が、義父の地獄への旅立ちを見届けにきていた。ドミニクは顔を伏せ、抑揚をつけて語られる追悼の言葉を聞いていた。カルロ・カールーチのような悪人ではなく、慈悲深い神父にこそふさわしい内容だった。おおかたカールーチの仲間たちが司祭に金を握らせ、あの鼻もちならない老人を褒めたたえさせたのだろう。突然雨脚が強くなった。雨粒が棺おけのふたにあたり、耳ざわりな音をたてだした。たくさんの黒い傘の花が開き、人びとの顔が隠れる。まるでカラスの集会だ、とドミニクは思った。ここにいるのは、カールーチの腐りかけた遺骸に弔意を示すために集まってきたカラスたちだ。

シルヴィアはどこだ？　妻は自分を恐れて来なかったのだろうか。

そのとき金髪が目に入り、ドミニクは体をこわばらせた。その女がふいに振り返って、まっ向から彼を見た。三十に満たない若い女で、救いがたいほど醜かった。しかし髪は美しい。シルヴィアの若いころや、ほかの女たちが若いころを思わせる淡い金髪。ココも髪を染めるようになる前はあんな髪をしていた。金髪と呼ぶのがはばかられるほど、淡く白っぽい色。色が褪《あ》せてきたみたい、とココは言っていた——

シルヴィアはどこにいる？

横にいるフランク・レイシーがくしゃみをした。ドミニクは手下に笑顔を向けた。レイシーのような経歴を持つ男には、風邪などというつまらないものが無縁に思えるが、温暖なカリブ海の島を離れ、冷たく湿ったシカゴにやってきたせいなのだろう。しかし、問題にはならない。いくらくしゃみをしようと、仕事に差しさわりが出るような男ではない。

ようやく弔辞が終わった。黒いベールですっぽりと顔を隠した女が前に進みでて、花びらがビロードのようにやわらかそうな、美しい赤いバラを一輪、棺に向かって投げた。続いて、ひとりの男がシャベルの土を棺のふたに落とす。神父は指から雨を滴らせながら十字を切り、集まった人びとに祝福を与えた。葬儀は終わった。

黒いベールの女はハイヒールでまわれ右をし、こちらをそっと見るという過ちを犯した。ドミニクは女に微笑んだ。シルヴィアだ。見つけたぞ。手を振ると、彼女は大型のリムジンへと足を速めた。ドミニクは素早く音をたてずに、黒い傘のあいだを縫い、リムジンに乗りこもうとしている彼女に近づいた。

「ごきげんよう、シルヴィア」

シルヴィアには彼が来るのがわかっていた。彼女の父親の墓でほくそ笑むために。それがわかっていて来るなんてどうかしているけれど、さりとて欠席できるわけもなかった。「ごきげんよう、ドミニク。ご親切に、来てくださったのね」

「なに、あの老体が土の下に埋められるのを見にきただけだ。やっと死んだな。雨が降っていなければ、いまこの場で踊りだしていたろう。それはそうと、愛しのシルヴィア、オイスターから聞いたよ。酒をやめたそうだね」

シルヴィアは彼をまじまじと見た。「ええ。もう飲んでいないわ」

「なぜだ?」

彼女は肩をすくめた。この人には絶対言ってはならない。恋人が女性に車をぶつけ、その恋人にコカインを与えたがために責任を感じている。そんな弱みをドミニクに握られたら、なにをされるかわかったものではない。

「わたしは変わったのよ、ドミニク。自分がいやになったの。だから変わった」

ドミニクはなにも言わずに彼女を見た。かつては欲望と恐怖の両方を同時に感じずにはいられなかった、あの目つきで。不思議と、いまはなにも感じない。シルヴィアはドミニクの目を見返し、ぴんと背筋を伸ばして待った。

「人は変わらないよ、シルヴィア。誰がなんと言おうと、おまえにはわかっているはずだ。それにしても老けたね」

「あなたも」シルヴィアは言った。引きさがるのも萎縮《いしゅく》するのもいやだが、手のひらが恐怖に汗ばんでいる。

「だとしても、男は事情が違うからね、シルヴィア。男は年輪を重ねるほどに魅力を増す。むろん、それには金銭的な裏づけが不可欠ではあるが。だが、容姿の話はこれくらいにしておこう。しばらくこちらにいるつもりなのか？」

「いいえ、ゴールドスタインから父の遺言の内容を聞いたら、ロングアイランドに戻ります」シルヴィアは待った。ドミニクから離婚を求められるはずだった。彼はいまいっしょに暮らしているあのフランス人のモデルと再婚するつもりなのだろう。そして子どもをつくる。それともあの女も、もう歳を取りすぎなの？

我慢しきれなくなって、自分から切りだした。「あなたと別れるわ、ドミニク」

「なんと思いやり深い。しかし遅きに失した。離婚なら二十年前にしてもらいたかった。どうしてわたしがいま、離婚したがると思うのだね？」

シルヴィアは恐怖に胴震いした。「どうしてかしら。離婚したくないの？」

ドミニクには答えるつもりがなかった。

「デロリオはどうしているの？　ポーラは？」

「あいかわらずだ。嫁のポーラともども。あの娘にはがっかりしている」

「あなたが選んだ娘さんよ。家柄がいいと言って」シルヴィアは口に出すなり、しまった、と思った。だが、ドミニクは気分を害していないようだ。

「ホテルまで送ろうか？　それとも父上のペントハウスに泊まっているのかな？」

こんな男とはどこへも行きたくない。シルヴィアはやんわりと断ったが、殉死した聖女ウルスラのようにきっぱりと断ったところで、どうなるわけではないのもわかっていた。

ドミニクはあっさりと引きさがった。逃げるように立ち去るシルヴィアを見て、微笑んだ。彼女は知っている。察知しているのだ。シルヴィアには多様な面があり、ロケット工学に通じてはいないにしろ、妙に勘の鋭いところがある。そう、彼女にはもうわかっている。クラリオン・ホテルへと戻る車のなかで、ドミニクはさまざまな選択肢を秤《はかり》にかけた。

シルヴィアは一刻も早くシカゴを離れたかった。ロングアイランドに戻るつもりはなかった。戻るとしてもずっと先のことだ。

オイスターが自分を裏切った。あまり驚きはない。忠誠心のある男だが、複数の主人に平気で仕えられる類いの忠誠心であり、ずっと以前からドミニクに大金を与えられていたのだろう。オイスターはなにを報告していたの？　シルヴィアは身震いした。夫が恐ろしかった。今日再会するまで、いま会っても夫が怖いかどうかわからなかった。実際会ってみると、考えていたよりはるかに恐ろしかった。

それから数時間後、サミュエル・ゴールドスタインが父親のペントハウスにやってきて、遺言を読みあげた。高価なアンティークの摂政時代風の椅子に座って聞いていたシルヴィアは、その内容に耳を疑い、もう一度ゆっくりと読んでくれと頼んだ。ゴールドスタインは頼みに応じた。内心嬉しくてたまらなかったのではなかろうか。ゴールドスタインは昔から彼女を嫌っていて、ことあるごとに悪口を言っていた。もちろんその間、シルヴィアもたっぷりの材料を提供してきた。

カルロ・カールーチはひとりきりの子どもになにひとつ遺さなかった。遺産はすべてただひとりの孫、デロリオ・ジョバンニに譲ると遺言していた。シルヴィアはゴールドスタインを残してペントハウスをあとにすると、早足でミシガン・アヴェニューに出た。上着も傘もなかった。呆然としすぎて、なにも感じなかった。父はわたしを見放した。決まった額の手当すら拒否し、母に小遣いをやるかやらないかをデロリオの意思にゆだねた。ロングアイランドの屋敷はいくらで売れるだろう？　いまのような暮らしなら一年といったところ。なんでも高くつくご時世だし、トミー・イプセンは贅沢好きな男だから。父は文句ひとつ言わずに、毎年一〇〇万ドル――この三年はそれ以上の額だった――の手当をくれていた。

それが無一文になった。息子が恵んでくれるかもしれない金以外には、なにもなかった。デロリオは異常だが、シルヴィアは息子に関して、ドミニクも父親も知らなかった事実をいくつか握っていた。たとえば、あの少女のこと。マリーという名だった。デロリオが暴力を振るったうえでレイプし、自宅から四キロ離れた空き地に裸のまま放置したとき、彼女はまだ十四歳だった。少女は回復した――そして犯人を明かさなかった。シルヴィアが手をまわしたのだ。デロリオは当時十三歳だった。少女の家族にはすでに八万ドル以上の金を払ってきた。もう一セントも払う気はない。あとはデロリオに始末させればいい。ドミニクにもおぞましい事件の顚末《てんまつ》を教えてやろう。父親である彼が払ってもいいのだ。なんなら、あの家族に電話してやろうか？「こんにちは、ミスター・デルガード。シルヴィア・ジョバンニです。今後いっさい、お金はお渡しできません。息子の父親は島を所有する大富豪です。彼の住所をお教えしますね」

父への恨みがつのった。父にはデロリオのことを話してあった。もちろんすべてではないが、あの少女の家族にじゅうぶんな金を渡すため、ある程度は話す必要があった。それでも父は、孫に遺産を遺した。小さな事件はほかにもちょくちょくあり、そのすべてにデロリオの異常性が現れていた。ドミニクがひとり息子の監護権を主張したときは、正直言ってほっとしたし、デロリオが自分で父親に電話して、母親にいじめられているとか、いっしょにいると不幸だとか、作り話を吹きこんだのであろうことも、察しがついていた。デロリオがついに自分の人生からいなくなったときは、ハレルヤを歌いたくなった。それ以来、ふとした折に、小さいときのデロリオの愛らしさを思い出してきた。無邪気でかわいらしくて純粋で、母親にべったりだった。思春期になってデロリオが変わると、かかりつけの小児科医は心配いらないと笑顔で言った。普通のお坊ちゃんです、そのうちホルモンの働きを制御できるようになりますよ。あの医者にはなにもわかっていなかった。

父は孫であるデロリオがいなくなったのを娘のせいにしたのだろう。これはその罰なのだ。

シルヴィアは手を振ってタクシーを止め、父のペントハウスに戻った。そこもいまはデロリオのものだった。一時間で荷造りをすませてオヘア空港に向かい、三時間後には、ロサンゼルス行きの飛行機に乗っていた。ほんとうは日本に行きたかったが、パスポートは持参しておらず、そのためにロングアイランドの屋敷に戻るのはいやだった。

あの男が探しにきても屋敷はもぬけの殻。屋敷は売り払い、オイスター・リーは首にしよう。あんな男、のたれ死にすればいい。これからはつましく暮らすすべを身につけなければならない。大切に育ててきたバラを思うと切なかった。

シルヴィアはファーストクラスを選んだ。自分の経済状況が激変したことを、一瞬忘れていたのだ。すぐにウイスキーをストレートで頼み、立てつづけに杯を重ねた。

彼女が四杯めを飲みながら眠ってしまうと、客室乗務員はほっとして同僚に語った。「ファーストクラスでいちばん厄介なのは、金持ちの飲んだくれだよな」

ドミニクのもとにサミュエル・ゴールドスタインからカールーチの遺言について連絡が入ったのは、その日も午後遅くなってからだった。ゴールドスタインは、シルヴィアがペントハウスを出たこともあわせて報告した。行き先は聞いていないが、たぶん自宅に戻ったのだろうとゴールドスタインは思っていた。あまり賢明な選択ではない。とはいえ、彼女を心配しているわけでもなかった。一歩先に出発させてやったのがせめてもの情けだ。

ドミニクは電話に微笑んだ。どちらの知らせも、喜ばしいものだった。彼はシカゴ滞在をもう一日延ばすことにした。カールーチの遺言については手放しで喜んでいいものかどうか、まだ判断がつかない。しっかり監督していないと、デロリオは麻薬に手を出すだろう。ここは一考を要する――息子と、息子が相続した莫大な財産について。

フランク・レイシーはあちこちに探りを入れたのち、ロサンゼルスに向かった。暖かな南カリフォルニアへ行けば、風邪も治るというものだ。

ベニントン・ホテル　二〇〇一年四月

ラファエラは小声で電話をしていた。マーカスは大の字で服を着たまま、まだぐっすり眠っている。彼には話を聞かれたくなかった。

ラファエラは、興奮を隠しきれない声で義父に言った。「お母さんが目覚めたってほんとう？　なにか言ったの？　なんて？」

チャールズは電話を見つめた。真実を隠す理由はもうなかった。前夜、最後の日記を読もうとマーガレットの部屋まで行ってみると、机から日記が消えていた。最後の一冊だけでなく、何冊かまとめて。ラファエラが持っていったにちがいない。ほかには考えられない。もうラファエラは知っている。実の父親のことも、母親の苦悩と執着のことも。チャールズはしゃがれ声で答えた。「マーガレットはあの男とおまえの名を呼び、だめだ、と言った。それだけだ」

今度はラファエラが電話を見つめる番だった。チャールズが母の日記を読んでいた。母が告白するわけがないから、チャールズが日記を見つけて読み、いまはラファエラが読んだことも知っている。日記が何冊かなくなっているのに気づいたのだ。

「いつからドミニク・ジョバンニのことを知っていたの？　わたしの出自についても？」

「ずいぶん前から」チャールズは言った。「知って一年ほどだが、大昔のような気がするよ。もうひとつ、おまえに伝えておきたいことがある。マーガレットをあんな目に遭わせた酔っぱらいは、シルヴィア・カールーチ・ジョバンニだ。わたしが雇った私立探偵が、彼女の車だと突きとめた。マーガレットはその女の屋敷の近くを走っていた。わたしには理由がわからないが」

ラファエラはその知らせがもたらしたショックを呑みこみ、首を振った。「わたしにもわからないわ。お母さんは、シルヴィアとドミニクに長らく行き来がないのを知っていた。それなのになぜ、そんなところを走っていたの？　そんな偶然はありえないわ」

「帰っておいで、ラファエラ。ここでもいいし、ボストンのアパートでもいい」チャールズはひと息おいてから、ゆっくりとつけ加えた。「休暇でカリブ海に行ったのは、アル・ホルバインから聞いている。すぐにそこを出て、家に戻ったほうがいい」

「なんでもお見とおしね。まだ帰れないわ、チャールズ。いまはまだだめなの。ドミニクは葬儀のためにシカゴに行ってる。わたしはいま、彼の島ではなくロンドンにいる」

驚きをはらんだ沈黙。「なんのために？」

「まだ話せないわ、チャールズ。大丈夫、気をつけるから。それに、ここならジョバンニの手も届かないし」

「あの男なら、地獄にだって手が届くだろう」

「気をつけるわ。お母さんに愛していると伝えて。また明日電話する」一瞬黙る。「チャールズ？　こんなことになってしまって、ほんとうに残念だと思ってる。わたしたちみんな、なかでもお母さんがかわいそう」ラファエラは義父の返事を待たずに電話を切った。

「きみは口が達者だと思っていたが――」

ラファエラはマーカスを振り向いた。「その先は言わないで、マーカス」

不安そうなラファエラを見て、マーカスはそれ以上からかうのをやめた。「少しは眠れたかい？」

「たっぷり眠ったわ。起きてたのね」見ると、マーカスは少しも動いておらず、ベッドに大の字になったままだ。この男にはすきというものがないらしい。

「おふくろさんの具合は？」

「あなたから聞いたとおり、一度意識を取り戻してから、また昏睡してしまったって。ただ、あなたは知らなかったみたいだけれど、目を覚ましたときに二、三言話したそうよ」ラファエラは立ちあがって、ローブの紐を締めなおした。「ルームサービスを頼むわ。あなたはなにになにする？」

マーカスは朝一番、気の利いた冗談でも言おうかと思ったが、ラファエラがぴりぴりしているようなので、やめておいた。短期間に多くのことが起きすぎた。彼女にはどうすることもできないことばかりだ。だから彼も冗談を控えて朝食のことを考えた。「オートブランを頼む。コレステロールが気になるんでね」

一瞬、ラファエラの気がそれた。「マラソンだって走れそうなその体型を見ちゃうと、馬鹿にできないわね。さ、着替えをすませて、お化粧しなきゃ。ねえ、ほんとうにハーモニカを吹けるの？　西部劇のカウボーイが、焚《た》き火《び》の前で脚を組んで吹くみたいに」

「ほんとうですとも、マダム。フルートと合奏したいもんだと、つねづね思ってた」

「わたしも。ハーモニカと演奏したら楽しいだろうと思ってた」

「近いうちにやろうな、ミズ・ホランド」ふたりの視線がからんだ。マーカスはふたりのあいだの感情の昂ぶりを感じたが、相手を信用するには、どちらの人生も不確実すぎた。

ラファエラは早口で言った。「シャワーを浴びてきたら？」

ほかにあてもなかったので、マーカスは言われたとおりにした。

ラファエラはルームサービスを頼み、着替えをすませて、シャワー室のマーカスが大声でオペラを歌うのを聞いていた。やるわね、『ドン・ジョバンニ』をイタリア語で歌えるなんて。

ラファエラが髪を梳《と》かし終わったちょうどそのとき、ノックの音がした。まだ閉まっているバスルームのドアを見て肩をすくめ、自分でドアを開けた。若々しい顔つきのウエイターがワゴンを押してきた。傷んだカバーをかぶせた銀のトレーが載っている。伝票に署名し、チップとして三ドル払った。マーカスがヒースロー空港でお金を両替していたが、勝手にズボンを漁りたくない。ウエイターが去ると、注文したエッグ・ベネディクトを探して鼻をひくつかせてみたが、なんのにおいもしない。ラファエラはあるカバーを取った。

悲鳴をあげ、とっさに口を手でおおって息を呑んだ。銀のカバーがテーブルに当たり、音をたてて床に転がった。

マーカスがバスルームから飛びだしてきた。素っ裸で驚いた顔をしている。

「いったい――?」

そして問題のものを見て、たじろいだ。皿には大きなドブネズミが載っていた。汚らしい灰色の体はまだ生々しい。ぴくりともしないその死骸の下から、折りたたんだ紙がのぞいていた。

19

目をそらしたいのに、そらせない。ラファエラは汚らしい灰色のネズミに魅入られていた。言葉が出ず、吐き気をこらえるのが精いっぱいだった。

「まいったな」マーカスも少し青ざめている。「一人前の男でも吐きそうだ」ネズミの下からそっと紙を引きだし、カバーを拾って皿にかぶせた。紙を広げ、黒い太字で書かれた文面を読んだ。

「なんて書いてあるの?」

マーカスは彼女に紙を渡した。

親愛なるミスター・デヴリン

わが友人ジャック・バートランドと似ていなくもなかろう? きみにならこれがなにを象徴するかわかるはずだ。今夜八時、わたしのクラブで。美しい連れの女性もごいっしょに。

「オリヴィエなの？」

「ああ、たぶんね。ユーモアのセンスがあるだろ？　象徴については彼の言うとおりだが」

マーカスがすっかり気をとられているようなので、ラファエラは笑いながら言った。「あなた裸よ、マーカス。べつに文句をつけてるわけじゃないけど。バスルームから飛びだしてきたときは、聖ジョージかと思っちゃった。鎧《よろい》なしのね」

マーカスは下を見た。「いまのところ絶倫の種馬とは言えないな」

「その反対はなんだっけ？　そうそう、去勢馬」

「見てろよ。きみのしもべはじきに立ちあがる。おれがローブを着たら、いっしょに朝食を食べてくれるか？」

ラファエラはカバーをした皿を見て、身震いした。「まずあれをどこかにやって――いいえ、外に出ましょう」

ふたりは大英博物館の近くの、ラニング・フォックス・インという店に出かけた。マーカスの忠告を聞きたくないというだけの理由で、ラファエラはビールを頼み、言うことを聞いておけばよかったと後悔した。アルコール度数が高く、生ぬるくて、炭酸が弱い。

「コーラを頼むにも、氷入りのグラスでと注文しなくちゃならない」マーカスは手を上げてウエイトレスに合図した。

頼んだコンビーフ・サンドイッチが運ばれてくると、ラファエラは尋ねた。「そのオリヴィエとかいう人は、どうやってこんなに早くわたしたちがロンドンにいるのを知ったの？」

「さあね。前にも言ったが、やつはあちこちにスパイを置いている。手紙にあったクラブだが、オクシデンタル・クラブといって、おれの記憶が正しければ、ピカデリーにある。彼に会いにいくときは、ふたりしてきれいな格好をして、きみはおれのお飾りになる。わかったな？」

「お飾り？　もう少し詳しく説明してもらえない？」

「おれの女、おれの連れ、おれの愛人だ」

「ココのようにってことね」

マーカスはびっくりしたような顔になったが、やがてゆっくりと言った。「そうだ、ココのように。金のかかる美女に見えるようにして、男がビジネスの話をしているときは、口を閉じてなきゃだめだぞ」

「三〇年代のギャングの情婦の気分。ガーターベルトにピストルを挿《さ》していこうかしら？」

「きみが記者だと知っていたら、オリヴィエが聖域に招待してくれたとは思えない。重要な会談だぞ。うまくやれるか？」

「ええ、任せといて。記者としてさまざまな役を演じてきたもの」ラファエラはサンドイッチをもうひと口食べながら、考えこむように言った。「どうしてわたしのことを知らないのかしら？　ほかのことはなんでも知っているみたいなのに」

「いい質問だ。おれが思うに、やつにしてみりゃ女は脅威になりえないんだろう。おれの情婦だと思ってくれればいいんだが」

その夜、ふたりはセント・ジェームズ通りから少し入ったところにある、オクシデンタル・クラブの正面に立っていた。とりたてて目を引くところのない、間口が狭くて背の高いビルだった。ロンドンでも指折りの人気ギャンブル・クラブなのに、ラファエラの想像とはまるで違う。きっと、たくさんの宝石で派手に着飾った人びとが窓から顔を出している、にぎやかでけばけばしい店だと思うほうが、どうかしていたのだろう。

もったいぶった態度でふたりを出迎えたのは、イヴニングコートに身を包んだ男だった。きれいな禿頭《はげあたま》に、先を尖らせた顎ひげをたくわえている。「ミスター・デヴリンでいらっしゃいますね」男はそう言ってうなずくと、ふたりに背を向けてアーチ型の戸口をくぐった。

メインサロンは少なくとも縦一〇メートル、横二〇メートルはある——建物の床面積いっぱいの広さだ。豪華なクリスタルのシャンデリアが、その下に立つ男女にやわらかな光を投げかけている。ラファエラの見るところ、騒々しくどぎつい客などひとりもいない。金に困らない奥ゆかしい人びとが、大金を儲けたり失ったりしている。

「噂《うわさ》によると」マーカスが彼女の左耳元でささやいた。「オリヴィエはひと晩で三〇万ポンド近く儲けることもあるそうだ。ついでに言えば、今晩のきみはとてもゴージャスだよ」

「高そうに見える？　セクシーで、情婦みたい？」

「ああ、そのすべてを兼ね備えた美女に見えるよ」

ラファエラが咎《とが》めるような目で見ても、マーカスの笑みは消えなかった。その日の午後、マーカスは彼女を新聞社が軒を連ねるフリート通りにやって、オリヴィエに関する情報を集めさせた。たいしたことはわからなかった――オリヴィエは世間の注目とスコットランド・ヤードを徹底的に避けている――ものの、ロンドンタイムズ紙のある記者が、ラファエラとデートしたいばかりに協力を約束してくれた。マーカスのほうはふらっとホテルを出て、夕方近くにブティックの箱をいくつも抱えて戻ってきた。ラファエラが尋ねる代わりに眉を吊りあげると、彼は言った。「おれにはタキシードがいる。きみにもね」

ラファエラの〝タキシード〟は、白いジャージー素材のドレスで、きわめてシンプルでいながら挑発的だった。彼女は数分間黙ってドレスを見つめたあげく、おもむろに述べた。

「はしたないほどエレガントね」

マーカスにうながされるまま白いドレスをまとい、おそろいの白いパンプスをはくと、大金持ちに寄り添う金のかかった愛人そのものに見えた。「もっとヒールが高いほうがいいんだが」マーカスは顎をなでながら言った。「いつ走って逃げることになるか、わからないからね」

そして黙ってラファエラの周囲をめぐり、ためつすがめつ吟味して、胸を張れと指示した。あまりにあからさまな目つきをしていたので、ラファエラはマーカスを見据えて言った。

「ねえ、マーカスなにやらさん、あなたはわたしを誘拐して、薬で眠らせ、母のことで嘘をついてわたしを怖がらせ、それでもわたしがあなたとベッドに入ると思ってるの?」

マーカスはため息をついた。「ああ、そうだ。でも思ってるんじゃなくて、願ってるのさ。ちゃんとベッドできみに迫ったことのない、希望に満ちた男を見よ! だが、つらつら考えてみるに、誘惑するのはいつもきみのほうなんだよな。ファスナーを下ろすのを手伝おうか？」

ラファエラはつい吹きだした。マーカスに抱かれたいと思っているのは事実だし、その思いは彼にも通じているはずだが、結局、夕方のセックスは実現せず、会話――喧嘩《けんか》腰のやり取りではなく、心の通じあう会話――の機会すら奪われた。

電話が鳴ったからだ。マーカスは驚きと不安の入り混じった顔で電話を見つめ、しばし沈思黙考した末に受話器を取った。無言で相手の話に耳を傾け、目を少し細めはしたものの、いい知らせなのか悪い知らせなのかそのどちらでもないのか、顔を見ているだけではまったくわからない。ラファエラにしてみたら、いらだたしいかぎりのポーカーフェイスだった。

マーカスは電話を切ると、大きなため息をついた。

「たいした用じゃないが、少し出かけなきゃならない。おれが戻るまでに、オリヴィエのクラブに出かける用意をしておいてくれ」

ラファエラにしゃべるすきを与えずに荒々しく唇を奪い、ジャージー生地に包まれた胸を軽く揉んで、出ていった。

ラファエラは受話器を取り、ホテルのオペレータに頼んだ。「あの、九二七号室なんですが、さっき電話をかけてきた人に番号を訊くのを忘れてしまって。記録に残っていますよね？」

だめでもともとだと思っていたので、オペレータからこう返事があったときには、歓声をあげそうになった。「ええ、ございます。電話をおかけになったのは、一〇二〇号室にお泊まりのミスター・アントン・ロッシュさまです。おつなぎしましょうか？」

ラファエラはあわてて断り、電話を切った。「信じられない」声に出して二度くり返し、首を振った。急いでジーンズと淡いブルーのセーターを着て、ジョギングシューズをはいた。ミスター・アントン・ロッシュ？　マーカスとどんな関係なの？　そもそも、マーカスの正体がわからない。どこかの国の捜査員？　ロッシュというのは、どこの国の名前だろう？　チェコ人のようだけれど。

ラファエラは階段で十階に上がった。一段一段のぼりながら、マーカスの正体を暴きだす方法を考えた。自白薬でも使おうか？　それにしても、なぜ、わたしはそこまでしようとするの？　自分の動機を疑ったのは、ほんの一瞬のことだった。ラファエラの動機はあくまで個人的なもので、問題は実の父親であるドミニク・ジョバンニだ。それにしてもマーカス・デヴリンとは、いったい何者なのだろう？

一〇二〇号室は、茶色の絨緞《じゆうたん》敷きの廊下の突きあたり近くにある、ほかと同じ茶色のドアの部屋だった。さいわい廊下には人がいなかったので、ドアに耳を押しあてた。なにも聞こえない。膝をついて鍵穴をのぞいてみたが、室内に人の気配はなかった。マーカスはロッシュとやらと外で落ちあったのだろう。

ロビーのすぐ外にあるこぢんまりとしたコーヒーショップにも行ってみたが、マーカスはいなかった。ラファエラは部屋に戻り、じっくり考えた。マーカスを探るには、繊細さを要する。自分のなかにもそんな資質があるはずだ。

そのときふいにマーカスの声が聞こえてきて、ラファエラを現実に引き戻した。「おい、さっきからずっと、虚空を見つめてるぞ。この店をどう思う？　莫大な信託財産を持つお嬢さんのきみから見ても、じゅうぶんに退廃的か？」

彼の声に跳びあがったラファエラは、すぐにオクシデンタル・クラブにいるのを思い出し、笑顔でマーカスを見あげた。謎めいた笑みというより、ベティ・ブープが妖婦を演じているみたいだが、マーカスもその努力だけは認めてくれた。ロッシュって誰なの、と率直に尋ねられたらどんなにいいだろう。だが、ラファエラにしてもそこまで愚かではない。逃げ足が速く、口のうまいマーカスが、そんなやり方で尻尾を出すはずがなかった。

やはりこまやかな計算が必要だし、オリヴィエの店は、それには不向きな場所だった。「愛人

「ええ、じゅうぶんに退廃的よ」ようやくそう答えて、あたりを見まわした。「愛人手当と手当として、バカラのテーブルで少し負けてきてもいいかしら？」

マーカスが軽妙に切り返そうとしたとき、禿頭に顎ひげの案内役が、客のあいだを縫って近づいてくるのが見えた。「いよいよだぞ」彼は言った。「オリヴィエ王へのお目どおりが許されたようだ。忘れるなよ、ラフ。口は閉じていてくれ——いい愛人でいてくれたらいいんだ。愛らしくて、お馬鹿さんで、男を適当に立ててくれて、それから——」

「だいたいわかったわ。こんな感じでどう？」

マーカスは、ラファエラのぽかんとした表情を見てにやっとした。「いいね。でも、目つ

きにもう少し色気が欲しい」

「贅沢言わないでよ、デヴリン」

ふたりは案内役についてメインサロンを出ると、『関係者以外立入り禁止』というプレートがついた黒っぽいドアを抜け、広い廊下を歩いた。ラファエラは、マーカスから〝ラフ〟と呼ばれて動揺していた。彼女のことをラフと呼ぶのは、ボストンの編集長、アル・ホルバインだけだ。マーカスはごく自然にその愛称を口にした。肘に彼の手を感じる。彼の呼ぶ〝ラフ〟は、耳に心地よかった。

「もう少し腰を振って歩けるか？」

ラファエラは彼の手を静かに振りほどき、手を下にやった。指先であそこに触れてマーカスを黙らせておいて、小悪魔っぽくに微笑んだ。彼の息子が急激に元気を取り戻すのを感じつつ、廊下を歩いてくる人たち——従業員だろう——の視線を意識し、マーカスに色っぽい流し目をくれて少し前に出ると、これ見よがしに腰を大きく振った。

背後からマーカスの声がする。「このお返しはかならずするぞ、ミズ・ホランド。覚悟しとけよ」

案内役が重厚なオーク材でできた、両開きのドアの前で立ち止まった。ラファエラはそこでマーカスが追いつくのを待った。男はドアをノックして、ふたりにうなずきかけ、ドアを開けて自分だけなかに入り、またドアを閉めた。

「もう落ち着いた、デヴリン？」

「おまえはほんと、危険な生き方の好きな女だな、フィフィ」

「フィフィ?」

「ああ。おれの愛人にぴったりの名前だろ」

ロディ・オリヴィエのオフィスは、オークの羽目板張りの豪華なしつらえで、二十世紀初頭の富と特権の雰囲気をかもしていた。オリヴィエは、どっしりとしたスペイン風のデスクの奥に座っていた。六十がらみにしてはすこぶる元気そうで、ラファエラが目にした二、三枚の粒子の粗い写真より、ずっと若々しかった。豊かな白髪に、まったく抜け目のなさそうなまっ白な顔と、底知れない冷たさをたたえたグレーの瞳。微笑むことも、歓迎の意を示すこともなく、ひたすらふたりを観察している。やがてマーカスにうなずきかけると、ほとんど色のないその目をラファエラに向けた。醒めた目でじっくりと観察している。ホルストンのセクシーなドレスにも興味を示さなかった。

ロディ・オリヴィエは、指輪のはまった優美な手を上げた。「デヴリン」低く落ち着いた声だった。「かけなさい。お嬢さんはそちらにどうぞ。バフォード、飲み物を頼むよ。ミスター・デヴリンとわたしにはウイスキー、お嬢さんにはジンジャーエールを」

「それで結構です」オリヴィエからなにがいいのか訊かれたように、マーカスは応じた。

マーカスがデスクの向かいの革の椅子、ラファエラは離れた壁際の長椅子に腰を下ろすまで、オリヴィエはなにも言わなかった。ラファエラは、高級娼婦はこの椅子に座るのね、と思いながら、背筋をぐっと伸ばして背もたれのない椅子にかけた。脚を組み、高級娼婦らしい身のこなしを心がける。

オリヴィエはマーカスに目をやったまま、ラファエラを手で示して言った。「いい女だ」

「ええ」

「払っている金に見あう価値のある女なのか？」

「いままでのところは。手に入れて日が浅いので」

「きみが飽きたときは、わたしが引き取ってもいい」

「考えておきます」

「きみはバートランドを殺した」オリヴィエは穏やかな声であっさりと言った。両手の細い指先を軽く叩きあわせている。

「やむをえませんでした。あなたがわたしを殺せと命じたんですか？」

「いや、わたしはバートランドとは違う。きみを見くびってはいない。それに、わたしに命を狙われたのであれば、きみはいまごろここにはいない。バートランドには彼なりの野心があったのだろう。最初の暗殺未遂のとき、きみはドミニクの命を救った」

「情報通ですね」

「あたりまえだろう。そんなことができる人間も、ジョバンニを助けたいと思う人間も、それほど多くはない。なぜきみはあの男の命を救ったのだね？　撃たれたと聞いたが、事実か？」

マーカスは黙ってうなずいた。

「どうしてロンドンへ？　わたしがバテシバの黒幕かどうか、確かめるためか？」

「そんなところです。バートランドがバテシバの名を口にしました」

バフォードが、銀のトレーを持って入ってきた。オリヴィエとマーカスの前に無言でウイスキーのグラスを置き、ラファエラに近づいてジンジャーエールのグラスを渡した。オリヴィエからうなずきかけられると、ふたたびオフィスを出ていった。「道具は慎重に選ばなくてはならない。ジョバンニはそんなわかりきったことも忘れたのだろうか。たとえば、バフォードは猟犬のように忠実だ」オリヴィエはウイスキーグラスを手に取った。「愛人もしかり。そう思わないかね？　もちろんそう思うだろう。しかし愛人とは奇妙なものだ。さて、きみのバテシバ探しの成功を願って乾杯しよう、ミスター・デヴリン」

「ええ」マーカスはウイスキーを飲んだ。グレンフィディックがすんなりと腹に収まる。オリヴィエは謎かけのような言葉でなにを言わんとしているのか？

死ぬほど喉が渇いていないかぎりジンジャーエールを飲まないラファエラは、グラスの縁に口をつけただけだった。オリヴィエの力に圧倒されていた。みずからに対する絶対的な信頼と、すべてを意のままにできるという自信。いままでも、似たような雰囲気を持つ男たちに会ったことはあるが、これほど残酷さを感じさせる人間はいなかった。とてつもなく恐ろしい男だ。ラファエラはゆっくりと目立たない動作を心がけた。オリヴィエの目を引き寄せたくない。マーカスはなにを考えているの？　こんなに自分の非力を意識したのははじめてだ。むしょうに恐ろしかった。

「バートランドはバテシバのことを知っていました。少なくとも、知っているような口ぶりだった。バテシバが組織にしろ個人にしろ、あなたはなにかをご存じのはずだ。できれば教えていただきたい」

「そう言われてなにかを話すほど、わたしが愚かだと思うのか？　バテシバが誰にしろ、ジョバンニを殺したがっているのは確か。そうなっても、わたしには痛くも痒《かゆ》くもない。あれは傲慢《ごうまん》で、目ざわりな男だ。自分を全能だと思いこみ、ちょっとした神さま気取りでいる。それに、バテシバの脅しが効いているうちは、事実上商売にならんだろう。

とはいえ、話の種に、これだけは教えてやろう、ミスター・デヴリン。オランダ人とテュルプという女のことは、きみももちろん知っている。テュルプはきみを撃った。この仕事を引き受けたとき、彼女は業界の最高峰に位置していた。彼女はニューヨークへ飛んだ。つまりきみが探している誰か、もしくはなにかは、ニューヨークにいるということだ。また、オランダ人たちがなぜ服毒自殺をしたのか、疑問に思っているだろう。どこで毒を手に入れたのか？　彼らは自分で毒を飲んだのか？　しかしそれはまた別の問題であり、核心ではない。バテシバという名前を奇異だと思わないか？　その由来はなんだ？」

「聖書のバテシバですか？　ダビデ王の妻の」

「いい線をついている。その象徴的な意味に納得する男も、なかにはいるかもしれない。しかしもっと重要で現代的な、少なくとも聖書の時代よりずっと新しい意味がある。絵画には造詣《ぞうけい》が深いかね、ミスター・デヴリン？　そのぼかんとした顔からして、通じてはいないようだ。美術を学びたまえ、お若いの。そうすればより物事がはっきりと見えてくる。さあ、行くがいい。きみは近いうちにロンドンを発つ。南へ行くことになるだろう。あのお嬢さんはここへ置いていくか？」

「いや、連れていきます」

「それは残念」オリヴィエは椅子にかけたまま、マーカスにうなずいただけだった。「ジョバンニのもとで働くのがいやになったら、わたしが雇ってやろう。おやすみ、ミスター・デヴリン。これで話は終わりだ」

タクシーに乗りこみ、ベニントン・ホテルに向かって走りだすまで、ラファエラもマーカスも無言だった。

ラファエラはかつてない寒気を感じていた。

カリフォルニア州ロサンゼルス　二〇〇一年四月

シルヴィアは、ウィルシャー大通りから一歩入ったところにある、こぢんまりとしたホテルにチェックインした。手ごろな値段のわりには、なかなかきれいなホテルだった。ひどい頭痛があり、喉が渇き、胃がむかつく。二日酔いと自己嫌悪。ファーストクラスの客室乗務員から、哀れみと嫌悪に満ちた目で見られた。こんな失敗はもうくり返さない。酒には二度と手を出すまい。

荷物はないが、べらぼうな限度額のクレジットカードがある。シルヴィアはバスルームの小さな鏡に映る自分を見ながら、たてつづけに水を三杯飲み、自分をいたわってやろうと決めた。自信を取り戻し、ぶざまな酔っぱらい気分を消し去りたい。そうよ、こんな気分のままでいちゃいけない。シルヴィアはタクシーを呼び、ブティックが軒を連ねるロデオドライブに出かけた。これこそいまの自分に必要なことだ。ささやかな景気づけ。すてきな服を買って、お酒はもう飲まない。トミー・イプセンのことを一瞬思い出したものの、未練はなかった。

三十度近くある暑い日なので、最寄りのブティックに急いだ。ドレスショップだった。店内に一歩足を踏み入れるなり、自分の居場所に戻ったのを感じた。店員も心得たもので、すぐに寄ってきてシャンパンを勧め、彼女が見たいと思うドレスをモデルに着せて見せますと言ってくれた。そうした厚意が心を慰めてくれる。

機内での深酒のせいで胃が疲れていたので、シャンパンは一杯だけにした。ドレスを四着、スラックスを三本、それにシャツや絹のブラウスやジャケットを選び、うやうやしい女性店員たちにうなずきかけた。店員たちから隣りの店でそれぞれの服に合う靴を選んできましょうと言われて、嬉しくなった。アドルフォ、ブラス、ペリス、シャネル、ニナ・リッチ――どれもよく知っている、心はずむ名前ばかりだ。そうよ、この店員が言うとおり、あのサンローランのコートはきっとわたしによく似合う。白はわたしの色。まっ白なブラウスとスラックスの上に少しクリームがかったあの長いコートをはおったら、うっとりするほどきれいだろう。脳裏に、そのとおりの自分が目に浮かぶ。それにそろいの帽子まである。

シルヴィアは幸福にひたっていた。これこそが彼女の世界だった。自分の置かれた状況を考えるのは、やめておこう。こんなすばらしい服が全部、自分のものになるのだから。デ・ラ・レンタの光沢のある赤いオーガンザのドレスを着て、〝はやり《イン》〟の場所――いまでもポロ・ラウンジかしら？――にランチを食べにいけるのだから。男たちからは誘いをかけられ、女たちからは秘密を尋ねられる。そうよ、人生はこうでなくちゃ。

シルヴィアは店長にゴールドカードを手渡した。モデルたちに微笑みかけ、店員たちが彼女のものになった新しい服をきれいにたたみ、クッションつきのすてきなハンガーにかけるのを見ていた。ご自宅に配達しましょうかと尋ねられた。

しかし女性オーナーが顔をしかめ、そのしかめっ面をシルヴィアに向けた。続いて別の表情が現れる。困惑しているような、不安げな顔。オーナーが近づいてきた瞬間、シルヴィアにはなにがあったのかわかった。それ以外考えられない。思わず悲鳴をあげ、手で口をおおった。

「そんな」立ちあがり、クレジットカードが拒否されたために、手に入れ損なった服の山を見つめた。「そんな」バッグをひっつかみ、ブティックから逃げだした。オーナーから呼ばれても振り向かず、ロデオドライブに飛びだした。日差しは強く、通りにはたくさんのコンバーティブルが行き交っていた。その車からいっせいにクラクションが鳴り響くが、シルヴィアの耳には入らない。

そのとき紺色のセダンが目の前に現れた。その車はクラクションを鳴らさず、スピードも落とさなかった。シルヴィアはフランク・レイシーを見た。彼の顔をはっきり見て、その意図を察した。弱々しい悲鳴を漏らすや、車に撥《は》ねられた。撥ねられた体がボンネットから歩道に飛ばされ、彼女のゴールドカードを手にしたオーナーの足元に投げだされた。

オーナーは悲鳴をあげ、クレジットカードを取り落とした。それから十分後、その女性オーナーはグライムズ巡査部長から問われるまま、被害者について話していた。「見てのとおり、シルヴィア・カールーチ・ジョバンニというのが、クレジットカードの名義です。ご住所がニューヨークだったので、身分証明書を見せてもらおうとしたんです。そしたらお客さまの表情が変わって。まっ青になって悲鳴をあげながら店の外へ走りだしてしまわれて。急いであとを追ったら、車に撥ねられるところでした。運転していた人は見てません。たぶん男でしょうけど、自信がないわ。ええ、事故だと思います。きっと運転者はパニックを起こしたんですね。こんなことになってしまって」

グライムズ巡査部長は、どう考えたらいいのかわからなかった。署にいるベテラン警官のひとりが、大昔のギャング、カルロ・カールーチがシカゴで死んだと話していた。死亡した女性はその娘だろうか？　だとしたら、ほんとうに事故で片づけていいのか？

「こんなにたくさんの服をどうしたらいいんでしょう。全部で三万ドル近いんですよ。そりゃあ、ご署名はまだでしたけれど、ほんと、どうしたものやら」オーナーはため息をつき、グライムズ巡査部長はほかの目撃者の話を聞きにいった。

記者やテレビカメラが続々と現場にやってくる。だが遺体はすでに運び去られていた。

カールトン・ホテル
フロリダ州マイアミ　二〇〇一年四月

ドミニクはマイアミでレイシーからの報告を受けた。古くからの友人であるマリオ・カルパスとの仕事をすませ、午前中のうちに島に戻る予定だった。しかし、そんな報告を受けたとあっては、祝わずにいられない。その夜はマリオが若い美女をあてがってくれたので、豪勢な食事をおごり、ダイヤモンドのブレスレットを買ってやった。シルヴィアの死と、その死によって開けた未来に胸が躍った。

ラファエラ。マーカスといちゃついているのを承知で、ドミニクは彼女を自分のものにするつもりだった。若くて適応力があり、ドミニクの見るところ、女にしては頭がいいから、その知性を受け継いだ子どもができるだろう。かわいそうだが、あのシルヴィアが母親では、デロリオには最初から見込みがなかった。しかも祖父はあの老いぼれギャング、カールーチなのだ。しかしデロリオにも進歩の兆しは見える。成長したと言っていい。ただ、祖父から相続する莫大な遺産は問題だが。

これくらいにしておこう。ドミニクは考えごとを中断した。いまドミニクはカールトンの広いスイートルームで肘掛け椅子に収まり、技巧に長《た》けるメリンダをその前にひざまずかせている。

いい気持ちだ。ドミニクはため息をついて目を閉じた。巧みな技によって、クライマックスへと導かれている。しかし、果てるなら口ではなく、女のなかにしたい。そっと彼女の髪を引っぱると、メリンダが顔を上げて、問いかけるような目をした。彼のものをくわえたままの口が、唾液に濡れて光っている。ドミニクは顎でキングサイズのベッドを示した。「立つがいい」彼女に命じた。「おまえのすべてが見たい」

メリンダは全裸だった。脚はすらりと長く、形のいいお尻をしていた。胸の小ささは気にならない。茂みは濃い茶色で、プラチナブロンドの髪と好対照をなしている。ドミニクに命じられるがままベッドに仰向けになった。

ドミニクは瑞々しい肉体をじっくりと観賞すると、おもむろにシャツのボタンをはずしはじめた。三つめのボタンに手をかけたとき、スイートのドアの鍵がまわる音が聞こえた。ごく小さな、ささやくような音。女の体にのしかかっていたら聞き逃していただろう。

すかさず若い女の顔を見おろし、その目のなかに恐怖と理解の色を見て取った。女をベッドから引きずりだし、自分の正面にすえた瞬間、ドアが開き、男が飛びこんできて銃を構えた。男はドミニクを見るなり引き金を引き、銃弾は女に命中した。その反動で女の体がうしろに跳ねる。ドミニクは女を投げ捨てるや、ピストルを構えた。なにが起きたのか悟った暗殺者が、ドミニクのピストルに気づいて、部屋を飛びだす。すべてが数秒のうちの出来事だった。

部屋は死んだように静まり返っていた。物音ひとつしない。絶命したメリンダは横ざまに倒れ、胸の銃創から流れでる血がカーペットに広がっている。

ドミニクはそれから一時間もしないうちにチャーターしたヘリコプターに乗りこみ、自分の島へと飛び立った。

20

パインヒル病院　二〇〇一年四月

彼女はあまりに青ざめ、あまりにひっそりとしている。チャールズは大声で、目を覚まして自分のところへ戻ってきておくれ、と叫びたくなった。彼女はどこか遠いところへ行ったまま戻ってこない。そしてチャールズの手の届かない心の奥深くで、ジョバンニのことを考えている。つかの間覚醒したとき、口にしたのはあの男の名――あの男に呼びかけていたのか？　チャールズは激しくかぶりを振った。そんなことは考えたくもなかった。

起きてくれ、マーガレット。頼むから目を覚ましておくれ。

しかしなんの変化もなかった。看護師が確認を終えて部屋を出ていくと、テレビをつけた。ダン・ラザーの全国ニュースがやっていた。聞くともなしに聞いていると、ラザーが言った。

「シルヴィア・カールーチ・ジョバンニ、五十五歳が、今日事故死しました。轢《ひ》き逃げです。被害者はこの月曜日に七十五歳で病死したマフィアのドン、カルロ・カールーチの娘であり、父親の葬儀から一日もたたないうちの事故でした。被害者はロサンゼルスのロデオドライブを渡ろうとして事故に遭い、犯人はいまだ不明です」

もう少し続きがあったが、チャールズは聞いていなかった。ラザーは中東のニュースへと移った。

あの女が死んだ。あの飲んだくれが。天罰が下ったのか？　シルヴィアは轢き逃げ犯に殺された。自分がマーガレットに車をぶつけて逃げたように。別居中の夫、ドミニク・ジョバンニが彼女の殺害を命じたにちがいない。警察も疑っているだろうが、当面表沙汰にはしない方針だろう。警察には証拠がいる。しかし、チャールズにはそんなものはいらない。

妻を見やった。シルヴィアが死んだよ、マーガレット。さあ、起きて。あの女はもういない。だが、マーガレットは動かなかった。

興奮しすぎて、いつものように座ってマーガレットに話しかけることができなかった。それに、自分が十六歳で寄宿舎にいたときのことなど、彼女が聞きたがるだろうか？　前にも話したことがあるし、どうせ彼女は自分の声など、聞きたがらない。その心の奥深く、チャールズの手の届かないところには、ジョバンニが棲《す》みついているのだから。

ベニントン・ホテル　二〇〇一年四月

マーカスはホテルの部屋のドアに鍵をかけ、チェーンを留めると、ラファエラに顔を向けた。彼女は前置きなしに言った。「熱いシャワーをたっぷり浴びてくる。寒気がして、信じられないほど汚れた気分なの」

「ドレスを脱いだほうがいい。多少はましになる」

ラファエラは驚いたような顔をして、にっこり微笑んだ。「そうね、少しはましかも」

マーカスには、ラファエラの胸の内を察することしかできない。うなずきかけると、彼女はバスルームに消えた。ルームサービスに電話をかけ、ウイスキーと炭酸水を注文し、下着一枚になって、窓辺の椅子に腰かけた。通りをはさんで小さな公園があるが、名前を憶えていない。イギリスに春が訪れて、すべてが緑になったら、いいながめなのだろう。

マーカスはココのことを考えた。好意と尊敬を抱く人間としてのココではなく、ドミニクの愛人、彼の財産、所有物としてのココをだ。あんな扱いはまちがっている。オリヴィエはラファエラの存在を無視し、彼女が置物かなにかのようにマーカスとだけ話をした。あの男にとっての愛人とは、そういうものなのだろう。ドミニクにとってのココも、同じこと。ココはそれをどう思っているのだろう。受け入れている？　あるいは心の奥で、癒えない傷になっているのか？

マーカスは立ちあがり、部屋のなかを行きつ戻りつした。どうやらオリヴィエはこの機に乗じて、ドミニクをもてあそぶつもりらしい。マーカスにとっては好都合だ。その間にバテシバという組織なり個人なりを探しだして、片づけられるかもしれない。そしてオリヴィエは絵画の話をしていた。マーカスにとっては未知の領域だ。いったい絵画が、この混乱にどう関係しているのだろう？　それに〝南に行く〟とはどういう意味だ？　マーカスは首を振った。ラファエラに思いあたることがあるといいのだが。そのときシャワーの音が聞こえた。裸になったラファエラが、震えながらシャワーを浴びているところが目に浮かんだ。オリヴィエからあんなふうに見られたり扱われたりしたせいで、自分を汚物のように感じているのだろう。

無理もない。マーカス自身、オリヴィエが死ぬほど恐ろしかった。その理由に思いをめぐらせ、オリヴィエにはなにひとつ大切なものがないからだと気づいた。人間性の欠如が、そのまま表に出ている。ルームサービス係がウイスキーを置いて立ち去ると、マーカスはすぐさまグラスに注ぎ、生《き》のまま ぐっと飲み干した。一杯では足りない。同じようにもう一杯飲むと、胃の腑《ふ》が温まり、緊張がほぐれた。シャワーの水音に耳を傾けた。

立ちあがり、バスルームに入った。

下着を脱ぎ、シャワー室のドアを開けて入った。ラファエラは濡れた髪を頭と顔にへばりつかせて、彼を見つめていた。「おいで」彼女を抱き寄せ、首筋に顔をつけた。「すまなかった、ラファエラ。ほんとうに悪かった。きみがあれほどひどい扱いを受けるとは思っていなかった」

ラファエラはマーカスにすり寄った。彼の体は濡れていて温かかった。硬くなったものが腹に押しつけられているが、抱きしめてくれる腕には慰めたいという意思が感じられた。ラファエラは強く体を押しつけた。「恐ろしかったわ、マーカス。鳥肌が立つくらい恐ろしかった」

「わかるよ」ラファエラのおでこにキスした。「体を洗って、もう寝よう。いいね？」

肩の上で彼女の頭がこくんとうなずく。体は洗ってやらなかった――自分を抑える自信がなかったからだ。セックスそのものや、彼女の価値はセックスにしかないと思わせることは、なんとしても避けなければならない。

ベッドに入ると、彼女を自分の横に寝かせ、腕枕をしてこめかみにささやきかけた。「そこにきみがいると、すごくいい感じだよ、ミズ・ホランド。これこそ本来のあり方だって気がしてくる」

ラファエラは沈黙を続けた。今度も彼の肩の上でうなずいただけだった。

「話したほうが楽になるぞ。オリヴィエをバーベキューでどう焼いてやろうかとかさ。卑しめられたことをくよくよするより、正しい怒りは発散したほうがいい」

ラファエラは抱えられたまま頭を起こし、マーカスを見おろした。「卑しめられたってどういう意味よ？　わたしは卑しめられたなんて思ってない！」

「ほんとに？」

「ええ、そうよ。卑しいのはオリヴィエ。あの邪悪な怪物――」顔を下げ、彼の肩を噛んだ。

「ああ、そうさ。卑しいのはあいつだ。ところで、こいつはキスマークか？」

ラファエラはマーカスを見た。黙って見つめ、ゆっくりと微笑んだ。安心と理解と愛情に裏打ちされた、甘い笑みだった。

「やっぱりきみの居場所はここだな」マーカスは彼女の頭を肩の窪みに戻した。

「かもね」

マーカスは手を伸ばして、ベッド脇のランプを消した。「おやすみ」すぐに安らかな寝息が聞こえてきて、腕のなかにある体から力が抜けた。

マーカスは眠らなかった。気が昂ぶって眠れなかった。わからないことが多すぎ、消化不能な出来事がつぎつぎに起きている。アントン・ロッシュも助けにはならなかった。ロッシュはオリヴィエが妙な行動に出た場合に備えて、マーカスから目を離すなとハーレーから命じられていた。ロッシュは感じのいい、信頼できるやつだ。マーカスがジョバンニの島をよく知るように、イギリスとヨーロッパの犯罪者とその巣窟《そうくつ》を熟知していた。

マーカスはため息をついて羊を数えはじめたが、効果はなかった。二十分ほどしてラファエラから小声で話しかけられたときも、それほど驚かなかった。「眠っているの、本名不明の自称マーカスさん？」

「いや、おれは本物の男だ、寝てなんかいないぞ。牛乳も飲まないし、下着も洗わない」笑ってもらいたいのに、くすりともしてくれない。まだ傷が癒えないのだろうが、話をする気になっただけでも御の字だ。

「今夜は最低だったわ。これほど自分が無力で、飾り物だと感じたのははじめてよ、マーカス。情婦役なんておもしろそうと思ってたんだけど、そうはいかなかったみたい。吐き気がするほど、いやなものだった。魂をひねり潰されたようだった。オリヴィエって、ほんとに気持ちの悪い男ね」

「まったくだ。頭のなかでやつをバーベキューにしてやったか？　卑しめられた気分は？　高慢で、高飛車ないつものきみに戻ったかい？」

「だいたいはね。でもあなたを投げ飛ばしたり、踏みつけたりする元気はまだないみたい。こうしていると安心する。もう少しこうしていたい」

「おれといっしょで安心できるのか？」

「ええ」ラファエラは押し黙ってから、不思議そうにつけ加えた。「いままでそんなこと考えたこともなかった。誰かといて安心だなんて。ふたりともまだ混乱の渦中にいるのに」

「だな。さて、いま頭ははっきりしているか？　うなずくだけでいいぞ。そうだ。よーし、やつは絵画のことでなにを言おうとしていたんだろう？　南に行くとは？　なにより重要なのは、テュルプがニューヨークに行ったのをあいつが知っていたことだ。つまりバテシバはニューヨークにいる可能性が高い。この話につながりはあるのか？」

　ラファエラは思わず身震いした。オリヴィアのことがまだ引っかかっていた。肌に彼の視線を感じ、耳には穏やかで洗練された彼の声が残っていた。まだほかのことは考えられそうになく、受け入れられるのはマーカスが与えてくれる安心感だけだった。

「おーい、ラファエラ・ホランド、留守なのか？」ラファエラは爪でマーカスの腹を引っかいた。彼が震えるのを感じて、手を引っこめる。「いいかげんにしろよ。そういや、本物の男なら、女に話を聞いてくれと頼むなんて変だよな。きみがおれのご託宣に耳を傾けないんなら、黙ってふて寝することにするよ」

ラファエラは笑い声をあげて、彼の胸に腕を置いた。「あなたが好きよ、マーカス。馬鹿野郎じゃないときはってことだけど。わたしの魚料理はおいしいわよ。ハッシュパピーだってつくってあげる。ハチミツとバターがじわっとにじむような、南部風のやつ」

「いいね。きみは絵画についてどれくらい知っている?」

「学校でふたつ選択授業をとったけど——中世のコースと、ルネサンスと——」ラファエラはつとベッドで起きあがった。「ああ、どうしよう」暗闇を見つめながら、つぶやいた。「そんな。いいえ、そんなこと——考えすぎよ。まさか、そんなことあるはず——」

「おい、どうした? なにを言ってるんだ?」マーカスもベッドの上に座り、彼女を抱き寄せて揺すった。ラファエラは振り向き、その拍子に濡れた髪で彼の頬を打った。

「いいえ——なんでもないわ。少なくともいまはまだ。マーカス、明日ふたりでパリに行かなきゃ。いいわね? あるものが——あるべき場所にきちんとあるのを確かめなきゃならないの。もしそれがなかったら、ひょっとしてひょっとしたら、わかるかもしれない」

「わかるってなにが?」

「いいえ、まだ言えない。言いたくないの。あまりに突飛だから」

「いいか、ラファエラ、今回の件に関しては、おれはきみのパートナーだぞ。自分だけで突っ走るのは反則だ。だから、頼む、話してくれ」しかしラファエラは首を振りつづけた。

「おい、なんでおれを信じない?」

ラファエラだって、できることなら洗いざらい話してしまいたかった。彼を信じたかった。

しかしダムは決壊せず、ラファエラは首を振った。これが自分だけの問題なら、事情は違ったろうが、もはやそれではすまされない。「言えないのよ。いまは。お願い、わかって。それにあなただって、隠しごとだらけなんでしょう？」

ふたりはおなじみの袋小路に戻った。マーカスは、あまりの怒りに絶叫したくなったが、ウイスキーをもう一杯あおり、険悪な顔でラファエラをにらむと、彼女に背を向けて横になり、寝たふりをした。

どちらにとっても信頼はあまりに危険な賭けだった。悔しいがそれが現実だった。ふたりは明日、南へ向かう。

ジョバンニの島　二〇〇一年四月

ココはドミニクを見つめた。「いまなんて？　マイアミで何者かがあなたを殺そうとしたってこと？　マリオ・カルパスのしわざなの？」

ドミニクは手を振ってメルケルとリンクを追い払った。首を振るだけで、言葉が出てこない。あのときの恐怖の反動が、遅まきながら、強烈な疲労とだるさとなって襲ってきた。メリンダとスイートに飛びこんできた男の所作のいちいちが、すべて脳裏に焼きついている。誰のしわざだ？　マリオか？　だとしたらなぜ？　マリオがバテシバとかかわりがあるとは思えないが——違うのか？　裏にいるのはバテシバだ。それはわかっていた。

「いいや」ドミニクは答えた。「マリオのしわざではない。犯人はほかにいる。たぶんバテシバだろう」

ココはドミニクのためにお酒の入ったグラスを持ってくると、簡潔に言った。「飲んで——飲まなきゃ。いっしょにベッドに行きましょう。でもまず、なにがあったのか話して」

ドミニクは酒を飲み、愛人を相手に無頓着に語った。「わたしはひじょうに美しい若い娘といた。ラファエラくらいの年格好だ。マリオがよこしたと思っていたのだが、違ったのかもしれない。彼女にくわえさせているうちに、ベッドで抱きたくなった。彼女が裸でベッドに横になると、スイートのドアの鍵が開く音がした。女の顔を見て、なにが起きるか知っているのがわかった。逃げようとする女をつかまえ、正面に抱えた。暗殺者はパニックを起こして女を撃った。即死だった」

ココはいっきに青ざめた。「別の女といっしょだったの？　その人は死んだんですか？」

「そうだ」ドミニクは言葉を切り、虚空を見つめた。「いい女だったよ、ココ。とてもうまかった」一拍おいて、つけ加える。「シルヴィアが死んだことは知っているな？」

「ええ、ニュースでやっていたわ。あなたは無関係なんでしょう？　事故なのよね？」

「もちろんだ」

ココはドミニクをまじまじと見た。「その娘さんの死体はどうしたの？」

「メリンダのか？　マリオに電話して、始末するように頼んだ。あれは有能な男だ。今回のことでは縮みあがっておったが。カールトン・ホテルのあのスイートは、やつが個人で所有しているから、ちゃんと始末しただろう」

ココは待った。「それで？」痺れを切らし、彼の顔をうかがいながら尋ねた。

「それで、とは？」ドミニクはいらだった。疲れているのに、ココまでが謎かけのような質問をする。

ココは彼の腕に手を置き、手入れの行き届いた、淡いピーチ色の爪を見つめて尋ねた。

「わたしたちのことよ、ドミニク？　どうするつもりなの？　ようやく自由になれたのよ」

「そうだ」彼はまだココを見ようとしなかった。正面の窓から、メルケルと話すデロリオが見えた。激しく手を動かしているから、母親のことを聞いたのだろう。それとも、父親が危うく命を落としかけたと聞き、動転したのか？　いや、そうではあるまい。

デロリオは、祖父の葬儀に行きたがった。ひょっとしたら母親に会いたかったのかもしれない。なぜだ？　それに、遺産のことを息子にどう伝えたらいいか考えなければならない。いまやデロリオ・ジョバンニはきわめて短慮にして、思春期の子ども並みの判断力しか持たない、二十五歳の大富豪となった。老カールーチは娘を嫌っていたのだろう。一セントも遺さず見捨てたのだから。ドミニクは一瞬、シルヴィアを殺したのを後悔した。あの女が一文無しでひとりぼっちになったところを、見てやりたかった。若くてセクシーな男たちも、もう彼女には近づかない。ほうっておいて、汚らしい雌ブタになるのを見届ければよかった。一年もしないうちに、酒で命を落としただろう。しかしそれも、すんだことだ。

ドミニクはみずからの哲学として、過去に拘泥《こうでい》しないと決めていた。過去は過去として、振り返らず、考えこまず、ほじくり返さず、悔やまない。すんだことを変える方法はない。そんなことをなぜ思い悩まねばならない？　ドミニクはココに向きなおり、彼女がなにを話していたのか思い出そうとした。そうだ、ココは結婚を迫っていた。しかしもう歳を取りすぎている。早々にそう告げなければならないが、今夜ではない。

「そうだ。わたしは晴れて自由の身だ。いっしょに来て、眠る前にすっきりさせておくれ」

ココにすっきりさせてもらったドミニクは、すぐに軽くいびきをかきながら、彼女の胸に頭を押しつけた。ココがベッドから出ようとすると、うめき声をあげて、もがくように手足をばたつかせる。ココはそんなドミニクをさすったりなでたりしながら、ただの夢だから大丈夫だとやさしく歌うようになだめてやる。ようやく鎮まったドミニクは、ココにしっかりと抱きついていた。

ルーヴル美術館

パリ　二〇〇一年四月

ふたりは絵の前に立った。ラファエラがゆっくりと読みあげる。「バテシバ、レンブラント画、一六五四年」

マーカスは首を振った。「ただの絵じゃないか。これもバテシバではあるが、レンブラントが彼女を描いていたことさえ、おれは知らなかった」カンバスに顔を近づけ、眉間に皺《しわ》を寄せる。「ずいぶん太ってるな、このバテシバは。ダビデが彼女の夫を戦《いくさ》にやったときも、こんなにデブだったのか?」

ラファエラは沈黙を通した。どう考えたらいいのかわからない。絵はここに、あるべき場所にあった。ひょっとしたら自分の思い違いだったのかもしれない。あまりにもいろいろなことがありすぎて、別の、これによく似た絵とまちがえたのかもしれない――この絵ではないが、同じように体格のいい裸の女性が、古典的なポーズをとっている別の絵と。きっとそんな絵はたくさんあるのだろう。そう、思いすごしよ。ラファエラは安堵のため息をついた。これで口を閉ざしたまま、マーカスになにも言わなくてすむ。だが、義父の屋敷のあの部屋はつねに鍵をかけ、一定の温度に保たれていた。あの日ラファエラはその部屋を見るつもりもなく、たまたま予定より早くデートから帰ってきたため、義父がその部屋の壁を飾る絵をながめているのを見てしまった。立ち入ってはいけないものを感じ、なにも言わずにそっと自分の部屋に戻った。それから十年、母にも義父にも、あの部屋について尋ねたことはない。

こうなるとマーカスに、自分が奇矯なふるまいをした言い訳をしなくてはならない。しかも、絵のタイトルは『バテシバ』だ。どう説明したらいいの?「変な人」ラファエラはマーカスに向きなおった。「太ってる? デブ? まじめになるってことを知らないの? いいこと、マーカス、これはお遊びじゃないの。これがなにを意味するか、あなたにはわからない?」ラファエラは急に怖くなった。それがなにを意味するか、自分にははっきりとわかっている。

「生まれてこのかた、こんなにまじめになったことはないが、それでも、この絵がなにを意味するのか、おれにはさっぱりわからない。ここにバテシバの絵がある。ただの聖書の話ではなく、一枚の絵が。だからなんだ？　絵が描かれたのは十七世紀で、紀元前ではない。そこにどんな意味がある？　テュルプはふたりのオランダ人を手下にし、レンブラントもやはりオランダ人だ。そこに重要ななにかがあるのか？　いいか、ラファエラ、おれは猛烈に腹を立てている——きみには想像もつかないだろう。いわくありげな態度でおれをパリの、しかもルーヴル美術館にまで引きずってきて、バテシバという名前の太った女の絵を見せた。それでいて、貝のように口を閉ざす。なぜそううろたえているのか、話す気はないのか？」

「テュルプもオランダ人の名前よね」

「たぶんそうだろうが、彼女が住んでいたのはドイツだった」

「どうして知ってるの？」

「島にこもっていたって、調査はできる。テュルプはマンハイムを拠点にしていた」

「じゃあ、オリヴィエが言っていた南って、マンハイムのこと？」

「いいや。なぜ話してくれない？　なにかに気づくなり、思い出すなりしたんだろう？　どうしておれが信用できないんだ？」

ラファエラは目をそらした。

「ラファエラ！」マーカスは彼女の腕をつかみ、無理やり自分のほうを向かせた。警備員が一歩前に出たが、マーカスからにらまれると、すぐに引きさがった。観光客が数人、ひそひそと話をしながら、ふたりを遠巻きにして通りすぎてゆく。

「あなたを信用する？　いいわ、これが信用よ。アントン・ロッシュって誰なの？」

このひと言が決定打となった。マーカスはラファエラをにらみつけて、怒りを爆発させた。

「ほお、おれの電話を盗み聞きしたわけか」

「いいえ。賢いわたしは、あなたがいなくなってから、オペレータに電話をしたのよ。電話してきたのがロッシュという男で、彼の部屋がどこか、教えてくれたわ」

「それで、上の階までおれのあとをつけたのか？」

「大声を出さないでよ。ロッシュって誰なの？　外国の諜報員？　あなたとどんな関係？あなたも諜報員なの？」

「ロッシュのことはどうでもいい。いま重要なのは彼のことじゃない。それに馬鹿なことを言うな。ロッシュが外国の諜報員なもんか。どうしておれを信用しない？」マーカスはラファエラを揺さぶった。「きみがなにかを知っているのは確かなんだ。核心に近いなにかを。そうなんだろう？　おれには知るよしもないことだ」マーカスは彼女の目のなかにその答えを探った。「そうだ、とても個人的なことだ。それはなんだ、ラファエラ？」

ラファエラは葛藤していた。大きく息を吸って、ある決心をした。「専門家を呼んでもらいましょう。この絵を鑑定させるのよ」

マーカスはまず彼女を、続いて問題の絵を凝視した。本物にしか見えない。「きみはいったい何者なんだ、ミズ・ホランド？」

「見てのとおりの人間よ――おおむねは。でももう、わたしを責めるのはやめて。あなただって、宇宙服を着たブタよりたくさんの秘密を抱えているんだから」

「これ以上説明する気はないんだな？　だったらいい。きみが望むとおり、専門家を探したとして、世界でもっとも有名で権威のあるルーヴルの職員が、『わかりました、ミズ・R・ホランド、このすばらしい絵が贋作《がんさく》だと思われるんですね？　では、調べてみましょう』と言うとでも思っているのか？　そんな話、通るわけがないだろう？」

「説得できるかどうかわからないけど、やってみなきゃ」

結局は、チャールズ・ウィンストン・ラトリッジ三世の名前がものを言った。翌日の午前には、ドラローシュ美術館の美術専門家、ムッシュー・アンドレ・フランボが、レンブラントを調べるのを許可された。ルーヴルの副理事のひとりであるムッシュー・ディディエは彼につきまとい、気遣わしげに顔をしかめたり、薄い唇を引き結んだりしていた。そして一同に対して、同じ台詞《せりふ》をくり返した。「本物にまちがいないんです。馬鹿馬鹿しい《セ・リディキュル》、じつにくだらない《ヴレモン・リディキュル》！」さらに、その絵に関する書類や所有者の系譜はすべて真正であると証明されている、と繰り言のように言った。数時間が過ぎた。夕方近くになっても鑑定結果は出なかった。ムッシュー・フランボは別の、ソルボンヌと関係の深い専門家の協力を要請した。その男が血相を変えて到着すると、ふたりはルーヴルの職員を締めだして一室にこもった。鑑定は夜まで続いた。そして真夜中近く、ムッシュー・フランボはついに顔を上げて虚空を見つめた。

ムッシュー・ディディエはそわそわとあたりを動きまわっている。その爪は嚙みすぎで短くなり、爆発寸前だった。フランボはラファエラをまっすぐ見て、きわめて正確な英語でゆっくりと語った。「わたくしにはどうして——そう、自称素人であるあなた方に——推測できたのかわかりません。しかしご指摘のとおりです。これはわたしがこれまで目にしたなかでも、もっとも精巧な贋作のひとつですが、贋作にはちがいありません」

翌日そのことが国内外の報道機関に発表されると、パリは大混乱に陥った。

ジョバンニの島　二〇〇一年四月

ドミニクは新聞を見おろした。レンブラントの『バテシバ』の粒子の粗い写真が紙面を飾り、記事のなかほどに、ふたりのアメリカ人——名前は伏せてある——が、ルーヴルの職員に贋作の可能性を示唆したと書いてあった。

マーカスとラファエラにちがいない。ドミニクにはその確信があった。あの絵のことは思い浮かばなかった。気づいたのはラファエラだけだ。なんとうかつな。すぐに思いついてしかるべきだった。自分は絵画の愛好家であり、ちょっとした専門家でもあるのに、あの絵のことをちらりとも考えなかったとは。ましてや、あの絵が贋作とは、思いもよらなかった。

贋作であれば、買った人間を調べるのはむずかしいことではない。ドミニクはアムステルダムに住む盗品美術品ブローカーのアモン・シヴィタに電子メールを送った。シヴィタが手がけたのではないにしろ、彼ならば誰が仲介したのか知っている。

一時間後、ドミニクは椅子に深く腰かけていた。『バテシバ』は贋作だった。少なくとも十年前にはルーヴルの本物とすり替えられていた。イヴァン・デュクロズの仕事だった。

仲介者はアモン・シヴィタ。ドミニクはその絵を買った人物を突きとめた。その人物は保険をかけられないその絵を、ずっと隠し持っていた。

口のなかに苦い裏切りの味が広がる。そうだ、知ったからには、相応の処置をしなければならない。

『バテシバ』を買ったのは力のある大富豪、チャールズ・ウィンストン・ラトリッジ三世、ラファエラ・ホランドの義父だった。

ラファエラの動機を探るのはあとでいい。まずは復讐の計画を、蜜のように甘く厳しく仮借ない復讐の計画を練ることに専念した。

二時間におよぶ沈思黙考を終え、ドミニクは電話に手を伸ばした。

21

パリ　二〇〇一年四月

ラファエラとマーカスを尋問していたフランス人の警官たちはついに両手を上げて首を振ると、ふたりを釈放した。そうするほかなかった。共犯の証拠も動機も、まったくないのだから。

何度も警官の尋問を見たことがあるラファエラは、そのやり口を熟知していたが、口の達者なフランスの警官のほうが、母国の警官より上手《うわて》だと認めざるをえなかった。ひとりはひじょうにゆったりした上品な話し方で深い同情を示し、もうひとりはぶつぶつと文句をつけ、さらにもうひとりは独創的な悪罵を吐く。彼らの脅し文句には身の毛もよだつ描写や、血なまぐさい話がふんだんに盛りこまれていた。いらだたしげな声で、百年近く前に禁止されたギロチンのことまでもちだした。ラファエラは屈しなかった。礼儀正しいボストン人そのものといった態度で、丁寧かつ穏やかに、一貫して同じ話をくり返した。なにもお話しできることはありません。もちろんわたしは絵画に通じています——それ以外になんと言ったらいいのでしょう？　あの絵にはなにか——いいえ、それ以上具体的には言えません——どうしても見逃すことのできない、不可思議なものを感じたんです。その感じに引きつけられて、もっと詳しく調べなくてはと思いました。ご理解いただけますよね？　直感というか、なにかが正しくないという感知――ああ、ムッシュー・ラビスにならわかっていただけると思っていました。深い知識と鋭い感受性をおもちのようですから。

　ムッシュー・ラビスには直感やら感知やらといった説明がくそ《メルド》のようにしか聞こえなかったが、抜け目のなさと、実社会における力関係を考えあわせる能力はあった。この若い女性の義父は、有力者のチャールズ・ラトリッジ三世。あるフランス政府要人の親しい友人でもある人物だ。ムッシュー・ラビスは馬鹿ではない。なにが起きているにせよ、いずれ明らかになるだろうし、この若い女性がかかわっていたとしても、現時点ではどうすることもできない。当面は、保身を第一義に行動したほうがいい。

　一方のマーカスは、フランス人風の優雅な肩のすくめ方と困惑した表情を早々に会得した。ラファエラは警察署に長らく引き止められているうちに、何度も彼の巧みな演技に感心させられた。絵のことはこれっぽっちもわかりません、とマーカスは率直かつ誠実な口調でくり返した。ただつきあいで行っただけなんです。迫真の演技。この男は何者なの？　ラファエラはあらためて思わずにいられなかった。

　ふたりが釈放されたのは翌日の午後三時近くだった。そのころには服が薄汚れ、疲れすぎて頭がまわらなくなっていたが、ともかく終わった。しかしほっとしたのもつかの間、警察署を出ると報道関係者が集まっていた。世界じゅうから集まってきた報道関係者は、世界じゅうどこでもそうであるように、世間を沸かせるニュースを手に入れるためには手段を選ばぬ覚悟だった。

「ノー・コメント!」マーカスは英語で叫んだ。

彼はラファエラの青白い顔を見て声をかけた。「さあ、なんとか逃げだすぞ。止まらずに歩けよ。行こう。ラファエラ?」

マーカスが立ち止まって振り向くと、ラファエラがかがんで腹を押さえていた。

「どうした、ラファエラ?」彼女に駆け寄り、体を支えた。近づいてくるパパラッチを見て、一瞬、判断に迷った。病院か?「具合が悪いのか? 腹か、腹が痛いのか? 盲腸は?」

ラファエラは身動きできない状態が、少なくとも十秒は続いた。異変を察したカメラマンと記者がさっそく近づいてくるが、かまってはいられない。背中にマーカスの腕がまわされる。頭がくらくらして、腹に激痛が走った。痛みは強まる一方で、原因がわからないだけに、なおさら恐ろしかった。と、さっきまでの痛みが嘘のように引いた。こわごわ背筋を伸ばしてみても、少しも痛くなかった。

「なんだったのかしら」ラファエラはふだんどおり、からりとした口調で言った。マーカスはなにを言い、どうしたらいいのかわからず、黙って彼女の顔をのぞきこんだ。

「ホテルに戻ろう。それともこのまま医者に行くか?」

「いいえ、ホテルにする。もう大丈夫よ。きっと、食あたりかなんかね」

「おれも同じものを食べたぞ——干からびたペパロニが載った固いピザを」

「たぶんそれよ。あなたはマッチョだから、食あたりしないだけで。急いで、マーカス。ハゲタカがやってくるわ」

マーカスはタクシーを呼び止め、車が走りだすと言った。「いまのは演技か？　真実を話すのを引き延ばすための」

「演技じゃなく、ほんとうに具合が悪かったの。でももう平気だから、忘れて」ほんとうはルーヴルと警察署で長時間過ごすうちに、何度か痛みに襲われていた。でも、もう大丈夫。痛みは収まった。「それから真実うんぬんの件だけど――もう少し待って、マーカス。あと少しだから。突拍子がなさすぎて、自分でもまだ信じられないの。それに、わたしだけじゃなく、ほかの人まで巻きこむ――」

マーカスは手を振って話をさえぎった。「なにも話さないってことか？　おれに嘘をついて、あの警官たちにそうしたように、役立たずの馬鹿か敵のように扱うってことか？」

「いいえ、マーカス、そうじゃない。わたしだけのことだったら、話せたかも――」

「ああ、そうか。このことできみとやりあうのは、もううんざりだ。おれへの信用も、おれたちの将来も、そんなものなんだろう」タクシーの運転手の肩を叩く。「停めろ！　降ろしてくれ！」

最後にまじまじとラファエラを見た。「きみの言うとおり、単なる肉欲だ」

ラファエラはひと言も返さなかった。なんて鈍い男なの？　こんな癇癪《かんしゃく》持ち、どこへでも行けばいい。もう痛みはないが、両腕をお腹に巻きつけ、運転手に行ってくれと身振りで合図する。運転手は彼女をちらっと見て、フランス風に肩をすくめた。運転手もしょせんは男。悪いのはラファエラだと思っているのだろう。気の荒い女が、哀れな恋人を車から追いだしたのだと。

マーカスは十分もしないうちに、自分の馬鹿さかげんを後悔した。うつむいてポケットに手を突っこみ、カルフール通りを歩いていた。猛烈にラファエラに腹を立てていた。なにを隠しているか知らないが、いいかげんにおれのことを信じろ、と言ってやりたかった。きみの亭主になる男なんだからな。

亭主?

急に立ち止まったら、ノースリーブの腋《わき》の下にバゲットを抱えたでっぷりとした女にぶつかった。マーカスは自分がどこにいるのか忘れて、片言のドイツ語でくどくどと謝ると、ふたたび歩きだした。ああ、そうだ、おれはあの勝ち気な女と結婚したい。宝石店の前で立ち止まり、ずらりとならんだ結婚指輪をながめた。店に入りかけたところで、自分たちが置かれている状況と、ラファエラがまた体調を崩しているかもしれないのに気づいた。おれの頭はどうなってるんだ? 妙に宙ぶらりんで、調子っぱずれだった。たぶん慣れない土地で混乱し、長時間にわたり通訳つきの厳しい尋問を受けたせい――自分がそこそこ流暢《りゅうちょう》にフランス語を話せるのを警官に教えるつもりはなかった――そしてなにより、哀れなキャスリーン以来、はじめて誰かを愛しているのに気づいたとまどいのせいだった。隠しごとをしていると言って彼女を責めたが、自分だって似たり寄ったり、責められた義理じゃない。

三十分後、マーカスはホテルの部屋に戻った。ラファエラを呼ぶと、さっきのように腹を押さえながらバスルームから出てきた。さっきと違うのは血が脚を伝い、皺になった淡いブルーのスカートを汚して、足元のカーペットに血だまりをつくっていたことだ。マーカスは一瞬にして、事態の深刻さを悟った。

ラファエラが顔を上げた。痛みと困惑に目を曇らせている。「助けて、マーカス。お願い」

流産に関する知識はなくても、大量出血に関する知識はあった。血を止めなければ。マーカスはさっと近づいて彼女を抱きあげると、ベッドに仰向けに寝かせ、バスルームに走って、四枚あった厚手の綿のタオルをすべて持ってきた。

「心配いらないからな、ラファエラ、じっとしてろよ。まずは血を止めなくちゃな」彼女の腰を少し浮かして枕を押しこんだ。スカートをウエストまでたくしあげ、血だらけのストッキングとパンティを脱がせながら、励ましつづけた。「大丈夫だからな。少し腰を上げて――そう、そのまま。もう少し、そのままの姿勢でがんばれよ。いいぞ。ごめんな、おれが悪かった。すぐによくなるからな、もう少し、もう少しだぞ。ビーチでのデートの約束、忘れないでくれよ。きみはフルートを持っていくだろ?」

ラファエラは彼の言葉ではなく、その声の調子やリズムを聞いていた。やがて心が鎮まり、得体の知れない恐怖が取りのぞかれた。しかし強まる痛みに、こらえきれずに悲鳴をあげた。膝を抱えようとしたが、横にいたマーカスに押さえつけられていた。ついに腹がねじれるような激痛があり、どっと温かいものが流れだした。ラファエラと胎児の血だった。

終わった。マーカスは彼女を風呂に入れると、小さなハンドタオルを何枚かあてがい、部屋にある毛布を全部を使って体を包んでやった。「静かに横になって、動くんじゃないぞ」そして言わずもがなのことをつけ足した。「流産だったんだ。もう大丈夫だ」

マーカスはまっ赤に染まったタオルを片づけた。大量の血。ひどい出血だった。

ふたたびベッドへ戻ると、ラファエラは眠っていた。疲労と心労のせいで流産してしまったのだろう。脈は安定しているし、血色もよくなっている。それでも病院に連れていく必要があることはわかっていた。マーカスにはどれくらい出血したのかや、輸血が必要なのかどうかがわからない。それに流産のあとには、なんらかの処置がいるのかもしれない。

救急車ではなく、タクシーを使った。必要以上に人目につきたくなかった。ラファエラを毛布でくるみ、タクシーがセント・キャサリンズ病院の非常出入口に到着するまで抱いていた。受付では落ち着いた口調で夫を名乗り、妻が旅先で流産してしまったと説明した。自分たちが美術界を大混乱に陥れたふたりのアメリカ人だと気づかれたくなかった。

誰も気づかなかった。マーカスは本名のマーカス・ライアン・オサリヴァンを名乗った。書類に名前を書きながら、ラファエラ・ホランド・オサリヴァンという名前にしっくりするものを感じた。その名前が多少の隠れ蓑《みの》になってくれるのを願いながら、ふたりの将来のために祈った。

二時間後、マーカスは医師の許しを得て病室に入った。病室は個室で、現金で支払った。ほかの患者に彼女を見られるのは避けたい。ラファエラは目を覚ましていた。顔色は悪く、目は翳《かげ》っているが、彼女が無事であったことを神に感謝した。

「やあ、ミズ・ホランド。それより、ミセス・オサリヴァンと呼んだほうがいいかな」マーカスはベッドに腰かけ、彼女の手を取った。その指の一本一本にキスをした。

「ありがとう、マーカス。自分の体なのに、なにが起きたのかわからなかったの。馬鹿みたいに突っ立ったまま、なすすべもなくおろおろしてたなんて、われながら信じがたいわ」

「そういうこともあるさ。悪かったな、子どもみたいにすねて、きみをひとりにして。きみの具合が悪いのはわかってたのに、カッカして逃げだすなんてさ」

ラファエラは聞き流した。「医者からご主人に伝えてくれと言われたわ。流産の後遺症はないって。それにわたしのことを、ミセス・オサリヴァンって呼んだんだけど。あなたと同じように、とっても感じよくね。ひょっとすると、オサリヴァンがあなたの本名？」

「そうだ。気を悪くしてないといいんだが、多少は隠れ蓑になると思ってね。さあ、おれの話を聞いてくれるか？　今回のことは残念だった。でもわからないんだ。きみはピルを飲んでいるんだろ？」

「ええ」

「プールであんなことがあったあと、つぎの生理はいつか尋ねたよな？　きみはまもなくはじまると言っていた」

ラファエラは顔面蒼白になった。「生理はなかった」のろのろと言葉を紡ぐ。「すっかり忘れてたわ。いろいろなことがありすぎて、生理が遅れているのに気づかなかった。それがこんなことになるなんて」

ラファエラは泣きだした。声は出ていないが、目尻からこぼれだした涙が頰を伝った。マーカスは彼女を抱きしめ、髪にキスした。両手で背中をさすりながら、慰めの言葉をくり返す。「もういい、もういいんだ。きみが無事だったんだから。ほんとだぞ。泣いたら体にさわる。ほら、おれといっしょにいたら、安心できるんだろ？」

ラファエラは洟をすすりあげ、マーカスから手渡されたフランス製のティッシュペーパー——フランスのトイレットペーパーと同じ程度のやわらかさしかない——で鼻をかんだ。泣いたのは、流産のせいだけではなかった。そう、理由はほかにある。マーカスが怯《おび》えて心配しているのがわかったので、笑顔をこしらえ、彼の腕から抜けだした。「あなたはマッチョなんでしょう？　マッチョはどんな障害も乗り越えて、妊娠しないはずの女をも妊娠させてしまう。どうやら、あなたって、異常に生殖能力が高いみたいね」

「褒められてるみたいで嬉しいが、この結果はいただけない」彼女の髪に指を通した。「ごめんな、ラファエラ、すまなかった」

「あなたのせいじゃないわ。なんでも自分のせいにするのはやめなさいよ。ほら、マーカス、あなたらしくもない。それに、わたしはあなたといっしょで安心よ」

「プールでの最初のときに妊娠したのかな？」

「そうみたい。そんな顔しないでってて。男ってほんと、おかしな生き物よね」微笑んだまま、つけ加える。「マーカス・オサリヴァン。いい名前。いかにもアイルランド人って感じで。

た来る」

「安静にしてろよ。夜になったらま

「疲れてるんだろ？」マーカスは唐突に立ちあがった。

髪が逆立ってるわよ」

「どこへ行くの？」

「ちょっとした調べものだ。誰がブラックマーケットで『バテシバ』を買ったのか、知っているそうな知り合いがふたりほどパリにいる」マーカスは彼女の顔に浮かんだ表情を見逃さなかった——なにかを知っており、そのことで苦しみ、どうしたらいいか決めかねている。彼は片手を挙げて制した。いま彼女に口を開かせたら、言い訳させることになる。「きみがそう決めたんなら、なにも言わなくていい。でもきみが話せないんなら、おれは自分で答えを探さなくちゃならない。わかるだろう？」

ラファエラはうなずき、腹の上に手を置いた。まっ白なシーツにおおわれた体が、ぺたんこに見える。「ごめんなさい。でもまだだめなの——先に話さなきゃならない人がいて——」

マーカスはかがんでキスをすると、病室を出ていった。ラファエラは横たわったまま、閉じたドアに一瞬目をやった。彼はいい人だ。そして本名はオサリヴァン。いい名前。

わたしはどうしたらいいの？

答えは見つからず、病室は静まり返っている。

流産してしまった。ぼんやり考えていると、驚いたことに、またもや涙が湧いてきた。

ジョバンニの島　二〇〇一年四月

デロリオは夢心地だった。このおれが億万長者とは。いままでろくに会ったこともない老人が死んだだけで、うなるほどの大金が転がりこんできた。デロリオは突っ立ったまま、ほうけたようににやついていた。信じられない。おれは自由だ。少なくとも、もう父親の言いなりにならなくていい。父は遺産のことを控えめに、たいしたことではないかのように言ったが、それに騙《だま》されるデロリオではない。なにがどうなったかわかっている。ゲームのルールが変わり、そのルールを書くのは、ほかでもない、デロリオ自身だ。

父は遺産について控えめに言うどころか、それがまるでくその山のように思わせようとした。しかし祖父にどれくらいの財産があったのか、デロリオには見当がついていた。莫大な財産だ。現在の父の財産より、そして父がこれから稼ぐ金より、ずっと大金だった。それにもう母には金を使わなくていい——もちろん、母さんが節約してくれさえすれば、その出費をケチるつもりはなかったけれど。

父さんは馬鹿だ。歳を取ったせいで、家族にとってなにがいいことなのか、残った家族は誰なのか、わからなくなっている。残されたのは自分たちふたりだけだ。

父はデロリオの目をまっすぐ見て、シルヴィアが事故に遭って残念だと言った。デロリオは尋ねた。「お父さんが殺させたんですか?」父は悲しそうに微笑んだ。「なにを言いだすかと思えば。シルヴィアはおまえの母親であり、わたしの妻だった。あれは悲劇的な事故、ショッキングな事故だったんだよ」

もうあの男に、麻薬に手を出すなとは言わせない。このデロリオ・ジョバンニに意見できる立場にはない。デロリオ・ジョバンニはこれからの男、ドミニク・ジョバンニは過去の遺物だ。あとを継ぐ心構えはできている。そろそろ引退してもらっていい時期だ。

遠からずそうなる。こちらには金も頭脳もあるのだから。それにカルタヘナにつてもある。マイアミにも。父は知らないが、マリオ・カルパスは自分、そうデロリオに一目置いている。ドミニクが落ち目と見て、デロリオに乗り替えようとしているのだ。

しかし暗殺を命じたのはマリオではなく、バテシバだ。父が頭を下げて頼むなら、暗殺者をやっつけるのに手を貸してやってもいい。あの気取り屋のアイルランド野郎、マーカス・デヴリンは、まぬけな役立たずだ。まったくの無能だった。父の命を助けたのだって、そう、ただの偶然でしかない。やつの頭のなかにあるのは、ラファエラ・ホランドとのセックスだけだ。

デロリオは手を握りしめた。そして、ゆっくりと体の力を抜き、指を広げて微笑んだ。小さなことにいらだつのはもうやめよう。おれは上げ潮に乗っている。この手ですべてを動かす。

廊下では、メルケルがリゾートのカリーから電話を受けていた。マーカスの予定を教えて、とカリーは言った。決裁してもらうことがたまっているし、みんなが彼に会いたがっているわ。人気者マーカス。メルケルは内心そんなことを思いながら、調べてこちらからかけなおすとカリーに伝えた。マーカスはミスター・ジョバンニの仕事でヨーロッパのどこかへ出かけている。カリーは電話を切る直前に、パンクの新しい髪を見にきて、と言った。今度の髪型はビッグ・ヘアと呼ばれていて、きれいなブロンドはいままでと同じながら、額の逆毛から首まで、派手な紫色の縞を入れているらしい。メルケルはそのうち見にいくよと答えた。パンク――おかしな娘だ。メルケルはさっそくボスに会いにいった。書斎にひとりでいたミスター・ジョバンニは、浮かない顔をしていた。メルケルは不安になった。

「マーカスのことですが、ミスター・ジョバンニ。リゾートのカリーが、マーカスの予定を知りたいと言ってきました。あなたに訊いて返事をすると言っておきました」

「それより、わたしがマーカスをどうするつもりなのか、尋ねたほうがいいかもしれんぞ」

ミスター・ジョバンニの穏やかでハチミツのようになめらかな声に、メルケルはぞっとした。その意味を理解できなかったが、突然、自分が理解したいのかどうか、わからなくなった。

「バテシバの正体がわかったよ、メルケル。知りたくないかね？」

「イエス、サー。ミスター・ジョバンニ。教えてください」

「われわれの客人であるラファエラの義父、チャールズ・ウィンストン・ラトリッジ三世だ。どうだ、メルケル？　言葉もないか？　それを言えば、言葉を失ったのは、わたしとて同様だが。ラファエラや、彼女がここへ来た動機までが、疑わしく思えてきた。おまえもそう思うだろう？　そしてわれらのマーカスは寝返ったと考えざるをえない。ミス・ホランドとつきあい、ベッドをともにしていたマーカスは、彼女の秘密を知っていたはずだ。そうとも、マーカスは寝返ったのだ、そうとしか考えられない」

メルケルの理解を超えていた。途方もない話だが、それでいて——。メルケルは首を振って言った。「わたしにできることがありますか、ミスター・ジョバンニ？」

ドミニクはかぶりを振った。「いや、心づもりだけはしておいてくれ、メルケル。おまえは信用できる。そうだろう？」

「ミスター・ジョバンニ！　もちろんです！」

「そうだな。おまえはシェイクスピアの登場人物が言うように、わたしの兵士、わたしの創造物だ。かわいい部下よ、気を抜くんじゃないぞ」

パリ　二〇〇一年四月

マーカスはラファエラの手を握っていた。彼女が眠っているあいだも、手を離したくなかった。その肌は張りがあってやわらかく、青ざめた顔は穏やかだった。看護師が髪を梳かしてうしろになでつけてくれた。その髪がぺたんとして艶《つや》がないくらい、なんだと言うのだろう。彼女が無事であってくれたことに感謝するとともに、セックスに目がくらんで注意を怠っていた自分が恨めしかった。ピルを飲んでいたのに妊娠したとは、いまだに信じられない。これからはもっと用心しなければならない。どうやらマーカスの精子は彼女の子宮に入るとわが家に帰った気分になり、すぐにも所有権を主張するらしい。

これから。

もうためらいはなかった。この二日間で、過去二年半にわたって自分の人生の意味そのものになっていた狂気の沙汰――あらゆる策略、いまいましい任務、ドミニク・ジョバンニと彼の狡猾《こうかつ》で残酷な性格、身の危険――が、もはや重要事でなくなったことがわかった。新たに大切なものを得たいま、それ以外のすべてが彼女と新しい人生をはじめる前に片づけなければならない雑事でしかなくなった。

ラファエラも同じように感じてくれているはずだ。そうでなければ困る。彼女の体力が回復したら、真実を告げよう。こちらが心を開けば、きっと応えてくれる。実際は、彼女が目を開くなり話しはじめていた。もっと早くに話して、彼女を信頼していることを示すべきだった。

「どうしたの、深刻な顔しちゃって。気分はどう、ミスター・マーカス・オサリヴァン？」

「疲れてるし、心配だし、ずっと食べていないから腹が減ってるし、そのうえやけに寂しいよ。でも、もう欲情はしていない。そういう時期は卒業した」

ラファエラは笑顔になり、彼の手をぎゅっと握った。「あら、そう？　いつまでもつやら」

「たぶんおれたちが結婚するまでは」マーカスは思案げな顔だった。「でも初夜は大々的にやるぞ。きみを焦らしに焦らして、喉の奥からあのかわいい声をあげさせてやる」

ラファエラは応えなかった。頭のネジのゆるんだ人を見るような目で、マーカスを見ていた。ようやく口を開いた。「いろいろなことがあるし、過去にもいろんな因縁があって、そのすべてが、わたしに——わたしたちに——影を落とし、ひどく混乱している。わからないの、マーカス、どうしたらいいか」

「きみがすべてを打ち明けてくれなければ、混乱は解消されない。いや、首を振るのは待ってくれ。どうやらきみには手本がいるらしい。善良な男によるお手本がね。おれの本名はマーカス・ライアン・オサリヴァン。出身はシカゴ。おれは武器工場の共同経営者で——誓ってもいい——政府の請負仕事をしている。たとえば、空軍戦闘機F15の部品なんかを供給しているし、高密度地雷に関しては、政府から多額の開発費を受け取っている。NATO加盟国には武器を輸出しているが、国務省の認可を受けていない国には、一度として武器を売ったことがない。共同経営者の名前はジョン・サヴィジ。彼とは定期的に連絡を取り、彼を介して、税関局のおれの連絡係であるロス・ハーレーとも通じている」

「作り話じゃないんでしょうね？」

「いいや。そうしなきゃならない理由があるか？」

「わたしに白状させるため。そうよね、マーカス？　あなたはわたしの大叔母さんと同じくらい作り話なんてしてない。ううん、取り消す」ラファエラはため息をついた。「あなたは正直だもの。大叔母さんは小包のなかに手紙を入れたことすら黙っていられなくて、郵便配達人によけいなお金を払うような人よ。わたしはあなたが犯罪者のはずがないと、ずっと思ってた。どこかぴんとこなかったから。でもあなたとジョバンニとの関係は——そうね、残りを話してくれたら、あなたの言うことをすべて受け入れることにする」

「セックスだけじゃないんだ」

ラファエラは笑った。そのくすくす笑う声に耳をくすぐられて、マーカスまで笑った。心から笑ったのは、ほんとうに久しぶりだった。かがんで彼女にキスした。「きみがそうしたいんなら、旧姓を使いつづけてもいいぞ。ご存じのとおり、おれはマッチョだが、理解のあるマッチョなんだ。それに、稼ぎのいいきみを独り占めするほど、馬鹿じゃない。ラファエラ・ホランド・オサリヴァン。いいな、いい響きだ。国じゅうの新聞が、その署名記事を欲しがる」

「なに言ってんだか。いいから、話を続けて」

マーカスはまた彼女にキスした。「きつい女だな。きみならきっと、おれの共同経営者のジョン・サヴィジを好きになるだろう。おれたちはくじを引き、おれが当たり——見方によってははずれ——を引いた。それが三年近く前のことだ。おれたちの会社は躍進しつつあった。お偉方と国防総省はもちろん、それ以外の政府機関や議会からも信用を得ていた。約束した期日どおりに付け値を守って納品し、最初の値を釣りあげることはまずなかった。しかし順風満帆に思えたとき、その足下をすくわれた。ジョンとおれはいとこで、おれの母親の弟である叔父のモーティも、うちの社員だった。ところが、おれたちは税関局の捜査を受け、叔父は外国の諜報員——それもイランに武器を輸出していた人間——に武器を売った容疑がかけられた。政府の信用を得ようと必死になっている比較的新しい会社にとっては、歓迎すべからざる事件だ。

ジョンもおれも叔父が罪を犯したとは思わなかったが、証拠があった。ようは、たいへんな美女に罠にかけられたのさ。禿げでデブでチビ——三拍子そろった叔父は底なしに親切な男なんだが、実際は信じられないほど騙されやすい、根っからの世間知らずで、その女の言うなりになっていたらしい。叔父と違って機を見るに敏なその女は、すべてが明らかになるずっと前に姿を消していた。

結局おれたちは、税関局のハーレーと取引することになった。ジョンとおれのどちらかが秘密捜査官となり、ドミニク・ジョバンニという厄介な犯罪者をつかまえる。その男を無事確保できたら——つまり、連邦政府が逮捕できたら——叔父の罪も帳消しになる。わかってもらいたいんだが、叔父は終身刑になるところだったし、おれたちには例の女も、まわりくどい輸送手段を手配した複数の仲介者のひとりも見つけられなかった。事件以来、叔父は保護下にある。一見すると普通の暮らしだが、実際は違う。晴れて自由の身になれるのは、ドミニクが逮捕されたときだ。

これがありのままの真実さ、愛しのミズ・ホランド。感想は？」

「びっくりしすぎて言葉もないわ。でも、どうして税関局はあなたたちに取引を持ちかけたの？　ふたりともビジネスマンなわけでしょう？」

「ジョンにもおれにも、ヨーロッパで現地諜報員をやっていた経歴があった。どちらもじゅうぶんな訓練を受けていたし、ひじょうに優秀だった。五年のCIA勤務をへて、自分たちの兵器製造会社をはじめたんだ。おれがある程度のフランス語と、片言のドイツ語を話せるのは、そういうわけさ。その手の会社を起こすにはうってつけの経歴だろ？　国防総省に顔が利いたし、いい印象を与えてたからね」

「はめられたんじゃないの？」ラファエラは考えながら言った。「そのハーレーって男に」

「そう思えたらいいんだが、それはない。叔父が女に騙されたのさ。ただ、そんな叔父だけど、きみも彼に会ったら、きっと好きになっちまうだろう」

ラファエラはふいにマーカスの手をつかみ、その手を揺さぶった。「危険だわ、マーカス。もしドミニクにばれたら――」

「ご明察。おれは頭を吹っ飛ばされて、一巻の終わりだ」

「わたしになにも話せなかったわけよ。信じられない、ふたりして、本来の自分とは違う自分を演じていたなんて。もっとも、わたしが記者で、ルイ・ラモーの伝記を書いたことや、ドミニク・ジョバンニの伝記を書こうとしていたことは事実だけど。ただ、彼の思い描いているとおりの本にするつもりがなかっただけで」

「わかってきたぞ。きみもあいつの息の根を止めたかったんだな？」

「ええ、完璧にね。わたしは彼を世界じゅうのさらしものにする本を書いて、おぞましい正体を徹底的に暴いてやるつもりだった。道徳観の欠如した、破廉恥で残酷な人間だと」

「このバテシバの件は、まったくの予想外だったんだな？」

「ええ、青天の霹靂《へきれき》だった」彼女は言い、痛々しいほどの苦悩が表れた顔でマーカスを見た。

「話してくれ、ラフ。きみを助けるためなら、なんでもする」

「十年前に『バテシバ』の絵を盗んだのは、義父のチャールズ・ウィンストン・ラトリッジ三世よ」

マーカスは彼女を見つめ、無意識にその手を握りしめた。「まさか」

「あなたが考えているとおりよ。義父がバテシバと名乗った理由はわからないけれど、ジョバンニを殺したがっている理由ならわかる」ラファエラは音もなく病室に入ってきた看護師を見て、口を閉ざした。マーカスには初顔の看護師だった。若さの盛りを過ぎた、いかつい顔だちの女で、真っ白でのりの利いた白衣を着ていた。それでもにこやかな笑みを浮かべながら運んできたトレーには、水の入ったグラスと、いくつかのカプセルが入った紙コップが載っていた。看護師はきれいな英語で言った。「おかげんがいいみたいですね、ミセス・オサリヴァン。担当の医師が処方した薬を持ってきました。すぐに飲んでください」

「でも――」

「飲んだほうがいい。ずいぶん待ったんだから、あと数時間くらいどうってことないさ。続きはあとにしよう。いまはきみの体がいちばんだ」

ラファエラはマーカスを見た。無理しているふうはない。ラファエラはカプセルを四つ飲んだ。看護師が血圧を測りながら、穏やかな声で話しかけてくれる。横になると、すぐに眠気が襲ってきた。看護師は血圧を測り終え、ベッドの傍らに立った。彼女がマーカスに話しかけるのが聞こえた。「さあ、ミスター・オサリヴァン、今度はあんたの番よ。おっと、動かないで。サイレンサーは見たことがあるね?」

銃だ。「だめ」ラファエラはつぶやき、起きあがろうとした。動けない。体が重くて妙な痺れがあり、部屋が暗くなってくる。

「誰だ? テュルプの後釜か?」冷ややかな怒りに満ちたマーカスの小声。

「時間の無駄だよ、ミスター・オサリヴァン。耳をかっぽじって、よく聞きな。あんたの女はじきに眠る。病院の付添夫を装った男ふたりが、外で台車つき担架を用意して待ってる。全員ですぐにここを出るのさ。おかしな真似をしたら、この女の命はないよ。こちとら本気だからね。そのあとあんたを殺して、病院の職員を何人か巻き添えにして逃げるまでさ。わたしには銃も、意外性という強みもある。さあ、協力する気になったかい?」

マーカスが現状を踏まえ、すべての選択肢を検討するのに、一秒とかからなかった。「誰の差し金だ?」銃を見たまま訊いた。「誰に雇われた?」

「すぐにわかるさ。よし、女は眠った。動くんじゃないよ、ミスター・オサリヴァン。死体になったら、あんたもそれほどセクシーじゃないだろうね」女は入口に移動すると、ドアをわずかに開けて、外に合図した。すぐさま、ふたりの男が担架を転がして入ってきた。

「わたしが女だからって、見くびるんじゃないよ、ミスター・オサリヴァン」女は醒めた目で男たちがラファエラをベッドから担架に移すのを見ていた。男たちは介護の専門家のように、ラファエラの上にかけたシーツの角をきちんと折りこみ、女にうなずきかけた。

「出発する準備ができたようだね。忘れるんじゃないよ、ミスター・オサリヴァン」女は銃をシーツの下に潜らせた。シーツの上からでも、銃口がラファエラの左胸に押しあてられているのがわかる。

「忘れないよ」マーカスは言った。本心だった。できることなら女を殴り倒してやりたいが、女の銃を取りあげようとしたところで、自分が怪我をするか、ラファエラが撃たれるだけだ。マーカスは担架とならんで病院の廊下に出た。いずれはチャンスがある。

　この女をよこしたのは誰だ？　候補者はふたり。バテシバかドミニクしかいない。いや、オリヴィエの可能性もある。だが、ミスター・ラトリッジが義理の娘をこんな目に遭わせるだろうか？　そもそも、バテシバが彼女の義父だという確証はない。義理の娘が島にいるのを承知で、ドミニクの暗殺を企てられるものだろうか？　どう考えても、つじつまが合わなかった。

　マーカスはラファエラの胸に向けられた銃口から目が離せぬまま、冷静を装って歩きつづけた。チャンスはかならずある。白衣姿のふたりの男はどことなく退屈そうなところを含めて、ごく普通の付添夫にしか見えない。女は平然としていた。

　少しテュルプに似ている。いかめしくて強靭《きょうじん》で、根性の悪そうな目をしている。

　おれたちをどこへ連れていくつもりだ？

「ミスター・オサリヴァン！　ちょっと待ってください《アン・モモン》！」

マーカスを呼んだのは、若々しい顔をした女性の看護師だった。一枚の紙を振りながら、足早に近づいてくる。銃がぴくりと動き、ふたりの男が緊張に体をこわばらせる。若い看護師は無邪気に紙を振りながら、マーカスに笑いかけていた。

22

ニューヨーク州ロングアイランド　二〇〇一年四月

チャールズ・ラトリッジがパインヒル病院を出たのは、夜の十時過ぎだった。気温は五度まで下がり、鉛色の厚い雲が三日月にかかっている。カシミアのコートのなかで震えながら、やわらかいヨーク・レザーの運転用手袋をはめた。

病院の駐車場は煌々《こうこう》と照らされているが、夜もこの時間ともなると、停まっている車は多くない。チャールズは芯から疲れ、沈んでいた。かつては、恵み深い運命が特別に用意してくれた楽園のようだった人生が、いまは砂漠のように味気なく、冷たく、空疎に感じられる。さながら煉獄《れんごく》だった。不確かな時間がいつ、どのように果てるともなく続くなか、マーガレットの青白い顔と、うなずいて望みのあるふりを続けるいまいましい医師たちに向きあう日々。今日はマーガレットの髪が昨日より艶を失っているのに気づき、弱ってきているしるしのようで、怖くなった。

家に帰るのは耐えられない。広い玄関ホールに敷き詰められたイタリア産大理石に響く自分の足音を聞くと、ひとりきりなのを思い知らされる。思い出が気配となって残る屋敷には、実際には空っぽの空間しかなく、ラトリッジ家に勤めて二十二年になる家政婦のノーラ・メイまでがむっつりと押し黙り、その沈黙によって一家の主《あるじ》であるチャールズを責めているようだった。

そしてマーガレットといるときですら、孤独感は癒されない。一度だけ意識を取り戻したあのとき、妻が口にしたのがあの男の名前だったからだ。

チャールズは首を振った。いまだけ、この一時間だけは、ドミニク・ジョバンニを頭から追いだし、自分の企みや計画、そして失敗を忘れたい。このままではそれが壊疽《えそ》となって、命がむしばまれそうだ。マーガレットの執着は急速に彼を呑みこんだ。事故の数カ月前から、すでに呑みこまれていた。

チャールズはBMWを駆ってクローディアのアパートに向かった。途中のセブン-イレブンから電話をかけ、行ってもいいかと尋ねた。彼の声を聞いたクローディアは嬉しそうで、チャールズはそれが演技ではないことを祈った。ずいぶんと疑り深くなったものだ。クローディアの好意は本物だ——少なくとも、自分が別れを切りだすまではそうだった。今夜彼女に求めているのは、セックスではない。彼女とのセックスはもう二度と望まない。必要としているのは信用できる誰か、自分のことを知っている誰か、話し相手になってくれる誰か。自分の話に辛抱強く耳を傾け、やさしく慰めてくれる人だった。

クローディアは玄関まで出迎えてくれた。コートを脱いでスカーフをはずすのに手を貸し、そっと手袋を脱がしてくれた。そしてクリーム色を中心にして、淡い色でまとめられた居間へと導いた。チャールズは暖炉の向かいにある淡いピーチ色の絹のソファに座った。クローディアがくつろいでねと言って、厚くて固いクッションを足の下にあてがってくれる。ブランデーを持ってきて、自分は横の床に座り、チャールズの顔を見あげて待つ。非難せず、すねず、うしろめたさを感じさせないように。

チャールズはブランデーをちびちびと飲みながら、話しはじめた。彼女は口をはさまず、ただじっと顔を見つめてひたむきに聞いてくれた。

「クローディア」チャールズは言うと、しばし黙りこんだ。「ここにこうして、ただの友人としていられるのがどれほど嬉しいか、わかるかね？　きみはわたしの話を聞いて、それ以上のことを求めないでいてくれる」

「わたしはまだそれ以上のことを求めてるかもよ」彼女は言った。「でも、いまじゃない。そう、わたしはあなたのお友だち。かつては違う関係だったけれど」数分後、クローディアはブルゴーニュ産のワインを手に彼の隣りに座った。チャールズはまた話しはじめた。話し終えたときにはすっかり夜が更けていたが、クローディアはにっこりと微笑んで言った。

「泊まっていったら？　ひどく疲れているみたいよ、チャールズ」

ひどく疲れていて、椅子に座ったまま眠りこんでしまいそうなほど弱っていたが、それでもチャールズはかぶりを振った。「いや、それはできない。気遣ってくれてありがとう、クローディア」

「あなたが心配なの」クローディアは自分の指と彼の指をからませた。「ほんとうよ、チャールズ。奥さんはきっとよくなる。わたしにはわかる」

チャールズはうなずき、黙って暖炉を見やった。もう炎や火の粉は上がっておらず、暖かな残り火がオレンジ色に灯っているだけだ。疲労の重さにどっと老けこんだ気分になり、明日に向きあうのが怖くなる。さっとクローディアに目をやった。「あの男がシルヴィア・カールーチ・ジョバンニを殺したという話はしただろうか?」

クローディアは眉を寄せた。「その名前はニュースで聞いたわ。シカゴのギャングの娘よね? 彼女を知っていたの、チャールズ?」

「ああ。面識はなかったが、マーガレットに車をぶつけた酔っぱらいが彼女だった。込みいった話でね」チャールズは口をすべらせたことを悔やみ、あわてて席を立った。「愚痴をこぼしてすまなかった。今日の話は忘れてくれ。長々と話を聞いてくれてありがとう」

「また会える?」

「そうだね、きみが望むなら。ただし——知人として、友人としてだが」

彼女はにっこりした。「それでもいいけど、残念だわ、チャールズ、すごく残念。わかってるでしょうけど、わたしは別の関係が気に入っていたのよ」

チャールズは彼女の唇に指をあてた。「もう行くよ。おやすみ」彼女と別れて表に出ると、凍えそうな冷気が襲ってきた。背中を丸め、コートの襟を立てて、車へと急いだ。さっきはなかった寒風が、強く吹き荒れている。

背後から小声で呼びかけられ、驚きのあまり、うっかり大声を出しそうになった。「ミスター・ラトリッジ、言うとおりにすれば、身の危険はありません。いまあなたの背骨に銃口を向けています。あなたの車はここに残して、いっしょに来てください。

いけない、サー。振り向かないで。口を閉じていてください。歩いて。そう、右方向へ」

「しかし、きみは誰なんだね？」チャールズは小声で尋ねた。動悸《どうき》がして、息をするのさえ苦しい。「なにが目的だ？　金か？」

「いいえ、違います。静かにしないと、手荒な真似をしなくてはならなくなります。急いでください。人に見られたくないので」

チャールズは歩を速めた。殺される、これで終わりなのだと思うと、ますます動悸が激しくなる。言葉にならないほどの恐怖だった。誘拐かもしれない。これからなにが起きるのか？　そしてマーガレット——マーガレットはどうなる？　彼女をひとり残してはいけない。いまのように意識のない状態ではなおさらだ。

恐怖に目がくらんだ。それを見抜いたように、背後の男はさっきと同じ静かな声で言った。

「それでいいんです、ミスター・ラトリッジ。さあ、これがわたしの車です。乗りこんで、向こう側の席に移ってください」

チャールズは指示に従った。ふたつの座席のあいだにあるギアをまたぐのに手間取ったものの、男はチャールズが助手席に座るのを無言で待った。男の顔を見るのが怖かった。覆面をしていないことはわかっている。顔を見たくないのは、テロリストは自分の顔を見た人質を殺すと聞いたことがあるからだ。顔を見られたからには生かしてはおけないというわけだが、テロリストは人を殺したいがために、殺される人間の恐怖に引きつった顔を見たいがために、わざと覆面をかぶらないとも聞いたことがある。そうだ、見てはならない。男は早々に車に乗りこむと、キーをまわしてエンジンをかけた。

「どこに行くんだね？」

男は暖房のスイッチを入れ、バックミラーを調整すると、おもむろにチャールズを見た。

「とても美しいところです。まずは空港へ。動かないで、ミスター・ラトリッジ」

応じる間もなく、チャールズの二の腕に針が刺さった。鋭く冷たい針先が、厚いカシミアのコート、上着、シャツを貫いて、腕に突き刺さる。とっさに息を呑み、よけようとしたが、もう遅かった。男は親指でピストンを押しこんだ。「あなたを眠らせる薬です、ミスター・ラトリッジ。眠るだけですから。もう少しで終わります」

「やめてくれ」口はかろうじて動くが、視界には靄《もや》がかかりだしている。チャールズは横を向いて、男の顔をまともに見た。やさしそうだった。痩せすぎた温和な父親のような印象の男だ。鋭く骨ばった顔をしている。チャールズはいよいよろれつのまわらなくなった口で尋ねた。「きみの名前は？」

「フランク・レイシー」

「そうか」この男は生身の人間だ。名前があり、それを声に出して言った。なぜか少し気が楽になり、ゆっくりとシートに倒れこむ。ウインドウにぶつかった頭が、小さな音をたてた。

パリ　二〇〇一年四月

マーカスは振り返り、若い看護師に愛想よく微笑みかけた。看護師は頬を紅潮させ、目を輝かせている。塗ったばかりの口紅がまっ赤だった。彼はフランス語で言った。「なにか？その書類は？」

看護師はマーカスに駆け寄った。そばにいる三人組の奇妙さに気づかないのは、彼しか眼中にないからだ。間近でそれを見て取ったマーカスは、彼女がそのままなにも気づかないでいてくれるのを祈った。異変に気づかなければ、この看護師の命も、彼とラファエラの命も、奪われずにすむかもしれない。マーカスは精いっぱいの笑みを浮かべた。

「その書類は？」看護師は一枚の紙を差しだし、はにかんだようにマーカスを見あげた。まっ赤に塗られた唇をかすかに開き、目を伏せて書類を読む彼の顔を見つめている。書類は保険の申請書だった。マーカスは言った。「すべて現金で払いました。フランスでは保険に入っていないので」

看護師はぽかんとした顔になった。その顔にさっと赤みが差したところを見ると、書類はただの口実だったらしい。看護師が一歩下がって、女の顔をまっすぐに見る。マーカスは息を詰めた。冷たく厳しい女の顔を目のあたりにし、看護師の顔がさらに赤くなる。「すみませんでした。ほんとうに、すみません――」

マーカスは笑顔で書類を返した。「ご親切に。でもこれは必要ないので。ではまた」

看護師は一行に背を向けた。マーカスは大きく安堵のため息をつくや、シーツの下でラファエラの左胸に押しあてられている銃を見やった。

「上出来だよ、ミスター・オサリヴァン。尻軽女を呼び寄せる癖があるらしいね」

「じゃあ、つぎはきみかな？」

「わたしが？　あんたと寝る？　馬鹿でうぬぼれ屋のアイルランド野郎と？　セックスのことしか考えてないと見える。さあ、あの女があんたの股間から目を離したら、さっさとここを出るよ」

マーカスは怒りにわれを忘れそうになった。女の顔に拳を食らわせたくて、小刻みに手が震えた。こらえろ。口を開いたらおしまいだ。

モニークは最後にもう一度、あのハンサムなアメリカ人を盗み見た。いまになって、疑問が湧いてきた。なぜミスター・オサリヴァンの奥さんを転院させなければいけないのだろう？　そんな理由はないのに。ミセス・オサリヴァンは明日には退院できる。あんな男性を射止めるなんて、運のいい人。モニークは顔をしかめた。そう言えば、どことなく妙だった。あの女性と話すミスター・オサリヴァンは、顔をこわばらせていた。それに、どちらもやけに不機嫌だった。お医者さんかしら？　モニークには見憶えのない女だった。ミスター・オサリヴァンとは、もう二度と会えないんだろう。そのときふと、女の腕が動いたのが見えた。

手をシーツの下に入れて、ミセス・オサリヴァンに触れている。おかしな格好。ミスター・オサリヴァンは、ではまた、と言っていた。電話をくれるつもりなのかしら? わたしの名前を知っているとは、思えないのだけれど。

大西洋上　二〇〇一年四月

プライベートジェットの機内は広々としていた。客室の右側には椅子とテーブル、左側には小さなソファがいくつかあり、さらにラファエラを床に足を伸ばして寝かせてやれるだけのスペースがあった。後部には寝室もあるが、マーカスは命じられるまま、ラファエラを隔壁の近くの床に寝かせた。目の届くところに置いておきたいのだろう。女から与えられた薬がまだ効いているらしく、ラファエラはいまだ眠っていた。

マーカスはラファエラを抱え、知らず知らずのうちに腕をさすっていた。なんとか目を覚まさせたかった。怖くてならない。自分のことでも、ふたりがこれからどうなるかということでもなく、いまこの瞬間、ラファエラが微動だにせず、深く昏睡していることが怖かった。マーカスは隔壁にもたれかかり、彼女の頭をそっと自分の膝に載せた。彼女の体は毛布ですっぽりとくるんである。男のひとりが客室の左側にあるバーで酒を注ぎ、もうひとりは、ソファで雑誌を読んでいる。女は銃を手にして、マーカスたちの向かいの椅子に座っていた。

三八ミリ口径だ。テュルプの九ミリ口径を思い出すと、肩がかすかに疼《うず》いた。

病院から、パリのすぐ北に位置するヌイイ郊外の小さな民間飛行場までの移動は、驚くほど手際よく進められた。ふたりの男はマーカスを女に任せ、病院の外の駐車場でラファエラを担架から下ろすと、担架と付添夫の白い制服をその場に放置した。人目について怪しまれることなど、おかまいなしだった。すぐに国外に脱出するから、気にするまでもなかったのだろう。そのあと五〇キロほど北にある民間飛行場まで車を走らせ、車のまま滑走路に入った。ジェット機に乗りこむ際は、マーカスにラファエラを抱えさせた。

マーカスにはこの誘拐劇の首謀者がもうわかっていた。その人物が計画を立て、人を手配した。この綿密な作戦そのものに、ジョバンニらしさがにじみでている。細部まで計算された無理のない計画で、すみやかに実行でき、これ見よがしなところや、騒々しいところがまるでない。

ドミニクはあの絵が盗まれたのを知った。世界じゅうで報道されたのだから、あたりまえだった。そして裏に手をまわし、十年前にあの絵を買ったのがチャールズ・ラトリッジであることを突きとめた。それがわかったところで、ラファエラがなんらかの形で関与していると考え、そして彼女と肉体関係があっていっしょにいるマーカスを同罪とみなした。ふたりはいまカリブ海に連れ戻されようとしている。ドミニクから、彼がふたりにふさわしいと思った罰を受けるために。

マーカスはラファエラを見つめた。目を覚ましてくれ。愛していると伝えたい。これからもいっしょだ。もう二度と、ふたりのあいだで嘘はなしにしよう。彼女を抱きしめ、その体温と弾力を感じたかった。

ラファエラはうなるような低音に気づいた。心を鎮めてくれる絶え間のない振動音。その音が大きくなると、ため息が出た。まだ目を覚ましたくない。目を開いてもいいことがないのを、意識下のどこかで察している。誰かの手を腕に感じる。そっとなでてくれている。マーカスの手だ。そろそろ目を覚まさないと、彼を心配させてしまう。

ぱっちりと目を開くと、彼の顎が見えた。ひげが伸びている。「おはよう」ラファエラは自分の声のしゃがれ具合にびっくりした。

「おはよう」マーカスは彼女を見おろし、傍目にもわかるほど、安堵に表情をゆるませた。

「わたしは大丈夫よ、マーカス。説明して」

「ほんとに知りたいのか?」

「そうね」彼女は一瞬黙ってから言った。「わたしたち飛行機に乗ってるの?」

マーカスはうなずき、これまでのいきさつを小声で手短に語った。「あと八時間もするとマイアミだ。そこで燃料補給をすると思うが、ひょっとすると、セント・ジョンズ島へ直行するかもしれない。それで、ほんとうに体は大丈夫なのか?」

ラファエラはその瞬間、困ったことになっているのに気づいた。恥ずかしさと屈辱とで、首を振りたくなった。看護師のふりをしていた女が近くに座って、こちらを見ている。その醜い顔は冷ややかで、ふてぶてしかった。「出血してるわ」

マーカスはさっとシーツをめくり、顔をしかめた。病院のお仕着せの寝巻きを通して染みでた鮮血が、白いシーツを赤く染めていた。

「普通の出血なのか？　それとも異常出血の感じがする？」

「普通だと思う」

「そうか。バスルームまで連れてってやろうか？　ふらつくだろう？」

「大丈夫よ。汚れを洗い流して、着替えたいだけだから」

マーカスは立ちあがって、彼女を助け起こそうとした。

女がふいに体を起こし、三八ミリ口径をラファエラに向けた。

「この距離じゃはずしようがないよ、ミスター・オサリヴァン。彼女をどうするんだい？」

「バスルームに連れてかなきゃならない」

女はラファエラの顔に一瞬目を留めた。「この女のスーツケースなら寝室だよ。わたしがこの女を見てるから、それをバスルームに運びな。さあ、女を床に下ろして」マーカスの動きは素早かった。戻ってくると、ラファエラを立たせた。「ほんとうに大丈夫か？」

女が口を出した。「この女のおかげで、白い絨毯が台なしだよ。早くバスルームに連れていきな」横を通り抜けるふたりに、追い討ちをかける。「こんな馬鹿女、大量出血で死ぬのがお似合いさ」

マーカスは無言で女をにらんだ。

すばらしいバスルームだった。シャワーにビデにトイレに、淡紅色の大理石の洗面台。じゅうぶんな広さがあり、ものを引っかけるフックや、タオルを温かく保つタオルかけまである。マーカスは入口までラファエラを送り届け、不安げに眉を寄せた。女から戻れと命じられたが、シャワーの音が聞こえるまでそこを動かなかった。

マーカスは心配になってきた。すでに十五分が過ぎた。ずっと腕時計をにらんでいたわけではないが、シャワーは八分前に止まっている。マーカスは隔壁にもたれ、膝を抱えて座っていた。どうしたらいい？　まずはラファエラの考えを聞かなければならない。

バスルームから出てきた彼女を見たマーカスは、一瞬目をみはったのち、笑顔を輝かせた。そこにいるのはいつものラファエラだった。ぴんと背筋を伸ばした姿は健康そうで、八分どおり乾いた髪を顔にかからないようクリップでまとめてある。口紅を塗り、大きなイヤリングをつけ、濃紺のウールのスラックスに、ブラウスと白いセーターを重ね着し、足元はランニングシューズだ。「すてきだ」マーカスは自分の横の床をぽんと叩いた。「その服は八〇〇ドルしたなんて言うなよ」

「着慣れた仕事着よ。じつはこれ、若くて賢い大学院生に変装するときの格好なの。耳のうしろに鉛筆を挿せば、完璧なんだけど」

女は黙ってふたりに拳銃を向けた。男たちも無言で、酒を片手に成り行きを見守っている。ラファエラは口を閉じた。

マーカスが昼食を頼むと、男のひとりがすぐに運んできた。「オレンジジュースは残さず飲めよ」マーカスはラファエラに指示した。「オレンジはどんな病気にも効くと、なにかで読んだことがある」

ふたりはハムとチーズのサンドイッチを食べた。ジェット機の低いエンジン音が、三人の誘拐犯のたてる物音をかき消しているので、ふたりきりでいるような錯覚に陥ってしまう。マーカスはラファエラの手を握り、その顔に疲労や痛みの色を探したが、なにも見つからなかった。「きみに実権を握られてから一度も悪い夢を見ていないって、話したっけ？」

「実権を握るって、どういう意味？」

「おれの心と体を支配するってことさ」

「そう言われたら、悪い気はしないわね。ボスになったみたい。どんな悪夢なの？」

マーカスは父親の〝チャンパー〟・オサリヴァンのことを語った。血色が悪く、熱に浮かされたような目をして、力強いペンだけが唯一の武器だった父。フットボールをまともにパスすることさえできないのに、その頭にはあらゆるプロスポーツ選手の経歴が入っていた。その父が生涯をかけてどれほど正義と公正を追い求め、マーカスが十一歳のとき、どのように殺されたか。父を殺したのはたぶんカルロ・カールーチだが、強大な権力を持ち、守りが堅かったために、裁判にすら持ちこめなかった。

「父はおれとおふくろの目の前で三発撃たれて死んだ」その後悪夢がはじまり、それが年月をかけて激化して、やがては強烈な恐怖に彩られるに至ったことや、その悪夢がついこのあいだまで続いていたことも話して聞かせた。マーカスは彼女に笑いかけた。「いずれにせよ、ラフ、なんにしろその悪夢は死んで埋葬された」

「お母さんはどうしてらっしゃるの？」

マーカスはにやりとし、モリーの話をした。「おふくろはたくましい女でね。腕の力こぶと同じくらい心がでかくて、大きな口は助言でいっぱいだ」マーカスはラファエラにもう少しオレンジジュースとサンドイッチを勧め、その目が閉じられるのを見守った。彼女の義父とバテシバの話はあとでも聞ける。時間はたっぷりある。ふたりはどこへも行けないのだから。彼女の体力を回復させるのが先決だった。

ラファエラが眠ると、マーカスも眠った。体力、気力を最高の状態に近づけておきたい。夜になって目を覚ますと、女から話しかけられた。「あんたは馬鹿だ、ミスター・オサリヴァン」

女も退屈しているのだろう。「そうかもな」マーカスは穏やかに言った。「西側世界の優秀な頭脳でいるのはたやすいことじゃない」

「ミスター・ジョバンニの裏をかこうなんざ、十年早いね」

「言ってくれるじゃないか。おれがなにをしたか、聞かされてないんだろう？」

女は首を振ったが、なにも知らされていないことを苦々しく思っているのがわかった。しょせんはただの殺し屋。フリーランスだろうか？　いずれにせよ、彼女は任務を達成した。

ドミニクは電光石火の早業を見せた。みごとではあるものの、自分がみごとにしてやられたと思うと、癪にさわる。このジェットは誰のだ？　ドミニクのものではない。マリオ・カルパス。ジェットを持っていると聞いたことがあるから、たぶんやつのものだろう。

「その女に関係があるなにかさ」女は三八ミリ口径でラファエラを指し示した。「女を殺すなと指示されたから、自分で殺《や》りたいんだろう。彼の女だったのかい？」

「いや、彼女は伝記を書くことになっていた」

女は鼻を鳴らした。ひどく耳ざわりな音だった。いやな女だ。もう真夜中を過ぎている。寝てくれればいいのに、とマーカスは思った。

女はラファエラを殺すなと指示されている。しかしいざとなれば、まばたきひとつせずに殺すだろう。自分の邪魔となる人間は、ラファエラだろうと、マーカスだろうと。

「ひじょうに優秀な記者さ」

「よく言うよ。ただの記者なら、そこで血を流しているはずがないだろ」

「多岐にわたる才能があるんでね」

女はまた鼻を鳴らした。

「まさか、マンハイムにテュルプって妹はいないよな？」

「誰だって？」

「そうか。いや、きみにちょっと似てたんでね」

女は名乗らなかった。それきり口をつぐんで、すぐ横の窓から暗い夜を見つめた。

目を覚ましたラファエラは、バスルームに行きたがった。

「ほんとうに大丈夫なのか？」

「ええ」実際、大丈夫そうだった。立ちあがるラファエラに手を貸すあいだも、女はマーカスの動きのいちいちに目を光らせていた。一睡もしないのか？ 彼はバスルームのドアの外で待った。バスルームから出てきたラファエラは、いかにも元気そうだった。ほぼ回復している。

そのあとまた食事を頼んだ。ラファエラは今度もオレンジジュースを飲み、食事を終えたときには、女と対決できるくらい元気になったのがわかった。女は向かいの椅子で拳銃を構え、ふたりを監視している。その非情な目つきが恐ろしかった。

ラファエラはマーカスを見ると、鼻をくっつけるようにしてささやいた。「ドミニク・ジョバンニはわたしの父なの」

爆弾発言としては最大級だった。ラファエラはマーカスが絶句するのをはじめて見た。あんまりそつがなくて口がうまいから、驚かすのは不可能だと思っていた。しかし今回ばかりは、ラファエラの圧勝だった。

「まさか」マーカスはようやく口を開くと、片方の眉をいぶかしげに持ちあげた。「きみの作り話だ」

「ついてこれないみたいだから、念のために言っておくけど、わたしの母はチャールズ・ウインストン・ラトリッジの妻よ」

「まさか」

「ドミニクは母のことを憶えてもいない。母の旧姓はわたしの名字、ホランドなんだけれど、ドミニクに出会ったときはマーガレット・ペニントンを名乗っていたの。母は当時——いま

——大金持ちだった。財産めあての男たちを寄せつけないように、叔母と叔父が母に自分たちの姓を名乗らせていたから」

「きみの目——ちくしょう、きみの目だ。どこかで見たことがあると思っていた。きみの目はドミニクの目と同じ色だ」

「父から受け継いだのがそれだけだといいんだけど。母が昏睡状態になったのは、義父によると、シルヴィア・カールーチ・ジョバンニに車をぶつけられたからなの。信じられないわ、そんな偶然があるなんて」

マーカスはしげしげとラファエラを見た。「おれが秘密を打ち明けたら、きみがぶっ飛ぶと思ってたよ。きみの秘密にくらべたら、秘密のうちにも入らないのにな」

「続きを聞いて。わたしだって信じられないんだから。母は日記をつけていた。シルヴィアだか誰だかに車をぶつけられるまで、わたしは知らなかったんだけど、事故のあとに日記を見つけ、すべて読んだの。最初の夜、ビーチで会ったときにわたしが持っていた赤い本を憶えてる？　あれも日記の一冊よ。悲しい日記だった。ほんとうに悲しい日記。そしてチャールズも、日記を見つけて読んでいた。一年くらい前のことよ。それでドミニクを殺し、母の人生からきれいに消してしまおうと決心したのね。あの『バテシバ』の絵——チャールズはあの絵に、運命の皮肉を感じたんじゃないかしら。自分を王になぞらえて、王であるチャールズが愛している女の心をとらえて離さない男を片づける。こんな説明、精神科医が聞いたらうんざりするでしょうけど、わたしに考えられるのはそれくらい。

あの絵を見たのはずいぶん昔のことで、偶然だったわ。そのときはなんの絵かわからなかったのに、頭の片隅に残っていて、いまになってそれを思い出した。同時にバテシバの正体がわかった。でもあなたには言えなかった。わたしにとっては義理の父だし――」

「よくわかったから、もう気にするな。それにしても、めちゃくちゃだな。それでも、きみを愛する気持ちは変わらない。ふたりで切り抜けような」マーカスは深呼吸した。「ドミニクはきみの義理のおやじさんを殺すぞ」

「やめさせなきゃ」

「こんなことは言いたくはないが、ミズ・ホランド、おれたちにしたって囚《とら》われの身だ。この先ふたりを待ち受けているのは、おれが思い描いたような明るい未来じゃない。ドミニクはきみが暗殺にかかわっていると確信しつつ、その動機がわからないでいる。だからまだきみを生かしておきたいんだろう」

「なんとかしなきゃ、マーカス。なにか手を考えなきゃね」

「ああ、だがいまじゃないぞ。すべて話してくれ、ラフ。セミコロンを含めて、なにひとつ省くなよ。だがその前に、おれに抱きついて、おれなしじゃ生きていけないと言ってくれ」

だが、その願いは実現しなかった。ラファエラがマーカスの腰に腕をまわすと、女が突如、嫉妬と怒りの入り混じった声をあげた。「いい気になるんじゃないよ、ミスター・オサリヴァン。女から離れな。いつまでも内緒話をさせておくわけにはいかない。彼女にきれいだと言いたいんなら、わたしに聞こえるように言ってもらおうか」

マーカスは女をひとにらみし、ラファエラから離れた。「おやすみ、愛しい人。眠っているあいだに、打開策を考えておいてくれ」

「ええ。あなたは悪夢を見ないこと。約束よ」

23

ジョバンニの島　二〇〇一年四月

ふたりはたがいの顔を見あった。ついにドミニクが口を開いた。「わが島にようこそ、ミスター・ラトリッジ。お噂はかねがね。とりわけ、美しい義理のお嬢さんからは。さあ、座って。年齢をうかがってもかまわないかな?」

「五十六だ」チャールズはマーガレットを裏切った男、みずからの妻シルヴィアを殺した男から目が離せなかった。この男のせいでチャールズはとんだ道化師だった。マーガレットは一度として、自分だけのものにならなかった。日記を見つけて読む前から、妻の心にほかの誰かがいて、その男を忘れられないでいるのを感じていた。この男、ドミニク・ジョバンニが妻の心の陰にひそみ、自分を締めだしていたのだ。チャールズは素手でジョバンニを絞め殺したくなった。

「わたしは五十七だ」

その一歳の差が、馬鹿げてはいるが、チャールズを少しいい気分にさせた。「どうしてわたしをここへ連れてきたのかね、ミスター・ジョバンニ？　しかもあのような、型破りなやり方で」そう言いながら、フランク・レイシーに目をやった。

「答えはよくご存じのはずだが、ミスター・ラトリッジ。しかし、愚鈍を装ってゲームをはじめたいとおっしゃるなら、しばし滞在していただくほかない」ドミニクはチャールズ・ウィンストン・ラトリッジ三世を見つめてから、言い足した。「なによりまず、なぜバテシバという名前を選んだのか、聞かせてもらわないことには」

「いったいなんの話だ？」

「あなたのような方が、この期におよんで知らないふりか、ミスター・ラトリッジ。ゲームの主導権はわたしにある。この最終戦もわたしのもの。わたしが勝ったのだ。さあ、ここにいるメルケルに連れていってもらってくれ。彼があなたの世話をする」

メルケルはまだショックを引きずっていた。暗殺未遂の黒幕――いかにも教養人らしい、歯切れのいいしゃべり方をするこの東部人が？　なぜだ？　わけがわからない。

この男がボスを殺そうとした理由はなんだ？　名前が気に入らなかったのか？　欲しかった絵を横取りされたからか？　メルケルはミスター・ラトリッジを黙ってバスルームつきの寝室に案内し、ミスター・ジョバンニの服だとは言わずに、着替えを渡した。客人のほうが背が高いが、ズボンの長さをのぞけば、あとはぴったりのはずだ。

彼を残して寝室を出たメルケルは、ミスター・ジョバンニに報告するため書斎に引き返したものの、ドアの前まで来て足を止めた。デロリオの声が聞こえたのだ。

「あいつが暗殺の黒幕、バテシバですか？　あの年寄りが？　なぜです？　お父さんはあいつになにをしたんです？」

「あの男はわたしと同年配だぞ、デロリオ。年寄りではない。彼の名はチャールズ・ラトリッジ三世。アメリカの大富豪にして、新聞王だ。わたしを殺そうとした理由はまだわからないが、じきに明らかになるだろう」

沈黙。メルケルがドアをノックしようとすると、低く敵意に満ちたデロリオの声が聞こえてきた。「おじいさんがおれの頭をなでて、わずかなこづかいをくれたようなふりは、もうやめてください。おじいさんがぼくに遺してくれた金は数百万ドルなんですからね。いやそれ以上かもしれない。すべてぼくのもので、お父さんには手出しできない。シカゴのゴールドスタインに電話しました。ええ、番号はお父さんの個人的な帳簿で調べて。すべて聞きましたよ。お父さんがお母さんを殺したんですね？　ちくしょう、嘘をつきやがって！」

なめらかで凄みのあるミスター・ジョバンニの声が続く。「落ち着け、デロリオ。おまえの母親は事故で死んだんだ。わたしはなにもしていない」

「信じられない」

「わたしはおまえの父親だ。おまえを母親のもとから救いだしてやったのはわたしだぞ。おまえがニューヨークで傷めつけた少女のことも承知している」

メルケルには、デロリオが顔色を失うのが見えるようだった。突然甲高くなった声に、怯えがにじむ。もはや億万長者の声ではない。「あの子は死ななかった。それほどひどく痛めつけたわけじゃない。いまじゃ元気なんだ。お母さんのように死んだわけじゃないんだ」

「そうかな？　暴行はいまわしい犯罪だ。それくらいおまえにもわかっていよう？」

デロリオの声がますます細くなる。「お母さんは絶対に口外しないって、約束してくれた。すべてうまく処理したからって、そう言ってた——ぼくには一度も嘘をついたことのないお母さんが、そう言ったんだ！　娘の父親に金をやって片をつけ、その後もずっと払いつづけてくれた。でももうそれもできない。お父さんがお母さんを殺したからだ！」

「違う、デロリオ。もう一度言うから、よく聞きなさい。おまえの母親は事故死だった」

メルケルはドアを離れた。これ以上聞きたくなかった。振り向くと、リンクがすぐそばにいた。その顔つきから、彼もすべてを聞いていたのがわかった。

「もうここにはいたくない」メルケルは立ち去った。ミスター・ジョバンニは息子がニューヨークで暴行事件を起こしたのを知っていた。さもありなん。ボスにはなんでもお見とおしだ。ミスター・ラトリッジにしても、やはり見つかったではないか。

リンクは逃げるタイミングを逸した。書斎のドアがばっと開き、デロリオがまっ青な顔で飛びだしてきた。目が血走っている。デロリオはリンクを乱暴に押しのけ、階段を駆けあがった。かわいそうに、とリンクはポーラを哀れんだ。今回は楽しみも戯れもなく、抑えきれない怒りのはけ口にされるだろう。

「リンクか。入ってくれ」

リンクも、メルケル同様、この屋敷を遠く離れたくなった。しかしそれはできない。自分は兵士でありこの男は大佐なのだ。リンクはうなずいて書斎に入り、ドアを閉めた。

「どうやら」ドミニクは考えこんでいるように、眉根を寄せた。「シルヴィアはデロリオをかばっていたようだ。何年も前から。ニューヨークの事件については知っていたのか？」

リンクは首を振った。しかし驚いてはいなかった。もうなにがあっても驚かない。ミスター・ジョバンニがレイシーに命じてシルヴィアを殺させたのだろう。口の堅いレイシーはなにも言わない。デロリオに対しても、彼の母親は悲惨な事故で亡くなったのだとしれっと嘘をつくだろう。その点では、リンクも同類だった。

「わたしはシルヴィアを誤解していたようだ。少なくともこの件に関しては」

吐き気がする。リンクは沈黙を通した。

「あの子に自由に金を使わせるわけにはいかないのだ、リンク。その金であの子がなにをするか、どうねじ曲がった権力を振るうか、考えるだに恐ろしい。わたしにはあの子を監督し、導いてやる責任がある。こうなって、なおさらその念を強くした。デロリオはまだ子どもだ。指導してやらねばならない。物事の進め方にしろ、この業界の人間の扱い方にしろ、まだなにもわかっていないのだからな。ほうっておけば麻薬に手を出すだろう。馬鹿なやつだ。目の前の女か、目の前のあぶく銭のことしか考えていない」

デロリオがまっ先に麻薬に手を出すであろうことは、リンクにも容易に察しがついた。デロリオは、麻薬取引を楽で手っ取り早い金儲けの方法、巨万の富が転がる方法だとしか考えていない。その点に関してはボスの言うとおりだった。セックスに関して言えば、デロリオは壮健な雄牛並みの性欲の持ち主だった。

あらためて島を離れたいと思いつつ、それでもリンクはボスの指示を辛抱強く待った。

「チャールズ・ラトリッジ」ドミニクはその響きを味わうように言いながら、手をこすりあわせた。「レイシーの手際はみごとだった。わたしにはあの男が死ぬほど怖がっているのがわかる。貴族気取りで、平静を装っているが、すぐに口を割るだろう。白状するに決まっている」

「怖がるだけの理由がありますからね」リンクは言った。

「すべて白状するだろう。義理の娘と対面させてやるのが楽しみだよ。そう、ラファエラと」表情が険しくなる。「彼女はわたしを裏切った。わたしは裏切り者に囲まれているのだろうか？　あのマーカス——彼にはすべてを与えてやったのに。絶大な信頼、金、好きなようにできる自由。あいつはそんなわたしを裏切り、煮え湯を飲ませた」

「まだそうと決まったわけではありません、ミスター・ジョバンニ。ミス・ホランドは、バテシバについてなにも知らなかったのかもしれない。マーカスもです」

「そうかね、リンク？　やつはラファエラをロンドンに連れていったんだぞ。そしてラファエラと寝ていた。リゾートに到着した彼女をすぐに誘惑したのだ。レンブラントの絵が贋作だと見破ったときも、ふたりはいっしょだった。マーカスも一枚嚙んでいる。そうとしか思えない」

「たしかに、マーカスは彼女といっしょにいました。しかし、ふたりがそんなことをした理由がわかりません。もしミス・ホランドがバテシバに関係があったのなら、その絵が贋作であることを世間に知らせ、自分の義父がバテシバだとばらしたでしょうか？　なぜマーカスはボスの命を救ったのでしょう？　わからないことだらけです」

ドミニクはしかめっ面になり、首を振った。あまりに複雑だった。断片的な情報が多すぎて、すべてが収まるように考えるのはむずかしかった。リンクの疑問はもっともだ。ドミニクには適当な答えが思いつかなかった。「あるいはラファエラは、マーカスと寝てから彼を引き入れたか。まもなくふたりが到着する。そうしたら尋ねてみよう」

ココが書斎のドアを軽くノックして入ってきた。リンクに微笑みかけてから、ドミニクに話しかけた。

「デロリオがポーラの手を引いて出ていきました。ポーラは怯えていたし、デロリオは錯乱して感情を抑えられないみたいだった。いつものお遊びじゃないわ。ポーラがこっぴどくやられるんじゃないかって心配になってしまって」

「それがどうした？　あの嫁にもがっかりさせられた。彼女は——」

「デロリオを止めないと、ポーラに大怪我をさせて、悪くすると殺してしまうかもしれない。なにがあったんです？　彼になにを言ったの？」

「わたしはなにも言ってない。リンク、レイシーにデロリオを連れ戻させろ。ポーラもいっしょにだ。デロリオが妻を傷つけるのを止めろと、レイシーに言ってくれ」

リンクはうなずいて書斎を出た。ミスター・ジョバンニの命令を伝えると、レイシーは、手遅れじゃないといいんだが、とつぶやいた。

「ココ、客人に会ったかね？　チャールズ・ウィンストン・ラトリッジ三世だ」

「いいえ」

「バテシバをつかまえたというのに、あまり嬉しそうではないな。レイシーがいともたやすくさらってきた。もっと用心するべきだったと思わんかね？　わたしを見くびり、レンブラントを買った人間も見つけだせないほど無能だと思っていたのか？　レイシーにさらわれたのは、愛人の家を出たところだった。自分を血統のよい貴族だと思っているやつが――高い身分にともなう徳義《ノブレス・オブリージュ》が聞いて呆れる。愛人をはべらせる俗物だ」

　ドミニクはデスクをめぐって出てくると、サイドボードにあったクリスタルのデカンターからブランデーを注いだ。「いまのところなにも認めていないが、なに、心配はいらない。じき洗いざらい白状するだろう。知らなくてはならないことがいくつかある。やつが仕組んだ暗殺に、ラファエラもかかわっていたのだろうか？　いわゆるおとり役として？」

　ココは肩をすくめた。「ミスター・ラトリッジがバテシバの黒幕と決まったわけじゃないのに、その娘が彼を助けていたかどうかなんてわかるわけがないわ。マーカスが彼女に手を貸していたかどうかもよ。不確定な要素ばかり、〝もし〟が多すぎるもの」

「そして、偶然もだろう、ココ？　このピースのひとつずつが、すべて偶然、思いもかけぬ出来事だろうか？　個々の事柄にこだわり、それを寄せ集め、うまく組みあわせれば、完璧なる全体像が描けるかもしれないのに、それを無視すべきだとでも言うのか？」

「いいえ、そうは言っていません。でも、結論を出すのは、ラファエラとマーカスから直接話を聞くまで待って」

「ああ、待とう。ジグスはどこだ？　レモネードが飲みたい。ふたりの到着を待つあいだ、ジグスからこの島の昔話でも聞かせてもらうとするか」


夜の八時だった。雲ひとつない空には明るい星が光の点となって散り、花の香りにつんとした潮の香りが融けあった空気はかぐわしかった。セント・ジョンズ島で乗り換えたヘリコプターは、上空をホバリングしてから、屋敷の外にある発着台に降りた。

ウジ軽機関銃で武装した四人の警備員が、すかさずヘリコプターを取り囲む。ドミニクがココを従えて、屋敷から出てきた。

ドミニクの大声が響いた。「でかしたぞ、マルタ！　よくやった」

マルタ。この女はマルタというのか、とマーカスは思った。サディストのマルタ。非情で、港湾労働者よりもたくましく、母親が飼っている雄猫のクランシー並みに意地が悪い。マーカスは振り返り、ラファエラをヘリコプターのキャビンから抱えおろした。疲労の色はあるが、病的に弱っているようすはない。マーカスは背筋を伸ばしてドミニクを見た。

「どうしてこんなことを？」マーカスは尋ねた。「それに、よくこんな女を見つけましたね」

ドミニクはマーカスの一歩手前まで近づいた。「おまえは裏切り者だ。裏切り者として処刑するために連れ戻した。銃殺隊による処刑だ」

ドミニクがうなずきかけると、マルタは屋敷の警備員たちの列に加わった。ドミニクは言った。「わたしを裏切ったな、マーカス。つらいことだが、おまえを銃殺するしかない」

「裁判は？　嫌疑の内容や、どんな証拠があるのか、聞かせてもらえないんですか？」

ドミニクは笑って「さあな、マーカス」と受け流し、ラファエラを見た。「お帰り、ラファエラ、きみにも深く失望させられたよ。ココもだ。ココもきみにはがっかりしている」

「がっかりさせた人はそれだけ？　あなたのご子息は？　わたしも銃殺されるの？」

「かもしれない。なかに入るぞ」ドミニクはマルタとふたりの男に向きなおった。「ご苦労だったな、マルタ。よくやってくれた。オリヴィエに礼を言っておいてくれ。彼に借りをつくってしまったが、この恩は忘れない」

マーカスはドミニクを凝視した。オリヴィエ！　ラファエラを譲らなかったから、ドミニクに連絡したのか？　オリヴィエとドミニクが協力？　マーカスはちらりとマルタを見た。もうなにを聞いても、驚けそうにない。

玄関の戸口にメルケルが立っていた。マーカスに目顔で挨拶しただけで、なにも言わなかった。マーカスが問いかけるように片眉を上げると、メルケルは視線をそらして言った。

「マーカス、ミス・ホランド、書斎へ」

先に書斎にいたドミニクが笑顔でドアを開け、彼らを通すために脇によけた。「女性を先に通すもんだぞ、マーカス」

ラファエラはさっさと部屋に入り、なかに入るなりぴたりと立ち止まった。義父がドミニクの白い麻のスーツを着て立っていたからだ。短すぎるズボンをはいたその姿は農園主を思わせ、怖がっているふうはないものの、目には苦しみが表れていた。

「そんな」ラファエラは小さな悲鳴をあげ、義父の胸に飛びこんだ。「ああ、チャールズ、なにがあったの？　わたしがレンブラントの絵が贋作だと明らかにしたせいで、ドミニクにつかまったのね。ごめんなさい。ほんとうにごめんなさい。彼にそこまで調べられるなんて、思っていなかった。わたしのせいだわ。わたしが馬鹿だから。なにもかもわたしのせいよ」

チャールズは義理の娘を抱きしめながら、背後の男に顔をしかめた。「きみは誰かね？」

「わたしはマーカス・デヴリンと言います、サー――」

「マーカス・オサリヴァンのまちがいでは？」ドミニクがさりげなく口をはさむ。「パリで本名を使ったのは失敗だったな。マルタに聞いたよ。オサリヴァン。とてもアイルランド人らしい名前だ。いまその名前で少し探りを入れさせているところだ、マーカス。まもなく返事が来るだろう。仮面をはぎ取れば、きみの罪の重さも明らかになる」

マーカスは自分の馬鹿さかげんを、つくづく思い知った。馬鹿も馬鹿、とんでもない大馬鹿者だ。だが、あのときは危険があるとは思えなかった。本名を使ったのは入院の手続きをするときだけで、ラファエラをマスコミのハゲタカどもから守るためだった。その結果がこれ――

「がっかりしますよ、ドミニク」マーカスは言った。「おれには裏なんかありませんからね。おれはあなたの兵士兼リゾートの優秀な支配人ってだけです」ラファエラの手を取り、彼女の義父を見た。ドミニクの服を着て、白い麻の上着の胸ポケットから空色の絹のスカーフをのぞかせている。ズボンの丈は短いものの、冷静さと知性を感じさせた。「ミスター・ラトリッジですね？」

「そうだ」

「立ち話もなんだから、座りましょう」ココは手を振って、豪華な籐椅子を指し示した。

ドミニクは顔をしかめて愛人を見た。「ラファエラ、さあ、きみはわたしの隣りへ」

「なぜ彼女があなたの隣りなんですか？」

ドミニクは目を細めてココに言った。「わたしが決めたのだ。こちらへ、ラファエラ」

ラファエラはなにも言わず、ドミニクとならんでふたりがけのソファに腰を下ろした。急に力が抜け――こんなときに体が本調子じゃないなんて――恐怖感が押し寄せる。怖かった。ドミニクは全員殺すつもりだ。かわいそうに、なんの罪もないチャールズまで。ドミニクを殺そうとしたのは罪のうちに入らない。とても彼を責める気になれない。悔いが残るとしたら、暗殺に失敗したことだけだ。チャールズはしっかりと自分を保ち、いつになく雄々しかった。

「さて」ドミニクが言った。「これで全員そろったわけだ」

「デロリオはどこです？」マーカスは尋ねた。

「あの子には同席させたくない。その必要がないのでね」

「どうして？」ココが尋ねた。

今度はドミニクも、向かいに座るココをあからさまににらみつけた。「わたしに質問するとは、なにさまのつもりだ？　黙っていられないのなら、部屋に戻っていなさい。わたしに質問する権利など、おまえにはいっさいない」

ココはドミニクを見て、食いさがった。「いいえ、わたしにも権利はあります。あなたと三年暮らし、あなたと三年寝てきた。その三年あなたの欲望を処理しつづけ、三年もあなたの愚かで利己的で不道徳な意見を聞き、女は男の種を入れる容器という以外に使い道がないという、女性を蔑視した意見に耐えてきた。わたしはずっとあなたに貞淑だった。あなたにどうしてもと言われて、三年前には、中絶までした。お腹の子が女の子で、あなたが息子しか望まなかったからよ」

「黙れ、ココ！」

ココはにっこりした。残酷で、邪悪で、同時に胸を突かれるほど哀しい笑みだった。こらえてきたものが堰《せき》を切って噴きだしたようだ、とラファエラは思った。この女性の真の姿が、いまはじめて現れようとしている。

「そう言えば、女は貪欲《どんよく》でわがままだっていう意見もあったわね。それにあなたは、わたしを二度と妊娠できない体にした。とぼけたって無駄よ、わかってるんだから。八カ月前、あなたが雇ったあのヤブ医者から教わったの。あなた、あの医者に言ったそうね。もう望まない妊娠は避けたい、そんなリスクを負わせるにはわたしが歳を取りすぎている、障害のある子ができたらたいへんだって。医者は、あなたがわたしの身を案じ、わたしの健康だけを気遣っているようだったと言っていたわ」

「なにを言う！　いまそんな話をするな！　出ていけ、目ざわりだ！」ドミニクは立ちあがって怒鳴った。怒りに目がくらみ、ほかの人びとが目に入らないようだ。そこにいるのはもはや洗練された教養人ではなく、怒りに青ざめて目をぎょろつかせている荒々しい男だった。ココは胸の前で腕を組み、軽蔑もあらわにドミニクを見あげた。ドミニクは憎々しげに言い放った。「おまえには暇を出すところだった。シルヴィアが片づいたとレイシーから報告があった直後に、別れ話をするつもりでいた。そういう心づもりだったんだ」

「どうして？」

　また質問か！　ドミニクは怒りに目をぎらつかせた。こめかみの血管が切れそうだった。口に拳を食らわせて、ココの息の根を止めてやりたかった。

「どうして？」ココはくり返した。「わたしの後釜になる、若くてきれいな子はまだ見つかっていないんでしょう？　答えてよ、ドミニク。どうして？」

「ラファエラと結婚するつもりだからだ。おまえは子どもを産むには歳を取りすぎている。王朝を支えるには息子がいる。そもそも、子どもが産めない――そう、わたしがそう指示したのだ。めそめそされるのも、不便な思いをするのもいやだったからだ。おまえはただの愛人、愛人でしかない。おまえには、わたしが望むような子をつくる遺伝子が欠けている」

「あら、シルヴィアのような遺伝子のことかしら？　デロリオをつくった遺伝子ね」

「黙れ、この売女《ばいた》！」

「フランクにわたしを殺させるんでしょう？　シルヴィアを殺したように」

「出ていけ！」

ココは動かなかった。つかの間、張りつめた沈黙が落ちた。

笑い声があがった。けたたましく、悪意に満ちた声。あまりに場違いなだけに、ぞっとするものがあった。大きな笑い声を響かせているのは、ラファエラだった。いまや頭をのけぞらせ、ますます派手な笑い声を放っている。

ドミニクには我慢ならなかった。これ以上続けさせるわけにはいかない。「やめろ！」

ラファエラは彼を見て黙り、ひゃっくりをすると、ふたたび小さく笑いだした。「ああ、おかしい」

「いったいどうなっているんだ？　なにがおかしい？」ドミニクは誰にともなく尋ね、答えを期待していなかった。

しかしラファエラは答えた。「たとえ話によくあるように、たとえあなたが地球最後の男だとしても、あなたとは結婚しません。あなたと結婚？　ああ、気持ち悪い。たちの悪い冗談だとしか思えないわ」

ドミニクの顔がどす黒くなった。椅子をひとつ倒し、つまずきながら彼女に近づいた。

「試してみるといい、ラファエラ、試してみると。マーカスと寝たのだから、今度はわたしと寝てみるといい。わたしのほうがずっといいぞ。アイルランドのゲス野郎とのセックスより、わたしとのセックスが好きになる。女はみんなそうだった——」

ラファエラはマーカスが筋肉を張りつめ、身構えるのを感じながら、平然と言い放った。

「息子と同じことを言うのね。自分にくらべたら、マーカスなんて不器用な雄牛だって、あなたの息子も言っていたわ。自分は世界で一番のセックスをする、快感とはどんなものか教えてやるって。もちろん、わたしが股間に蹴りを入れてやる前の話だけど。そのあとは、哀れなべそかき坊やになっていた。きっとほかにも、父親似のところがあるんでしょう」

マーカスは必要とあらばドミニクに飛びかかり、殺す覚悟だった。なぜラファエラはドミニクを挑発する？ ココにしても、突如として大変身し、ドミニクを執拗《しつよう》に攻撃した。一寸の虫にも五分の魂ってことか？ ラファエラがオリヴィエと会ったあとに感じていた汚らわしさや、怒り、無力感を思い出す。ついにココは所有物であること、品物であることに否を唱えたのか？ メルケルとリンクと三人の警備員は、書斎のドアの前に控えていた。おおかたが無表情を装うなか、メルケルだけが驚きと嫌悪をあらわにしていた。マーカスは自分にできることを考えた。ドミニクに襲いかかったところで、すぐに警備員に取り押さえられる。ウジ軽機関銃のストックは折りたたまれ、いつでも発射できるようになっている。

あの悪夢のように時の流れが遅くなり、色味が薄れて、人びとの顔がにじんだ。ドミニクの手がゆっくりと伸び、ラファエラの腕をしかとつかむ。マーカスの大声が静けさを切り裂いた。「実の娘とセックスはできないぞ」

時間が止まった。ドミニクは凍りついたように、ラファエラの顔を見おろし、淡いブルーの瞳をのぞきこんだ。感情が昂ぶると、そのブルーがグレーを帯びる。

静止していた映像が揺らぎ、制御を失って、スピードが増す。鮮明さを取り戻した色は生々しく、現実味を帯びる。「嘘だ」ドミニクはラファエラを放してあとずさりした。「嘘を言うな、マーカス。娘のわけがないだろう。馬鹿ばかしい。でっちあげにもほどがある」

チャールズ・ラトリッジが静かに口をはさんだ。「いや、嘘ではない。残念ながら、ラファエラはおまえの娘だ。母親であるわたしの妻は、おまえが遠い昔に誘惑して捨てた女性なのだ」

ドミニクはつと背筋を伸ばし、デスクに近づいた。一同に背中を見せたまま、振り返らずに尋ねた。「ラファエラ、母親の名は？」

「あなたの知っている母は、マーガレット・ペニントンと名乗っていた。出会ったのはおよそ四半世紀前のコネティカット州ニューミルフォードよ。あなたは母を魅了して口説き、嘘をついて妊娠させ、あげくに捨てた。入院中の母のベッドに五〇〇〇ドルの小切手を投げたのを憶えてる？　生まれたのが女の子だとわかったから。あなたは去り、振り返りもしなかった。でもあなたが見落としていたことが、ひとつあった。母は遺産を相続して、とても裕福だったの。だからよ、あなたに本名を明かさなかったのは。よかったわ、そこまであなたを信用していなくて。母はわかっていないみたいだけれど、生まれたのが男の子だったとしても、あなたは奥さんと別れなかったでしょうね。当時はまだカールーチから脅されていなかったけれど、シルヴィアも妊娠していたのよね？　そう、彼女のお腹にはデロリオがいた。シルヴィアはあなたの法律上の妻だし、カールーチはあなたの想像を超える大金持ちであり、権力者だった。かわいそうなお母さん。あなたは母を最後の最後まで、あるいは未来永劫騙しつづける。

もうひとつ、皮肉なことを教えてあげましょうか？　あなたの妻、いまは亡き妻のシルヴィアが、わたしの母に車をぶつけた酔っぱらいらしいわ。母が昏睡状態で寝たきりになっているのは、彼女のせいかもしれない。母はあなたに裏切られ、あなたの奥さんに殺されようとしている。ずいぶんと念入りなことをしてくれたわね、ドミニク」

ドミニクはついに振り向き、チャールズを見た。ふたたび落ち着きを取り戻し、静かな声で言った。「それでか、おまえがわたしを殺そうとしたのは。おまえはわたしを殺すために、この島に暗殺団を送りこみ、マイアミでも命を狙った。自分の妻をひどい目に遭わせたわたしが憎かったのだな。それにしても、ヘリコプターの機体に〝バテシバ〟と書いた理由がわからない。どんな意味があるんだ？」

チャールズ・ウィンストン・ラトリッジ三世は義理の娘から、殺したいほど憎んでいる男に視線を移した。続いてココを見ると、彼女はゆっくりとうなずいた。もはやなにも言わないが、その澄んだ瞳には、彼の気持ちを理解していることを示す強い光が宿っている。チャールズは表情ひとつ変えず、ゆっくりと言葉を選んで話しだした。「よくあの絵を見たものだ。コレクションのなかでも、とりわけ好きな絵だった。そして、バテシバという女に思いを馳せた。バテシバとは何者だったのだろう？　ほんとうの彼女はどんなふうだったのか？　彼女が誘惑された女、非力で、いいように利用された女であることは、もちろんわかっていた。しかしマーガレットとは違い、バテシバは捨てられなかった。ダビデはバテシバを離さず、生涯彼女に執着した。しかしおまえはマーガレットを捨て、執着したのは捨てられたマーガレットのほうだった。彼女はおまえに――鏡に映ったおまえ、全体でも完全でもないおまえに、とり憑《つ》かれた。たぶん、そのめぐりあわせの皮肉がわたしの心をとらえたのだろう。おまえを殺す男はマーガレットに代わって復讐を果たし、彼女をおまえへの執着から解き放つ。それが理由だったのだろう」

チャールズはラファエラに笑顔を向けた。「娘はなにも知らなかった。彼女がこの島にいると知ったときは、とても心配した。わたしに相談もせず、独断でここへ乗りこんだのだ。衝動的な行動だ。彼女にはなんの罪もない」そして、首を振ってつけ加えた。「彼女がレンブラントを見たことさえ、わたしは知らずにいた」

「ずっと昔に、一度だけ、あなたの特別な部屋に飾ってあるのを見てしまったの。そしてついに思い出した。馬鹿だったわ。ルーヴルの職員に絵を鑑定させたときは、それがどんな結果を招くか考えていなかった。ごめんなさい、チャールズ。伝記のことだって、あなたには話さなかった。あなたを巻きこみたくなかったから」

「そう」ココは、ドミニクにいやみな笑みを向けた。「伝記。あの破廉恥な伝記ね。言ったでしょう、ラファエラ。あなたはいま、島にいるべきではないって」

「伝記?」チャールズはとまどいをあらわにした。

ラファエラは小声で答えた。「あなたには内緒にしておきたかった。心配させるのも、巻きこむのも、避けたかったから。彼の伝記を書くつもりだった——そうよ、ドミニク、そこに嘘はなかった。ただ、あなたが話したような、体裁のいいたわごとではなく、真実をありのままにね。あなたが慈善家で、麻薬依存の治療プログラムを支援しているなんてくだらない話は抜きにして、世間にあなたの正体を公表してやるつもりだった。正真正銘の犯罪者で、テロリストに武器を売り、ロディ・オリヴィエと同じように、中身の腐った人間だと」

ドミニクはマーカスを見やり、そら恐ろしいことに、にっこりとした。「さて、まだ告白が残っているのかな？　憎悪を表明しなくていいのか？　おまえが裁判や尋問を要求した結果がこれだ、マーカス。愛しのココまでが自分の思いをぶちまけた。おまえもその仲間入りをするかね？」

「いいや」マーカスは答えた。

「思い出したぞ」ドミニクがだしぬけに言った。「マーガレットという娘を。とびきり若くて、とびきり傷つきやすい娘だった——両親を亡くしたばかりとかで。ぴちぴちとして純情で、そう、わたしは彼女が欲しくなった。そう言えば、少しシルヴィアに似ていたような。興味深い偶然ではないかね？」首を振り、フレンチドアから外をながめる。「そうだ、とても美しい娘だった。人生やセックスについて学びたがっていた。だから教えてやった。傷つけてはいない。なにものにも代えがたい特別なひと夏を過ごさせてやっただけだ」

「母を妊娠させたじゃない！」

「そうだ、ラファエラ、きみができた。きみの立場に立てば、悪いことではないはずだよ。

その時点で、結婚していることを打ち明けるほかなくなった。そのあとシルヴィアが、デロリオを身ごもった。マーガレットがきみ、つまり女の子を産むまでは、少し複雑だった。彼女を好いていたのは嘘じゃない。だが、きみの言っていたとおりだ、ラファエラ。たとえマーガレットが双子の男子を産んだとしても、彼女とは結婚しなかっただろう。舅《しゅうと》は権力者で、当時のわたしには想像もつかないほど金持ちだった。わたしにとっては法律や神を超越した存在だった」

ラファエラは言った。「母にほんとうのあなたを見せてやりたい。いま、ここで、あなたに傷つけられ、利用された人びとや、自分を守るために金で雇った傭兵に囲まれた姿を」

「ラファエラ。いい名前だ。もしきみの母親がホランドという苗字を名乗っていたとしても、憶えていなかったかもしれない。人は忘れやすい、女に関してはことのほか」ドミニクはいったん言葉を切り、より小声でぼんやりとつぶやいた。「きみと寝るまで、娘だとわからなければよかったのだが。わたしにとって、近親相姦は麻薬と同じくらい忌むべきことであり、けっして許されない。きみはとてもきれいだよ、ラファエラ。惹かれたわけだ。こんなにもわたしに似ているのだから。そして、いまならわかる。きみも、わたしに惹かれているのだろう？　もしきみがわたしと寝ていたら、ココはきみを殺そうとしただろうか？」

「いいえ、ドム、殺すのはラファエラではなく、あなたよ。喉をかき切っていたわ」

ドミニクは挑発に乗らなかった。ココを無視して、フレンチドアから表をながめていた。

「おや、レイシーが戻ってきたぞ。デロリオもいっしょだ。レイシーめ、少々手荒な方法に訴えるほかなかったようだ。かわいそうではあるが、デロリオは自分を抑えることを学ばなくてはならない」

「ほんとうにかわいそうだと思ってる?」ラファエラは言った。「デロリオは親離れしたがっているのに、あなたはそれを認めようとしない。あなたが思うより、デロリオはあなたに似ているわ、ドミニク。野心満々の犯罪者で――」

ドミニクの動きが素早すぎて、マーカスは反応できなかった。ドミニクはラファエラの頬をひっぱたいて、頭をのけぞらせた。つぎの瞬間、マーカスはドミニクに飛びかかり、両手で首を絞めた。ぎりぎりと絞めあげる指の圧力で、たるんだ皮膚が集まって皺になる。ドミニクの喉の筋肉が動き、喉の奥からおぞましい音が漏れた。

「放せよ、マーカス。手を放すんだ」マーカスの背後にまわったメルケルが、ゆっくりと嚙んで含めるように話しかける。マーカスの腰のくびれには、三五七マグナムの銃口が押しつけられていた。

マーカスはようやく状況を理解し、発作的な怒りを鎮めた。ここで死んだら犬死にだ。自分自身はもちろん、ラファエラを助けることもできない。マーカスはドミニクの首にかけた手をゆるめ、彼を突き飛ばした。デスクにぶつかったドミニクは喉に手をやり、そっとさすった。

室内は静まり返っていた。マーカスはラファエラに向きなおった。「大丈夫か?」うなずいた彼女の頰には、ドミニクの手の跡が赤く残っていた。

デロリオを連れたフランク・レイシーが、メルケルとリンクの横をすり抜けて、書斎に入ってきた。ドミニクはうつむいたまま、デスクに手をついている。顔には赤い斑点が浮かび、喉の筋肉がひくついていた。

「サー」メルケルがドミニクに近づいた。

ドミニクは手を振って追いやった。「大丈夫だ」苦しげなしゃがれ声を聞いて、マーカスはほくそ笑んだ。

ドミニクは目を上げて、マーカスを見た。「おまえを気に入っていたのだがな、マーカス・オサリヴァン。もう少しで心を許すところだった。しかし、ひと皮剝いてみたら、薄汚いアイルランドのクズだったか。最高の方法で処刑してやろう。目に物見せてやるぞ」

「ポーラはどこ?」ココは立ちあがった。正面にはデロリオがいるが、話しかけたのはレイシーだった。「ポーラはどこなの?」

「おれに逆らいやがった」デロリオは言った。仏頂面に不機嫌な声。尖らせた口が子どものようだ。「おれの言ったとおりにしないからだ」

「大怪我をしています」レイシーは答えた。「彼女も連れてきました。医者に診せなければなりません。警備員が二階に運びました」

「医者はだめだ」ドミニクは言った。「リンク、彼女にモルヒネを打っておけ。それでおとなしくなるだろう」続いてデロリオを見る。「馬鹿なことをしおって。感情のコントロールもできんのか? おまえにはわたしの助けがいる。これからもずっとな。わたしの言うとおりにしていれば、まちがいないのだ」

「なんだって言うんです？　ポーラなんか欲ばりで泣き言ばかり言っている、ただのわがまま女じゃないですか」

ココの冷笑が響く。「どこかで聞いたことのある台詞じゃなくて、ドミニク？　父親そっくりの言いぐさね」

マーカスはうっかり口をすべらせた。「デロリオにすべてを教えたのはあなたですよ、ドミニク。その結果がこのざまだ」

ドミニクはなにも言わず、マーカスを見ようともしなかった。つぎの瞬間、「息子がわたしにそむいたのは、おまえのせいだ、この出来損ないめ！」とわめいて飛びかかった。しかしその拳の向かった先は、マーカスではなくラファエラだった。ラファエラは顎を殴られ、崩れるように倒れた。薄れゆく視界のなかで、ドミニクにつかみかかるマーカスが見えた。怒声が聞こえる。男たちがマーカスをドミニクから引きはがし、三十二発入りの弾倉をまたたく間に空にできる黒い軽機関銃がいくつも銃口をもたげ、一点を指した――

24

ラファエラはなかば朦朧《もうろう》としながら床に倒れていた。呼吸が浅くなり、倒れた拍子に打ったところが痛む。鍵がまわる音に、警備員が去っていく足音が続いた。

ゆっくりと膝をついた。殴られた衝撃で、まだ目がくらんでいる。ドミニクの一撃は油断していた彼女の顎をみごとにとらえ、ラファエラはうしろざまに倒れた。

気を失っていたのはほんの一瞬だった。目を開けると、ドミニクがマーカスを振り払おうとしていた。レイシーと三人の警備員がマーカスを取り押さえ、その正面に立ったドミニクが腕を引いた。渾身《こんしん》の力を込めてマーカスの腹を殴るのを見て、ラファエラは叫んだ。「わたしを殴りなさいよ、卑怯《ひきょう》者！　わたしを殴ればいいでしょう！」

ドミニクは彼女を見て、うっすらと微笑んだ。「おまえにも報いを受けさせてやるよ、ラファエラ」

ラファエラはしばらくはおとなしくしていることにした。寝室に閉じこめられ、ほかの人びとから引き離された。いったいいつまでこんな状態が続くの？　マーカスを道具小屋に連れていけと命じるドミニクの声がする。彼をどうするつもり？　痛めつけて殺すの？　チャールズやココも、やはり別々に閉じこめられているのだろうか？　順番に引きだして、射殺するために？

ラファエラは首だけ振って、動かなかった。必死に祈りながら、涙をこらえた。マーカスが政府のまわし者だと知ったら、ドミニクはどうするだろう？　小さなうめき声が聞こえる。ラファエラ自身の声だった。

どうしたらいいの？

怖い。ただ怖かった。

そのとき、バルコニーに面したフレンチドアの外で音がして、ラファエラは凍りついた。ガラスのドアには厳しい西日をさえぎる厚い紋織りのカーテンが引いてあるので、外が見えない。誰かいるの？　こっそりと足音を忍ばせて動く影が見えた。ゆっくりと鍵をまわす音がする。緊張のあまり、息が詰まりそうになった。音もなくドアが開き、カーテンが内側にふくれあがる。侵入者が誰であれ、いつカーテンが開いてもおかしくない。ラファエラはすっくと立ちあがり、体と心の準備をした。

脇に寄って、ドアの正面から離れた。

ひとりの男がそっと部屋に入ってきた。屋敷の警備員だ。お仕着せの迷彩服の肩からカラシニコフをさげ、腰に巻いた太いベルトに挿弾子を装備している。痩せた長身の男で、見るからに屈強だった。ぴったりした帽子をかぶり、頭を下げている。屋敷の警備員に、こんなに長身の男がいただろうか？　にわかには顔の見分けがつかないが、用心するに越したことはない。

ラファエラは恐怖心を振り払うと、大きく息を吸い、叫び声とともに蹴りかかった。

ドミニクはチャールズ・ラトリッジとココの向かいに座り、優美なウォーターフォード製のグラスを手にしていた。落ち着き払い、おのれといまの状況とを冷静に見据えている。かすかな好奇心をのぞかせて、ココに話しかけた。「彼と共謀していたのだな?」

ココはチャールズを見ながらうなずいた。チャールズが笑みを返す。ココはドミニクに視線を戻した。自分がバテシバの黒幕だとドミニクに告げ、その顔が裏切られた苦痛にゆがみ、知性に欠けるはずの女がそんなことを計画できるのかと呆然とするさまを見る――それによって、少しは威厳を保てるといいのだけれど、とココは思った。われながら、よくぞここまでやれたものだ。恐怖はあったけれど、正しいことをしたという手応えがある。ココは言った。「キャヴェリがマイアミであなたをしとめていればよかったんだけど。でもあなたは予想外の反応を示して、彼を怖じ気づかせ、哀れな娘を身代わりに殺させてしまった。彼は完全にパニックに陥っていたわ」ココは一瞬口を閉ざし、震える小声で苦々しげに続けた。「マーカスのせいよ。彼がよけいなことをしたから。最初のとき、テュルプがあなたをしとめるはずだった。あれは完璧な計画だった。マーカスさえ――」

「そう、マーカスさえ、でしゃばらなければ」ドミニクは言った。「ついさっきわかったが、マリオ・カルパスもおまえとグルだったようだな。やつはわたしを消したがっている。無教養なファシストめ。デロリオをお飾り、つまり傀儡《かいらい》にして、自分がとり仕切るつもりらしい。やつを片づけるため、フランクをマイアミに遣った」

チャールズには目の前の男を凝視することしかできなかった。生まれながらの貴族のような外見を持ち、気品と魅力にあふれたこの男は、人の命を奪うことを庭の草むしりのように語る。その落ち着きとそっけなさが、かえって恐ろしかった。

「ラファエラの命を狙ったのは？　あれはわたしを殺すあいだ、彼女を島から遠ざけて、守るためだったのかい？」

「そうよ」ココはちらっとチャールズに目をくれた。「彼女を傷つける気はなかったわ。わかってくれると思うけど、チャールズ。マーカスならちゃんとヘリコプターを不時着させられるとわかっていたの。海岸でふたりを撃ったのはわたしよ。そして蛇は、わたしの手伝いが調子に乗りすぎたせい。あんなきわどいことになって、気の毒なことをしてしまった。ラファエラを島から追いだして、守りたかっただけなのに。マーカスと同じね。そう思ったから彼は、ラファエラをロンドンに連れていった」

三人は黙りこんだ。長く、張りつめた沈黙だった。チャールズがたまらず叫び声をあげそうになったとき、ドミニクが静かに尋ねた。「なぜだ、ココ？　なぜ？」

ココは不思議そうにドミニクを見た。あなたはわたしを信じていたの？「さっき言ったとおりよ。あなたはわたしたちの子どもを殺したわ。女の子だからっていう理由で、お腹の子を堕ろさせ、そのときあのヤブ医者に避妊手術をさせた。そそうする飼い猫に手術を受けさせるみたいにね。それにあなたはほかの女に手を出しつづけた。わたしのことなんて、これっぽっちも愛していなかったんだわ。わたしは高級愛人、所有物、売春婦にすぎなかった。あなたの望みどおりの女でいて、あなたの望みどおりのことをするだけ。そんなとき、あなたが医者になにを命じたのか知ってしまった。ミスター・ラトリッジとは、七カ月前、リゾートで出会った。わたしたちは親しくなり、あなたが彼の妻にしたことを知った。たがいに秘密を打ち明けあって、いっしょにあなたを殺す計画を立てた。わたしたちの人生からあなたを抹消するためによ。ミスター・ラトリッジがわたしに会いにリゾートに来てくれて、ほんとうに嬉しかったわ。

彼の奥さんはあなたにとり憑かれ、その執着を憎んでいた。執着が彼女とチャールズのあいだに立ち塞がり、ふたりが手にできるはずの幸福を奪っていた。彼女はあなたを憎み、もうこれ以上我慢ができなくなった。

あなたは彼の奥さんとわたしをぼろぼろにした。それもこれも、自分のクローンである息子たちと王朝を築くという、あなたの妄想のために」ココは突然、心からおかしそうにけらけらと笑った。「その結果が、デロリオだなんてね。でもクローンづくりに関しては成功ね。彼はあなたの完璧なコピーですもの。ときどきサディストの面が顔をのぞかせる以外は。あなたは自分で抑えることを学んだ。それともうひとつ。あなたがなにを言っても、デロリオはあなたが母親の死に関係していると疑いつづけるでしょうね」

チャールズには意外だったが、ドミニクはなにも言い返さなかった。愛人を見つめるばかりで、ひと言も発しない。

チャールズは立ちあがった。「パインヒル病院に電話して、妻の容態を確かめさせてくれ」

ドミニクはチャールズを見た。彼がそこにいるのを忘れていたのか、驚いたような顔をしたが、笑顔になると言った。「わたしの記憶が正しければ、マーガレットはとても積極的だった。ベッドでも、ベッドの外でも、地面でも、わたしのオープンカーでも、壁にもたれてでもだ。最初のときのことを思い出したよ。あれは夏だった。わたしは花畑で処女を奪った。もちろん、前もって下見をしておいた場所だ。とてもロマンティックで、純情な傷つきやすい少女にはおあつらえ向きだった。彼女にはいろいろなことを教えてやった。別れるころには、口の使い方がずいぶんとうまくなっていた。二十歳にして、ココの年齢の女性と同じくらい、完成されていた。ココほどの才能には恵まれていなかったが、それでもマーガレットは悪くなかった」

チャールズはかつてない暴力衝動と怒りを感じた。ジョバンニの発言に対する怒りに、全身が震えた。ジョバンニに飛びかかり、ぐちゃぐちゃになるまで顔を殴りたかった。

「そうだ、彼女の美しい唇」ドミニクはチャールズをなぶりつつ、思い出にひたっているようにうっとりとした調子で話を続けた。「あまたいる女のなかでも、もっとも独創的だった。いまでもそうかね？」

チャールズは必死に自分を抑えつけながら、ドミニクを見ていた。いま口を開こうとしたら、マーカスの轍《てつ》を踏んでドミニクに飛びかかってしまいそうだ。あるいは発言したことに対して、ラファエラのように殴られるか。それがわかっていたので、抑えるしかなかった。かつてない苦痛と闘いながら、いま一度、穏やかかつ冷静な口調で言った。「病院に電話をかけて、妻の容態を聞きたい」

一瞬、ジョバンニの目にいらだちが表れたのを、チャールズは見逃さなかった。この男はないがしろにされたり、挑発を無視されたりするのに慣れていない。チャールズは無表情のまま、答えを待った。今度のほうが楽だった。

ドミニクは手を振って電話を指し示し、不機嫌な声で言った。「勝手にかけるがいい」チャールズは番号をダイアルし、つながるまでたっぷり二分間待たされた。なんの変化もないという答えだった。ただし、依然昏睡状態で反応は鈍いながら、CTスキャンを行なったところ、いくらか回復が見られたという。チャールズは看護師に、しばらく足止めされると告げて――いや、どれくらい続くかはわからない――電話を切った。

「ありがとう」ジョバンニに礼を言い、自分の席に戻った。トイレに行きたかったが、ジョバンニがどう出るかわからず、まだ我慢できる範囲だった。電話で話しているあいだも、ドアの脇に立っている警備員はライフルの銃口をチャールズに向けていた。

「不思議に思われるかもしれないが、ミスター・ラトリッジ」ドミニクが言った。「あなたを殺さなくてはならなくて、残念だよ。あなたがわたしを殺したかった、いや殺したい理由はわかる。世の中には、女に対してじつに深い感情を抱く男もいるからだ。わたしには理解できないが、そういう男はたしかにいる。しかしあなたは負けた。素人のあなたに、最初から勝ち目はなかった。しかし最初にあなたが雇った女、テュルプはひじょうに優秀な殺し屋だった。ココに手伝ってもらって見つけたのかね？　そして、さっきココが言ったとおり、わたしはマーカスに命を救われた。もちろん、わたしへの愛情や忠誠心からではない。彼がわたしを助けたのは、違法な武器取引の現行犯でわたしを逮捕したかったから、殺すのではなく、刑務所に入れたかったからだ」

「マーカスの正体がわかったのね」ココが言った。

「むずかしいことではなかった。電話一本ですんだ。本名がわかっていたからね。彼はアメリカ税関局のために働いていた。彼ともグルだったのかね、ココ？」

「いいえ、そうだとよかったんだけど。残念だわ。彼にそんな目的があるなんて、ちっとも知らなかった」

「さあ、最後におまえとベッドに行きたい。おいで、ココ。二階に行こう。マーガレットがどんなにうまかったか話していたら、妙にもよおしてきた。ミスター・ラトリッジにはこの部屋で、残り少ない人生について考えてもらうとしよう」

チャールズが驚いたことに、ココはなんのためらいもなく席を立った。ベッドで彼を殺すつもりか？　ジョバンニは愛人から身を守るため、セックスの最中も警備員に監視させるのだろうか？

ドミニクはココの腕を取ると、ドアまで行って振り向いた。「そうそう、ミスター・ラトリッジ、あなたが亡くなったら、マーガレットの見舞いにいくと約束しよう。もし彼女が昏睡から目覚めたら、場合によってはおかしな展開になるかもしれない。彼女とよりを戻し、彼女の成熟具合や、あなたの手入れ具合を確かめてみるのも、悪くない」いったん黙り、顔をしかめる。「若いころのわたしは、いまほど女性にやさしくなかった。嘘をついたり、女が聞きたがっていることを言ったりしなかった。もちろん、相手に気があるうちは別だが。ゲームや狩りと同じだった。獲物を見つけて——昔は処女だな——忍び寄る。マーガレットはいともたやすく落ちた。しかし終わりは終わりだ。それが当時のわたしの主義だった。別れるにあたって、わたしはマーガレットにつらくあたりすぎたかもしれない。彼女はとても若かった。彼女が息子を産んでいたらどうするつもりだったのか、正直言って思い出せない。そういうものだと思わんかね？　だが、わたしは彼女にいいことをしてやったと思っている。つぎに彼女をベッドに誘った男は、苦労したはずだ。そう、わたしは彼女にいいことをしてやった。よく教育してやったのだから」

チャールズは相手にしなかった。怒りをあらわにすればドミニクの思う壺なのがわかったからだ。平然と聞き流すと、ドミニクはいらだち、ココの腕をつかんで部屋を出ていった。彼女にセックスを強要して、そのあと殺すつもりだろうか？　チャールズは首を振った。理解しがたい男だ。しかも、マーガレットのことをあんなふうに言うとは。彼女の日記の記述は記憶に焼きついている。書きだしの言葉は、〝あの人はとびきりの嘘つきだった。それも最高の〟だった。しかしそれは最初だけ。最後には妻の心をずたずたにした。女性に対するあの蔑み。人類の半分は女性だというのに。それも、チャールズには理解できなかった。

しかし、ふとクローディアのことを思った。チャールズ自身、おのれの快楽を満足させるために、クローディアやその前の女たちを利用してきた。そして彼女たちを利用する自分に対して、一度として疑問を抱かなかった。たくさん金を払っているという、ただそれだけの理由で。

気づくのが遅すぎた。悔い改め、壊したものを修復し、償うチャンスはもうない。自分はこのおぞましい島で最期を迎えようとしている。マーガレットには二度と会えない。そしてラファエラ。誰も傷つけていないあの子までが、いま死に直面している。

少なくとも、ひとつだけいいことをした。ココと自分は、とてもいいことをしたのだ。ひとつだけ。それで満足しなくてはいけないのだろう。

チャールズは両手で顔をおおい、すすり泣いた。

ラファエラは侵入者の喉を狙った。恐怖ゆえに速さを増した鋭い動きで、正確に足をくりだしたが、すんでのところで男によけられ、さっと振りあげられた腕で脚を払われた。体勢を立てなおそうと体をひねると、鋭い痛みが走った。男からの一撃でベッドに押しやられ、悲鳴が口をついて出る。それでも痛みを無視し、意識を集中して内なる力を引きだそうとした。ぐるりと回転して斜めに構え、かけ声とともにふたたび蹴りをくりだした。

男は横向きに床を転がった。驚いたことに、彼女の手の届かないところまで行って膝をつくと、こう言った。「まいったな、殺さないでくれよ。きみに危害を加えるつもりはない

――おれはヒーローになるつもりだったんだ。きみを助けにきたのさ」

その言葉はラファエラにも一語一句、はっきりと届いていた。しかし、すでに宙を切る足の勢いは止められず、みぞおちを痛打せずにすんだのは、ひとえに、男の素早い反応のおかげだった。彼は脚をつかんでひねるや、ラファエラに身を寄せ、胸部に両腕をまわして背後から羽交い絞めにした。

ラファエラの左の耳に必死で訴えるところは、まるでヒーローらしくなかった。「よしてくれよ。信じてくれ。きみを助けたくて、騎兵隊まで率いてきたんだぞ」

ラファエラの息は上がっていた。痛みと恐怖と体力不足のせいだった。体さえ本調子だったら、こんなことはないのに。やっとのことで言葉を絞りだした。「あなた、何者なの?」

「おれはジョン・サヴィジ。きみはラファエラ・ホランドだろ? マーカスの言っていた――」彼は途中で言葉を切った。「おい、大丈夫か? 震えてるじゃないか。おれのせいで、怪我をしたのか?」

「いいえ、大丈夫よ。二日前に流産したばかりで、体力が回復してないの。放してくれる? もうなにもしないわ。あなたを信用する」

サヴィジはラファエラを自分のほうに向かせると、腋の下を抱えるようにして立たせた。お世辞にもきれいとは言えなかった。目の下には濃いくまができ、髪は汚れてぼさぼさ、顎には青痣《あおあざ》があり、着ているものは皺くちゃだ。それに、なんて顔色だ。「座れよ」サヴィジはだしぬけに言った。流産だと? 女を妊娠させるとは。マーカスがそれほど思いやりに欠けた愚か者だとは、信じられなかった。この女はそんな体調にもかかわらず、男相手にひとりで戦いを挑んだ。

ラファエラは座り、何回か深呼吸してから言った。「マーカスは屋敷の外にある道具小屋よ。道具をしまっておくための建物だけれど、もっぱら人を閉じこめるために使われているわ。あなたはここでなにをしてるの？ どうやってここまで来たの？ マーカスの共同経営者で、いとこだって聞いてるけど」

「おっしゃるとおりだよ、マダム。お目にかかれて光栄だ」サヴィジが手を差し伸べ、ラファエラはその手を握った。「まずはきみから話を聞かなきゃならない。ここから無事に脱出するために、必要だと思うことはすべて話してくれ」

「ミスター・サヴィジ、わたしはこの混乱から脱出する方法をずっと考えていた。でも、名案が浮かばなかったの。さっき、騎兵隊を率いてきたって言ってたわよね？」

「マーカスは、きみは普通の女とは違うと言っていた」サヴィジはゆっくりと言った。「それにこうも言っていた。きみは――いや、気にしないでくれ。そう、おれは騎兵隊を率いてきた――部隊はここに乗りこんで混乱を収拾すべく、おれの合図を待っている」

「座って。状況を説明するわ。そしたら、すべきことがわかるはずだから」

マーカスは湿っぽい暗闇のなかに座っていた。土と堆肥と汗の強烈なにおいが鼻をつき、必死に考えすぎたせいで頭が痛くなってきた。この道具小屋の脱出のむずかしさは、誰よりもわかっている。ひとつきりのドアに鍵はふたつ。九ミリ口径のウジ軽機関銃は、些細《ささい》なことにも火を噴こうと待ちかまえている。窓はなく、壁はとびきり厚い。壁には鎖に取りつけられた手錠もあるが、メルケルもそこまではしなかった。

どうしたらいいんだ？

ドミニクにはもう、マーカスを含むすべての人の秘密がわかっているだろう。ココが獅子身中の虫であったことは、マーカスにもすぐに察しがついた。いまになってみると、ココを疑ったことのないのが不思議だった。彼女がなぜあれほどの敵意をあらわにし、声高にドミニクを非難し、なにもかもぶちまけたのか、あらためて考えずにいられない。チャールズ・ラトリッジにしても、教養があり、洗練されたよき市民である彼が暗殺を企てたとは、いまだに信じられない。しかし動機はじゅうぶんにある。いや、じゅうぶんにぶんに。こうなったのは、避けられない運命だったのかもしれない。

もはやドミニクの銃殺隊の前に立ち、威厳を保ったまま撃ち殺されるしかないのかもしれない。マーカスは激しくかぶりを振った。そんなことを受け入れられるほど、利口でもなければ、現実主義者でもない。負け犬のように腹を見せ、黙って銃殺されるのはごめんだ。すべてが受け入れがたかった。ラファエラを、胸が痛くなるほど愛している女を、なんとかして救いださなければならない。もう二度と彼女に会えないのかもしれないと思うと、苦痛のあまり叫びだしそうになる。だめだ、このままでは終わらないし、終わらせられない。彼女の青白い顔と、ドミニクに殴られてどす黒く変色しかけていた顎の痣が、頭から離れなかった。一度めに襲いかかったとき、メルケルに止められなかったら、あの場でドミニクを殺していただろう。二度めは——マーカスは自分の腹をさすった。ドミニクに殴られたところがまだ痛む。あのとき、ドミニクはマーカスをまだ殺さないでおこうと決めたのだ。なぜだ？　マーカスは暗闇のなかで首を振った。

そのとき、いまさらながら、この小屋に閉じこめられたオランダ人に毒を盛った犯人に気づいた。ココだ。ひょっとすると、警備員のなかに、ココの息のかかった人間がいたのかもしれない。オランダ人は身体検査されたはずだから、毒を持っていたとは思えない。ドミニクは、内部の人間がオランダ人を殺したとは考えなかったのか？　その人間がテュルプと組んで自分を殺そうとしたのだと？　ドミニクが気づかなかったわけがない。頭のまわる男だ。承知のうえで、時間稼ぎをしていたのだろう。なにか目的があって。

小屋の外から、重い靴のたてるかすかな足音が聞こえてきたとき、マーカスは足音の主に気づいた。アントン・ロッシュがようやく来てくれた。ハーレーにも非常事態が伝わったはずだ。ひょっとしたら、ひょっとすると、ここを脱出できるかもしれない。安心するのはまだ早いにしろ、少なくともなにかが起きようとしている。マーカスはドアの脇にしゃがみこみ、息をひそめて待った。

「わたしとて、そこまで狂ってはいない」ドミニクは自分の作品を見おろしながら言った。「おまえを自由にしてナイフで刺されるほどはな。そうやって両腕両脚を縛られて、大の字に寝ていると、とてもきれいだよ。ひじょうにそそられるものがある」

彼はココの隣りに座り、胸を見やった。乳首を軽くつまんで、無理やり固くする。ココが顔をゆがめるのを見て微笑み、平らな腹にあった手を黒っぽい茂みへとすべらせた。

ココの陰部は冷たく、なんの反応もないが、もはや気にならなかった。しばしおもちゃにしながら、彼女の顔を見ていた。ココは嫌悪に顔をしかめるだけで、なにもできない。

ドミニクは立ちあがり、ベッドの傍らから彼女を見おろした。ココは犯されるのを待っている。ドミニクは笑顔になった。「いいや、ココ、おまえにはもう興味がないから、ここへ残していくことにしよう。大の字に縛られ、すべてさらした格好で。警備員たちの目の保養だ。男たちがつぎつぎにやってきて、おまえを見つける。おまえも連中を見る。彼らににっこりと笑いかければ、いましめをほどいてもらえるかもしれんぞ。そうならないともかぎらない」

ふと押し黙り、ふたたび開いた口からは、金切り声がほとばしった。「恩を仇《あだ》で返しおって！　おまえには女が望めるものはすべて与えてやった！　例外はあの赤ん坊だけだ。ただそれだけのために、おまえはわたしを裏切った。いずれにせよ、おまえにはもう若さがない。医師に手術させたのも、そもそもはおまえのためだった。それに二度と妊娠させたくなかった。愛人の子などいらなかったし、シルヴィアもまだ生きていた」そこで黙ると、かがんでココの唇を乱暴に奪った。もうなにも言わなかった。彼女に背を向けて寝室を出、ドアを開け放ったまま立ち去った。

ココはがらんとした戸口をながめた。まもなくすべてが終わる。長く苦しむことはないだろう。運がよければ、やってくる警備員のなかにヘクターがいて、そのときの彼女の状態によって、自由にするなり、殺すなりしてくれるだろう。ココは泣かなかった。勇敢に戦った結果なのだ。持てる力は出しきった。ただ、ほかの人たちに対する申し訳なさだけが残った。

ドミニクはリンクから、デロリオが階下で待っていると聞かされた。無言でうなずき、息子のもとへ急いだ。

ドミニクは事態が収拾不能に陥っているのを本能的に察知していた。チェスの駒が多すぎるため、いっきにゲームを終結させるしかない。無事に脱出したければ、急がなければならない。すべてを終わらせるべき時がきた。終わらせて、先に進む。ドミニクの胸は躍った。自分には、まだやりなおせるだけの若さがある。それに貧しいわけでもない。ケイマン諸島の銀行には、八〇〇〇万ドルあまりの預金がある。大丈夫だ。拠点なら、また別の場所につくればいい。商売上のこねもある。信頼できる人間が誰かもわかった。それに億万長者の息子がいる。父親が商売を再開できるよう、手を貸してくれるだろう。デロリオなら言うことを聞く。素直ないい子なのだ。

そして自分を裏切った者たち、そう、敵たちの命運は尽きようとしている。

メルケルは連れていきたい。あれは役に立つ男だ。ドミニクは居間でメルケルを見つけた。メルケルは黙ってチャールズ・ラトリッジを監視していた。

「行くぞ、メルケル」

メルケルのためらいを見て取り、恐怖に体が震えた。メルケルもか？　いや、まさか。

「さあ、行こう、メルケル」ドミニクは重ねて言った。「遅すぎたくらいだ。準備はすんだ。行こう。リンクを呼んできてくれ。レイシーはマイアミでカルパスを始末したら、連絡してくるだろう」

メルケルはドミニクを見た。例によってりゅうとした身なりだが、大きく醜い顔を不安にゆがめた。「全員ですか、ミスター・ジョバンニ？　マーカスも、ミス・ホランドも、ココも、ポーラも？」

「いちいち名前を出すでない！　すべて敵ではないか。始末すべき敵にすぎない。一瞬にして片づくのは、おまえにもわかっていよう。やつらを一列にならべて、銃殺するわけじゃないんだ」

メルケルはうなずいた。ドミニクとメルケルは二手に分かれた。

あと少し、とドミニクは思った。まもなくすべてが終わり、証拠はきれいに消える。

25

ココを見つけたのは、ラファエラだった。ココは裸でベッドに縛りつけられ、縄をほどこうともがいていた。意外にも怯えているというより、怒っているようだった。小声で悪態をつきながら、引っぱったりひねったりしたせいで擦り傷のできた手首や足首を見ていた。「もう大丈夫よ、ココ。大丈夫だから。マーカスの友だちが援軍を連れて助けにきてくれたわ」ラファエラは意味もなくココに話しかけながら、彼女を縛っていた縄をほどき、その手首をさすって、服を着るのを手伝った。

しばらくすると、ココは険しい声でラファエラの言葉をさえぎった。「彼を殺したかったんだけど、それくらい向こうだって承知よね。だからこんなふうにして、警備員にわたしを片づけさせようとしたんだわ。ありがとう、ラファエラ。ところで、わたししか知らないことがあるの。ずっと前に、偶然知ったんだけど、ここには屋敷全体を吹っ飛ばすにじゅうぶんな爆薬がしかけられている。まちがいない、ドミニクはそれを使うつもりよ。わたしたち全員を銃殺するのは、彼のスタイルに反する。爆弾のほうがきれいに片づくもの」

「ひどい」ラファエラは言った。「皆殺しにするってこと？　自分のために働いている人たちまで？」自分の娘まで？　ラファエラは自分の甘さを笑いたくなった。ドミニクにとっては、娘などその程度のものなのだ。

「わたしの読みが正しければ、いまごろ彼はヘリコプターに乗りこんでるわ。そうよ、わたしたちが爆発で美しいオレンジ色の炎に包まれるのを、見物するつもりなのよ。人間味に欠けた、きれいな方法。それからもうひとつ。警備員はもう屋敷にはいないでしょうね」

「ポーラは自分の部屋で意識を失ってたわ。ほかにはもう誰もいない。サヴィジは道具小屋にマーカスを助けにいってる。チャールズはどこ？」

「わたしが最後に見たときは、居間に閉じこめられていたけど。そうよ、ドミニクのことだから、全員に——ジグスやほかの使用人たちを含めてね——外に出て銃を構え、わたしたちが外に出ようとしたら殺せと命じているでしょうね」

ラファエラは黙って聞いていられなくなった。「武器を持って、マーカスとサヴィジを探しましょう」

表で軽機関銃の銃声が響き、ラファエラは凍りついた。完璧な静寂。何発発射されたのだろう？　二十人を殺すのにじゅうぶんな数？　それとも三十人？

「マーカス」ラファエラはつぶやくと、カラシニコフを肩にひっさげ、ドミニクの警備員がいることを忘れて表に飛びだした。男が四人、血まみれで地面に倒れている。どこもかしこも血だらけだ。思わず息を呑んだ。マーカスの引きつった叫び声が聞こえる。「ラフ、家のなかに入ってろ！」

ココが進みでて、よく通る声で言った。いまや中西部訛りがはっきりと出ていた。「みんな聞いて。ジグスとヘクターに聞いてくれればわかるけれど、わたしは嘘はつかない。ミスター・ジョバンニはこの屋敷を爆破するつもりよ。あなたたちのうちの何人かは、爆薬をしかけたときのことを憶えているでしょう？　彼はわたしたちのことなど、なんとも思っていない。邪魔な虫けらぐらいにしか思っちゃいないわ。彼が望んでいるのは、息子のデロリオとふたりで無事に脱出することだけよ。だからわたしたちが殺しあう理由はないの。いますぐここを出ないと、敵味方に関係なく、全員命を落としてしまう」

ヘクターは黒髪につるりとした顔の、痩せた若者だった。そのヘクターが屋敷横の出入り口から出てきて言った。「ココの言うとおりだ。逃げよう——島の反対側なら安全だ」

一瞬の沈黙。そして警備員たちが相談するひそひそ声。ヘクターは声を張りあげ、時間を無駄にしちゃいけない、爆弾のタイマーはもう動いている、と強い調子で訴えた。

話は決まった。ヘクターを含む警備員全員がジャングルに散った。

「そんな簡単なことだったのか」インドソケイの樹のうしろから出てきたマーカスが、小声で言った。自分とサヴィジを殺そうとした男たちの死体を見る。「信じられない」

続いて出てきたジョン・サヴィジが言った。「爆弾はどこだ？」

ココは早くも屋敷に駆けこみ、肩越しに叫んだ。「プールよ！」

サヴィジがそれに続いた。マーカスはラファエラをぎゅっと抱きしめ、こめかみにささやきかけた。「大丈夫だ、ミズ・ホランド、おれたちは助かる。そうしたらこれからの五十年、ふたりですばらしく退屈な人生を送ろうな」

いい考えね。ラファエラが応じようとしたとき、銃声が耳をつんざいた。「たぶんサヴィジの仲間よ。警備員たちをやっつけているんだわ」

「だが、ジョバンニとデロリオは逃げようとしている」マーカスは指差した。「見ろよ！」

二機のヘリコプターが、ゆっくりと木立の上に浮かびあがった。ドミニクは壊れたヘリコプターを修理しておいたらしい。RPG7ロケットランチャーが手元にあれば、とマーカスは歯噛みした。あれならヘリコプターでも簡単に撃ち落とせる。死んだ警備員から奪ったVZ61は、イスラエル製のウジ軽機関銃のようなものだ。突進してくる敵二十人を撃ち殺すには適しているが、ヘリコプターを撃ち落とすには射程距離が足りない。

このままではジョバンニを取り逃がしてしまう。なんの痛手も受けずに。世界のどこかでまた商売をはじめるだろう。デロリオとは別々のヘリコプターに乗っているのか？　メルケルとリンクは？　フランク・レイシーはマリオ・カルパスを始末しにいったと、道具小屋の外で警備員たちが話していた。

しくじった。その無念さが、マーカスの胸をえぐった。唯一にして最大の任務に失敗した。努力はすべて無駄に終わった。自分たちの命さえ、爆発とともに灰燼《かいじん》に帰そうとしている。

彼はラファエラの腕をつかむと、屋敷のなかを突っ切り、大きなプールに面したバルコニーに出た。サヴィジが四つんばいになり、飛びこみ台のそばのタイルをはがしている。隣りで手伝うココも必死の形相だった。

「マーカス、急げ！　爆薬はＣ４だ。おれよりおまえのほうが扱いに慣れている。爆発まであまり時間がないぞ。ジョバンニはタイマーをセットしていった」

マーカスはサヴィジの隣りに膝をつき、制御装置を調べた。四色の電線がからみあい、かぎりなく複雑だった。

ラファエラはマーカスの背中越しに赤いデジタルの数字を読みあげた。爆発までまだかなりあるが、ひどく複雑で精巧そうな制御装置だ。マーカスの緊張が昂まるのを感じ、タイマーの残り時間に意味があるのかどうかわからなくなった。違う電線やボタンに触れたら、その時点で終わりだ。

マーカスが話しだした。「そうだ、この爆弾は四硝酸ペンタエリトリトールを油性の可塑剤と混ぜたものだ。見えるか、サヴィジ？　そう……窒素化合物だ……まさにプロのしわざだ。おれはそこまでのプロじゃない。それから電線だが――緑の線でまちがいない。ほら、タイマーに接続されている。おまえもそう思うか？　それがタイマーの線だ」

ココがマーカスの耳元で怒鳴った。「切って、マーカス、切るのよ！」

サヴィジは息を詰めて見守った。マーカスが電線をしっかりとつかみ、指に巻きつけて、引きちぎる。四人は凍りついたまま、爆発が起きるのを、爆発が起きて死が訪れるのを待った。しかしなにも起きなかった。

四人の沈黙はなおも続いた。なにも起きない。マーカスが見あげると、ヘリコプターはまだ上空でホバリングしていた。ドミニクも待っていたというわけか。マーカスのなかで、怒りが爆発した。

そのとき、ココが地対空ミサイルのSAM7を抱えているのに気づいた。これなら離陸直後の飛行機でも撃ち落とせる。マーカスはココから武器を奪うと、片膝をつき、右肩に地対空ミサイルをかついだ。それほど重くなく、扱いもむずかしくないが、命中精度も高くない。深刻なダメージを与えるには、技術か運が必要だった。ヘリコプターが高度を上げずにホバリングを続け、動かないでいてくれれば。

狙えるのは一度きり。それだけだった。

マーカスは手で日差しをさえぎり、ヘリコプターを見あげた。心に迷いが生じた。そのときふいに自動小銃の銃声が響き、スイミングプールの周囲のタイルが四方八方に飛び散った。ラファエラは腕を押さえ、ココとサヴィジはタイルの床に伏せ、飛び散った花が鮮やかな色のかけらとなって宙を舞う。爆弾のタイマーが解除されたのに気づいたのだろう。ヘリコプターから、またもや銃弾の雨が降ってきた。ハーレーの部下たちが屋敷の周囲の林から出てきて、応戦している。

ハーレーが倒れた。撃つしかない。もう一刻の猶予も許されない。このままでは格好の標的だ。マーカスはゆっくりとミサイルを右肩にかつぎなおし、慎重に狙いを定めた。撃ち落とすチャンスは一度きりだ。

マーカスは、二機のうち低空にいるほうの、こちらに銃を乱射しているヘリコプターの操縦席にドミニクを認めた。デロリオが開いたキャビンのドアから身を乗りだし、自動小銃を構えている。マーカスが狙いを定めているあいだにも、デロリオはふたりの男を撃ち倒した。親子が同じヘリコプターに乗っているとあらば、どちらを撃ち落とすべきか迷わずにすむ。

マーカスはSAMの狙いをつけ、幸運の祈りとともに発射した。

ミサイルがヘリコプターを直撃する寸前、デロリオが驚愕の面持ちで自動小銃をほうりだすのが見えた。ドミニクの顔は見えなかったが、ミサイルが命中した瞬間、その衝撃で体が大きく跳ねた。ヘリコプターは爆発し、一瞬にしてオレンジ色の火の玉と化した。凄絶なながめだった。マーカスの想像をはるかに超える恐ろしさだった。最後にヘリコプターの爆発を見たのはずいぶん昔のこと、オーストリア西部だった。

もう一機のヘリコプターはすでに射程外に飛び去っていた。カリブ海側に旋回し、西へ向かっている。マーカスは一瞬、メルケルとリンクを見たような気がした。

ココは空を見あげ、淡々とした声で言った。「終わったわ、チャールズ。もう大丈夫。あの男は死んだの。デロリオを道連れにして。あなたとマーガレットの復讐は終わったのよ」

ラファエラが振り向くと、義父はプールを見ていた。火のついたヘリコプターの破片が水面に落ち、水蒸気と大きな水しぶきが上がっている。ラファエラは立ちあがると、義父の胸に飛びこんだ。

チャールズには言葉がなかった。義理の娘を抱きしめた。「悪かったね、ラファエラ」

「わたしたち、生きてるのよ」ラファエラは身を引き、彼の目を見ながら言った。「お母さんも、もうすぐよくなるわ。わたしにはわかるの。大丈夫、腕の怪我はかすり傷だから。心配しないで」

マーカスはハーレーを見た。部下のひとりに、肩の手当てをしてもらっている。ハーレーと話をつけなくてはならない。任務をしくじり、ドミニクを司法の手に引き渡すことはできなかった。それが取引条件だったのだ。それでも、あの極悪人を倒した。あの男も、頭のいかれたその息子も、地獄に叩き落としてやった。

叔父のモーティのことが頭をよぎった。ハーレーが弱っているうちに、話を切りだすのが得策だろう。ハーレーが、自分や部下たちがこれ以上殺される前にマーカスがジョバンニを殺してくれてよかったと思っているうちに。だが、その前にやることがある。

マーカスはラファエラを見て、笑いかけた。ラファエラはまっすぐ彼の腕のなかに歩いてきた。ハーレーや政府からなんと言われようと、彼女こそが人生だった。そしてふたりの人生は、大きく変わろうとしている。

彼女にキスをしていると、アントン・ロッシュがロス・ハーレーに言うのが聞こえた。

「やっぱアイリッシュだよな。女の子をさらっていくのは決まってアイリッシュなんだ」

エピローグ

パインヒル病院　二〇〇一年四月

昨日の夜、夢を見た。彼がやってくる夢。彼はわたしの手を取り、顔を近づけて言った。

「やあ、マーガレット」

それきり黙りこんだ。

彼が現れたというのに、わたしは驚いていなかった。驚いて当然なのに。夢なら受け入れられることもあるのよね。

わたしは彼の視線を感じた。どうして黙っているだけで、話をしないのかしら？　そのときやっと気づいた。彼にとっては二十六年ぶりの再会だった。

女にとっては、ほんとうに長い年月。長すぎる。

でも、わたしの目に映る彼は、まったく変わっていなかった。その間ずっと彼を追い、彼の写真をよくながめていたから、わたしのなかにいる彼は、長い年月をかけてじょじょに変わっていった。だからわたしには昔のままのように見えた。

そのとき彼が話しはじめた。低くてやさしい声で、わたしたちの娘に会った、とても美しく成長していたよ、と言ったわ。

変よね。彼がどうやって娘のラファエラに会ったのか、わたしは疑問に思わなかった。ともかく彼は娘に会った。なぜか、わたしにはそれがほんとうなのがわかった。

彼はまた黙りこんだけれど、わたしの手を放そうとはしなかった。わたしは彼に言いたかった。とても残念だわ、と言ってやりたかった。でも気づいてしまった。わたしは残念だと思っていない。あれはほんとうに長い時間をかけて、よく考え抜いたことだ。そう、わたしは残念だと思っていなかった。それでも、彼になにか言いたかったけれど、とても現実味のある夢なのに、自分から動いたり、かかわったり、話したりできない夢だった。それでも、もし話せたら、彼になんて言いたいのか考えてみた。長年胸にためてきたものがあるはずだった。それを思い浮かべたとき、気づいた。考えたことを心のなかで言葉にしたとたんに、それがどんどん意味を失って、最後にはどうでもよくなってしまう。変だけど、そうだったの。

彼はかがみこんで、わたしの唇にキスした。「行かなくてはならない、マーガレット。もう行かなくては。きみは人生を取り戻した。終わったんだよ、ようやく終わった。さあ、目を覚まして、マーガレット。生きなければね」

彼はそう言うと、現れたときと同じように、忽然《こつぜん》と消えた。ひと息つくあいだに夢が終わり、彼はいなくなった。ふたたび闇に包まれたわたしは、ゆっくりと深呼吸しながら考えた。

そして今度こそ彼が永遠に去ったのを知った。

ラトリッジ邸　二〇〇一年四月

チャールズ・ラトリッジはシャンパングラスを掲げた。「マーカス・オサリヴァンとその妻ラファエラへ。きみたちの人生が末永く喜びに満ちたものであらんことを祈って」

「いつからその喜びっていう部分がはじまるのかしら?」ラファエラは夫の脇腹をつついた。マーカスがラファエラに向けた表情を見て、彼女の義兄のベンジーは大笑いし、妻になにごとかを耳打ちした。

マーカスは一瞬、ラファエラの髪に顔をうずめた。「きみが愛しすぎて、ときどき胸が苦しくなる。きみに会えたことを神に感謝してるよ」

「わたしもよ、マーカス・ライアン・オサリヴァン」

マーカスは結婚式のことを思い出した。ロングアイランドのメープルウッドにある小さな教会で行なわれ、司祭は信徒席が足りなくなるほど集まった人びとを前にして誇らしげだった。司祭の満面の笑みは、パンクを見るまで続いた。パンクは美しい深紅のシルクのスーツ姿で、髪にもおそろいの深紅のストライプを入れていた。しかしどこまでもシックな装いをしたココが、司祭の黒い袖に白い手を置いてなだめ、そんな彼女に司祭は骨抜きにされた。

チャールズは結婚式にあたって、ポルト・ビアンコの従業員の多くを飛行機で呼び寄せ、にぎやかなその一団がマーカスと新婦の幸福を祈ってくれた。

ちなみに、リゾートと島の所有権は、問題にはならなかった。ドミニク・ジョバンニが死に、そのひとり息子であるデロリオも死んだ。しかしデロリオには妻がいた。未亡人のポーラには、まもなく大金が転がりこむ。ついでにもう少し利口になってくれるといいのだが。マーカスは黙ってポーラの幸運を願った。ドミニクの莫大な財産も、いずれは彼女が相続する。ポーラがリゾートを自分で経営するつもりなのかどうか、それはマーカスにもわからない。

メルケルとリンクはどうなったのだろう？　ふたりの行方が気にかかる。ほかに取り柄もないから、たぶん別の悪人の手下になっているのだろう。妙なもので、ふたりには、とりわけメルケルには、元気でいてもらいたい。レイシーはきっと、優秀な暗殺者として別の主人を見つけただろう。

結婚式がとどこおりなく終わったあとで、マーカスはパンクにラファエラをどう思うか尋ねてみた。髪に深紅のストライプを入れたパンクは思案顔になり、言葉を選んで答えた。「ボスがこんな好みだなんて、知らなかった」それからマーカスの新婦にこう忠告した。「でもね、ラファエラ、あなたの髪だけど、もうちょっとなんとかしたほうが――」

ロス・ハーレーも、片腕を三角巾で吊って結婚式に出てくれた。だが、ハーレーとの話はまだ決着をみていない。ハーレーは言った。「きみはおれの命を助けたかもしれないが、それとこれとは話が別だぞ、マーカス。あの悪党は死んだ。やつを刑務所にぶちこむのが条件だったはずだ。もう一度やってみろ、オサリヴァン」しかしジョン・サヴィジは楽観している。ハーレーだってそのうち折れて、あきらめるさ。それに、モーティ叔父さんをたぶらかして不法行為を働かせた女の手がかりもつかんだらしいしな。女がつかまれば、叔父さんのことなんか忘れちまうよ。そしてチャールズも外交努力を怠ることなく、貯蔵室にある最高のシャンパンでせっせとハーリーをもてなしてくれた。

ラファエラとモントリオールに出発する前に、片づけておかなければならない雑用が頭をよぎる。ハネムーンの行き先にモントリオールを選んだのは、ラファエラだった。カリブも、イギリスも、フランスも、母親から遠すぎるという理由で却下された。マーガレット・ラトリッジはつねに、そう、いっときとして忘れられることなく、そこに存在していた。病院のベッドに横たわり、目を開くことなく、けれど穏やかに呼吸していた。

ラファエラは披露宴が早くお開きになることだけを願っていた。この一週間は目がまわるような忙しさで、絶えずなにかに追われていた。ラファエラは当初、母の状況をおもんぱかって、結婚式はこぢんまりと、披露宴はさらに地味にしたいと考えた。だが、チャールズは首を縦に振らなかった。「いや、華やかに祝わなければいけないよ、ラファエラ。マーガレットにはもう話してしまったからね。結婚式の準備から、おまえの新郎や友だちのこと、それにパンクのストライプのレパートリーまで、ひとつ残らずだ」

結局、ジョージィ大叔母さんがよく言うように、〝金持ちぶる〟ことになった。ラファエラは振り向いて、アル・ホルバインとマーカスの母親のモリーを見た。丁々発止で渡りあい、いい感じだ。ラファエラが考えるに、アルは成人してはじめて、勝ち目のない相手に出会ったのではなかろうか。

ラファエラは続いてジョン・サヴィジを見た。足の先までこれ誠実の塊で、マーカスのまじめな引き立て役ながら、その目にはマーカスは気づいていないらしい、いたずらっぽい輝きがある。自然と人を魅了するマーカスとは正反対のタイプだが、それでいてふたりの息はぴったりで、以心伝心の仲だ。ラファエラはそんなジョンが大好きになった。これからの人生には、彼が大きくかかわってくる。ラファエラは新米夫に注意を戻した。マーカスはチャールズを相手に、今後住む場所の候補地として、ニューヨークと、ボストンと、シカゴを挙げ、それぞれの土地のいいところを語っていた。

しばらく黙ってふたりの会話を聞いていたラファエラは、やがてしれっと言った。「わたしはまたピュリッツァーを狙うつもり。大新聞の記者だと受賞できないから、サウスダコタのエル・ポイント・デイリー・ニューズの求職に応募したんだけど――どうかしら、マーカス?」

チャールズは大笑いした。その大笑いを止めたのは、ラトリッジ家の執事の耳打ちだった。

チャールズが病室に入ってきた。不安のぬぐいきれない、けれど期待に満ちた顔をして、生命力とわたしへの愛情にあふれているようだった。わたしにはそんな価値はないのに。でも、チャールズはそんなことはないと言うし、わたしもいまは言い争うつもりがない。

そしてラファエラ。見たことのないドレスを着て、うっとりするほどきれいだった。ドレスは淡いピンクのニット製。見るからにデザイナーものらしいドレスを着るなんて、ラファエラにしては珍しい。ハイヒールをはき、髪はきれいにアレンジしてあった――ふたつのクリップでひっつめにしたふだんの髪型ではなく、カールした髪が肩の上で躍っている。その隣りにはハンサムな男性がいた。生き生きとした、いまにも笑いだしそうな顔をしていて、ひと目でいい人だとわかった。それに見た目も悪くない。ラファエラの夫、マーカスだ。この一週間、チャールズはずっと彼のことを話していた。

みんながいっせいにわたしに話しかけた。笑ったり話したりの大騒ぎで、チャールズはわたしにキスし、ラファエラは抱きついてきた。マーカスは黙ってうしろに控えていたけれど、とっても嬉しそうな顔をしていた。

そのときわかった。これこそが人生のもたらしてくれるもの、単純で曇りのない現実、すばらしい現実だ。ここがわたしの居場所なのね。もう一度チャンスを与えられた。ドミニク・ジョバンニは永遠に去った。あの夢が終わったとき、それがわかった。

彼がいなくなったのは、親友のココが計画をやり遂げ、彼を殺してくれたから。ココとわたしは本音で語りあったのよ。ココは中絶のついでにドミニクが医師に卵管を縛らせたのを知ったときのショックを話してくれた。彼女はわたしと同じくらい苦しんでいた。わたしたちはふたりで計画を立て、たがいを頼みにするようになった。わたしにはお金があり、彼女にはつてがあった。彼女ならやってくれると信じていた。いったんこうと決めたら、かならずやり遂げる人だもの。わたしたちは力を合わせて彼を殺し、苦しみをすっぱりと断ち切った。

バテシバと、バテシバにああもこだわった理由を思い出す。わたしはバテシバの絵が大好きだった。十一年前にチャールズが結婚の贈り物として手に入れてくれてから、毎日ながめていた。ココとふたりでドミニクを殺そうと決めたとき、わたしはバテシバをコード名にした。そうしておけば、自分がドミニクを殺したい理由を忘れずにすむ。バテシバは王に見初められ、その夫を王によって殺された哀れな女だ。ただ、王はバテシバを裏切らず、死ぬまで彼女を手放さなかった。わたしはその皮肉を愛し、単純さを愛した。

ドミニクは霊魂となり、まだそのあたりを漂っているのかもしれない。けれど、この世の住人であることをやめ、わたしの人生から消えた。わたしは苦い過去のくびきから解き放たれ、未来を自分ひとりの手に取り戻した。

レ・ミゼラブルの一節が浮かんでくる。たしか、こんな歌詞だった——誰かを愛することは、神さまのおそばにいること。考えさせられる歌詞だ。しみじみと考えさせられる。いまではあのとんでもない事故でさえ、たいしたことには思えない。わたしはシルヴィアの――彼女が気になってしかたがなかった――家の近くを車で走っていた。なんだかんだ言っても、シルヴィアはまだ彼の人生の一部だった。たとえふたりを結びつけていたのが、憎悪と結婚の誓いだけだったとしても。あの夜、彼女の若い愛人は、コカインでハイになって屋敷から車を出した。トミーとかいうその愛人は、げらげら笑ったり、月に吼《ほ》えたりしながら、狂ったように車を運転していて、わたしの車に突っこんできた。彼の顔がはっきり見え、わたしにはその運命の皮肉が信じられなかった。

でも、もういいわ、そんなこと。いまわたしは夫に微笑みかける。愛しい人。この人がわたしのもの、どこまでも誠実で、けっしてわたしを傷つけないこの人が。

そしてわたしも、もう二度と彼を傷つけない。彼が別の男の存在を感じて、無力感にさいなまれているのは知っていた。彼はその男が深くわたしの心に根を下ろしているのに気づいていた。

その男は消え、チャールズにもやがてそれがわかる。そうよ、わたしがわからせてあげる。そしてチャールズも、わたしが彼の人生の唯一の女だということを身をもって示してくれた。愛人のクローディアとは、もうとうに手を切っている。

マーガレットは言った。「ただいま、チャールズ。愛してるわ」

訳者あとがき

お待たせしました。

かねてより本国アメリカでは人気の高い、キャサリン・コールターの『カリブより愛をこめて』(原題"Impulse")をお届けします。サスペンス色が強くて、多少つっぱった感じのあるFBIシリーズももちろんいいけれど、こってり甘くてゴージャスな世界もまた楽し。しかも、甘いだけでなく、ほろ苦さも加味されていて、読み応えがあります。

ラファエラ・ホランド、二十代後半。ボストンの大手新聞社につとめるやり手の記者。特技は、取材対象に合わせて外見やアプローチの方法を変え、相手に胸襟を開かせること。仕事ができて美人で、しかも義父は複数の新聞社を所有する実業家というお嬢さま。異性とも重い関係は望まず、合わないと思ったらさっさと切り捨てる鼻っ柱の強さ。こんなふうに書くと、前途洋々、怖いものなしの人生だけれど、ある日、母のマーガレットが交通事故に遭って危篤だと、義父のチャールズ・ラトリッジ三世から連絡が入る。実家のあるニューヨークに飛んだラファエラは、昏睡状態の母を見舞いつつ、ひょんなことから母がひそかにつけていた日記を見つけてしまう。好奇心のままに開いて読んでみると、そこには驚くべき秘密が記されていた。ラファエラの実父は生きていた。しかも、違法な取引を行なう武器商人としてカリブ海の島に暮らしていた。母の日記に綴られた文面から伝わってくるのは、自分を捨てたドミニク・ジョバンニという男への憎しみと、彼を忘れられない苦悶だった。母と自分のために彼への復讐を誓ったラファエラは、いまだ意識の戻らない母を置いて、父の住む島へと旅立った。

カリブ海に住むドミニクは、島の片側をポルト・ビアンコと呼ばれる会員制の超高級リゾートにしていた。リゾートの支配人をつとめるのは、通称マーカス・デヴリンという三十代前半、シカゴ出身のハンサムなアメリカ人だ。マーカスはアルマーニのシャツを着こなし、支配人として〝大人の楽園〟を切り盛りするかたわら、ドミニクの右腕として武器の売買にも荷担している。かつて海軍の諜報機関に籍を置き、CIAにつとめた男が、なぜ犯罪の片棒を担いでいるのか？　そこには、表沙汰にはできない、ある理由があった。マーカスがドミニクのもとで働くようになって、およそ三年。それもこれも、すべてはアメリカ税関局の指示にもとづく行動だった。わけあって、おとり捜査への協力を余儀なくされ、ドミニクが不法な武器売買に手を染めている証拠を集めている。だが、慎重で猜疑心の強いドミニクは、なかなか尻尾をつかませてくれない。焦りはつのるが、証拠を手に入れなければ人生は取り戻せず、ドミニクに正体がばれれば、命はない。

八方塞がりの状況のなか、島でドミニクの暗殺事件が起きた。マーカスは身を挺してドミニクを守った。実行犯のリーダーである女はその場で殺され、部下の男ふたりは拘束中に服毒自殺をした。実行犯から話を聞けないとあらば、黒幕につながる手がかりはひとつしか残されていない。〝バテシバ〟——実行犯たちを迎えにきたヘリコプターの機体に書いてあった。旧約聖書に登場するこの王妃の名が意味するものはなにか？

ラファエラが島に乗りこんだのは、暗殺事件から数日後のことだった。ラファエラはさっそくドミニク・ジョバンニへの接近をもくろみ、ようやく傷の癒えはじめたマーカスはそんなラファエラに疑いを抱く。たがいに会った直後から相手に惹かれるものを感じたが、どちらにも胸に秘めた使命があるため、手の内を明かすという危険が冒せない。そんなふたりがいっしょに海岸にいると、それを狙いすましたように銃弾が飛んできた。誰がなんの目的でそんなことを？ ドミニク・ジョバンニの暗殺未遂と関係があるのか？ それぞれの立場でドミニクの失墜を狙うふたりは、大きな渦に呑みこまれてゆく。

この作品、凝ったつくりになっていて、ラファエラとマーカスが表の主人公としたら、ラファエラの母のマーガレットと義父のラトリッジ三世が裏の主人公。表と裏のそれぞれの物語が日記を媒介にしてからみあい、さらに厚みのあるもうひとつの物語を構成しています。キャサリン・コールターの最高傑作のひとつと称する人が多いのも、うなずけます。そうそう、ＦＢＩシリーズでは封印気味の熱々の場面も満載！ これもロマンスの醍醐味ですよね。

さて、舞台になるカリブ海ですが、これを読んで行きたいと思われた方も多いのではないでしょうか。ポルト・ビアンコ（スペイン語で〝白い港〟の意味）のような会員制の閉鎖的なリゾートとまではいわなくとも、小さな島に渡ればハワイなどとはまるで異なるロマンチックな休暇を楽しめるのでは——と、わたしも思いましたとも。ですが、調べてみたら、燃料の問題でしょうか、日本からの直行便はないようです。ジョバンニの島に近いという設定になっているアンティグアまで行くにも、北米の都市を経由するしかなく、北米でさえ毎日一便あるのはマイアミとオークランドくらい。乗り継ぎの時間などを考えると二十時間近くかかりそうです。カリビアンブルー（なんでも、カリブに行ったことのあるこの本の担当編集者O嬢によると、海水は〝バスクリンの色〟で、波打ちぎわはパウダリーな砂が攪拌《かくはん》されて〝煮えばなのみそ汁のように白濁している〟のだとか）の海は見たいけれど、ちとつらいか？　やっぱり小説で楽しむぐらいが、ちょうどいいのかもしれませぬ。

ザ・ミステリ・コレクション

カリブより愛《あい》をこめて

[著　者]　キャサリン・コールター
[訳　者]　林《はやし》 啓恵《ひろえ》

[発行所]　株式会社 二見書房
東京都千代田区神田神保町1−5−10
電話　03(3219)2311[営業]
　　　03(3219)2315[編集]
振替　00170−4−2639

[印　刷]　株式会社 堀内印刷所
[製　本]　ナショナル製本協同組合

ISBN978−4−576−05006−5
http://www.futami.co.jp

夜の炎
キャサリン・コールター
高橋佳奈子［訳］

若き未亡人アリエルは、かつて淡い恋心を抱いた伯爵と再会するが、夫との辛い過去から心を開けず…。全米ヒストリカルロマンスファンを魅了した「夜《ナイト》トリロジー」、第一弾！

再会
カレン・ケリー
米山裕子［訳］

かつて父を殺した伯父に命を狙われる女性警官ジョディと、スクープに賭ける新聞記者ローガンの恋。異国情緒あふれるニューオリンズを舞台にしたラブ・ロマンス！

愛こそすべて
リンダ・カスティロ
酒井裕美［訳］

養父母を亡くし、親探しを始めたアディソンが見つけた実母は惨殺されていた。彼女も命を狙われるが、私立探偵のランドールに助けられ、惹かれあうようになるが…

もう一度だけ熱いキスを
リンダ・カスティロ
酒井裕美［訳］

行方不明の妹を探しにシアトルに飛んだリンジーは、元警官で私立探偵の助けで捜索に当たるが、思いがけない事実を知り……戦慄のロマンティック・サスペンス！

死のエンジェル
ナンシー・テイラー・ローゼンバーグ
中西和美［訳］

保護観察官キャロリンは担当する元殺人犯が実は冤罪ではないか、と思うようになる。やがてその疑念を裏付けるような事件が起き、二人の命も狙われるようになり…

エンジェルの怒り
ナンシー・テイラー・ローゼンバーグ
中西和美［訳］

保護監察官キャロリンは大量殺人犯モレノを担当する。事件の背後で暗躍する組織の狙う赤いフェラーリをめぐり、死の危機が彼女に迫る！ノンストップ・サスペンス